Zum Buch:

Indien, 1969: Hennakünstlerin Lakshmi, inzwischen verheiratet mit Dr. Jay Kumar, leitet den Heilgarten in Shimla. Ihr Schützling, der ehemalige Straßenjunge Malik, ist mittlerweile zu einem klugen jungen Mann herangereift. Er wird in die pulsierende Großstadt Jaipur geschickt, um dort am Königspalast im Baugewerbe in die Lehre zu gehen. Das derzeit wichtigste Bauprojekt ist ein hochmodernes Kino, das Royal Juwel Cinema.

Malik ist die rosafarbene Stadt Jaipur aus seiner Kindheit bestens vertraut, und er stellt bald fest, dass sich dort nicht viel verändert hat. Macht und Geld sind noch immer die Motoren, die sämtliche Prozesse am Laufen halten. Als am Eröffnungsabend des Royal Juwel Cinema die Loge des Kinos unter der Last der Besucher einstürzt, erkennt Malik sofort, dass Baupfusch betrieben worden sein muss, der nun vertuscht werden soll. Das kann er nicht mit seinem Gewissen vereinbaren. Unbeirrbar macht er sich auf die Suche nach der Wahrheit.

Zur Autorin:

Alka Joshi wurde in Indien geboren und lebt seit ihrem neunten Lebensjahr in den USA. Sie hat in Stanford studiert und besitzt einen Master of Fine Arts vom California College of Arts. Mit 62 Jahren hat Alka Joshi ihren Debütroman *Die Hennakünstlerin* veröffentlicht. Der Roman stand monatelang auf der Bestsellerliste der New York Times und wird momentan als TV-Serie verfilmt.

Lieferbare Titel:

Die Hennakünstlerin

ALKA JOSHI

Der Geheimnishüter von Jaipur

Roman

Aus dem amerikanischen Englisch von
Birte Mirbach

HarperCollins

Die Originalausgabe erschien 2021 unter dem Titel
The Secret Keeper of Jaipur bei MIRA Books, Toronto.

1. Auflage 2023

Deutsche Erstausgabe

Umschlaggestaltung von Olena Tur / Shutterstock
Umschlagabbildung von uniquely india / Getty Images
Gesetzt aus der Stempel Garamond
von GGP Media GmbH, Pößneck
Druck und Bindung von CPI books GmbH, Leck
Printed in Germany
ISBN 978-3-365-00302-2
www.harpercollins.de

Für Bradley,
der mich zum Schreiben ermutigt hat.
Für meine Leser,
die sich in Malik verliebt haben.

Das Gute, das du tust, wird morgen vergessen sein.
Tue trotzdem Gutes.
Ehrlichkeit und Offenheit machen dich verwundbar.
Sei trotzdem ehrlich und offen.
Was Jahre braucht, um gebaut zu werden,
kann über Nacht zerstört werden.
Baue trotzdem.
Gib der Welt das Beste, das du hast,
und du könntest verletzt werden.
Gib der Welt trotzdem dein Bestes.

Mutter Teresa

Wenn du die Rose haben willst,
musst du die Dornen hinnehmen.

Hinduistisches Sprichwort

Sei bescheiden, denn du bist aus Erde gemacht.
Sei großmütig, denn du bist aus Sternen gemacht.

Serbisches Sprichwort

AUFTRETENDE PERSONEN:

Malik: einundzwanzigjähriger ehemaliger Schutzbefohlener von Lakshmi, Absolvent der Bishop-Cotton-Jungenschule

Nimmi: dreiundzwanzigjährige Stammesfrau aus dem Himalajavorgebirge, Mutter von Rekha (Mädchen) und Chullu (Junge)

Lakshmi Kumar: vierundvierzigjährige ehemalige Hennakünstlerin, jetzt Leiterin des Lady-Bradley-Heilkräutergartens in Shimla, verheiratet mit Dr. Jay Kumar

Jay Kumar: Arzt im Lady-Bradley-Hospital in Shimla, Leiter der Gemeindeambulanz, Schulkamerad von Samir Singh, Ehemann von Lakshmi

Radha: sechsundzwanzigjährige Parfümeurin und Lakshmis jüngere Schwester; ist mit einem französischen Architekten verheiratet, mit dem sie in Paris lebt und zwei Töchter hat; bekam vor zwölf Jahren ein uneheliches Kind von Ravi Singh; das Baby wurde von Kanta und Manu Agarwal adoptiert.

Samir Singh: zweiundfünfzigjähriger Architekt und leitender Direktor von Singh-Sharma Construction aus einer Rajputen-Familie aus einer hohen Kaste, die mit der königlichen Familie von Jaipur verwandt ist; Ehemann von Parvati Singh und Vater von Ravi und Govind

Parvati Singh: achtundvierzigjährige führende Dame der Gesellschaft; Ehefrau von Samir Singh, Mutter von Ravi und Govind, entfernte Verwandte der königlichen Familie von Jaipur

Ravi Singh: dreißigjähriger Sohn von Parvati und Samir, Architekt im Familienbetrieb Singh-Sharma Construction, verheiratet mit Sheela

Sheela Singh: ehemals Sheela Sharma; achtundzwanzigjährige Ehefrau von Ravi Singh, Mutter von zwei kleinen Kindern, Rita und Baby

Manu Agarwal: neununddreißig Jahre alt, kümmert sich als leitender Direktor um die Liegenschaften der königlichen Familie von Jaipur, Ehemann von Kanta

Kanta Agarwal: neununddreißigjährige Ehefrau von Manu Agarwal, stammt ursprünglich aus einer Literatenfamilie aus Kalkutta, Mutter des zwölfjährigen Niki (oder Nikhil)

Nikhil Agarwal: zwölfjähriger Adoptivsohn von Kanta und Manu; Lakshmis Schwester Radha ist seine leibliche Mutter.

Baju: ein alter Familiendiener von Kanta und Manu Agarwal

Saas: »Schwiegermutter« auf Hindi; wenn Kanta sich auf ihre *Saas* bezieht, meint sie Manus Mutter, und wenn eine Frau ihre Schwiegermutter direkt anspricht, nennt sie sie respektvoll *Saasuji*.

Die Sharmas: die Eltern von Sheela Singh, Mitbesitzer des Singh-Sharma-Unternehmens. Mr. Sharma ist achtzig Jahre alt und gebrechlich. Seine Frau geht fast nirgendwo ohne ihn hin. Deshalb kümmert sich Samir Singh jetzt um alle Betriebsabläufe der Firma.

Moti-Lal: prominenter Juwelier, Eigentümer von Moti-Lal Jewellers in Jaipur

Mohan: Moti-Lals Schwiegersohn und Assistent bei Moti-Lal Jewellers

Hakeem: Buchhalter fürs Liegenschaftsbüro des Palastes von Jaipur

Mr. Reddy: Kinoleiter im Royal Jewel Cinema

Maharani Indira: vierundsiebzigjährige kinderlose Witwe eines ehemaligen Maharadschas von Jaipur, Schwiegermutter von Maharani Latika; lebt im Palast der Maharanis

Maharani Latika: vierundvierzigjährige glamouröse Witwe des kürzlich verstorbenen Maharadschas von Jaipur und Schwiegertochter von Maharani Indira; lebt im Palast der Maharanis; gründete die Maharani-Mädchenschule in Jaipur

Madho Singh: ein Alexandersittich, den Maharani Indira Malik geschenkt hat

Am Ende des Buchs finden Sie ein Glossar von Begriffen auf Hindi und Französisch.

PROLOG

Malik

Mai 1969
Jaipur

Heute Abend wird das Royal Jewel Cinema eröffnet, das so glänzend strahlt wie ein Edelstein. Tausende von Lichtern glitzern an der Decke der riesigen Lobby. Weiße Marmorstufen, die zur oberen Loge hochführen, reflektieren den Glanz Hunderter Wandleuchter. Ein dicker purpurroter Teppich dämpft den Klang Tausender Füße. Und innen im Kino ist jeder einzelne der tausendeinhundert Mohairsessel besetzt. Und noch mehr Menschen stehen entlang der Wände zur Premiere Schlange.

Dies ist Ravi Singhs großer Moment. Als leitender Architekt dieses Prestigeprojekts, das von Maharani Latika von Jaipur in Auftrag gegeben wurde, beweist das Royal Jewel Cinema, was moderner Einfallsreichtum und eine westliche Ausbildung alles erreichen können. Ravi Singh hat dafür das Pantages Theatre in Hollywood als Vorlage benutzt, achttausend Meilen weit entfernt. Und er hat dafür gesorgt, dass das Kino zu diesem feierlichsten aller Anlässe *Jewel Thief* zeigt, einen Film, der tatsächlich schon vor zwei Jahren auf die Leinwand gekommen ist. Vor ein paar Wochen hat Ravi mir erzählt, dass er sich den populären Film ausgesucht hat, weil er den Namen des Kinos widerspiegelt und zwei der derzeit berühmtesten indischen Schauspieler darin mitspielen. Er weiß, dass die Inder es lieben, ins Kino zu gehen, und sich denselben Film gewöhnlich mehrfach anschauen; die meisten Kinos wechseln ihr Programm nur alle paar Monate. Selbst wenn die Bewohner von Jaipur den Film schon damals gesehen haben, werden sie kommen, um ihn sich noch einmal anzuschauen. Ravi hat auch dafür gesorgt, dass die Filmstars Dev Anand und Vyjayanthimala ebenso wie Dipti Kapoor, eine der jüngeren Schauspielerinnen, bei dem großen Ereignis dabei sind. Die Presse ist ebenfalls anwesend, um über die Eröffnung des Royal Jewel Cinema und die gesamte Jaipurer High Society in ihrem juwelengeschmückten Glanz zu berichten und über die Stars und Sternchen aus Bollywood zu staunen.

Ich nehme die moderne Architektur, die plüschigen roten Samtvorhänge, die die Leinwand abschirmen, und die beinah mit Händen zu greifende Vorfreude in mich auf und bin beeindruckt von dem, was Ravi erreicht hat – auch wenn es andere Dinge an ihm gibt, die mir Unbehagen bereiten.

Meine Gastgeber, Manu und Kanta Agarwal, wurden dazu eingeladen, mit den Singhs und den Sharmas zusammen in der Loge zu sitzen, den teuersten Plätzen im Haus. Als ihr Gast sitze ich bei den Agarwals (sonst würde ich unten Platz nehmen, näher an der Leinwand, wo es billiger ist; ich bin schließlich nur ein einfacher Lehrling im Palast von Jaipur). Kinder sind hier oben in der Loge zugelassen, aber Kanta hat ihren Sohn Niki zu Hause bei ihrer *Saas* gelassen. Als ich vorhin bei den Agarwals eintraf, um sie zur Eröffnung zu begleiten, konnte ich sehen, wie niedergeschmettert Niki war.

»Es ist das Ereignis des Jahrhunderts! Warum darf ich nicht mit? Alle meine Freunde gehen hin.« Nikis Gesicht war rot vor Wut. Mit seinen zwölf Jahren ist er in der Lage, seine ganze Empörung über diese Ungerechtigkeit in seinen Worten zum Ausdruck zu bringen.

Manu, der angesichts des aufbrausenden Temperaments seines Sohns und seiner Frau immer die Ruhe bewahrt, sagte: »Tatsächlich war die Unabhängigkeit unseres Landes das Ereignis des Jahrhunderts, Nikhil.«

»Damals habe ich aber noch nicht gelebt, *Papaji*. Aber jetzt lebe ich! Und ich verstehe nicht, warum ich nicht mitkommen darf.« Er sah seine Mutter hilfesuchend an.

Kanta blickte ihrem Ehemann in die Augen, als wollte sie fragen: *Wie lange noch können wir unseren Sohn von gesellschaftlichen Ereignissen fernhalten, bei denen die Singhs anwesend sind?* Niki ist inzwischen so alt, dass er wissen will, warum er bei manchen Anlässen dabei sein darf und bei anderen nicht. Kanta warf mir einen Blick zu, als wollte sie meine Meinung hören: *Malik, was hältst du davon?*

Ich bin geschmeichelt, dass ihnen wohl dabei ist, solche Unterhaltungen vor mir zu führen. Ich bin kein Blutsverwandter von ihnen, sondern nur dadurch mit ihnen verbunden, dass mein früherer Vormund Lakshmi (oder Tante Boss, wie ich sie nenne) eine enge Freundin ist. Ich kenne die Agarwals, seit ich ein kleiner Junge war, deshalb weiß ich auch von Nikis Adoption, auch wenn Niki selbst nichts davon weiß. Und ich weiß, dass die Singhs in dem Moment, wenn sie seine blaugrünen Augen sehen – so völlig ungewöhnlich in Indien –, sich an die Unbesonnenheiten ihres eigenen Sohns erinnert fühlen werden; Radha, die Schwester von Tante Boss, war nicht das erste Mädchen, das Ravi schwängerte, bevor er Sheela heiratete. Sich der Schwächen ihres Sohnes bewusst zu sein, ist eine Sache, aber in Fleisch und Blut damit konfrontiert zu werden, würde sowohl Samir als auch Parvati Singh aus der Fassung bringen.

Am Ende brauchten die Agarwals meine Hilfe nicht, um die Sache zu entscheiden, was mich erleichterte. Manus Mutter, die mit ihrem Rosenkranz aus Sandelholz beschäftigt war, beendete die Diskussion. »Weil all dieses Tanzen und Singen in Filmen die Menschen verdirbt! Komm, Niki, hilf mir hoch. Wir gehen in meinen Tempel.« Nikhil stöhnte. Er war ein höfliches Kind; eine Anordnung seiner Großmutter wurde nicht infrage gestellt.

Jetzt betritt unter ohrenbetäubendem Applaus Maharani Latika – die dritte und jüngste Ehefrau und jetzt Witwe des Maharadschas von Jaipur – im Royal Jewel Cinema die Bühne, um all die Kinobesucher willkommen zu heißen. Dies ist das erste größere Projekt, das sie seit dem Tod ihres Ehemanns geleitet hat; sie ist Manus Chefin; keine der anderen Ehefrauen des Maharadschas wollte die Verwaltung der Finanzen übernehmen. Manu kümmert sich als leitender Direktor um die Liegenschaften des Palastes von Jaipur und leitet Bauprojekte wie dieses hier, und Tante Boss hat mich zu ihm geschickt, damit ich sein Handwerk lerne.

»Heute Abend feiern wir das großartigste Kino, das es in Rajasthan je gegeben hat, das Royal Jewel Cinema.« Die Maharani wartet, bis der Applaus verklungen ist, bevor sie fortfährt. Ihre Ohrringe aus Rubinen und Diamanten und der goldbestickte *Pallu* ihres seidenen roten Banarasi-Saris schicken ein tausendfaches Funkeln in das Publikum, während sie den Blick über den vollen Saal gleiten lässt, ein seliges Lächeln im Gesicht. »Es ist ein historischer Moment für Jaipur, Heimat von weltberühmten Architekten, blendenden Textilien und Juwelen und natürlich Rajasthans *Dal Batti*!« Die Menge bricht in vergnügtes Gelächter aus, als sie das berühmte lokale Gericht erwähnt.

Ihre Hoheit würdigt Manus Aufsicht über das Projekt, beglückwünscht die Architekten von Singh-Sharma zu ihrer guten Arbeit und begrüßt zum Schluss ihrer Rede die Schauspieler aus dem Film auf dem Podium. Anand und Vyjayanthimala folgt unter lautem Pfeifen und »*Waa! Waa!*«-Rufen die kholäugige Kapoor in einem paillettenbesetzten Sari. Das Publikum überschüttet alle drei mit Rosen, Frangipani und *Chemali* und applaudiert ihnen im Stehen. In unserer Kindheit war Radha, die Schwester von Tante Boss, der größere Filmfan von uns beiden. Aber heute Abend bin selbst ich von der fiebrigen Aufregung, dem donnernden Beifall und dem Pfeifen des Publikums ergriffen.

Schließlich öffnet sich der Vorhang, und Stille legt sich über die Menge, während der Vorspann über die Leinwand läuft und der Film beginnt. Selbst die Rikscha-*Wallas* und Schneider auf den billigen Plätzen in den ersten Reihen verfallen in Schweigen.

Indische Filme sind lang, sie dauern fast drei Stunden, manchmal auch vier, mit einer Unterbrechung dazwischen. Während der Pause verlassen wir zusammen mit der Mehrheit des Publikums das Gebäude, um uns draußen Erfrischungen zu besorgen. Die Händler haben ihre Stände vorbereitet. Sie sind zu beiden Seiten der Straße vor dem Kino in Stellung gegangen. Das Aroma von gerösteten Chilierdnüssen, *Panipuri*, Zwiebel-*Pakoras* und Kartoffel-*Samosas* ist praktisch unwiderstehlich. Ich kaufe kleine Gläser Tee für alle und reiche sie herum. Samir kauft einen großen Teller voll *Kachori* und *Aloo Tikki* für unsere Gruppe.

Es ist Mai in Jaipur und bereits drückend heiß. Das Kino hat eine Klimaanlage, aber die Luft draußen ist frischer als der

Geruch von tausend dicht aneinandergedrängten Körpern im Gebäude. Ravis Frau Sheela lehnt den Chai und das Essen ab und behauptet, es sei zu heiß. Ihre neugeborene Tochter ist an ihrer Schulter eingeschlafen. Sheela windet sich unter der Wärme des kleinen Körpers. Sie bläst die Wangen auf und geht zu einem Stand hinüber, der *Khus-Khus*-Fächer verkauft. Eine Schweißperle rollt ihren Hals hinunter und verschwindet im tiefen Ausschnitt ihrer fuchsiafarbenen Seidenbluse. Ich zwinge mich wegzuschauen.

Parvati präsentiert den Damen der Gesellschaft, die gekommen sind, um sie zu begrüßen, stolz ihre vierjährige Enkelin Rita. »*Tumara naam batao, Bheti.*«

Kanta plaudert fröhlich mit Freunden. Samir und Manu lassen sich von der Elite Jaipurs, die zur Gala gekommen ist, zu ihrer Arbeit am Kino beglückwünschen. Ich sehe mich nach Ravi um, der vorhin noch bei ihnen war, und frage mich, warum er sich die Gelegenheit entgehen lässt, im Rampenlicht zu stehen. Das sieht ihm nicht ähnlich.

So wie immer schaue ich hin und höre zu – was Tante Boss mir so gut beigebracht hat. In meinem nächsten Brief an sie und Nimmi in Shimla werde ich ihnen erzählen können, was die Kinobesucher von der Frisur der Hauptdarstellerin oder der Farbe ihres Saris hielten. (Ich würde wetten, dass Nimmi noch nie in ihrem Leben einen Film gesehen hat!) Ich werde ihnen auch berichten können, dass die meisten Damen in Jaipur den stattlichen Dev Anand heiraten würden, wenn sie auch nur den Hauch einer Chance hätten.

Ich sehe, wie Sheela zu unserer Gruppe zurückkehrt und mit dem Fächer vor ihrem Gesicht herumwedelt. Parvati streckt die Hand aus, um dem schlafenden Baby die feuchten Locken aus der Stirn zu schieben. Sheela sieht an ihrer Schwiegermutter vorbei. Plötzlich verhärtet sich ihr Gesichtsausdruck. Ich folge ihrem Blick zur Ecke des Kinos. Dann sehe ich, wie Ravi diskret die jüngere Schauspielerin durch die Seitentür des Gebäudes hinauseskortiert. Sheela verengt die Augen, während ihr Ehemann und das Filmsternchen in der Dunkelheit verschwinden, fort vom Gedränge. Ich weiß, dass es dort eine Laderampe gibt. Dort warten auch die Fahrer der Maharani und der Schauspieler, um sie schnell wegzubringen. Vielleicht geleitet er sie zu ihrem Wagen.

Wir hören die Klingel, die das baldige Ende der Pause ankündigt. Die zweite Hälfte des Films fängt gleich an. Ich werfe einen Blick auf meine Uhr. Es ist jetzt einundzwanzig Uhr dreißig. Sheelas Mädchen sollten längst im Bett sein, aber Ravi bestand darauf, dass seine Familie bei seinem großen Moment anwesend ist und von der Öffentlichkeit gesehen wird. Ich bin mir sicher, dass Sheela deswegen mit ihm gestritten hat. Ihr ist es lieber, wenn sich die *Ayah* um die Mädchen kümmert.

Die Menge strömt zurück in die Lobby und durch die offenen Türen des Vorführraums. Ich reiche den Chai-*Wallas*, die ihre Runden machen, die leeren Teegläser. Der Boden ist übersät mit Bananenblättern, auf denen *Chaat* gereicht wurden. Ein mannigfaltiger Duft nach Essen – nicht ganz unangenehm – hängt in der Luft. Ich hebe Ravis andere Tochter Rita, die ihre Augen kaum noch offen halten kann, auf meine Schulter.

Ich folge dem Rest der Gruppe in die Lobby.

Kurz bevor wir die Türen erreicht haben, hören wir ein lautes Knacken, dann ein klagendes Stöhnen und dann plötzlich das Dröhnen Tausender Kilo Zement, Ziegelsteine, Betonstahl und Trockenbauwände, die zusammenbrechen. Innerhalb von Sekunden ertönen das ohrenbetäubende Geräusch eines einstürzenden Gebäudes, gequälte Schreie und Schmerzgeheul aus dem Kino.

ZWEI MONATE
VOR DEM EINSTURZ

1

Nimmi

März 1969
Shimla, Himachal Pradesh, Indien

Ich bleibe stehen, um mir die Berge anzusehen, die langsam aus dem Schlaf erwachen. Der Winter in Shimla geht dem Ende zu. Die Männer und Frauen wickeln sich in zwei, manchmal auch drei Pashminaschultertücher ein, aber die Hügel werfen ihre Decken ab. Ich höre Schmelzwasser – tropf, tropf, tropf – auf dem harten Boden aufschlagen, während ich mich vorsichtig auf dem Weg zu Lakshmi Kumars Haus mache.

Gestern habe ich in dem Tal unter uns die ersten rosa Anemonen gesehen, wie sie frech ihre Nasen in die dünne Luft stießen. Ich stelle mir vor, wie in den entfernten Bergen im Norden mein Stamm seine Schafe und Ziegen durch das Kangra-Tal zum Dorf Bharmour in den Höhen des Himalaja führt, so wie ich es auch tun würde, wenn mein Ehemann Dev noch am Leben wäre. Es ist kaum zu glauben, dass er schon seit einem Jahr fort ist. Meine Tochter Rekha würde jetzt an der Seite ihres Vaters laufen und mit ihren Ärmchen wedeln, um ihm beim Treiben der Schafe und Ziegen zu helfen, während ich unser Baby Chullu auf dem Rücken trüge. Wir wären in Begleitung der anderen Familien unseres Stammes, die im unteren Teil des Himalaja überwinterten, damit ihre Herden genug Futter finden. Sobald der Schnee zum Frühlingsanfang zu schmelzen begann, kehrten wir immer in die Berge zurück, um unsere Felder mit dem Schafdung zu bearbeiten, der über die Wintermonate zu reichhaltigem Dünger herangereift war.

Ich habe meine Familie nicht mehr gesehen, seit ich meinen Stamm im vergangenen Frühling nach Devs tödlichem Unfall verlassen habe. Sie kommen nicht so weit nach Süden bis Shimla herunter, aber es vergeht nicht ein Tag, an dem ich nicht voller Zuneigung an sie denke.

Während wir marschierten, erzählte Old Suresh uns immer Witze. *Kennt ihr schon den über die Ziege mit Blähungen und den Schäfer ohne Nase?* Nein, erzähl ihn uns, erwiderten wir dann mit einem Lachen.

Die zahnlose Großmutter Sushila, aus deren dreieckiger Tätowierung an ihrem Kinn graue Barthaare herausragten, fing dann mit einem der Volksmärchen an, die sie von ihrer Großmutter kannte. *Der König befahl also der Königin, aus der feinsten Wolle eine Decke für ihn zu weben, was sie fast zehn Jahre kosten würde, wie er wusste.* Wir alle kannten die Geschichte auswendig und beendeten den letzten Satz für sie, woraufhin sie uns immer mit einem Stirnrunzeln ansah. *Oh, kennt ihr diese Geschichte denn schon?*

Nachdem wir die Wolle unserer Schafe im unteren Himalaja verkauft hatten, erfreuten wir uns an unseren umfangreichen Wintereinkäufen: ein himmelblauer Pullover aus der Fabrik, ein Transistorradio von Philips, ein gackerndes Huhn, gekauft auf dem Markt an einer Bergstation. Ein paar Familien hatten sich vielleicht eine stattliche gefleckte Hausziege oder einen jungen schwarzen Bullen ausgesucht, den wir bewunderten. Meine Schwägerin präsentierte uns eine neue Worfelplatte; mein älterer Bruder marschierte stolz mit seinen Söhnen an ihrer Seite. Wir wackelten mit den Köpfen und stimmten zu, dass sich die Spelzen mit dieser Platte viel schneller von den Reiskörnern trennen ließen.

Jetzt lächele ich, während ich an diese strapaziösen Reisen durch den Himalaja zurückdenke. Ich bin fast glücklich. Das Einzige, was mir dazu noch fehlt, ist ein Brief von Malik, selbst wenn ich ihn mit jemand anderem teilen muss, insbesondere wenn es sich bei diesem Jemand um Lakshmi handelt. Wenn ich doch nur zur Schule hätte gehen können, dann wäre ich nicht der Demütigung ausgesetzt, dass er seine Briefe für mich an *sie* schickt, damit sie sie *mir* vorliest.

Meine Ziegenfellstiefel erzeugen ein befriedigendes quatschendes Geräusch auf dem matschigen Kies, während ich mir vorstelle, wie ich Lakshmi Kumar aus meinem Leben hinausstampfe.

An dem Tag, an dem Lakshmi in mein Leben trat, war ich nicht bei klarem Verstand. Ich war so außer mir vor Fieber und Trauer, dass ich mir nicht mal bewusst war, dass ich meinen Sohn Chullu geboren hatte, zwei Monate zu früh. Vorher am selben Tag hatte mein Ehemann Dev versucht, einen von Rhododendronblättern berauschten jungen Ziegenbock zurück auf den engen Bergpfad zu ziehen. Wir waren auf dem Weg zu unseren Sommerunterkünften im oberen Himalaja gewesen. Dev verlor den Halt und stürzte mit dem Ziegenbock Hunderte Meter tief in eine Schlucht. Wir alle sahen es, aber es gab nichts, was wir hätten tun können. Der Himalaja ist für uns die Heimat der Götter – Shiva, Ram und Kamla –, die alle viel mächtiger sind als wir. Wenn sie jemanden von uns nehmen wollen, dann ist das ihr Recht, ihr Privileg. Dennoch war ich nicht bereit dazu, meinen Ehemann gehen zu lassen. Immer und immer wieder weinte ich. *War die Ziege, die wir am Anfang unserer Reise geopfert haben, nicht genug, um uns zu schützen? Oder war es ein böser* Nazar? Dass unsere Schafe im vorherigen Winter so viel Wolle produzierten, hatte möglicherweise jemanden neidisch werden lassen.

Ich packte die Menschen neben mir an den Schultern und kreischte in ihre erschrockenen Gesichter: *Sag mir, dass du Dev nicht verflucht hast!* Ich schrie Shiva an. Ich schlug mit den Fäusten auf meinen aufgeblähten Bauch und versprach Shivaji, ihm das Baby zu überlassen, wenn er mir nur Dev zurückbrächte. Mein Schwiegervater und mein Bruder mussten mir die Arme vom Bauch wegziehen, damit ich das Leben darin nicht verletzte. Die Frauen rieben meine Schläfen, Hände und Füße mit warmem Senföl ein, bis ich schließlich in der Benommenheit versank. Knapp eine Woche später, als ich daraus erwachte wie aus einem langen Schlaf, sah ich das sorgenerfüllte Gesicht der kleinen Rekha, die sich an meiner Bettkante herumdrückte, und rief meine Tochter zu mir. Sie war gerade erst drei Jahre alt und verstand noch nicht, dass sie ihren Vater nie wiedersehen würde. Damals erzählte mir mein Schwiegervater von dem Arzt und der *Doctrini*, die aus Shimla gekommen waren, um sich um mich zu kümmern; mein Körper hatte stärkere Medizin gebraucht als das, was unser Stamm dabeihatte. Der Vater meines Ehemanns sprach durch einen Vorhang mit mir, den die Frauen aufgebaut hatten, um stillende Mütter nach der Geburt des Babys elf Tage lang zu isolieren. Ich blickte hinunter und bemerkte zum ersten Mal ein schlafendes Neugeborenes in meiner Armbeuge, seinen Kopf von meiner tropfenden Brust abgewandt, aus seinem rosafarbenen Mund sabberte blassblaue Milch.

Wie hatte ich jemals dieses Baby wegwünschen können? In ihm hatte Shiva mir die feinen Nasenflügel, die breite Stirn und die leicht gelockten Haare von Dev wiedergegeben. Ich bat Rekha, zu uns auf die Decke zu klettern und ihren Bruder Chullu zu begrüßen.

Als ich Lakshmi Kumar das nächste Mal sah, war dies gleichzeitig der Tag, an dem ich Malik traf, im vergangenen Juni. Ich verkaufte Blumen am Hauptweg in Shimla. Rekha war drei Jahre alt, ein ernstes Mädchen, und ich hatte sie gebeten, auf ihren nun drei Monate alten Bruder aufzupassen. An dem Morgen hatte ich in den Wäldern Shimlas Rosen, Gänseblümchen und Butterblumen für Touristen und wiederkehrende Besucher gepflückt und für die anspruchsvollen Käufer Pfingstrosen, Schafgarbe und Roten Fingerhut. Durch das Zusammenleben mit meinem Stamm wusste ich, dass bestimmte Blumen Schmerzen und Husten kurieren, die monatliche Blutung erleichtern und unruhige Körper in den Schlaf wiegen konnten.

In meinem Verkaufsstand holte ich die Blumen aus dem großen, flachen Korb heraus, den ich aus Feengras gewebt hatte, und richtete sie auf einer Pferdehaardecke auf dem Boden aus. Als Chullu anfing, unruhig zu werden, zog ich einen kleinen Lumpen von meinen tropfenden Brüsten aus der Bluse, um ihm den zu geben. Er begann daran zu saugen und beruhigte sich wieder. Bald würde er Zähne bekommen, und schließlich würde ich mit dem Stillen aufhören müssen, aber jetzt genoss ich es noch, seine Wärme – Devs Wärme – an meinem Körper zu spüren.

Zuletzt packte ich immer die silberne Statue von Shiva aus. Nachdem ich ein stilles Gebet gesprochen hatte, um ihm für meinen Chullu zu danken, stellte ich sie auf einer Seite auf. Dann setzte ich meine beiden Kinder in den leeren Korb. So wie meine Mutter vor mir und ihre Mutter vor ihr hatte ich gelernt, meine Kinder anzubinden, wenn ich damit beschäftigt war, Ziegenmilch für den Käse zu kochen, einen Mantel zu nähen oder Dung fürs Feuer zu sammeln. Chullu sah zu, während ich das Stoffseil um seine Handgelenke band. Als ich seine Wangen küsste, drehte er sich zur Seite und warf den Kopf zurück. Rekha spielte mit seinen Haaren. Kaum hatte sie seine Locken zu einem Zopf geflochten, schüttelte er schon den Kopf und kicherte, sodass sich der Zopf wieder auflöste und sie von Neuem beginnen musste.

Ich wusste, dass ich anders aussah als die anderen Verkäufer am Gehweg, und ich betrachtete das als Vorteil, insbesondere bei den Touristen – Inder in den Flitterwochen, ältere Menschen in spiritueller Klausur, Europäer, die von der Lebensweise unseres Stammes fasziniert waren. So wie die anderen Frauen meines Stammes auch trug ich meinen geblümten Rock aus leuchtend gelber Baumwolle über meinem grünen *Shalwar Kamiz*. Ein silbernes Medaillon thronte wie eine kleine Kappe auf meinen Haaren und krönte den orangen *Chunni*, den ich über den Kopf und um meine Schultern gelegt hatte. Um meine Taille hatte ich zwanzigmal ein Seil aus gekochter und schwarz gefärbter Schafwolle geschlungen. Und dann waren da noch die verräterischen Punkte – drei Stück, die in Form eines Dreiecks auf mein Kinn tätowiert worden waren, als ich erwachsen wurde –, weswegen mich Besucher in Shimla immer anstarrten. Nur den üppigen Nasenring, so groß wie ein Armband, den ich zu meiner Hochzeit bekommen hatte, trug ich nicht mehr; ich hatte gemerkt, dass er mich nicht nur zu einer Kuriosität machte, sondern fast schon zu einer Attraktion, auf die die Besucher sich gegenseitig aufmerksam machten. Sie glaubten, diskret zu sein, aber ich fand die Faszination in ihren Gesichtern verstörend.

Nachdem Dev in der Schlucht gestorben war, war ich fest entschlossen, dafür zu sorgen, dass meine Kinder niemals das gleiche Schicksal erleiden würden, nämlich mit dem Stamm hin und zurück durch die Berge zu ziehen und Zehen durch Erfrierungen zu verlieren, während der drohende Tod immer nur ein paar Schritte entfernt war. Ich hatte meinen Schwiegervater darum gebeten, in Shimla bleiben zu dürfen. Er hätte es gerne gesehen, wenn ich einen anderen Junggesellen aus meinem Stamm geheiratet hätte, aber auch er betrauerte den Tod seines Sohnes und stimmte zögernd unter der Bedingung zu, dass ich es allein schaffen musste. Sein Abschiedsgeschenk war ein großer Vorrat an getrocknetem Fleisch und der gesamte Silberschmuck aus meiner Aussteuer. Als Frau hatte ich kein Anrecht auf Eigentum, nicht einmal auf ein Schaf oder eine Ziege, aber ich wusste, dass ich meinen Schmuck in harten Zeiten verkaufen konnte.

Links von meinem Verkaufsstand in der Shimla Mall quetschte ein Luftballonverkäufer seine Luftwürstchen in die Form eines Elefanten oder Kamels. Meine Kinder sahen begeistert zu. Chullu streckte die Hand nach einem aus, aber Rekha drückte seinen Arm sanft herunter. Zu meiner Rechten gab es einen Coca-Cola-Stand, dessen Besitzer noch nicht da war. Für ein kühles Getränk war es noch etwas früh am Tag. Bis zum Nachmittag würden die Besucher wegen des exotischen Geschmacks Schlange stehen.

Die Uhr in der Kirche Christi schlug acht Mal. An Frühlingsmorgen wanderten die Frühaufsteher zu den Tempeln von Jakhu Hill, Sankat Mochan oder Tara Devi, um dort zu beten. Die weniger Religiösen schliefen aus; sie brauchten sich nicht zu beeilen, um ihren Tag zu bewältigen.

In der Ferne sah ich einen jungen Mann und eine Frau, die zielstrebig auf mich zukamen. Die Frau trug einen kastanienbraunen Sari und einen dazu passenden Wollumhang, der an den Säumen mit weißen Blüten bestickt war. Sie ging mit schnellen, kurzen Schritten. Ihre Haare hatte sie oben auf dem Kopf ordentlich zusammengesteckt. Der junge Mann war schlank, einen Kopf größer als die Frau, aber sein Gang war lässiger, als hätte er alle Zeit der Welt. Trotzdem hielt er mühelos mit ihr Schritt. Als sie sich meinem Stand näherten, bemerkte ich, dass sie alt genug war, um seine Mutter zu sein. Feine Linien zogen sich über ihre Stirn und ihre Mundwinkel. Der Mann schien nicht älter als zwanzig zu sein, vielleicht ein paar Jahre jünger als ich. Er trug ein weißes Hemd, einen blauen Pullover und eine dunkelgraue lange Hose. Die Frau hatte ihren Blick auf meine Blumen gerichtet, während er amüsiert meine Kinder im Korb beobachtete.

Die Frau griff nach den Pfingstrosen. »Wo hast du die gefunden?«, erkundigte sie sich.

Ich musste meine Augen von dem jungen Mann losreißen; er erinnerte mich so sehr an meinen verstorbenen Ehemann. Devs Augen, gleichzeitig sanft und schneidend, ganz ähnlich wie die von diesem Mann, hatten mich umworben, mich geliebt und mir ein Gefühl von Sicherheit vermittelt.

Als ich mich der Frau zuwandte, erschrak ich über ihre Augen. Sie war eine attraktive Frau, doch diese blauen Kugeln mit der Farbe des Berghimmels nach einem nächtlichen Regenschauer machten sie zu einer Schönheit. »In einer Schlucht ungefähr eine Meile von hier entfernt«, erwiderte ich. »Sie fällt scharf von der Klippe ab. Dort unten am Boden wachsen welche.« Meine Fundstelle zu enthüllen, machte mir keine Sorgen. Für mich war es normal, steile Abhänge entlangzuklettern, und ich war mir sicher, dass eine so kultivierte Person wie sie mir nicht dorthin folgen würde. Wenn unsere Stammesältesten einander als »alte Ziegen« bezeichneten, bezogen sie sich darauf, wie leichtfüßig wir neben unseren Herden die Berge hochtrotteten.

Chullu fing zu weinen an, und die Frau wurde auf ihn aufmerksam. Ihre Augen flackerten, und ihr Mund öffnete sich leicht. Ich rieb mit einem Finger über Chullus schmerzendes Zahnfleisch, um ihn zu besänftigen. Auf dem Gesicht der Frau erschien ein wundervolles Lächeln. »Ich sehe, dass er gewachsen ist.«

Kannte ich sie? Falls ich sie schon einmal getroffen hatte, konnte ich mich nicht an sie erinnern. Sie bemerkte meine Verwirrung und zeigte mit dem Kinn auf Chullu. »Dr. Kumar und ich haben dir vor ein paar Monaten bei seiner Geburt geholfen.« Sie warf einen Blick hoch zur Spitze des Bergrückens. »Mehrere Meilen auf der anderen Seite des Gipfels.«

Das war also die *Doctrini*, die sich um mich gekümmert hatte! Sie war für die Rettung meines Chullu verantwortlich; ich schuldete ihr eine ganze Menge. Ich legte die Hände zusammen und verneigte mich, um ihre Füße zu berühren. »Vielen Dank, Doktor. Wenn Sie nicht gewesen wären …«

Sie beugte sich herunter, um mich aufzuhalten, wobei sie ihre Hände über meine legte. In dem Moment bemerkte ich die feinste Hennamalerei, die ich je auf den Händen einer Frau gesehen hatte. Es sah aus wie die elegante Perlen- und Paillettenstickerei auf einem Hochzeits-*Chunni* – fast so, als würde sie Chiffonhandschuhe mit einem verschlungenen Muster tragen. Es kostete mich Mühe, meinen Blick von ihren Händen abzuwenden. Sie sprach weiter.

»Du musst meinem Ehemann, Dr. Kumar, danken. Oben im Lady-Bradley-Hospital«, sagte sie. »Ich bin keine Ärztin. Ich arbeite mit ihm zusammen, um die Schmerzen während und nach der Geburt zu lindern. Ich freue mich, dass es dir und dem Baby so gut geht.«

Meinen Ehemann erwähnte sie nicht, wofür ich ihr dankbar war. Der intensive Schmerz, den ich nach Devs Verlust anfangs gespürt hatte, war jetzt zu einem Rinnsal verebbt, das ich nur noch in bestimmten Momenten wahrnahm – zum Beispiel, wenn mein Blick auf das Amulett von Shiva fiel, das Dev immer um den Hals getragen hatte und das ich jetzt um die Statue des Gottes in meinem Zuhause drapiert hatte.

Ich wandte mich von der Frau ab, schob die Gedanken an Dev beiseite und begann Pfingstrosen in Zeitungspapier zu wickeln. Ich hörte, wie der junge Mann meine Kinder fragte, welches Tier der Ballonverkäufer für sie machen solle. Ich warf ihm einen Blick zu, wie er vor dem Korb der Kinder hockte. Chullu starrte ihn fasziniert an.

»Bitte … Es ist nicht notwendig«, sagte ich.

Der Mann mit den Augen meines Ehemanns drehte sich zu mir um und sagte: »Nein, es ist nicht notwendig.« Er lächelte mich an, bis ich mich abwenden musste, mein Gesicht vor Hitze gerötet.

Ich beschäftigte mich mit den Blumen. Als die Frau bezahlen wollte, winkte ich ab. »Ich könnte meine Schuld bei Ihnen nie begleichen, *Ji*.«

Aber die Frau drückte mir trotzdem Geld in die Hand und sagte: »Du kannst es mir vergelten, indem du sie gut ernährst«, und zeigte auf die Kinder, die jetzt mit dem Elefantenluftballon spielten, den der junge Mann ihnen gekauft hatte.

Die *Doctrini* fragte: »Kannst du morgen bitte auch ein paar Pfingstrosen mitbringen? Und wo ich schon hier bin, nehme ich auch noch Schafgarbe mit.«

Als das Paar sich mit seinen Einkäufen zum Gehen wandte, rief ich ihnen nach: »*Memsahib*, darf ich wissen, wie Sie heißen?«

Ohne innezuhalten, drehte die Frau mit den blauen Augen den Kopf zu mir herum und lächelte mich an. »Mrs. Kumar. Lakshmi Kumar. Und du?«

»Nimmi.«

Sie zeigte auf den jungen Mann, der sich zu mir umgedreht hatte und jetzt rückwärtsging, um mit ihr Schritt zu halten. »Das ist Malik – Abbas Malik –, der regelmäßig alle paar Tage eine Blumenbestellung bei dir abholen wird.« Malik hielt an, um mir ein *Salam* zu schenken, grinste und rannte dann los, um sie wieder einzuholen.

Am nächsten Tag machte ich mich mit mehr Sorgfalt als üblicherweise zurecht und achtete darauf, dass meine Haare zurückgesteckt waren. Ich trug die Ohrringe und die Kette aus schwerem Silber, die von meiner Hochzeit stammten. Ich sagte mir selbst, dass ich mich für die Touristen angezogen hatte, aber ich wartete sehnlich auf Malik. Ich war mir nicht sicher, ob er kommen würde, aber ich hatte so ein Gefühl. Als er auftauchte, begrüßte er zuerst Chullu und Rekha. Chullu grinste ihn mit rosa Gaumen an, aber Rekha studierte ihn ernsthaft, wie es so ihre Art ist. Dann zog Malik ein kleines Glas aus seiner Stofftasche und reichte es mir.

Überrascht nahm ich es entgegen und sah mir die kompakte goldene Flüssigkeit darin an. Meine Hände zitterten. Das letzte Geschenk, das ich je bekommen hatte, waren die mit Spiegeln besetzten Bänder für meine Zöpfe, die Devs Schwester zu meiner Hochzeit für mich angefertigt hatte.

»Für wenn er Zähne bekommt«, erklärte er.

Ich drehte das Glas auf und zwirbelte etwas Honig um einen Finger und streckte ihn Chullu hin, der daraufhin den Mund öffnete. Ich rieb ein bisschen über sein Zahnfleisch, und er begann sich mit seiner winzigen Zunge über die Lippen zu lecken. Rekha wollte ebenfalls Honig haben, und ich gab ihr einen Finger voll zum Schlecken. Ich besaß nicht genug Geld, um Honig zu kaufen, und war voller Dankbarkeit, dass mir jemand, der nicht zu meiner Familie gehörte, so ein umsichtiges Geschenk gemacht hatte.

»Danke«, sagte ich, wobei ich die Augen auf meine Kinder gerichtet hielt.

»Ich bin es, der für die Pfingstrosen zu danken hat. Sonst hätte Tante Boss mich die Klippe hinunterklettern lassen, um welche zu besorgen.« Er lachte tief und laut.

Ich sah ihn an. »Tante Boss?«

»Mrs. Kumar. Sie ist mein Boss, auch wenn sie so tut, als wäre das nicht der Fall.« Er grinste.

»Woher wusstest du das mit dem Honig?«, fragte ich.

»Von Omis Kindern – ihren eigenen und den anderen aus meinem Viertel, auf die sie aufgepasst hat. Irgendwer zahnte immer. Meine Mutter – nun, ich bezeichne Omi als meine Mutter, aber tatsächlich hat sie mich nur aufgenommen, als ich klein war – rieb ihnen das Zahnfleisch mit Honig ein.« Er grinste. »Warte nur, bis du siehst, was ich alles mit Haaren machen kann. Ich habe all meinen Cousinenschwestern mit den Zöpfen geholfen.«

Bevor ich ihn fragen konnte, was mit seiner richtigen Mutter passiert war oder wer diese Omi war, rief Rekha: »Mach mir die Haare!« Sie hatte unserem Gespräch zugehört.

Seitdem kam er jeden Tag und brachte etwas für die Kinder vorbei: eine Schleife für Rekha, einen Beutel süßer Litschis, eine grüne Grille für Chullu. Von Anfang an fühlte ich mich in seiner Gegenwart wohl. Ich begann die seltensten Pflanzen zu ernten, damit er sie Mrs. Kumar bringen konnte. Rhododendron, um geschwollene Knöchel zu kurieren. Die Wurzeln von Schneegipfelhimbeeren, um die monatliche Blutung einer Frau zu stoppen, wenn sie zu stark wird. Eines Tages gab ich ihm sogar eine Schüssel *Sik* aus den getrockneten Früchten des Niembaums, die ich in *Ghee* gebräunt hatte, bevor ich Zucker und Wasser hinzufügte. Das hatte ich während meiner beiden Schwangerschaften gegessen. Alle Frauen in den Bergen essen es, damit ihre Körper vor und nach der Geburt gesund bleiben.

Eines schönen Augustmorgens, als der Nebel in den Bergen sich gelichtet hatte und die Sonne meine Wangen rötete, erschien Malik mit einem *Tiffin*-Träger. Und er sagte, dass er mit Mais und Weizen-*Chapatis* und einem Curry aus Sommerkürbis und süßen Zwiebeln gefüllt sei. »Heute kaufen wir alles, was du hast, und ich nehme euch zu einem Picknick mit.«

Rekha lächelte, was selten vorkam. Dann klatschte sie in die Hände und hüpfte aus dem Korb heraus. Ich machte die Kinder los und setzte Chullu auf meine Hüfte.

»Wer ist wir? Du und dein Schatten?«, neckte ich ihn.

Er begann meine Blumen einzusammeln und legte sie vorsichtig in den jetzt leeren Korb. »Das Lady-Bradley-Hospital. Gestern hat die Tochter eines Geldgebers Zwillingssöhne zur Welt gebracht. Ich hatte dein *Sik* mit den Krankenschwestern geteilt, die es mit ihr geteilt haben. Sie sagte, dass es mit das Beste sei, das sie je gegessen habe, und sie sich dadurch besser fühle. Und bevor du dichs versiehst, hat ihr Vater für den neuen Flügel des Krankenhauses Geld gespendet! Wie findest du das?« Malik klopfte mit dem Zeigefinger erst auf Chullus Nase, dann auf Rekhas, und sie kicherten.

Ich deckte den Blumenkorb mit der Pferdehaardecke ab und hievte ihn auf meinen Rücken. Dann hob ich Chullu über meinen Kopf und ließ seinen Kopf über die eine Schulter hängen, während ich über der anderen Schulter nach seinem Knöchel griff. Ich zeigte Malik, wie er Rekha auf die gleiche Art tragen konnte. So hat unser Stamm unsere Kleinkinder immer getragen, damit sie sich wohlfühlen und wir uns auch.

Malik übernahm diese Tragweise, als hätte er es schon sein ganzes Leben lang so gemacht.

An einem warmen Abend ein paar Wochen später tauchte er bei der Unterkunft auf, die ich für mich und meine Kinder unten in Shimla gemietet hatte. Die Luft im Raum war schwer vom Duft der würzigen Kartoffeln, die ich für die Kinder zubereitete, und ich hatte die Tür geöffnet, damit Luft hereinkam. Malik stand mit seinem trägen Lächeln auf meiner Schwelle. Den Löffel noch in der Hand, erstarrte ich einen Moment lang und sah ihn nur an. Dann ließ ich den Löffel los, ging zur Tür und legte meine Arme um ihn, ohne ihn überhaupt zu fragen, wie er herausgefunden hatte, wo ich wohnte.

Meine Unterkunft ist nichts anderes als ein überdachter Bereich unter dem Überhang eines Hauses – verdichtete Erde, Wände aus Holzbrettern, ein Fenster mit einem Vorhang. Sie fühlt sich vertraut an; sie ähnelt so sehr der Hütte, wo Dev und ich im Sommer immer wohnten, hoch oben in den Bergen. Dort schichteten wir als Wände lange Gräser über einem Holzgestell auf. Jeder im Stamm half mit. Unsere Fenster hatten keine Abdeckungen oder Glasscheiben, und wir schliefen auf Bettrollen, die mit Gras gefüllt waren.

Meine Vermieter hier in Shimla, die Aroras, hatten mir einen Kocher mit zwei Flammen gegeben, an den ich mich erst etwas gewöhnen musste; normalerweise kochte ich über offenem Feuer. Der Wasserhahn und das Plumpsklo befanden sich draußen. Die Aroras sind in den Sechzigern und haben keine eigenen Kinder. An dem Tag, an dem sie mich das erste Mal mit meinen zwei Kindern erblickten, wie ich das Lager auf einem ihrem Haus zugewandten Hügel abbrach, luden sie uns dazu ein, mit ihnen zu frühstücken. Mrs. Arora nahm mir Chullu ab und schnupperte an seinen Haaren, wobei sie die Augen schloss. Rekha versteckte sich in meinen Röcken, bis Mr. Arora ihr ein Toffee anbot. Nachdem sie von meiner Situation erfahren hatten, bot Mr. Arora mir an, den Raum unter ihrem Haus einzufassen, direkt unter dem auskragenden Salon. Ich sollte mir keine Sorgen wegen der Miete machen, aber ich versuche ihnen von dem, was ich mit dem Blumenstand verdiene, so viel zu geben, wie ich kann. Das alte Ehepaar seinerseits ist erfreut darüber, morgens auf Chullu und Rekha aufzupassen, während ich die Wälder durchstöbere.

In den sieben Monaten, seitdem Malik und ich angefangen haben, das Bett zu teilen, habe ich seine Tante Boss, Lakshmi, nur ein paarmal gesehen. Sie hat den Einkauf ihrer Heilkräuter Malik überlassen und kommt nur mit ihm mit, um zu sehen, ob ich seit ihrem letzten Besuch irgendwelche neuen Blumen geerntet habe, oder um zu fragen, ob es eine andere Eisenkrautvarietät gibt, die den Blutdruck vielleicht noch besser senkt als die letzte Charge, die Malik gekauft hat.

Vor ein paar Monaten kam sie einmal mit Malik zum Verkaufsstand, und ich dachte, dass sie auf der Suche nach einem besonderen Kraut sein musste. Ich stand auf, um sie beide zu begrüßen. Aber sie wirkte zerstreut, sah meine Blumen und Pflanzen flüchtig an, während Malik die Sachen einsammelte, die er von meinem Stand brauchte. Ich spürte, wie sie mich musterte, als ich nicht hinsah. Meine Kinder riefen, dass sie mit Malik spielen wollten, als er fertig war. Rekha wollte mit ihm das Handklatschspiel spielen, das er ihr beigebracht hatte, und Chullu wollte auf seinem Rücken reiten. Malik lächelte sie an, wich mir aber aus.

Ich lächelte Lakshmi an, deren Blicke zwischen Malik und mir hin- und herflitzten. Mein Herz flatterte – das tut es immer, wenn ich beunruhigt bin –, und ich spürte ein Unbehagen zwischen uns entstehen. In dem Moment wurde mir klar, dass es Malik peinlich war, Lakshmi wissen zu lassen, dass zwischen uns mehr war als nur eine flüchtige Bekanntschaft.

2

Lakshmi

Shimla

Ich liebe diese Jahreszeit, die beißende Luft in meiner Nase, das Knirschen der Schneekristalle unter meinen Stiefeln und die Vorfreude auf eine neue Jahreszeit. Nachdem ich den Großteil meines Lebens in der trockenen Hitze von Rajasthan und Utta Pradesh verbracht habe, hätte ich nie gedacht, dass ich das kühlere Wetter im Himalajavorgebirge einmal so lieben würde.

Während ich auf meinem morgendlichen Spaziergang um den letzten Hügel biege, erblicke ich das Dach und die Giebel meines viktorianischen Bungalows, auf denen der letzte Rest Schnee liegt; wie ein aufwendig mit Sahne dekoriertes Gebäckstück. Auf der einen Seite des Hauses steht eine Himalajazeder, ihre Zweige mit weißem Pulver bestäubt. Der Anblick erfüllt mich immer mit Freude, und ich frage mich wie so oft, wie ich seine zarte Schönheit in einem Hennamuster einfangen könnte.

Dann sehe ich Nimmi, die an meiner Türschwelle wartet.

Auf dem Pfad zögere ich.

In ihrer vollständigen Stammestracht ist ihre schmale Figur eindrucksvoll. Ihre Haut hat die Farbe feuchter Rinde, sodass ihre Augen – klein, tief liegend – wie die eines energischen schwarzäugigen Bülbüls leuchten. Zusammen mit ihrer Falkennase lassen sie sie streng aussehen. Ich tadele mich, dass ich ein Urteil über sie fälle. Habe ich mir nicht selbst beigebracht, freundlich aufzutreten, selbst wenn die Situation es nicht erfordert? Das ist eine Fertigkeit, die ich mir in den zehn Jahren angeeignet habe, in denen ich mich um die Launen der Damen in Jaipur gekümmert habe, während ich ihre Hände mit Henna bemalte. Vielleicht werden die Frauen in Nimmis Stamm nicht dazu erzogen, ihre wahren Gefühle zu zügeln?

Ich ertappe mich bei einem Stirnrunzeln. Fühle ich mich in Nimmis Gegenwart unbehaglich, weil sie mich beschuldigt, ihr Malik genommen zu haben? Möglich. Vielleicht ist das der Grund, warum ich mir so große Mühe gebe, ihr gegenüber höflich und freundlich zu sein. Ich kaufe wahrscheinlich den Großteil ihrer Blumen in der Shimla Mall. Ich habe Malik angewiesen, ihr mehr zu zahlen, als sie verlangt, weil ich weiß, dass sie als junge Witwe darum kämpfen muss, über die Runden zu kommen und ihre Kinder zu versorgen. Und trotzdem spüre ich Feindseligkeit in ihrer Haltung mir gegenüber. Oder ist es Vorsicht? Als ob sie darauf warten würde, dass ich sie missbillige oder strafe oder zurechtweise? Tue ich das? Ich muss zugeben, dass sie mich an jene frühen Jahre mit meiner jüngeren Schwester Radha erinnert, die immer alles so schnell abtat, was ich ihr sagte.

Ich zwinge mich zu einem Lächeln, während ich die Verandastufen hochsteige. Nimmi macht einen ungeduldigen Schritt auf mich zu. Dieser hungrige Blick in ihren Augen fragt: *Ist heute ein Brief von Malik gekommen?*

Sie hat ihren Kopf mit einem *Chunni* bedeckt und trägt das silberne Medaillon über ihren Haaren, das sie als Nomadin kennzeichnet. Im Gegensatz zu mir scheint sie die Kälte nicht zu spüren, während ich mich in ein leichtes Wolltuch über einem Kaschmirpullover und einem schweren Sari eingewickelt habe. Malik hat mir mal erzählt, dass die Bindung und die Schussfäden von Nimmis Kleidern aus selbst gesponnener Wolle sie und die anderen Bergbewohner wärmer und trockener halten als das Garn, aus dem ich Pullover für Jay und mich stricke.

Ich nicke und murmele eine Begrüßung. Dann schließe ich die Vordertür auf und halte sie für sie auf. Sie macht ein paar Schritte ins Gebäude hinein und hält inne. Der Raum leuchtet orange und gelb von dem Feuer, das Jay heute Morgen entfacht hat, bevor er zur Arbeit ging. Seine Flammen werfen Schattenfiguren auf den glänzenden Holzfußboden. Gegenüber vom Kamin befinden sich ein Sofa und zwei Sessel, die mit cremefarbener Baumwolle bezogen sind.

Ich versuche den Raum mit Nimmis Augen zu sehen; sie scheint sich nicht wohlzufühlen. Für sie, eine Frau aus den Bergen, die es gewöhnt ist, unter freiem Himmel auf Steppdecken zu schlafen, die mit den Resten alter Decken gefüllt sind, müssen diese zweistöckigen Häuser in Shimla, die von den Briten gebaut wurden, schamlos luxuriös wirken.

»*Namaste! Bonjour!* Willkommen!«, kreischt Madho Singh. Nimmi reagiert und sieht sich nach der Quelle um – fast so wie Malik vor all diesen Jahren, als er den sprechenden Vogel zum ersten Mal im Palast von Maharani Indira in Jaipur sah. Madho Singhs Käfig steht am Kamin (er hat es gerne warm; schließlich ist er ein tropischer Vogel, und Shimla ist ein bisschen frisch für ihn). Malik musste ihn hierlassen, als er nach Jaipur abgereist ist (während seiner Internatszeit in der

Bishop-Cotton-Jungenschule hatte er es irgendwie geschafft, den Vogel in seinen Räumen zu halten). Ich muss zugeben, dass ich mich an den Alexandersittich gewöhnt habe. Ich würde ihn fast schon vermissen, wenn er mich nicht den ganzen Tag lang beschimpfen würde, so wie er das früher mit Maharani Indira getan hat. Die verwitwete Maharani war so bezaubert von Malik und seiner Begeisterung für Madho Singh gewesen, dass sie ihm ihren Sittich schenkte, als wir Jaipur verließen (auch wenn ich mich frage, ob das nicht einfach nur ihre Art war, sich ein altes Ärgernis vom Hals zu schaffen).

Jetzt erscheint der Hauch eines Lächelns auf Nimmis Lippen; der Vogel belustigt sie.

Ich hänge meinen Umhang an einen Haken neben der Tür. Dort hängt auch Jays grüne Wollstrickjacke, die er immer zu Hause trägt, ebenso wie unsere Mützen, Regenschirme und Mäntel. Ich sehe, wie Nimmis Blick zum Salontisch wandert, wo wir morgens unseren Tee trinken. Neben den leeren Tassen und Untertassen liegt ein sauber aufgeschlitzter Briefumschlag, mit einem silbernen Brieföffner daneben. Ihre Augen bleiben an dem Umschlag haften, als handelte es sich um ein wertvolles Juwel.

»Möchtest du gerne Tee haben?«, frage ich sie.

Sie schüttelt höflich, aber ungeduldig den Kopf, *nein*. Sie kann sich kaum davon abhalten, mir zu befehlen, ihr den Brief vorzulesen. Das ist der einzige Grund, warum sie hier ist. Ihr Stamm zieht mit den Jahreszeiten den Himalaja hoch und runter, weshalb die meisten Stammesmitglieder niemals in der Schule gewesen sind oder das Lesen gelernt haben. Ich hatte Malik versprechen müssen, dass ich ihr die Briefe vorlese, die er ihr schreibt.

»Ich habe etwas extra für dich gemacht. Ich gehe es eben holen.« Bevor sie etwas dagegen einwenden kann, gehe ich in die Küche und setze Tee auf. Mag sein, dass sie die Kälte nicht spürt, mein Körper hingegen schon. Während Milch und Wasser zu kochen anfangen, gebe ich Kardamomsamen, eine Zimtstange und ein paar Pfefferkörner dazu, bevor ich die Teeblätter hineinlöffele. Die kandierten Zitronenscheiben und gezuckerten Rosenblätter, die ich vorhin zubereitet habe, liegen auf einer Edelstahlplatte. Nimmi trauert, seit Malik vor einem Monat abgereist ist, und ich weiß, dass die Essenzen von Früchten und Blumen ein natürliches Mittel sind, um Traurigkeit zu lindern. Meine alte *Saas* hat mir das beigebracht, und ich habe das Rezept verwendet, um viele niedergeschlagene Seelen zu behandeln.

Mit dem Teetablett und den kandierten Früchten kehre ich in den Salon zurück, wo sich Nimmi die Hände am Kamin wärmt. Ich deute auf die Sessel gegenüber vom Kamin, und Nimmi setzt sich in einen, schiebt ihren schweren Rock beiseite und hockt sich auf die Kante, ein unruhiger Vogel, dazu bereit, aus dem Nest aufzufliegen. Ich setze mich in den anderen Sessel. Zwischen uns steht der Salontisch. Ich schiebe die Platte mit den Süßigkeiten zu ihr hin und schenke den Chai in unsere Porzellantassen ein. »Wie geht es deinen Kindern?«

Sie nimmt sich eine Zitronenscheibe und inspiziert sie genau; vielleicht essen ihre Leute keine kandierten Früchte. »Sie sind gesund«, erwidert sie auf Hindi. Ihre Muttersprache ist Pahari, und der Dialekt ist so anders als das, was ich kenne, dass ich kaum ein Wort davon verstehe.

»Das ist wunderbar.«

Mein Ehemann, der als Arzt in der Gemeindeambulanz arbeitet, hatte mir erzählt, dass ihr Sohn und ihre Tochter bei ihrem letzten Besuch bei ihm beide unter Ohrentzündungen litten.

Nimmi nickt geistesabwesend und beißt in das kandierte Obst. Sie reißt die Augen auf. Der süßsaure Geschmack überrascht sie. Sie versteckt ein zartes Lächeln hinter ihrer Tasse, während sie einen Schluck trinkt.

Ich senke den Blick und nippe an meinem Tee. »Bevor ich Maliks Brief vorlese, möchte ich dir noch ein paar Dinge sagen.«

Mühsam hebt sie den Blick. Es ist schwer zu sagen, was in diesen tiefen Augen liegt. Ihre Züge sind scharf geschnitten, hager, aber nicht ohne Schönheit. Ihre Augenbrauen sind markant, ebenso wie ihre Wangenknochen. Jahre in der Höhensonne, kreuz und quer durch den Himalaja ziehend mit dem Stamm ihrer Familie während ihrer jährlichen Wanderung, haben ihre Haut zäh gemacht. Ich bin keine große Frau, trotzdem ist sie noch einige Zentimeter kleiner als ich.

»Nimmi, ich weiß, dass Malik sich um dich sorgt und dich mag. Ich wünsche dir nichts Böses. Ich will nur das Beste für ihn.«

Die Worte kommen wütend aus ihrem Mund geflogen. »Sie sind nicht seine Mutter.«

Ich hole einmal Luft, bevor ich antworte. »Nein«, erwidere ich. »Wir werden möglicherweise nie erfahren, wer seine leibliche Mutter war, aber ich habe auf ihn aufgepasst, seit er ein Junge war. Und als wir hierhergezogen sind, war ich sein Vormund, bis er volljährig wurde.«

Malik hat ihr das wahrscheinlich schon erzählt, aber ich will, dass sie es aus meinem Mund hört. Also erzähle ich ihr, wie Malik, ein verwahrlostes Kind ohne Schuhe, mir durch Jaipur folgte und sich an meine Fersen hängte, als ich dort als Hennakünstlerin gearbeitet habe. In seiner Haltung lag Stolz, aber da war auch Hunger in seinen Augen. Also ließ ich ihn für ein paar *Paise* Botengänge erledigen. Er erledigte alles, was ich von ihm verlangte, so schnell und so gut, dass ich ihm im Laufe der Zeit mehr Verantwortung übertrug – bis er schließlich Nachschub für mich einkaufte und meine aromatischen Öle und Cremes in der ganzen Stadt auslieferte. Er wurde schnell zu einem Teil meiner kleinen Familie, genauso unverzichtbar in meinem Leben wie meine Hände, mit denen ich die Körper meiner Kundinnen mit Henna bemalte. Zusammen mit meiner jüngeren Schwester Radha, die damals knapp vierzehn und für ihn ebenfalls wie eine Schwester war, waren wir drei vor dreizehn Jahren nach Shimla gekommen, sodass sie beide hier die exzellenten Schulen besuchen konnten, während ich im Krankenhaus arbeitete.

»Wir hatten solch ein Glück, dass ein Wohltäter aus Jaipur Maliks Ausbildung in der Bishop-Cotton-Jungenschule finanziert hat. Es war solch eine Erleichterung, Nimmi. Ich wusste, dass es ihm Türen öffnen würde, wohin auch immer er gehen würde …«

»Können Sie mir bitte einfach nur den Brief vorlesen?« Sie ringt ihre Hände so fest, dass ihre Knöchel weiß geworden sind.

Ich greife nach ihren Händen. Sie wirkt überrascht, lässt es aber zu. Für eine so junge Person wie sie sind es Arbeiterhände. Rau, vernarbt. Ich reibe mit dem Daumen über den Beweis ihres kurzen Lebens voll harter Arbeit: hacken, pflanzen, scheren, Tiere hüten, melken. Ich drehe ihre Hände um, taste nach der Stelle zwischen Daumen und Zeigefinger, wo der Puls zu fühlen ist, und drücke sanft darauf, damit sie sich entspannt. Ich lasse ihr Zeit, um die Hennamalerei auf meinen Händen zu studieren; mir war aufgefallen, wie neugierig sie darauf ist. Für mich ist Henna eine Möglichkeit, mit der eine Frau ein Stück von sich selbst wiederfinden kann, das sie vielleicht verlegt hat.

Als ich mir damals in Jaipur meinen Lebensunterhalt mit der Hennamalerei verdiente, war es so befriedigend gewesen zuzusehen, wie Frauen sich veränderten, nachdem ihre Haut eingeölt und massiert und mit einer kühlenden Hennapaste geschmückt worden war, nachdem sie sich eine halbe Stunde lang die Zeit damit vertrieben hatten, mir Geschichten aus ihrem Leben zu erzählen, nachdem sie den roten Glanz eines individuellen Designs gesehen hatten, während das Henna trocknete und abblätterte. Sie gingen ruhiger, glücklicher, zufriedener daraus hervor.

Ich vermisse diese intimen Momente mit meinen Kundinnen genauso, wie ich die Freude an ihren Verwandlungen vermisse. Ich glaube, das ist der Grund, warum ich jetzt meine eigenen Hände mit Henna bemale. (In Jaipur hätte ich es nie zugelassen, dass meine Hände die Hennamuster auf den Händen meiner Damen in den Schatten stellten; ich hatte meine Hände nur eingeölt, damit sie glatt waren, und meine Fingernägel sauber und ordentlich gehalten.) Aber dieses kostbare Gefühl der Gelassenheit fehlt in Nimmis wachsamer Haltung – das will ich ihr anbieten.

»Hat irgendjemand je deine Hände mit Henna bemalt, außer zu deiner Hochzeit?«

Sie schüttelt, jetzt interessiert, den Kopf.

»Möchtest du, dass ich das mache?« Ich werfe einen Blick auf meine Armbanduhr. Ich habe Arbeit zu erledigen, aber das hier ist wichtiger. »Ich muss erst in zwei Stunden in der Ambulanz anfangen. Wir haben jede Menge Zeit.«

Sie blickt noch einmal voller Staunen auf meine Hände und dann auf ihre eigenen, ungeschmückten.

»Vielleicht könnte ich die Wildblumen zeichnen, die du erntest? Oder etwas, was deine Kinder besonders lieben? Wie wäre es mit der Grille, die Malik ihnen mitgebracht hat?«

Als ich Maliks Namen erwähne, zieht Nimmi rasch ihre Hände zurück. Sie reibt sie aneinander, als hätte ich sie verbrüht.

Sie ist noch nicht bereit für diese Art von Trost.

Ich nehme den Umschlag hoch, ziehe die gefalteten Florpostpapierblätter heraus und streiche sie mit einer Handfläche in meinem Schoß glatt. Ich möchte sie so gerne erreichen. Ich weiß, dass sie ein schwieriges Leben gehabt hat. Ich weiß, wie hart sie immer noch arbeitet, um ihre Kinder zu ernähren. Aber schon lange bevor sie auf der Bildfläche erschien, habe ich über Maliks Zukunft nachgedacht. Ich presse die Lippen zusammen, fast so, als versuchte ich, jegliche harschen Worte daran zu hindern, meinen Mund zu verlassen.

»Ich habe Malik nicht nach Jaipur geschickt, um ihn von dir fernzuhalten, Nimmi. Ich wollte nur verhindern, dass er hier in Schwierigkeiten gerät«, sage ich. Ich suche nach den richtigen Worten. Ich will nicht, dass sie mich verabscheut; das würde eine Kluft zwischen Malik und mir aufreißen, und das könnte ich nicht ertragen. »Er ist ein unternehmungslustiger junger Mann, und ich bin sicher, dass er erkennt, wie viel Geld sich über die nepalesische Grenze hinweg machen lässt. Dein Stamm hat doch bestimmt einiges von diesen Aktivitäten gesehen, während ihr durch die Berge zieht. Die Unruhe an Indiens nördlichen Grenzen hat anscheinend viele illegale Geschäfte entstehen lassen – zum Beispiel Waffenschmuggel und Drogenhandel.« Ich studiere Nimmis Gesicht, auf der Suche nach Zeichen, dass sie meine Worte verstanden hat. Ich glaube ein leichtes Nicken zu erkennen, während sie ein weiteres Stück kandierte Zitrone nimmt. »Natürlich will ich damit nicht sagen, dass Malik tatsächlich so etwas tut. Ich habe ihn nach Jaipur geschickt, damit er mit einem Freund der Familie, Manu Agarwal, zusammenarbeitet, weil mir das der beste Weg zu sein schien, um ihn zu schützen und mit der Berufswelt dort in Kontakt zu bringen. Manu kümmert sich als leitender Direktor um die Liegenschaften im Palast von Jaipur. Er kann Malik vielen Menschen vorstellen, Menschen, die ihm dabei helfen können, seine Zukunft zu gestalten.«

In meinen eigenen Ohren klinge ich wie eine Mutter, die sich zu sehr einmischt. Sieht Nimmi mich so? Ich greife nach meiner Tasse und trinke meinen Chai aus. Malik ist einundzwanzig, ein erwachsener Mann. Aber ich sehe in ihm immer noch den eifrigen, unternehmungslustigen Jungen, der er einmal war. Er hat seine Risikobereitschaft nicht abgelegt.

Ich weiß, dass Nimmi verärgert ist, weil ich ihn weggeschickt habe, aber ich muss das tun, was für Malik am besten ist. Ich nehme das Teetablett mit der Kanne und den nicht benutzten Tassen vom Tisch hoch und bringe es in die Küche. Nachdem ich so viele Menschen der Elite in Jaipur bedient habe, räume ich lieber selbst hinter mir auf, als eine Dienerin einzustellen. Einmal die Woche kommt eine Einheimische, Moni, vorbei, um das Haus zu putzen. Monis Mann räumt im Winter unsere Gehwege.

Als ich ins Zimmer zurückkehre, starrt Nimmi ins Feuer. Sie hat die Hände unter dem Kinn gefaltet, unter ihrer Stammestätowierung; ihre Ellbogen ruhen auf ihren Oberschenkeln. Ich setze mich wieder hin.

»Wenn Malik das Baugewerbe nicht gefällt, wird er zurückkommen, Nimmi. Aber ich will, dass er es ausprobiert. Hier in Shimla weiß er nicht, was er tun soll. Und ich fürchte, dass er meinetwegen hierbleibt.« Das bringt mir einen scharfen Blick von ihr ein. *Was ist mit mir*, höre ich sie denken. *Ich weiß, dass er mich auch gernhat.*

»Meine Kinder haben sich an ihn gewöhnt. Sie fragen pausenlos nach ihm«, sagt sie.

Ich höre die Trauer in ihrer Stimme und will ihr noch mehr kandierte Früchte aufdrängen. Es lässt sich nicht leugnen, wie sehr Malik an Nimmi und ihren Kindern hängt. Ich habe gesehen, wie seine Augen ihr Gesicht liebkosen und aufleuchten, wenn er Rekha und Chullu sieht. Sie ist eine starke Frau, und er hat sich schon immer von starken Frauen angezogen gefühlt. Ich hole tief Luft und erinnere mich an das, was ich erreichen muss.

Ich öffne eine Schublade im Beistelltisch neben mir. Darin befinden sich meine Brille und ein Notizbuch. Ich weiß, dass ich mit der Brille auf der Nase strenger wirke, aber das kann ich nicht ändern. Ich blättere durch das Buch und halte auf einer Seite inne. *8. März, 140 Rupien, Nimmi. 24. Februar, 80 Rupien, Nimmi.* Ich blättere ein paar Seiten weiter. *14. Januar, 90 Rupien, Nimmi. 1. Dezember, 75 Rupien.* Ich sehe sie an.

Ihre Augen lodern jetzt. »Was ist das?« Sie zeigt auf das Notizbuch in meiner Hand.

»Sein Kontobuch. Ich habe ein Konto für ihn eröffnet, als er hier mit der Schule begann. Das gehört zu dem, was alle cleveren jungen Männer lernen müssen.« Ich lege das Buch wieder in die Schublade zurück.

Ihre Nasenlöcher blähen sich auf. Ihr Kiefer spannt sich an. »Malik hatte mir angeboten, mir über die Wintermonate zu helfen, als es nicht genug Blumen zu verkaufen gab und nicht genug Touristen als Käufer.« Sie schließt die Augen und faltet die Hände zusammen. »Können Sie bitte einfach nur den Brief vorlesen, Mrs. Kumar?«

Ich schlucke meinen Seufzer hinunter. Dann nehme ich die Florpostseiten auf und beginne zu lesen.

Meine liebe Nimmi,

Jaipur ist einsam ohne dich. Onkel Manu und Tante Kanta waren so extrem gütig, mich in Jaipur willkommen zu heißen. Ihr Sohn, Nikhil, ist erst zwölf Jahre alt und schon fast genauso groß wie ich! Sie müssen ihm eine Menge zusätzliches Ghee *geben!*
*Onkel Manu hält mich auf Trab. Seine Bauingenieure bringen mir Dinge bei wie Stoßbelastung und Scherspannung und Balken-Stützen-Verbindungen, bis sich mir der Kopf dreht. Manu-ji nimmt mich zu wichtigen Treffen mit seinen Bau-*Wallas *und zu Baustellen mit. (Der Palast hat so viele Bauprojekte am Laufen!) Ich lerne etwas über Stein und Marmor, wann man Stahl verwendet und wann Holz, und jede Menge komplizierte Formeln für den Druck, den eine Stütze und eine Säule aushalten können. Vor Kurzem hat er mir mitgeteilt, dass ich irgendwann dem Buchhalter des Palastes, Hakeem Sahib, assistieren werde. Dann werde ich also jede Menge Zahlen addieren. Schon bald werde ich Wissen mitbringen, das beweisen wird, wie viel klüger ein Mann als eine Frau sein kann! (Das war für dich, Tante Boss, weil ich ja weiß, dass du dies Nimmi vorliest.)*
Der März wird allmählich heiß. Während ich dies schreibe, klebt mir mein Hemd am Rücken. Ich bin erst seit einem Monat in Jaipur, und ich habe bereits vergessen, wie kalt es in Shimla war, als ich abgereist bin. Ist der Schnee geschmolzen, oder habt ihr noch einen letzten Sturm erlebt?
Gib die kleinen Spangen bitte Rekha. Ich dachte, dass sie in ihrem Haar hübsch aussehen würden. Für Chullu habe ich die schönsten Murmeln gefunden (die ich

vorläufig noch behalten werde, da er sie wahrscheinlich essen würde). Wenn ich ihn das nächste Mal sehe, werde ich ihm beibringen, wie er treffsicher wird. Stell dir nur vor! Bis er zwei Jahre alt ist, wird er in der Lage sein, sein eigenes Murmelglücksspielgeschäft zu führen (ein Witz, Tante Boss!).

Ich muss mich für mein Abendessen im Haus von Samir Singh fertig machen. (Hatte ich dir erzählt, Boss, dass er mich eingeladen hat? Mach dir keine Sorgen; niemand wird in mir den acht Jahre alten Lümmel wiedererkennen, der damals in Jaipur hinter dir hergewieselt ist.) Manu-ji hat Samir Sahib gesagt, dass er mich unbedingt als Abbas Malik ansprechen soll. Abgesehen davon täusche ich alle mit meinem Auftreten als englischer Gentleman!

Nimmi, du würdest den Raum lieben, in dem ich gerade diesen Brief schreibe. Onkel Manu war so freundlich, das kleine Gästehaus des Palastes als Unterkunft für mich zu arrangieren. Ich liebe diesen winzigen Bungalow, weil auch eine winzige Bibliothek dazugehört. (Tatsächlich sind es nur ein paar Bücherregale, aber man kann ja mal träumen. Tante Boss, warum haben wir in unserem Haus in Shimla keine Bibliothek?)

Sag Madho Singh Hallo, wenn du im Haus von Tante Boss bist. Und nimm deine Kinder mit, damit sie ihn kennenlernen. Madho ist ein ziemlicher Querkopf, aber er liebt Gesellschaft, auch wenn er so tut, als wäre das nicht der Fall.

Ich vermisse dich, Nimmi. Es vergeht kein Tag, an dem ich nicht an dich oder Rekha oder Chullu denke. Ich stelle mir vor, wie wir den Jakhu Hill hochwandern und zusehen, wie Chullu versucht, die Affen zu fangen, oder

wie wir über die Mall spazieren und scharfe Chilierdnüsse essen.
Jetzt muss ich wirklich gehen. Sowohl der Onkel als auch mein Magen rufen mich.

Liebe Grüße
Malik

Bei der Erwähnung seines Namens fängt Madho Singh an, auf seiner Stange hin und her zu laufen. »*Trommeln klingen aus der Entfernung besser! Krächz!*« Der intelligente Vogel hat Sprichwörter aufgeschnappt, die mein Ehemann Jay und ich austauschen, wenn wir einander necken.

Ich lege den Brief auf den Tisch und setze meine Brille ab.

Nimmi runzelt die Stirn, als ob da vielleicht noch etwas wäre, das ich ihr vorenthalten habe.

Freundlich sage ich: »Wie du weißt, ist mein Mann Arzt im Lady-Bradley-Hospital hier in Shimla. Ich bin sicher, dass Malik dir erzählt hat, dass Jay – Dr. Kumar – mich lange vor unserer Heirat gebeten hat, auf dem Gelände des Krankenhauses einen Heilkräutergarten anzulegen, damit die Ambulanz den Einheimischen, die den fertigen Medikamenten nicht trauen, naturheilkundliche Mittel anbieten kann. Seit wir dir deine Blumen abkaufen, erzähle ich Dr. Kumar immer wieder von dir, wie viel du über die Flora und Fauna der Berge weißt.«

Ich werfe einen Blick zu ihr hinüber, um festzustellen, ob sie zuhört. Sie sieht mir in die Augen und wirkt verwirrt.

»Er hält es für eine gute Idee, wenn du mit mir zusammen im Heilkräutergarten arbeiten könntest. Um festzustellen, ob du noch mehr Pflanzen kennst, die wir anbauen sollten. Nimmi, du könntest das ganze Jahr über Arbeit haben. Nicht nur in den Sommermonaten.«

Ihre Augenbrauen ziehen sich zu einem Stirnrunzeln zusammen. »Aber … was ist dann mit meinem Stand auf der Shimla Mall?«

»Den kannst du in den Sommermonaten immer noch betreiben, so wie jetzt. Wir könnten auch eine Einheimische einstellen, die sich um den Stand kümmert, während du im Garten arbeitest. Der Frühling wird für uns die arbeitsintensivste Zeit bei der Bepflanzung des Heilkräutergartens sein.«

»Sie wären dann mein Boss?«

Ich räusperte mich. »Du würdest für das Krankenhaus arbeiten, Nimmi. Das wäre eine Möglichkeit, deine Kinder zu ernähren, sie zu versorgen, wo du nicht länger bei deinem Stamm bist.«

Sie zieht scharf den Atem ein, und ich bedauere es, dass ich sie daran erinnert habe, wie einsam sie ist. Ich möchte ihr erzählen, wie ich mir damals in Jaipur mithilfe meiner Hennamuster ein unabhängiges Leben aufgebaut habe; dass es harte Arbeit war, die mir allerdings gezeigt hat, dass ich mich auf mich selbst verlassen kann, dass ich stark genug bin, intelligent genug. Und wie gut sich dieses Wissen anfühlt. Aber möglicherweise denkt sie dann, dass ich prahlen will, deshalb sage ich nur: »Mit einem Job kannst du auf eigenen Füßen stehen.«

»Sie meinen, damit Malik kein Geld mehr für mich auszugeben braucht?«

Die Worte kochen über wie heiße Milch, die aus einem Topf herausströmt, bevor er vom Feuer gezogen werden kann.

Ich weiß, dass sie frustriert ist, aber ich bleibe hartnäckig. »Dann kannst du unabhängig sein. Für immer, Nimmi.«

Ich will nicht so weit gehen, sie darauf hinzuweisen, dass ihre Kinder wachsen; sie werden neue Stiefel brauchen, neue Kleider und neue Bücher für die Schule. Sie weiß das alles, schließlich ist sie ihre Mutter. Malik hat mir Nimmis einfache Unterkunft beschrieben. Der letzte Winter auf dem Lehmfußboden muss heftig gewesen sein; diese dünnen Wände konnten sie gar nicht ausreichend warm gehalten haben. Wenn Nimmi sich eine bequemere Unterkunft leisten könnte, würden die Kinder nicht so oft unter Ohrentzündungen oder Erkältungen leiden.

»Bitte denk darüber nach«, sage ich ruhig.

Bevor sie geht, reiche ich ihr die Haarspangen, die Malik für Rekha geschickt hat, und packe die kandierten Zitronen und Rosenblätter zusammen mit ein paar Walnüssen aus meiner Vorratskammer in einen Stoffbeutel. Sie versucht sich dagegen zu wehren, aber ich schließe ihre Hand um den Beutel und behalte meine Hand auf ihrer, bis sie nickt.

3

Malik

Jaipur, Rajasthan, Indien

Im Haus von Samir Singh werde ich von einem alten Pförtner in einer Khakiuniform begrüßt – keinen, an den ich mich von früher erinnern könnte –, der mich bittet, unter dem Mangobaum zu warten, während er meine Ankunft zum Abendessen ankündigt. Ich beobachte ihn, wie er die kiesbedeckte Auffahrt auf das stattliche Haus zuschwankt, sein weißer Turban hüpft leicht auf seinem Kopf auf und ab. Ich bin jetzt seit einem Monat in Jaipur. Davor hatte ich Jaipurs Altstadt, die Pink City, nicht mehr besucht, seit ich acht Jahre alt war. Damals war es regulärer Teil meines Tagesablaufs, vor Häusern wie diesem auf Tante Boss zu warten, die ihre Gesellschaftsdamen mit Hennamalereien schmückte.

Das Anwesen der Singhs sieht noch fast genauso aus, wie ich es in Erinnerung habe: frisch gegossene Rosenbüsche, ihre köstlich duftenden Blüten groß, kompakt und blutrot. Die Wüstenhitze hat Jaipurs Gärten bislang nicht verbrannt; in den kommenden Monaten wird es dafür noch reichlich Zeit geben. Aber selbst dann wird das Singh-Haus aus feinem Marmor und Stein, das von großen Niembäumen beschattet wird, kühl bleiben. Frangipaniranken schmücken alle Terrassen des zweistöckigen Herrenhauses und laden Besucher dazu ein, die duftenden Blüten zu bewundern, deren zartgelbe Kelche spiralförmig in einen Fächer aus weißen Blütenblättern übergehen.

Der *Chowkidar* kehrt zurück und bittet mich, geradeaus durch das Haus zum Garten dahinter zu gehen.

Während ich mich der vorderen Veranda nähere, bemerke ich den Diener an der Seite des Hauses, der einen Mercedes wachst. Daneben steht ein glänzender Rolls-Royce, der vor Kurzem gewaschen und poliert wurde. Das Unternehmen Singh-Sharma scheint tatsächlich sehr gut zu laufen; der Wagen, in dem ich Samir letztens gesehen habe, war ein Hindustan Ambassador, eine Reverenz an die Made-in-India-Politik nach der Unabhängigkeit, die die Herstellung von Gütern in Indien, einschließlich Automobilen, fördern soll.

Auf der Veranda erinnern mich ordentlich aufgereihte Schuhe zu einer Seite der Vordertür daran, dass ich meine eigenen Schuhe ausziehen muss. Ich schlüpfe aus meinen Slippern, die auf Hochglanz poliert sind, so wie ich das in der Bishop-Cotton-Jungenschule gelernt habe. So wie meine Klassenkameraden aus der Privatschule trage ich niemals Socken. Und als ich durch die breite Vordertür in eine ruhige Empfangshalle trete, halte ich einen Moment inne, um die Umgebung in mich aufzunehmen. Ich bin noch niemals *in* einem so stattlichen Haus wie diesem gewesen, obwohl ich viele Nachmittage damit verbracht habe, draußen vor Häusern zu warten, die ich vielleicht genauso stattlich oder sogar noch stattlicher gefunden hätte, wenn man mich hineingebeten hätte. Aber zu der Zeit war ich nur der Junge, der Lakshmi begleitete; der struppige Assistent, den nur die Pförtner, Gärtner und Bediensteten des Haushalts kannten.

An der Wand zu meiner Rechten hängt ein großes Tigerfell, die Beute einer von Samirs Jagden mit den Maharadschas von Jaipur oder Jodhpur oder Bikaner. Ich frage mich, was Nimmi davon halten würde. Sie, die Schafe und Ziegen durch die Schluchten des Himalaja geführt hat und dabei immer auf Raubtiere wie Tiger, Leoparden und wilde Elefanten achten musste, würde vielleicht denken, dass das Töten solcher Tiere rein als Sport unnötig und sogar grausam wäre.

Auf der gegenüberliegenden Wand neben der breiten Treppe aus rosa Salumbermarmor zeigt ein großes Foto Nehru, den verstorbenen Premierminister, wie er zusammen mit Samir und Parvati und mehreren anderen offiziell aussehenden Männern und Frauen vor einem Regierungsgebäude steht. Ich weiß von Tante Boss, dass Parvati Singh besonders stolz darauf ist, dass sie in der Vergangenheit an den Bemühungen unserer Regierung, die indisch-sowjetischen Beziehungen zu stärken, beteiligt war.

Würde ich gerne in einem so beeindruckenden Haus wie diesem wohnen? Der Bungalow von Dr. Jay und Tante Boss in Shimla ist bequem und anheimelnd. Die Wände und Fußböden sind aus Holz, nicht aus Marmor. Gemütliche Ecken, in denen Lakshmi ihre Briefe schreibt oder Bücher liest, die sie sich aus der Bibliothek in Shimla ausgeliehen hat. Mein nächster Gedanke überrascht mich: Wo würden Nimmi und die Kinder und ich wohnen? Wäre mir das vor meiner Reise nach Jaipur überhaupt in den Sinn gekommen? Ein Monat der Trennung, und ich denke an Heirat? Ich schüttele den Kopf, um ihn freizubekommen.

Ich setze meinen Weg durch das Foyer fort, an der offenen Fenstertür auf der Rückseite des Hauses vorbei. Ich sehe einen ausgedehnten grünen Rasen und die vielen strahlend weißen schmiedeeisernen Stühle und Tische, die in verschiedenen Gruppierungen aufgestellt sind. Die Stühle sind bis auf einen unbesetzt. Ein Mann in einem feinen Leinenhemd sitzt dort mit dem Rücken zu mir. Das Haar, das dünner und jetzt grau wird, sagt mir, dass es sich bei dem Mann um Samir Singh handelt, der seinen Herrschaftsbereich überblickt. Ich nenne ihn Onkel, nicht weil wir miteinander verwandt wären, sondern weil es so Sitte ist und aus Respekt. Er hat den Arm erhoben und lässt die bernsteinfarbene Flüssigkeit und das Eis in seinem halb vollen Glas kreisen.

»Willkommen«, sagt er. Er dreht sich nicht um.

Ich lasse mich auf den Stuhl neben ihn sinken und gebe ihm die Hand. Er ergreift sie fest.

»Onkel«, sage ich.

Ich fand seine Gegenwart immer beruhigend. Er ist kein stattlicher Mann, nicht besonders groß, aber die Menschen fühlen sich in seiner Gegenwart behütet und beschützt. Ich wäre jetzt lieber in Shimla in der Nähe von Nimmi und ihren Kindern oder mit einem Buch am Feuer bei Tante Boss und Dr. Jay. Aber wenn ich schon in Jaipur sein muss, dann doch lieber bei Samir.

Er sieht müde aus, die Tränensäcke unter seinen Augen sind ausgeprägter, die Falten um seinen Mund tiefer als vor dreizehn Jahren.

»Ich hoffe, du hast von Shimla aus eine gute Reise gehabt.« Er weist mit einem Kopfnicken auf sein Glas. »Du auch einen?«

Ich lächele. »Sicher, warum nicht?«

Er ruft einen Diener in weißer Uniform und Turban, der die Petunien und Ringelblumen an der hohen Steinmauer auf der Rückseite des Grundstücks wässert. Im Licht der untergehenden Sonne funkeln die Glasscherben oben auf der Mauer wie Smaragde. Der Diener lässt seinen Schlauch fallen und geht ins Haus.

Samir nippt an seinem Drink und studiert mich mit diesen marmorierten braunen Augen, die so sehr an die Murmeln erinnern, mit denen wir immer auf der Straße gespielt haben. »Hat das Internat dich schließlich in einen *Pukkah Sahib* verwandelt?«

Das ist der Grund, warum ich seine Einladung angenommen habe. Zwölf Jahre lang hat Samir Singh meine Schulgebühren in der Bishop-Cotton-Jungenschule bezahlt. Ein strahlend weißes Oxfordhemd, dessen lange Ärmel ich hochkrempele, und meine schmale Hose mit den Aufschlägen an den Knöcheln belegen diese Ausbildung. Im Gegensatz zu den unförmigen Hemden mit kurzen Ärmeln und sackartigen Hosen, die andere indische Männer in meinem Alter tragen, habe ich den körperbetonteren Look einer Privatschuluniform angenommen. Ich trage sogar eine flache Schweizer Armbanduhr, das Geschenk eines wohlhabenden Schulkameraden, welches er mir im Austausch gegen den Bourbon gegeben hat, den ich ihm für seine Geburtstagsparty hatte besorgen können.

Samirs Reaktion auf mich ähnelt der von Tante Kanta und ihrem Ehemann Manu Agarwal vor einem Monat, als ich aus Shimla ankam. Als ich in ihrem Bungalow auftauchte – viel bescheidener als das Anwesen der Singhs –, riss Tante die Augen vor Bewunderung auf. Sie brachte mich schnell ins Haus, um mich näher anzusehen. Manu, ruhiger und zurückhaltender als Kanta, lachte über ihre Sprachlosigkeit, die so untypisch für sie ist, und trat vor, um mir die Hand zu geben. In den über zwölf Jahren, die ich fort gewesen war, hatte ich keinen von beiden gesehen. Kanta und Tante Boss tauschen ungefähr jede Woche Briefe und Fotos miteinander aus und hatten schon lange beschlossen, dass Manu mich als Lehrling annehmen sollte, bevor ich überhaupt davon erfuhr. Lakshmi hatte darauf gehofft, dass ich während meines Aufenthalts in Jaipur bei den Agarwals bleiben würde. Aber nachdem ich in einem reinen Jungeninternat gewohnt hatte, wo Privatsphäre ein seltener Luxus war, wollte ich meinen eigenen Bereich haben. Deshalb hat Onkel Manu freundlicherweise dafür gesorgt, dass ich in dem kleineren der beiden Gästehäuser wohnen konnte, separate Gebäude auf dem Gelände des Rambagh-Palastes.

Während ich jetzt den Blick über Samirs Rasen schweifen lasse, zupfe ich an der scharfen Bügelfalte an einem meiner Hosenbeine und lache. Das Gras unter meinen Füßen ist kühl, und es fühlt sich gut an, die Zehen auszustrecken. Mir fällt auf, dass Samir ebenfalls barfuß ist. Der Diener kehrt mit einem kleinen Tablett zurück und bietet mir einen Kristalltumbler mit Scotch und Eis an. Während ich ihn entgegennehme, sage ich: »Glauben Sie, dass ich als *Angrezi* durchgehen kann? Damit?« Ich zeige auf mein Gesicht, dessen Hautfarbe an einen zu lange gebackenen *Chapati* erinnert.

Samir kichert, während wir anstoßen. Mit seiner bleichen, weizenfarbenen Haut könnte er als Brite durchgehen. Er nimmt einen großen Schluck.

Es ist nicht nur die Farbe meiner Haut, die mich aus den Reihen der Privilegierten fernhält. Da ich lange Zeit daran gewöhnt war, selbst zu dienen, statt bedient zu werden, habe ich eine Beflissenheit in meiner Haltung, die ich nur schwer abschütteln kann. Ich vermute, dass die oberen Klassen mich früher oder später entlarven würden, aber das stört mich eigentlich nicht.

Samir senkt die Stimme, sodass der Diener im Hof uns

nicht hören kann. »Ich habe strikte Anweisung, dich Abbas zu nennen, solange du hier in Jaipur bist.«

Die Erinnerung an den Tag bringt mich zum Lächeln. Tante Boss füllte kurz nach unserem Umzug nach Shimla das Anmeldeformular für meine Schule aus. Sie hatte mein Alter mit acht Jahren angegeben, ein von mir bevorzugtes Alter, obwohl keiner von uns wusste, wie alt ich wirklich war. Sie fragte mich nach meinem vollen Namen für das Formular.

»Malik«, sagte ich.

»Vorname oder Nachname?«

Ich musste einen Moment nachdenken. Falls es für mich als Baby je eine Namenszeremonie gegeben hatte, konnte ich mich nicht daran erinnern. Ich zuckte die Schultern. »Der einzige Name.«

Sie zog die Mundwinkel nach unten, als würde sie darüber nachdenken. »Dann lass uns einen Vornamen für dich aussuchen.« Sie ging eine beeindruckende Liste mit mir durch und ratterte die Bedeutung von Namen wie Aalim, Jawad und Rashid herunter. Ich tat so, als wäre ich verlegen, aber insgeheim freute ich mich; noch nie hatte jemand so viel Zeit darauf verwendet, über meine Zukunft nachzudenken. Wir entschieden uns schließlich für Abbas, was auf Urdu »Löwe« bedeutet. Mir gefällt der Klang: *Abbas Malik*. Noch Tage danach übte ich immer und immer wieder, meinen neuen Namen zu schreiben.

So wie ich trägt Samir ein maßgeschneidertes Hemd und eine Hose aus Rohseide. Er hat seine Krawatte gelockert – er muss gerade von der Arbeit gekommen sein –, und sie ruht wie der verwelkte Stängel einer Pflanze auf seiner Brust. »Manu Agarwal hat mir gesagt, dass du nur auf Lakshmis Bitte hin nach Jaipur gekommen bist, und ich glaube, dass das eine weise Entscheidung war. Aber Lakshmi ist schließlich immer weise gewesen.« Er klingt wehmütig, und ich frage mich, ob er sie vermisst. Sie hat nie mit mir über sie beide gesprochen, und ich habe sie nie danach gefragt. »Maharani Latika hat Manu Agarwal die Verwaltung der Liegenschaftsabteilung anvertraut. Es ist eine große Aufgabe, und er macht das jetzt seit … wie lange? Fünfzehn Jahre, sechzehn? Ich bin natürlich dankbar, dass er meine Firma engagiert, um die größeren Projekte zu gestalten und zu bauen.« Samir ist da nicht ganz ehrlich; dank seiner Blutsverwandtschaft mit der königlichen Familie ist seine Arbeit für den Palast eine ausgemachte Sache. Glücklicherweise hat er das Talent dazu, die Vetternwirtschaft zu rechtfertigen. »Du wirst von Manu eine Menge über das Baugewerbe lernen. Nach einer Weile kannst du entscheiden, ob das die richtige Arbeit für dich ist. Genau das sage ich auch meinen Söhnen. Ihre Karriere, ihre Entscheidung.«

Als Tante Boss und ich Jaipur 1956 verlassen hatten, hatte Samir sein Architekturbüro gerade mit Sharma Construction fusioniert, jetzt als Singh-Sharma bekannt. Lakshmi hatte die Hochzeit von Samirs Sohn Ravi mit Mr. Sharmas Tochter Sheela arrangiert, der geschäftliche Zusammenschluss war also unvermeidlich. Seit Ravi Singh seinen Abschluss an der Universität Oxford und sein Architekturstudium in Yale abgeschlossen hat, arbeitet er mit seinem Vater als Architekt bei Singh-Sharma. Samirs jüngerer Sohn Govind studiert Bauingenieurswesen in den Vereinigten Staaten. Wie Manu mir erzählt hat, hofft Samir darauf, dass seine beiden Söhne schließlich den Familienbetrieb übernehmen werden. Singh-Sharma ist jetzt die größte Architektur- und Baufirma in Rajasthan und führt Projekte in ganz Nordindien aus.

»Ich habe gehört, dass Mr. Sharma einen Schlaganfall gehabt hat?«

Samir nickt. »Vor fünf Jahren. Die gute Mrs. Sharma kümmert sich um ihn.« Er wackelt mit dem Glas, und ein Diener tritt hervor, um ihm mehr Scotch einzuschenken. »Keiner von seinen Söhnen oder Brüdern wollte seinen Teil der Firma übernehmen. Abgesehen davon sind sie über den ganzen Erdball verteilt.«

»Also ruht jetzt alle Last auf Ihren Schultern?«

»Meinen und Ravis.«

»Herzlichen Glückwunsch.« Ich erhebe mein Glas, und er stößt mit mir an.

Ich fühle mich besser, dass Samir mein Praktikum im Palast als Chance bezeichnet, um herauszufinden, ob mir die Arbeit gefällt. Ich habe mich gefragt, ob ich diese Gelegenheit mit beiden Händen beim Schopf ergreifen sollte, statt es als eine Möglichkeit zu betrachten, um Tante Boss zu beschwichtigen, die sich, wie ich weiß, ja nur um meine Zukunft sorgt.

Nimmi konnte nur schwer verstehen, warum ich vierhundert Meilen weit weg gehen wollte, wo sie und ich uns gerade so nahekamen. Ich sagte ihr: Tante Boss hat es mir ermöglicht, mich um Omi und ihre Kinder zu kümmern. Wo wäre ich ohne sie? Würde ich geschmuggelte Zigaretten aus einem Lkw heraus verkaufen? Eine Gefängnisstrafe absitzen, weil ich mit pornografischen Filmen hausieren gegangen bin? Ich weiß, dass Nimmi nach dem Tod ihres Ehemanns schrecklich einsam war und dass ich eine Lücke in ihrem Leben ausgefüllt habe, deshalb war die Nachricht von meinem Praktikum in Jaipur wie ein Schlag für sie gewesen, egal wie oft ich ihr sagte, dass das nur vorübergehend sei. Ich glaube, am meisten verletzt hat sie, dass meine unmittelbare Loyalität Lakshmi gehört; Boss ist meine *Familie*.

Wäre es zu viel gehofft, dass Nimmi und Tante Boss in meiner Abwesenheit Freundinnen würden? Ihre Beziehung ist mir auf eine Art wichtig, wie das mit all den Privatschulmädchen, mit denen ich ins Bett gegangen bin, nie der Fall war. Erstens ist Nimmi zwei oder drei Jahre älter als ich. (Wir wissen nicht genau, wie viele Jahre wir auseinander sind, weil sie auch keine Geburtsurkunde hat, aber um das abzuschätzen, haben wir uns gefragt, woran sie sich noch aus der Zeit erinnern kann, bevor Indien unabhängig wurde. Und die Antwort war: *Nichts!* Sie muss also noch ein Baby gewesen sein.)

Außerdem fühle ich mich in Nimmis Gegenwart wie ein erwachsener Mann, auch wenn ich nicht erklären kann, warum. Ich weiß, dass ich mich um sie kümmern möchte und um Rekha und Chullu. Aber ich bin erst einundzwanzig, zu jung für eine fertige Familie. Viele von den Cousinbrüdern, mit denen ich hier in Jaipur aufgewachsen bin, müssen bereits Vater sein, aber ich hätte nie erwartet, dass das auch mein Schicksal sein würde.

Diese Gedanken werden vom Geschimpfe einer Frau unterbrochen, die Samir und mich beide erschreckt. »Ravi!«

Wir drehen uns beide um, um zu sehen, wer da schreit.

Dort auf der Veranda steht eine junge Frau in einem gelben Seidensari, ein schläfriges Baby ruht an ihrer Schulter. Ein kleines Mädchen von vielleicht fünf Jahren versucht sich hinter seiner Mutter zu verstecken. Das Mädchen trägt ein blassrosa Tutu; es weint. Es ist kaum zu verstehen, was sie sagt. Die lockigen dunklen Haare der Frau reichen ihr gerade bis zu den Schultern, so wie das bei den modernen indischen Frauen üblich ist. Ihre Wangen sind gerötet. Als sie mich sieht, flattern ihre Augenlider. »Oh! Es tut mir leid. Ich dachte, es wäre mein Ehemann.«

Onkel Samir wirkt amüsiert. »Lass mich dir unseren Gast vorstellen, der mit uns zu Abend essen wird.«

Die Frau zögert, bevor sie das Baby höher auf die Schulter hebt und die Stufen hinuntersteigt. Das kleine Mädchen folgt ihr.

»Das ist Abbas Malik«, sagt Samir. »Er arbeitet mit Manu Agarwal im Palast von Jaipur zusammen und wird heute mit uns zu Abend essen.« Jetzt dreht er sich zu mir um. »Abbas, das ist meine Schwiegertochter Sheela.«

Statt mich mit einem respektvollen *Namaste* zu begrüßen, tritt Sheela hervor und gibt mir die Hand. Ihre Finger sind lang und sorgfältig manikürt, die polierten Nägel fangen das Sonnenlicht ein. Sie trägt eine schmale goldene Armbanduhr, deren Zifferblatt von Keshi-Perlen umgeben ist. Ihr Händedruck ist fest, warm.

»Wie geht es dir?«, fragt sie. Natürlich hat sie keinen Grund, sich an mich zu erinnern, aber ich erinnere mich an sie, als wäre es erst gestern gewesen, wobei ich sie tatsächlich zuletzt als Fünfzehnjährige in einem hübschen Seidenkleid gesehen habe, wie sie Tante Boss sagte, dass sie nicht wollte, dass ein Moslem ihr Mandala mitgestaltet.

Das Mädchen im Tutu muss ihre Tochter sein, die jetzt zu weinen aufgehört hat und mich anstarrt. Sheela stellt sie als Rita vor. »Und das Baby«, sagt sie und tätschelt den Hintern des Säuglings, »ist einfach nur Baby.«

Sheela wendet sich an Samir. Ich kann jetzt das Kind über ihrer Schulter sehen. Seine mit Khol umrandeten Augen versuchen sich auf mich zu fokussieren.

»*Papaji*, es ist eine Schande«, sagt Sheela. »Muss ich denn alles selbst machen? Das Kindermädchen und das Hausmädchen hätten sich niemals am selben Tag freinehmen dürfen.«

Ob Sheela wohl unter ihrem Sari mit dem Fuß aufstampft?

Onkel Samirs Augen lächeln. »Ich habe gehört, dass du beim Tennisspielen im Klub heute Zweite geworden bist.

Shabash!« Er prostet ihr mit seinem Glas zu und lächelt die kleine Rita an, die sich rasch hinter ihrer Mutter versteckt.

Sheelas Gesichtsausdruck wird ein bisschen milder. »Das war kein einfacher Sieg, das kann ich dir sagen. Jodi Singh denkt, dass sie nur dafür da ist, in einem kurzen Rock auf dem Tennisplatz zu stehen und zu lächeln. So wie üblich musste ich all die Arbeit erledigen!«

Jetzt weiß ich, dass die rosige Farbe von Sheelas Wangen vom Sport herrührt. Sie strahlt eine Energie aus, eine Aura der Vitalität, die sich mit Händen greifen lässt. Tatsächlich erinnert sie mich an geschmeidige junge Ziegen, die die Berge des Himalaja hochspringen und deren Anstrengung eine dampfende Hitze erzeugt. Das Bild amüsiert mich.

»Jodi hat tatsächlich hübsche Beine«, sinniert Onkel.

Sheela gibt ihm einen spielerischen Klaps auf die Schulter. »Schande über dich! Ich muss Baby jetzt zu einem Schläfchen ins Bett bringen. Und dann Rita zu essen geben. Wenn mein fauler Ehemann nach Hause kommt, sag ihm, dass er mir helfen soll.« Sie dreht sich zu mir um und lächelt. »Schön, dich kennenzulernen«, sagt sie, dann wendet sie sich abrupt ab und kehrt ins Haus zurück, gefolgt von ihrer Tochter, die sich am Sari ihrer Mutter festhält.

»E-man-zi-piert«, flüstert Onkel Samir. »Die moderne Generation.«

»Wie lange sind Sheela und Ravi jetzt verheiratet?«

Samir schürzt die Lippen. »Sechs Jahre. Sie haben geheiratet, nachdem Ravi seinen Abschluss als Architekt gemacht hat.«

Ich nicke. In der vorigen Woche, als Manu mir gesagt hat, dass Samir Singh mich zum Abendessen einladen wollte, war ich misstrauisch. »Singh-Sharma steht kurz davor, die Arbeit am Royal Jewel Cinema abzuschließen, das neueste Projekt des Palastes«, hatte Manu gesagt. »Es ist das erste bedeutende Gebäude, das Ravi allein übernommen hat. Es würde dir guttun, deine Bekanntschaft mit den Singhs zu erneuern. Wenn du glaubst, dass sie vor all den Jahren wichtig waren, als du hier gelebt hast, kann ich dir sagen, dass sie jetzt sogar noch wichtiger sind. Zehnmal so wichtig wie damals.«

Auch wenn Lakshmi mich nie gebeten hat, mich von den Singhs fernzuhalten, glaube ich nicht, dass sie erfreut wäre, dass ich den Abend mit ihnen verbringe. Als ich Tante Boss und Samir das letzte Mal in Jaipur zusammen gesehen habe, wirkten sie angespannt auf mich – schmerzhafte Energie strömte zwischen ihnen. Ich glaube nicht, dass sie sich im Guten getrennt haben. Aber seitdem ist eine Menge Zeit vergangen, und ich für meinen Teil bin sehr dafür, Vergangenes Vergangenes sein zu lassen, insbesondere wenn geschäftliche Belange involviert sind. Was einmal zwischen den beiden gewesen ist, hat nichts mit mir heute zu tun.

Und Onkel Manu ist für mich wie ein Verwandter. Wenn Manu mir sagt, dass ich irgendwohin gehen sollte, mache ich das.

Als das Dienstmädchen der Singhs uns nach drinnen zum Abendessen ruft, lädt Samir mich dazu ein, mich den anderen im Speisezimmer anzuschließen, während er einen Anruf entgegennimmt.

Das Abendessen erweist sich als eine Angelegenheit mit sieben Gängen, die sich über zwei Stunden hinzieht. Samirs Ehefrau Parvati hat den Vorsitz. Sie schimpft mit den Dienern, während sie das Essen servieren. »Das bezeichnet ihr als *Dal*?«, sagt sie. »Wer hat je von Kartoffeln im *Dal* gehört?« Und später: »Nehmt diese *Paranthas* wieder zurück. Sie sind kalt geworden. Nicht einmal *Ghee* würde darauf schmelzen.«

In den Jahren, in denen ich sie nicht mehr gesehen habe, hat Parvati Singh zugenommen, aber es hat sie nur schöner werden lassen. Ihre Wangen sind voller, ihr Busen größer, aber immer noch fest, und ihre vollen Lippen sind mit maulbeerfarbenem Lippenstift geschminkt. Sie hat lebhafte dunkle Augen und ein herzhaftes Lachen. Sie ist fast genauso groß wie ihr Ehemann.

Von ihrem Platz am einen Ende des langen Tisches überwacht sie jetzt das Servieren von heißen *Puris*, frisch aus dem Ofen. »Abbas«, sagt sie, »du bist ein *bilkul* Mysterium für uns.« Sie führt ihre Finger mit den Daumen zusammen und öffnet ihre Hände erneut, als wollte sie Salz auf dem Tisch verstreuen. »Samir hat mir nur erzählt, dass ein intelligenter junger Mann heute zum Abendessen kommen würde. Mehr hat er nicht gesagt.«

»Ja«, sagt Ravi, der älteste Sohn des Ehepaars. »Wir haben uns gefragt, wer ist denn jetzt dieser intelligente junge Mann?« Er lächelt mich einnehmend an. Ravi nicht zu mögen, fällt schwer. Wenn er nicht geschäftlich außerhalb der Stadt gewesen wäre, hätte ich ihn bereits getroffen. So wie sein Vater scheint er alles zu genießen, was er tut, und dazu gehört auch Polo spielen, essen und reden, wie ich in der vergangenen halben Stunde erfahren habe.

Jetzt schaltet Sheela sich ein. »Befriedige unsere Neugier«, sagt sie. »Wir wollen mehr wissen!« Mir fällt auf, dass sie korallenfarbenen Lippenstift aufgelegt hat, seit wir auf dem Rasen Hände geschüttelt haben. Die Farbe steht ihr.

Alle Blicke ruhen jetzt auf mir. »Es ist sinnlos, einen trockenen Brunnen anzupumpen«, sage ich. »Ich bin weder geheimnisvoll noch besonders helle, wie Sie bald merken werden.« Ich lächele.

»Aber das kann nicht stimmen. Samir sagt, dass du oben

im Norden im Internat gewesen bist. Meine beiden Söhne waren beide natürlich auf dem Mayo College.« Parvati strahlt stolz ihren Ältesten an. »Ravi ist dann nach Eton gegangen und anschließend nach Oxford und Yale. Und unser jüngerer Sohn, Govind, studiert jetzt in New York an der Columbia. Und du?«

»Nichts ganz so Großartiges«, erwidere ich. »Ihre Söhne sind definitiv intelligenter. Ich war ein Cottonianer.«

Parvatis Gesicht gefriert zwischen Lächeln und Stirnrunzeln. »Du bist zur Bishop-Cotton-Jungenschule gegangen? In Shimla?« Sie hält inne, offenbar, um ihr Gedächtnis zu durchkramen. »Aber Ravi ist auch dort gewesen! Er hat uns nichts davon erzählt.«

Ich bleibe ausdruckslos und sehe Ravi an. »Die englischen Winter müssen genauso kalt sein wie die in Shimla. *Brr!*« Ich schlinge die Arme um mich und tue so, als würde ich zittern, um Mrs. Singh von welchen Gedanken auch immer abzulenken, die ihr gerade durch den Kopf wirbeln.

»Stimmt schon!«, sagt Ravi. »Wir haben dort immer Spuckwettbewerbe gemacht, wessen Spucke gefror, bevor sie auf dem Boden aufschlug.« Er lacht.

Sheela wirft ihm über den Tisch hinweg mit ihren weit auseinanderliegenden Augen einen strengen Blick zu. »Ravi!«, sagt sie. »Setz den Kindern keine Flausen in den Kopf!« Sie neigt den Kopf zu ihrer Tochter Rita, die neben ihr sitzt und ruhig Reis und *Dal* isst.

Ravi ignoriert seine Frau und wendet sich wieder an mich. »Wir haben uns zweifellos einiges zu erzählen – *nach* dem Abendessen.« Er zieht die Augenbrauen hoch und wackelt vergnügt mit dem Kopf.

Samir kommt herein und setzt sich an die Stirnseite des Tisches gegenüber seiner Frau. »*Nach* dem Abendessen?«, sagt er. »Heißt das, dass keiner auf mich gewartet hat?« Er schüttelt seine Serviette auf, legt sie auf seinen Schoß und lächelt. Alle anderen um den Tisch herum scheinen erleichtert aufzuatmen.

Als ich noch ein Junge war und zusammen mit Tante Boss gearbeitet habe, hielt sie mir immer Vorträge über Diskretion. »Wir wissen einiges über die Menschen, Malik, weil wir in ihre Häuser hineinkommen, den Ort, wo sie am verletzlichsten sind. Das bedeutet nicht, dass wir allen, die wir kennen, verraten dürfen, was wir dort gesehen oder gehört haben. Ein Geheimnis zu wahren, verleiht mehr Macht, als es zu brechen.«

Ich habe Lakshmi nie so verstanden, dass wir die Menschen mit unserem Wissen erpressen sollten, nur dass unsere Kundinnen loyal sein würden, wenn wir ihnen gegenüber loyal waren.

Ich sehe mich am Tisch um und überlege, was ich über die Singhs weiß.

Ich weiß, dass Lakshmi dafür gesorgt hat, dass in den zehn Jahren, die sie in Jaipur verbracht hat, viele von Samirs Geliebten kinderlos blieben.

Und ich weiß, dass Onkel Samir einmal das Bett mit Tante Boss geteilt hat, bevor sie Dr. Jay geheiratet hat.

Ich weiß auch, dass die jüngere Schwester von Tante Boss, Radha, einen Jungen bekommen hat, dessen Vater Ravi Singh ist. Jetzt ist dieser Junge zwölf Jahre alt, und Ravi hat ihn nie gesehen. Das liegt daran, dass Parvati Singh Ravi rasch nach England geschickt hat, wo er sein Studium beenden konnte, ohne in einen Skandal verwickelt zu werden.

Ich weiß auch, dass Sheela Sharma – damals fünfzehn und rundlich – nicht wollte, dass ein schmutziges Straßenkind wie ich Lakshmi bei dem Mandala für ihr *Sangeet* half.

Aber seit jener Zeit ist mein Gesicht voller geworden, und meine Haare sind ordentlich frisiert. Mein Kleidungsstil passt besser zu jemandem aus ihrer Klasse; kein Wunder, dass sie mich nicht wiedererkennt oder sich an mich erinnert, wo ich ihr jetzt am Tisch gegenübersitze.

Warum sollte sie auch? Für Sheela war ich nicht mehr als ein Schönheitsfehler an einem ansonsten perfekten Nachmittag vor vielen Jahren.

Aber ich habe nicht vergessen, wie sie mich an jenem Nachmittag angesehen hat. Ich brauchte sie nicht zu kennen oder irgendetwas über sie oder ihre Familie zu wissen oder was sie von mir gedacht haben musste – egal wie würdig oder unwürdig. Es reichte schon, den Ausdruck auf ihrem Gesicht zu sehen.

4

Nimmi

Shimla

Heute habe ich meine Kinder bei den Aroras zurückgelassen, während ich mich auf den Weg zum Lady-Bradley-Hospital mache. Die Aroras, meine Vermieter, würden nichts lieber tun, als sich jedes Mal um Rekha und Chullu zu kümmern (und sie zu verwöhnen!), wenn ich das Haus verlasse, um mich meinem Blumenstand zu widmen. Aber ich würde meine Kinder zu sehr vermissen, weshalb ich sie normalerweise bei mir haben möchte. Während ich meinen Tag in Angriff nehme, lernen meine Tochter und mein Sohn die Rituale und das Wissen unseres Stammes auf die gleiche Art, wie ich sie gelernt habe: indem ich in der Nähe meiner Mutter war und sie beobachtete.

Als ich heute im Morgengrauen in unserer beengten Unterkunft aufgewacht bin, lagen meine Kinder an mich geschmiegt auf unserer Liege, eines auf jeder Seite. Ich strich die schwere cremefarbene Decke glatt, die unsere Körper bedeckte. Ich habe sie aus der Wolle unserer Schafe gewebt. Ein spitzer Strohhalm stach mir in den Finger.

Rekha stieß mit einem Bein unter der Decke hervor, und Chullu ballte seine kleine Faust. Ich fragte mich, wovon meine Kinder träumen. Träumen sie von ihrem Vater? Oder ihrem Großvater? Träumen sie von den Ziegen, die wir zurückgelassen haben, dem Duft von Sommermais, der geröstet wird? Träumen sie jemals von Malik? Von seinem fröhlichen Lachen, den Geschenken, die er ihnen mitbringt? Ich ließ meine Hände auf der Decke ruhen, während sie schliefen, um das sanfte Auf und Ab ihres Atems zu spüren.

Ich dachte über Lakshmis Einladung nach, ihr mit dem Krankenhausgarten zu helfen. Rekha braucht neue Schuhe; ihre Füße sind bereits zu groß für die, die ich ihr im vergangenen Jahr aus einer Ziegenhaut angefertigt habe. Bald schon wird sie alt genug sein, um zur Schule zu gehen. (Stelle man sich das einmal vor! Ich hatte nie die Chance gehabt, aber mein Mädchen wird dorthin gehen können!) Aber sie wird Bücher brauchen und Papier, Stifte und Radiergummis.

Chullu wächst ebenfalls. Er braucht einen neuen Pullover, aber ohne unsere Schafe habe ich keine Wolle, um ihm einen zu machen. Meine Kinder brauchen diese Dinge jetzt und werden noch mehr brauchen, wenn sie älter werden, doch statt nach Wegen zu suchen, wie ich diese Dinge für sie beschaffen kann, kehrten meine Gedanken ständig zu Malik zurück, immer Malik. Wie er sich anfühlt, die scharfe Kante seines Kiefers, die Art, wie er mir versicherte, dass ich hierher nach Shimla gehöre. Dann wandten sich meine Gedanken wieder Lakshmi zu, und ich biss die Zähne zusammen. Ich will nicht, dass Mrs. Kumar sein Leben für ihn plant. Ist es Eifersucht, die ich spüre? Bin ich auf sie eifersüchtig? Sie hat natürlich mehr Einfluss auf ihn als ich. Warum sonst hätte er mich und die Kinder ohne einen Blick zurück verlassen? Hält er so wenig von uns? Es sei nur für eine kurze Zeit, sagte er, aber wenn Lakshmi ihn bäte, für immer in Jaipur zu bleiben, würde er das tun?

Ich schob Rekhas Bein wieder unter die Decke zurück. Bin ich meinen Kindern gegenüber unfair, wenn ich meine eigenen Bedürfnisse über ihre stelle? Treiben mich Stolz oder Selbstsucht dazu, über diese Dinge nachzudenken? Was hätte Dev von mir gewollt? Ich seufzte. Mein Ehemann hätte gewollt, dass ich das tue, was für seine Kinder am besten wäre.

Deshalb bat ich später am Tag Mrs. Arora, auf Rekha und Chullu aufzupassen, während ich den Hügel zum Lady-Bradley-Hospital hochstapfte, wo ich Lakshmi Kumar finden würde.

Jetzt stehe ich vor dem Krankenhaus, einem ausgedehnten dreistöckigen Gebäude. Während ich in meinem Blumenstand gearbeitet habe, hat Malik meine Kinder mehrfach zur Gemeindeambulanz gebracht, die von Mrs. Kumars Ehemann geführt wurde, weil er sich sorgte, dass sie eine Ohrenentzündung haben könnten. Ich weiß, dass sich die Ambulanz neben dem Krankenhaus befinden muss. Und Lakshmi muss in der Ambulanz sein.

Ein beständiger Strom von Menschen betritt oder verlässt das Gebäude durch die Glastüren des Haupteingangs. Jedes Mal, wenn sich die Türen öffnen, sehe ich Krankenschwestern in Weiß und Nonnen mit Schleier ihren Geschäften nachgehen.

Ich war noch nie in einem Krankenhaus, nicht mal in der Nähe davon. Selbst von hier aus, fast sieben Meter vom Eingang entfernt, nehme ich einen starken Geruch wahr, der mir fremd ist, aber ich weiß nicht, wo er herkommt oder worum es sich handelt.

Eine junge Krankenschwester, die gerade durch die Tür gekommen ist, scheint zu spüren, dass ich nicht weiß, wo ich hinmuss, und fragt mich, ob sie mir helfen könne.

»Ja, bitte. Wissen Sie, wo Mrs. Kumar arbeitet?«

Sie sagt mir, dass ich um die Ecke des Gebäudes herum auf der linken Seite eine Tür mit der Aufschrift *Gemeindeambulanz* sehen werde, und zeigt in die Richtung. Sie nimmt an, dass ich lesen kann, wofür ich ihr dankbar bin, und ich bedanke mich für ihre Hilfe.

Auf der linken Seite des Gebäudes gibt es zwei Türen, aber nur eine ist beschriftet. Ohne die Krankenschwester hätte ich nicht gewusst, welche Tür ich nehmen sollte. Als ich die Schwelle überschreite, befinde ich mich in einem Raum mit Wänden, die in der Farbe von Flechten gestrichen sind. Die vier Menschen, die auf Stühlen an einer Wand sitzen, tragen Westen und Röcke und lokale Haartrachten. Hinter einem Schreibtisch sitzt eine hübsche Frau in einem Sari, die etwas auf ein Stück Papier schreibt. Sie trägt eine schwarze Brille und rosa Lippenstift. Ihr Haar ist zu einem langen Zopf geflochten, der ihren Rücken hinunterfällt.

Als ich vortrete, fragt sie: »Kann ich Ihnen helfen?«

Bevor ich antworten kann, tritt Lakshmi Kumar durch einen weißen Vorhang, der die Tür zu einem weiteren Raum verschließt, und ruft: »Nimmi!« Sie trägt einen langen weißen Kittel, der ihren Sari bedeckt. Ihr Lächeln verrät mir, dass sie sich freut, mich zu sehen. Auf einmal fühle ich mich befangen. In meinem besten Kleid, mit dem Silberschmuck und dem Medaillon auf meiner Stirn wirke ich hier völlig fehl am Platz. Die Bergmenschen, die Rezeptionistin und Lakshmi tragen alle ihre Alltagskleider. Aber Lakshmi lächelt mich beruhigend an.

»Ich bin so froh, dass du gekommen bist«, sagt sie. »Ich bin gleich bei dir.«

Sie hält den Vorhang auf, damit eine andere Frau den Raum verlassen kann. Es handelt sich um eine Bergfrau, und das Mädchen an ihrer Hand hat eine frische weiße Bandage am Arm. Die Frau und das Kind gehen zur Rezeption, und Lakshmi folgt ihnen. Zu der Frau am Tresen sagt sie: »Sagen Sie ihr bitte, dass sie erst ihre Hände mit heißem Wasser und Seife waschen soll, bevor sie die Salbe auf die Wunde aufträgt. Sagen Sie ihr, dass das wichtig ist.«

Die Rezeptionistin wiederholt Lakshmis Anweisungen in einem anderen Dialekt, und die Frau wackelt mit dem Kopf als Zeichen, dass sie verstanden hat. Lakshmi lächelt das Kind an und holt hinter dem Tresen einen roten Luftballon heraus, der die Form eines Affen hat. Er sieht genauso aus wie die Tierluftballons von dem Verkäufer in meinem Nachbarstand. Lakshmi muss sie dort kaufen. Das sollte mich nicht überraschen, tut es aber doch.

Lakshmi dreht sich mit einem Lächeln zu mir um. »Sag mir, dass du mein Angebot annimmst.«

Ich wackele mit dem Kopf, was *Ja*, *Nein* oder *Wir werden sehen* bedeuten kann.

Lakshmi lächelt, als hätte ich Ja gesagt. Sie wendet sich an die Rezeptionistin. »Sarita, das ist Nimmi. Sie werden sie jetzt häufiger hier sehen.«

Jetzt ergreift Lakshmi meinen Arm. »Komm. Ich zeige dir den Garten. Aber ich muss mich beeilen, weil hier noch ein paar weitere Patienten warten. Dr. Kumar ist im anderen Untersuchungsraum. Wenn er mit seinem Patienten fertig ist, werde ich ihn dir vorstellen.«

Sie führt mich in einen langen Korridor. Ein paar Schritte weiter, und wir verlassen das Gebäude auf der Rückseite, wo ich einen ordentlich angelegten Garten sehe, der zweimal so groß ist wie der Grundriss der Ambulanz. Er ist von einem Holzzaun umgeben. Jede Reihe ist sorgfältig mit einem Holzpflock beschildert, mit Lakshmis Handschrift, wie ich mir vorstelle. Ich kann sehen, dass die Erde vor Kurzem umgegraben wurde und ein paar Reihen gezogen, aber noch nicht bepflanzt wurden. Auf der einen Seite befinden sich ein paar ältere Bäume, wie zum Beispiel Nagasbäume. Aus seinen Blättern macht unser Stamm immer Umschläge gegen Schnupfen. Ich bemerke einen spindeldürren Baum, der ums Überleben kämpft.

Mrs. Kumar folgt meinem Blick und lacht. »Da gebe ich die Hoffnung einfach nicht auf«, sagt sie. »Das Pulver des Sandelholzbaums ist gut gegen Kopfschmerzen, aber ich habe noch nicht den richtigen Platz dafür gefunden. Ich werde es weiter versuchen, bis ich ihn finde.«

Neben den Bäumen stehen knapp einen Meter hohe Sträucher. Ich erkenne Mondsamen, *Brahmi* und wilde Senna.

»Ich habe ein paar Reihen freigehalten, wo wir die Blumen anbauen können, die du für Umschläge und als Heilmittel verwendest.«

Lakshmi redet, als hätte ich ihr Angebot bereits angenommen. Als ich wieder nicke, fällt mir auf, dass ich noch kein Wort gesagt habe, seit ich die Ambulanz betreten habe.

»In Jaipur habe ich Kräuterheilmittel aus einheimischen Pflanzen verwendet, um Frauenleiden zu kurieren. Das Gleiche habe ich in Shimla mit den Pflanzen gemacht, die nur hier wachsen. Shimlas Klima ist so ganz anders als das in Jaipur. Ich musste erst die Kräuter und Pflanzen kennenlernen, die in diesem Boden, in diesem Vorgebirge gedeihen.« Sie hält inne und sieht mich an. Denkt sie vielleicht, dass sie mir zu viel erzählt, oder wartet sie darauf, dass ich ihr antworte oder eine Frage stelle? Ich bin mir nicht sicher, also sage ich nichts. Nach einem Moment fährt sie fort.

»Es gibt noch so viel zu lernen. Dieses *Sik*, das du aus lokalen Früchten für eine unserer Patientinnen gemacht hast – wenn du das machen kannst, stell dir nur vor, wie viel mehr du mit Heilpflanzen machen kannst, die in den höheren Regionen wachsen. Du könntest so vielen von diesen Menschen helfen, die in unsere Ambulanz kommen, Nimmi. Lass uns versuchen, genau diese Pflanzen im Heilkräutergarten anzubauen, und dann schauen wir, was passiert!«

Lakshmis blaue Augen funkeln vor Begeisterung, und sie bückt sich und nimmt eine Handvoll Erde in die Hand. »Ich habe verschiedene Sachen in die Erde gemischt und versucht, sie so nährstoffreich zu machen wie möglich – und auch ein bisschen weniger sauer.« Sie lässt die Erde – feucht, schwarz, frei von Zweigen, Steinchen und Blättern – durch die Finger rieseln. »Ich habe meistens pulverisierten Kalkstein verwendet.« Sie hält inne, dreht sich zu mir um und lacht. »Ich rede und rede und rede, nicht wahr?«

Sie reibt die Hände aneinander, um die Erde zu entfernen. »Sollen wir mit dem Papierkram anfangen, damit du pünktlich bezahlt wirst?«

So wie immer verströmt Lakshmi Selbstvertrauen. Ich frage mich, ob sie jemals irgendwo versagt hat. Ob irgendeiner von ihren vielen Plänen schiefgegangen ist. Ist sie so zuversichtlich, weil die Dinge immer so laufen, wie sie das will? Wusste sie schon immer, dass Malik sich einverstanden erklären würde, als Lehrling nach Jaipur zu gehen? Will sie, dass er dortbleibt … für immer?

»Wenn wir mit dem Papierkram fertig sind, werde ich dich dem Personal vorstellen«, sagt sie und ist bereits auf dem Weg zur Hintertür der Ambulanz. »Wir werden eine Liste von Pflanzen erstellen, die deiner Ansicht nach in unserem Garten noch fehlen. Unsere Werkzeuge befinden sich in dem

Schuppen. Ich benutze Dung als Dünger – Kuh oder Schaf oder Ziege, je nachdem. Bhagwan weiß, dass es genug von dem Zeug gibt, auch wenn gewisse Mitarbeiter sich über den Geruch des Schafdungs beschweren!«

Der Nachmittag vergeht schnell. Wegen meines Kleides und des Schmucks würden die meisten Mitarbeiter, denen ich vorgestellt werde, mich normalerweise auf der Straße anstarren, aber hier sind sie mir gegenüber höflich und murmeln eine Begrüßung. Die Art, wie sie ihr den Vortritt lassen, zeigt mir, dass sie Mrs. Kumar offensichtlich respektieren. Nachdem wir uns die Hände gewaschen haben – mit mehr Seife, als ich je zuvor in meinem Leben auf einmal verwendet habe –, stellt sie mich ihrem Ehemann vor. Ich war gespannt auf den Mann gewesen, über den Malik mir so viel erzählt hat. Dr. Jay, wie Malik ihn nennt, ist groß, größer als alle, die ich kenne. Seine schwarzen und weißen Locken hängen ihm unordentlich in die Stirn. Er hat graue Augen, die sowohl wachsam als auch freundlich sind. Als er mich sieht, huscht sein Blick zu meinem Silbermedaillon, meinem Rock, dem Ventilator an der Decke und seinen Schuhen. Er ist schüchtern, so wie meine Rekha. Sein Lächeln enthüllt zwei Schneidezähne, die sich überlagern. Ich ertappe mich, wie ich ihn meinerseits anlächele.

»Das ist also die Mutter der bezaubernden Rekha und des kleinen Chullu! Freut mich, dich kennenzulernen. Wenn die Schwester da draußen nicht auf mich aufpassen würde, könnte Rekha mir glatt den ganzen Schwung Ballontiere abschmeicheln, die Mrs. Kumar vorrätig hält!« Die Haut um seine Augen verzieht sich zu kleinen Fältchen, wenn er lächelt.

Mrs. Kumar sieht ihn liebevoll an. »*Arré!* Dank deiner Großzügigkeit konnte der Luftballonverkäufer sein ganzes Haus umgestalten!«

Ich bemerke jetzt, dass meine Kleider fürs Gärtnern unpassend sind. Die Schwestern tragen alle eine weiße Ordenstracht, Mrs. Kumar und die Frau an der Rezeption weiße Kittel über ihren Saris. Auch Dr. Jay trägt einen weißen Kittel über seiner Kleidung. Sollte ich um einen weißen Kittel bitten, damit meine besten Röcke nicht schmutzig werden? Und was soll ich mit meinem Schmuck machen?

Als hätte Lakshmi Kumar meine Frage gehört, sagt sie zu der Nonne hinter der Rezeption: »Schwester, könnten Sie bitte Nimmi-*ji* eine der Gärtnerschürzen und ein Paar Handschuhe geben? Ach ja, und auch die Papiere, die ich für Nimmi-*ji* vorhin ausgefüllt habe.«

Ein Ruck geht durch meine Wirbelsäule. Sie weiß, dass ich weder Hindi noch Englisch lesen kann. Was werden die anderen Mitarbeiter der Ambulanz denken – die Frau, die nicht lesen und schreiben kann? Versucht Lakshmi, mich zu demütigen?

Die Nonne reicht Mrs. Kumar die Papiere, die sie zusammenrollt und in ihre Kitteltasche steckt. Sie wirft einen Blick zu mir herüber. »Die können wir beide vielleicht später heute Nachmittag durchgehen, *accha*? Ich muss jetzt zu Dr. Kumar.« Sie lächelt mir beruhigend zu und öffnet den Vorhang, um in dem Bereich zu verschwinden, wo sie und der Arzt mit den Patienten arbeiten. Wohin Malik Rekha und Chullu wegen ihrer Ohreninfektion gebracht haben muss.

»*Lakin* …«

Mrs. Kumar dreht sich zu mir um und sieht mich fragend an.

»Es ist nur … mein Chullu. Ich muss ihn stillen.«

Sie blickt an meiner Bluse herab, betroffen, als wäre ihr gerade erst wieder eingefallen, dass ich ihm immer noch die Brust gebe.

»Oh, Nimmi. Es tut mir leid, natürlich! Warum bringst du Chullu und Rekha nicht ab jetzt mit zur Arbeit? Vielleicht kann Rekha dabei helfen, die Pflanzen zu bewässern.« Sie zieht die Augenbrauen hoch. »Aber wir müssten dann in der Nähe der Ambulanz vorsichtig sein. Meistens kommen die Patienten nicht, weil sie etwas Ansteckendes haben, aber wir wollen doch, dass deine Kinder gesund bleiben, *hahn-nah*?«

Eine Stunde später kehre ich zur Ambulanz zurück, Chullu auf dem Rücken und Rekha an meiner Seite. Zu Hause habe ich mich umgezogen und trage jetzt einen Rock aus selbst gesponnener Wolle und einen weiten Pullover, den ich von meiner Schwägerin bekommen habe. Ich habe mir den Wollgürtel um die Taille geschlungen, in dem auch das Messer meines Ehemanns steckt. Meinen Kopf habe ich mit einem gemusterten Schal bedeckt, der meine Haare zurückhält.

Lakshmi geht mit uns mit einem Klemmbrett in der Hand in den Garten, und wir reden über die Heilpflanzen, die wir aussäen müssen. Sie macht sich Notizen und sagt, dass sie etwas vergessen könnte, wenn sie ihre Gedanken nicht aufschreibt. Während ich ihr beim Schreiben zusehe, denke ich an den Verkäufer, der Luftballons zu Tierformen verdreht. Die Hindibuchstaben sind so etwas Ähnliches, nur dass sie keine Tierformen haben, sondern stattdessen Wirbel und Punkte, Kreise und schräge Linien. Lakshmis Handschrift ist gleichmäßig und ordentlich, aber noch schöner finde ich, wie ihre mit Henna dekorierten Finger sich rhythmisch mit dem Stift bewegen. Die Zimtfarbe des Hennas ist heute intensiver als gestern, und der Kontrast zwischen dem Zimt und dem weißen Papier ist eindrucksvoll.

Als sie merkt, dass ich sie beobachte, wende ich den Blick

ab. Aus dem Augenwinkel sehe ich, wie sie mit dem Füller gegen ihre Lippen klopft.

»Da Rekha jetzt so oft herkommen wird, würde ich ihr gerne das Lesen beibringen. Wenn du damit einverstanden bist. Sie ist jetzt vier Jahre alt, nicht wahr? Der perfekte Zeitpunkt, um ihr Interesse zu wecken. Wir werden in den Pausen üben, und du kannst dabei sein, wenn du möchtest.«

Meine Tochter zieht mit den Fingern Kreise in den Lehmboden. Ich denke über die Möglichkeiten nach. Könnte sie vielleicht eine *Padha-likha* werden oder sogar eine *Doctrini* wie Mrs. Kumar? Stelle man sich das nur einmal vor! Ein Stammesmädchen, das auf Papier schreibt, so wie Lakshmi!

»Irgendwann wirst du Listen mit Pflanzen und Beständen anlegen müssen. Fürs Erste kannst du zeichnen, wie die Blätter der Pflanzen aussehen.« Mit ein paar schnellen Federstrichen zeichnet sie ein Blatt an den Rand ihres Klemmbretts. »So wie das hier.«

»Mondsamen!« Ich lächle.

»Stimmt genau.« Sie reicht mir den Füller.

Ich habe noch nie zuvor einen Stift gehalten. Er ist glatt. Und rutschig. Ich umklammere ihn mit meinen Fingern und versuche ihn so zu halten wie sie. Ich drücke fest auf. Jetzt erscheint ein dunkler Fleck auf dem Papier, wie ein Tropfen Blut. Ich sehe Lakshmi an, so wie Rekha mich ansieht, wenn sie etwas falsch gemacht hat. Lakshmi legt ihre Hand auf meine und hebt meine Finger ganz sanft an. »Nicht so fest«, sagt sie.

Ich lockere meinen Griff. Ich ziehe eine Linie, und die Tinte fließt gleichmäßiger. Ich ziehe eine weitere Linie und noch eine.

»Die Zahnschmerzpflanze?«, fragt sie.

Ich nicke.

»*Shabash!* Du wirst gut zurechtkommen, Nimmi!«

Ich bin nicht an Komplimente gewöhnt. Mein Gesicht ist heiß, ob vor Verlegenheit oder Dankbarkeit, weiß ich nicht. Sie ist so freundlich zu mir. Das hätte ich nicht erwartet. Ich spüre, wie meine Augen feucht werden.

Sie wendet den Blick ab und zieht die aufgerollten Papiere aus ihrer Kitteltasche. »Dann lass uns das hier erledigen, in Ordnung? Aber zuerst möchte ich nach dem Pilz auf dem Blatt sehen.«

Lakshmi steht auf und geht auf die wilde Senna zu, sodass ich Zeit habe, mir die Augen zu wischen.

EIN MONAT
VOR DEM EINSTURZ

5

Lakshmi

Shimla

Ich knipse mit meiner Schere ein absterbendes Blatt von einer Klette ab und inspiziere es. Die Mitte weist winzige Löcher auf. Ich drehe das Blatt um. Möglicherweise gibt es dort Insekteneier oder Larven, aber ich kann sie nicht sehen; mit vierundvierzig Jahren sind meine Augen nicht mehr so scharf wie früher. Ich werde mir das morgen unter dem Mikroskop genauer anschauen müssen. Ich lege das Blatt in meinen Korb und lasse meinen Blick über den Lady-Bradley-Heilkräutergarten schweifen, einen Garten, den ich vor über einem Jahrzehnt angelegt habe – der Grund, warum ich überhaupt nach Shimla gekommen bin. Wäre ich hergekommen, wenn Jay mir nicht diese Rettungsleine angeboten hätte, mich nicht davon überzeugt hätte, sie zu ergreifen? Letztlich setzte ein Skandal meinem Leben als Hennakünstlerin in Jaipur ein Ende. Und auch wenn die Anschuldigungen, dass ich ihren Schmuck gestohlen hätte, nicht stimmten, wollten meine Kundinnen, die wohlhabenden Damen von Jaipur, mir nicht so schnell vergeben und die Verdächtigungen vergessen. Am Ende hatte ich Jaipur verlassen müssen, um neu anzufangen.

Nimmi bearbeitet eine andere Reihe im Garten mit der Hacke. In den paar Wochen, die sie nun hier ist, hat sie mir schon so viel über die Pflanzen beigebracht, die ihr Stamm in den Wiesen des Himalaja zwischen Shimla und Kaschmir sammelt. Von dem rankenden Eisenhut, einem knapp einen Meter hohen Busch mit blauen Blüten, den wir heute aussäen, werden wir die Wurzeln ernten, sie pulverisieren und mit Geranienöl vermischen, um eine süß riechende Salbe gegen Furunkel, Abszesse und Hautreizungen herzustellen. In der Zeit, die ich schon mit den Bergmenschen arbeite, habe ich gelernt, dass sie keinen Medikamenten vertrauen, die nach Chemie riechen; sie benutzen nur Heilmittel, die nach der Erde, den Bäumen und Blumen riechen, die sie kennen. Das ist einer der Gründe, warum unsere kleine Ambulanz unter den Einheimischen so beliebt geworden ist. Wohlhabendere oder ausländische Patienten bevorzugen die antiseptischere Umgebung des Lady-Bradley-Hospitals, die Stammesmenschen wie Nimmi nicht mögen oder der sie kein Vertrauen schenken.

Ich beobachte sie jetzt, wie sie Furchen zieht, die gerade so breit sind, wie wir sie brauchen, um die Samen des Eisenhuts darin auszusäen. Sie arbeitet schnell und effizient, verschwendet keine Energie für Bewegungen, die ihr nicht dabei helfen, ihr Ziel zu erreichen.

Sie muss spüren, dass ich sie beobachte. Ohne die Arbeit zu unterbrechen oder in meine Richtung zu blicken, sagt sie: »Wir sind ein bisschen spät dran mit dem Aussäen, aber es könnte immer noch klappen.« Sie sieht erst zum Himmel hoch und dann mich an. »Wenn das Wetter sich hält. Wundern Sie sich aber nicht, wenn diese Pflanze ein Jahr lang nicht sprießt. Sie ist empfindlich.«

Ich nicke. Manchmal habe ich das Gefühl, dass sie und ich ein gegenseitiges Einvernehmen erreicht haben – eine Art von Freundschaft. Aber gelegentlich ist ihr Ton schroff, als ob sie sich darüber ärgerte, hier in der Ambulanz zu sein. Sie verdient genug für Rekha und Chullu – ein Gehalt, dass Jay und ich aus eigener Tasche bezahlen, auch wenn sie das nicht zu wissen braucht. Was sie uns beibringt, ist wertvoll genug, aber solange wir dem Krankenhausgremium nicht die Ergebnisse ihrer Arbeit zeigen können, werden wir ihren Lohn nicht aus dem Krankenhausbudget bezahlen können. Bei den Papieren, die ich sie am ersten Tag habe unterschreiben lassen (nachdem ich ihr zeigte, wie man ihre Initialen in Hindi schreibt), handelte es sich um einen Vertrag zwischen Nimmi und Jay und mir. Wir brauchten ihn überhaupt nicht. Ich wollte nur nicht, dass sie glaubt, dass ich ihr Almosen anbiete – das würde sie hassen –, deshalb sagte ich ihr, dass es sich um einen Vertrag mit dem Lady-Bradley-Hospital handelt.

Sie versucht vermutlich immer noch, sich über ihre Gefühle klar zu werden. Ob sie mich irgendwo zwischen Abneigung und Dankbarkeit einsortieren kann. Ich verstehe es. In Jaipur sah es bei mir genauso aus: Privilegierte Damen, zu denen ich automatisch *Ja, Ji* und *Natürlich, Ji* sagte, egal wie unvernünftig ihre Forderungen waren, weil sie mich eben bezahlten und mir das Geld einbrachten, das ich für mein Haus brauchte. Ich schluckte meinen Stolz hinunter – bis zu jenem Tag, an dem ich schließlich *Nein, nie wieder* zu Parvati Singh sagte. Ich schließe die Augen. Das ist alles Vergangenheit. *Was nützt es zu weinen, wenn die Vögel die ganze Farm aufgefressen haben?*

Nimmi vermisst Malik. Ich vermisse ihn ebenfalls. Seine umgängliche Art, die dafür sorgt, dass sich die Menschen in seiner Gegenwart wohlfühlen, ja sicher fühlen. Aber er ist meilenweit entfernt in der Hitze Rajasthans.

Ich schüttele den Kopf und notiere auf meinem Klemmbrett, wie viel Dünger wir einkaufen müssen.

»Hast du es vergessen?« Als ich Jays Stimme höre, drehe ich mich um.

Er kommt von der Hintertür des Krankenhauses auf mich zu. Seine lockigen Haare, die einst nur mit grauen Fäden durchzogen waren, sind jetzt mehr silbern als schwarz. Er trägt seinen weißen Doktorkittel, aus einer Tasche ragt ein Stethoskop heraus. Die Art, wie er mich ansieht, hat etwas, was mich immer zum Lächeln bringt.

»Die Ambulanz öffnet in fünf Minuten. Zuerst Tee?«, fragt er mich, als er mich erreicht. Er entfernt ein Blatt aus meinen Haaren, wo es sich in meinem Knoten verfangen haben muss.

Ich sehe Nimmi an. »Nimmi? Tee?«

Sie richtet sich auf und schenkt Jay eines ihrer seltenen Lächeln. Als ihr Blick auf mich fällt, verschwindet es wieder, und sie schüttelt den Kopf. »Ich will hiermit fertig werden.«

Jay nimmt die Handschuhe, die ich ausgezogen habe, und geht mit mir zu dem Schuppen, in welchem wir Werkzeuge und Nachschub aufbewahren. Ich hänge gerade die Gartenschere an ihren Nagel, als ich fühle, wie seine Finger meinen Nacken hinunter eine Spur ziehen, von meinem Haaransatz bis zum bogenförmigen Saum meiner Bluse. Ich schließe die Augen und spüre dieses köstliche Kribbeln. Sein vertrauter Geruch nach Limette und Sandelholz ist so beruhigend. Ich drehe mich zu ihm um und hebe ihm meine Lippen entgegen. »Ich dachte, du wolltest zur Ambulanz gehen.«

Er lacht leise und tippt meine Nase mit dem Finger an. »Ach ja, das wollte ich.«

Als ich vor zwölf Jahren zum ersten Mal durch ihre Türen trat, lief die Gemeindeambulanz nicht so gut. Das war genau zu der Zeit, wo meine Schwester Radha im benachbarten Lady-Bradley-Hospital ihren Sohn zur Welt brachte. Während wir darauf warteten, dass Radha sich erholte, schlug Jay – damals noch Dr. Kumar für mich – mir vor, dass ich mein Wissen über Kräuter und ihre medizinischen Eigenschaften einsetzen sollte, um die hiesigen Menschen aus den Bergen zu behandeln. Ohne mein Hennageschäft, mit dem ich mich, Radha und den jungen Malik ernährt hatte, brauchte ich die Arbeit, die er mir anbot. Jay hielt Wort und beschaffte die finanziellen Mittel, um den Lady-Bradley-Heilkräutergarten anzulegen. Am Rande des Krankenhausgeländes fand er ein Haus für Radha, Malik und mich. Es war nicht riesig, aber an riesig waren wir auch nicht gewöhnt; das Haus, das ich in Jaipur hatte bauen lassen, bestand nur aus einem einzigen Zimmer. Mit dem Erlös aus dem Verkauf meines Hauses konnte ich das kleine Cottage kaufen, das Jay gefunden hatte.

Jay war von Anfang an respektvoll, freundlich; er hörte meinen Vorschlägen zu. Wir konnten gut zusammenarbeiten; er half mir dabei, die Stammessprachen der Patienten zu entschlüsseln, sodass ich die passenden Umschläge, Lotionen oder Nahrungsmittel vorschlagen konnte. Wir gewöhnten es uns an, am Ende des Arbeitstages in seinem Büro ein Glas Scotch zu trinken. (Anfangs wählte ich Chai, wechselte schließlich aber zu seinem Laphroaig, weil mir der rauchige Geschmack gefällt.) Wir begannen uns zusammen Stücke im Gaiety-Theater anzusehen, mit Radha und Malik zusammen zum Jakhu-Tempel zu wandern, Karten zu spielen (wir alle vier lieben den Wettbewerb!) und gemeinsam zu kochen. Zu der Zeit war Malik im nahe gelegenen Internat der Bishop-Cotton-Jungenschule, und Radha ging zur Auckland-House-Schule, beides finanziert von Samir Singh, um die Unbesonnenheit seines Sohnes wiedergutzumachen.

Dann, vor sechs Jahren, kamen Jay und ich eines schönen Sonntagabends von einer langen Wanderung wieder nach Hause. Radha war ein Jahr zuvor mit ihrem Ehemann Pierre, einem französischen Architekten, nach Frankreich gezogen. Sie hatte ihn mit neunzehn kennengelernt, als er Urlaub in Shimla machte. Malik war zu einem Kricketspiel mit seiner Schule nach Chandigarh gefahren und blieb dort über Nacht.

Auf unserer Wanderung hatten Jay und ich Sprichwörter ausgetauscht – eines unserer Lieblingsspiele – und einander zu übertrumpfen versucht.

»Einem Esel Schmuck zu schenken, ist genauso nutzlos wie …«

»… einer Frau einen Eunuchen zu schenken«, erwiderte ich mit einem Lachen.

Jay zog überrascht die Augenbrauen hoch und lächelte dann vergnügt. »Hm. Ich dachte an *für die Blinden zu tanzen*, aber dein Vorschlag ist besser als meiner.« Wir standen auf der vorderen Veranda seines Hauses, einem winzigen, aber komfortablen Bungalow, den seine Tante und sein Onkel ihm hinterlassen hatten. Nach dem Tod seiner Eltern hatten sie ihn in Shimla aufgenommen.

»Spielen wir eine Runde Karten?«, fragte ich. Wir beendeten den Abend üblicherweise mit einer Partie.

Statt einer Antwort sah er mich lange an. Ich spürte, wie ich errötete. Dann drehte er sich um, schloss die Vordertür auf, drückte sie auf und trat einen kleinen Schritt zurück – nur einen ganz kleinen –, sodass ich ihn beim Eintreten berühren musste. Ich spürte seine Finger leicht wie einen Hauch hinten in meinem Nacken. Ich blieb stehen, es lief mir heiß den Rücken hinunter, jede Sehne und jeder Muskel in meinem Körper zitterten. Das letzte Mal, dass ich so intensiv empfunden hatte, war in der Nacht sieben Jahre zuvor gewesen, als ich in Jaipur Samir Singhs Charme erlegen war, zum einzigen Mal. Kurz zuvor hatte Samir mir Jay vorgestellt, ganz zufällig, und keiner von uns hätte vorhersagen können, was als Nächstes passieren würde.

Jay legte seine warme Hand an meine Hüfte, auf die exponierte Stelle just oberhalb meines Saris. Er zog mich sanft zu sich, sodass ich die Hitze seines Brustkorbs an meinem Rücken wahrnahm. Ich spürte, wie seine Lippen den empfindlichen Knubbel oben an meiner Wirbelsäule streiften. Leise stöhnte ich auf. Ich konnte einfach nicht anders – es war schon so lange her, dass ich auf diese Art berührt worden war. So lange her, dass ich *irgendeinem* Mann vertraut hatte. Meine Schwester Radha hatte mich jahrelang damit aufgezogen: *Dr. Jay ist hin und weg von dir!* Aber ich war misstrauisch. Mit siebzehn war ich aus einer unglücklichen Ehe geflohen, und Samir Singh hatte in mir nichts weiter als eine Zerstreuung gesehen – ich wollte nicht noch einmal verletzt werden.

Jay zog mit den Zähnen an meinem Ohrläppchen. »Lakshmi«, flüsterte er, »heute Abend spielen wir nicht.«

Sobald wir im Haus waren, wirbelte ich herum und küsste ihn auf den Mund, meine Zunge suchte nach seiner, mein Becken drückte sich voller Sehnsucht an ihn. Ich presste meine Brüste an seinen Brustkorb, ergriff sein Gesäß. Ich war überrascht, wie intensiv mein Bedürfnis war, wie dringend. Seine Hände fanden die Häkchen hinten an meiner Bluse und öffneten sie.

Als Jay sich von mir löste, um mich von meiner Bluse zu befreien, atmeten wir beide schwer. Ein träges Lächeln spielte um seine Lippen, als wollte er mir sagen, dass er immer auf diesen Moment gehofft, ja gewusst hatte, dass es eines Tages geschehen würde. Und auch wenn er hatte warten müssen, jetzt endlich war es so weit.

Endlich. Ich drückte meine Lippen wieder auf seine, massierte seine Brustwarzen durch sein Hemd hindurch.

Er flüsterte an meinem Mund: »Schon seit sechs Jahren machen Gerüchte über uns die Runde. Meinst du nicht, dass es Zeit wäre, dem ein Ende zu setzen?«

Noch bevor die Woche verstrichen war, heirateten wir in einer einfachen Zeremonie vor dem Zivilgericht in Shimla. Radha und Pierre waren aus Frankreich gekommen. Malik trug zu diesem Anlass seinen besten Anzug und seine Flügelkappenschuhe. (Damals in Jaipur besaß er nicht einmal ein Paar geschlossener Schuhe, aber die Privatschule hatte seinen Geschmack und seine Möglichkeiten verändert.)

Unsere Heirat änderte nichts an unserem Arbeitsverhältnis. Jay arbeitete weiter als Arzt im Lady-Bradley-Hospital und blieb der Direktor der angeschlossenen Gemeindeambulanz. Ich war für den Heilkräutergarten zuständig. An drei Nachmittagen in der Woche arbeitete ich mit ihm, einer Krankenschwester und ein paar Nonnen zusammen in der Ambulanz und half ihnen mit den Patienten. Schließlich verkauften wir unsere Bungalows, sodass wir uns zusammen ein größeres Haus leisten konnten, wo Malik mit uns wohnen würde, wenn die Bishop-Cotton-Jungenschule in den Ferien geschlossen war, und, falls er das wünschte, auch nach seinem Schulabschluss.

Madho Singh, der Alexandersittich, den Maharani Indira von Jaipur Malik geschenkt hatte, bekam in unserem neuen Salon einen Ehrenplatz und überwachte das gesamte Kommen und Gehen. Ich sorgte dafür, dass er immer die neuesten Nachrichten mithörte, egal was auch immer Malik in der Zeit gerade tat.

Nimmi sammelt frühmorgens Blumen, um sie sofort danach in der Shimla Mall zu verkaufen. Dann kommt sie mit Rekha und Chullu zur Gemeindeambulanz. Sie verstaut ihren leeren Blumenkorb im Geräteschuppen, und während sie hackt oder pflanzt oder Sämlinge bewässert, spielen Chullu und Rekha auf der freien Fläche neben dem Schuppen. Die Kinder sind daran gewöhnt, ruhig zusammenzusitzen und einander Gesellschaft zu leisten. Nimmi ist eine ruhige, geduldige Mutter. Wenn Chullu Erde zu essen versucht oder Rekha anfängt, Triebe auszureißen, genügen ein paar sanfte Worte in ihrem Dialekt. Wenn es für Nimmi Zeit wird, Chullu zu stillen, und für Rekha und mich, mit unserem Hindiunterricht zu beginnen, setzt sich Nimmi neben uns, sodass sie ebenfalls die Seiten im *Panchatantra*-Buch sehen kann. Die Geschichten sind kurz und wunderschön illustriert. Radha und ich sind mit genau diesen Fabeln aufgewachsen, und jetzt wachsen auch Rekha und Chullu mit ihnen auf. (Ich wünschte, Radha könnte uns hier sehen! Sie hat es genauso wie ich geliebt, die kleinen Kinder in der Dorfschule unseres Vaters in Ajar zu unterrichten.)

Unsere erste Geschichte ist das Märchen vom Affen und dem Krokodil, die anfangs Freunde sind. Aber dann möchte die Frau des Krokodils das Herz des Affen essen, weshalb das Krokodil seinen Freund zum Abendessen einlädt. Der Affe hüpft ohne jeden Argwohn auf den Rücken des Krokodils. Aber im Fluss gesteht das Krokodil ihm, dass es ihn töten will, damit seine Frau sein Herz essen kann. Der Affe sagt dem Krokodil, dass er sein Herz immer oben auf dem Baum zurücklässt und sie umkehren müssen, um es zu holen. Natürlich klettert der Affe sofort auf den Baum, um sich zu retten, als sie das Land erreichen, und das Krokodil verliert einen Freund.

Als wir das Ende der Geschichte erreicht haben, höre ich Nimmi husten. Aber als ich zu ihr hinüberblicke, wird mir klar, dass sie lacht. Um ihre Augen haben sich vor Freude Fältchen gebildet! Tatsächlich ist es eher ein Gackern, aber das spielt keine Rolle. Das ist das erste Mal, dass ich Nimmi lachen höre, und schon bald stimme ich in ihr Gelächter mit ein. Sie rückt näher an uns heran und sagt: »Lesen Sie das noch einmal, *Ji.*«

Und noch ein erstes Mal! Bisher hat sie mich nie *Ji* genannt, eine Anrede, die Respekt ausdrücken soll. Erleichterung durchströmt mich. Ich freue mich, so wie auch Malik sich freuen wird, und lächele sie an, um sie das wissen zu lassen. Aber sie schaut mich nicht an. Chullu ist eingeschlafen, und sie wickelt ein Geschirr für ihn aus ihrem *Chunni.* Dann setzt sie ihn sich auf den Rücken.

Ich fange noch einmal mit der Geschichte an. Rekha lernt schnell. Sie und ich sprechen die Wörter zusammen aus und verfolgen gleichzeitig die geschriebenen Wörter mit den Fingern. Nimmi hält sich zurück, aus Angst, einen Fehler zu machen, aber ihre Tochter hilft ihr, und so macht sie mit.

Ich denke bereits über das nächste Buch nach, das ich aus der Bücherei in Shimla holen werde, ein Kinderbuch über die Blumen des Himalaja: blauer Mohn, violette Seerosen, gelbe Schwertlilien. Die Zeichnungen sind groß und bunt, und Rekha und Nimmi werden die Blumen mit Sicherheit wiedererkennen.

Während wir laut lesen, schläft Chullu weiterhin auf Nimmis Rücken, vom Klang der Stimmen seiner Mutter und seiner Schwester eingelullt.

Wenn Nimmi jetzt zu mir kommt, damit ich ihr Maliks Briefe vorlese, bringt sie die Kinder mit. Sie isst sogar die Leckereien, die ich für sie zubereite. Ich sehe, dass die gezuckerten

Früchte ihre Stimmung heben. Ihre Einsamkeit verschwindet Stück für Stück. Manchmal bringt sie Leckereien für uns alle mit: einen Korb voller wilder Ghingaroobeeren oder eine Handvoll indischer Feigen oder süße Himalajaäpfel, die sie unterwegs gepflückt hat.

Als ich anfange, den neuesten Brief von Malik zu lesen, schleicht Rekha sich an mich heran, um einen näheren Blick darauf zu werfen. Ich glaube, sie will so tun, als würde sie ihn zusammen mit mir lesen.

Liebe Nimmi und Tante Boss,

jetzt habe ich alles gesehen! Manu hatte Ravi Singh gebeten, mir das Royal Jewel Cinema zu zeigen. Das ist das größte Bauprojekt, das Singh-Sharma bisher für den Palast übernommen hat. Ravi sagt, dass es in ganz Rajasthan nichts Vergleichbares gibt. Es handelt sich um ein zweistöckiges Gebäude, das einen gesamten Block zwischen zwei der lebhaftesten Straßen in Jaipur umfasst. Er hat mir erzählt, dass er gerne das Old Vic in Bristol als Vorlage dafür genommen hätte (als ob ich das je gesehen hätte!), aber Maharani Latika war gerade in Amerika gewesen und wollte mehr ein Art-déco-Design wie beim Pantages (ich hoffe, dass ich das richtig geschrieben habe) Theatre in Los Angeles (das liegt in Kalifornien). Die amerikanische Architektur der Dreißigerjahre ist hier in Indien anscheinend immer noch etwas Neues. (Boss, bist du nicht stolz darauf, dass ich während meines Kunstgeschichtsunterrichts im Bishop Cotton doch etwas gelernt habe?)
Und das ist an dem Tag passiert, wo ich das Kino besucht habe: Zwei Männer installierten gerade den Namen des

Kinos in neunzig Zentimeter hohen Goldbuchstaben über dem Eingang; andere strichen die Außenwände rosa, so wie die alten Stadtmauern. Außerdem gab es dort Steinmetze, die in die Vorderseite des Gebäudes ein Steinmandala *mit einem blaugrünen Pfau im Zentrum schlugen – natürlich nicht einmal annähernd so gut wie das Mosaik, das du für den Fußboden deines eigenen Hauses in Jaipur entworfen hast, Tante Boss.*

Und dann haben wir die Lobby betreten … Waa! Waa! *Zuerst einmal zieht sie sich schier endlos dahin. Zweitens ist sie mit einem plüschigen roten Teppich aus Wolle und Seide ausgelegt. Ich wette, dass Chullu liebend gerne den ganzen Teppich vollsabbern würde (haha). Ich sah zur Decke hoch und bemerkte die größten Kronleuchter – anders als alles, was wir jemals im Palast der Maharanis gesehen haben – von riesigen konkaven Kreisen herunterbaumeln. In jedem dieser Kreise blitzen unzählige winzige Glühbirnen. Das ist fast so, als sähe man einen Himmel, an dem Sterne und Planeten und Galaxien funkeln!*

Dann sind wir in den Kinosaal hineingegangen, wo sich die Sitze befinden. Er ist verdammt genial! Ravi ist wirklich stolz darauf, dass er es geschafft hat, dort tausendeinhundert Kinosessel hineinzuquetschen – so groß ist er! Die Sitze im Kino steigen stufenweise an, je weiter man sich von der Leinwand entfernt, so wie in diesen griechischen Amphitheatern, die wir ebenfalls im Kunstgeschichtsunterricht studiert haben (und du hast gedacht, dass ich dort nichts gelernt hätte, Boss!).

Es gibt eine Loge (wo die Reichen sitzen), von der aus man auf die Bühne und die Sitze darunter schauen kann. Die Leinwand ist fast genauso hoch wie das Hawa Mahal

in Jaipur! Und es gibt etwas, von dem ich noch nie zuvor gehört habe: Surroundsound. Das Royal Jewel Cinema hat das. Anscheinend wurde es vor Kurzem in Amerika erfunden. In diesem Kino können also alle Besucher etwas hören, und alle haben einen guten Sitzplatz.
Ich habe mir vorgestellt, wie wir alle zusammen in dem Kino wären. Wie ihr beide dieses Gebäude bestaunen würdet! (Chullu würde den Teppich bestaunen.) Reihe über Reihe von Steinbögen in den Wänden des Kinosaals mit Intarsien in Form von Blumen und Blüten (frag mich nicht, um welche Blumen und welche Blätter es sich handelt, das ist deine Abteilung).
Muss jetzt gehen! Mein anderer Boss ruft nach mir. Schöne Grüße an Dr. Jay!

Viele Grüße
Malik

6

Malik

Jaipur

Als Teil meiner Ausbildung hat Manu einige der größeren Bauunternehmer des Palastes von Jaipur gebeten, mich auf ihren Baustellen herumzuführen. Heute war Singh-Sharma dran. Auf Geheiß seines Vaters führt Ravi Singh mich jetzt durchs Kino.

Das Gebäude ist prächtig, tatsächlich eine erstaunliche Leistung, und das sage ich Ravi auch. Zu beiden Seiten der Leinwand werden Vorhänge in der Farbe von rotem Hibiskus hochgezogen, den Nimmi so liebt. In der letzten Reihe schrauben Arbeiter rote Mohairsessel am Fußboden fest. Elektriker testen die eingelassenen Lichter an der Umfassung, welche die Wände abwechselnd gelb, grün oder orange erstrahlen lassen.

Ich stoße einen Pfiff aus. »Wie lange hat es gedauert, all das hier zu errichten?«

»Nicht so lange, wie man denken würde. Würdest du mir glauben, dass es statt der geschätzten fünf Jahre nur drei gedauert hat?«

»Wie habt ihr das geschafft?«

Er lächelt mich an. »Ach, alter Kumpel, das ist der Vorteil, den Singh-Sharma Construction allen anderen Bauunternehmen gegenüber hat. Deshalb engagiert Manu uns immer für diese Vorzeigeprojekte.« Er tippt sich mit dem Zeigefinger seitlich gegen die Nase, was bedeutet: *Es ist ein Geheimnis.*

Als er sich entschuldigt, um mit dem Bauleiter zu sprechen, kehre ich in die großartige Lobby zurück und stelle mir vor, dass Nimmi und ihre beiden Kinder hier bei mir wären und staunten, wie viele Leute es braucht, um etwas so Monumentales zu errichten.

Dann gehen wir beide zum Mittagessen in ein nahe gelegenes Restaurant, wo Ravi Platten mit duftendem Lamm und Hühnchencurry, dampfendem Basmatireis mit Cashewkernen, eine Schüssel *Matar Paneer* und einen Stapel heiße *Aloo Paranthas* mit einem Klacks *Ghee* bestellt. Alle in diesem Restaurant scheinen Ravi zu kennen. Der Inhaber begrüßt uns bei der Ankunft, entfaltet unsere Servietten und legt sie uns auf den Schoß. Zwei Kellner helfen uns dabei, die Stühle näher an den Tisch heranzurücken, und ein dritter füllt unsere Wassergläser.

Jetzt erscheint eine sehr hübsche Kellnerin mit einer weißen Bluse und einem schmalen schwarzen Rock mit hohen Gläsern voll Kingfisher-Bier. Der Inhaber strahlt sie an und wirft einen Blick zu Ravi, um abzuschätzen, wie er darauf reagiert. Ravi beobachtet die junge Frau amüsiert, sein Blick wandert ihren Körper entlang. Der Restaurantbesitzer lächelt Ravi an, verbeugt sich leicht und entfernt sich diskret.

»Nun, was hältst du von meinem Haus, das mein Vater entworfen hat?«, fragt Ravi.

Nach dem Abendessen bei den Singhs vor einem knappen Monat hatte Samir mich mit um die Ecke genommen, um mir das Haus zu zeigen, welches er für Ravi und seine Schwiegertochter Sheela als Hochzeitsgeschenk gebaut hat. Als Tante Boss vor dreizehn Jahren zum ersten Mal das Ehearrangement zwischen den Singhs und den Sharmas vorschlug, hatte Sheela dem nur unter der Bedingung zugestimmt, dass sie nicht mit Ravis Eltern – wie es eigentlich die Tradition erforderte – in einem gemeinsamen Familienhaushalt würde leben müssen. Lakshmi hatte dann vorgeschlagen, dass Samir ein separates Haus für Ravi und Sheela auf dem ausgedehnten Grundstück der Singhs errichtet. Sheela bekam nicht genau das, was sie gewollt hatte, aber Boss' kreative Lösung hatte den Handel besiegelt.

Ich nehme mir ein *Parantha*. »Beeindruckend«, sage ich. »So modern von innen. All die Lichter.« Es erinnert mich an das Haus von Kanta und Manu. In einer verwestlichten Familie in Bengalen aufgewachsen, bevorzugt Kanta modernes Design: klare Linien, große Fenster mit Glasscheiben und minimale Dekoration. »Was sagt Sheela dazu?«

Ravi kichert. »Ihre Majestät hat sich erst dazu entschieden, es zu mögen, nachdem ihr klar geworden war, wie viel größer es ist als die Häuser ihrer Freundinnen.«

Ich lächele und erinnere mich daran, wie schwierig Sheela als junges Mädchen sein konnte.

»Stimmt schon«, fährt Ravi fort, »*Papaji* hat mit unserem Haus gute Arbeit geleistet. Aber wir könnten in der Firma noch so viel mehr ausrichten. Sieh dir nur an, was Le Corbusier in Chandigarh gemacht hat.« Seine Augen leuchten plötzlich voller Begeisterung. »Chandigarh hat mich inspiriert. Ich wollte, dass das Royal Jewel Cinema heraussticht, dass es anders ist als jedes andere Gebäude in Jaipur. So werde ich mir einen Namen machen – es als Sprungbrett für größere und bessere Sachen nutzen.«

Ich trinke einen Schluck Bier. »Größere und bessere Sachen?« Ich nehme mir ein weiteres Stück Lamm, so zart, dass es vom Knochen fällt. Ich sauge das Mark heraus – der beste Teil.

Ravi grinst wölfisch. »Größer als *Papaji* es sich je hat träumen lassen.« Er schaufelt sich etwas Hühnchencurry auf den Teller. »Mein Vater macht aus Überzeugung alles so, wie es schon immer gemacht wurde. Aber inzwischen gibt es neuere, bessere Techniken, Materialien und Verfahren.« Er zieht eine Augenbraue hoch. »Vorläufig heißt es also: *Lässt es sich nicht heilen, musst du es ertragen.*«

Ich lache. »Ist dein Vater anderer Ansicht? Was deine modernen Ideen anbetrifft?«

Ravis Gesicht verdunkelt sich für den Bruchteil einer Sekunde. »Ich bearbeite ihn immer noch. In manchen Dingen sind wir einfach nicht einer Meinung.«

Die hübsche Kellnerin nähert sich uns mit einem Korb Brot und einer Zange. »Noch mehr *Paranthas*, Sahib?«

Ravi dreht sich zu ihr um und lässt seinen Blick auf ihr verweilen. Als sie errötet und ihn anlächelt, nickt er. Er beobachtet sie, bis sie uns zu Ende bedient hat. Als sie weggeht, hält er den Blick auf sie gerichtet, auf die Bewegung ihres Gesäßes.

Dann wendet er sich wieder mir zu, sein Blick intensiv. »Bist du Schlagmann oder Werfer?«

Dieser Themenwechsel ist so abrupt, dass ich von meinem Lamm aufsehe und ihn anstarre. Ich habe Kricket immer geliebt. Damals, als ich noch tief in den Eingeweiden der Pink City wohnte, habe ich immer Spiele mit den Jungen aus der Nachbarschaft organisiert, und die waren hart und wild. Im Bishop Cotton, wo wir mit offiziellen Schlägern spielten und makellose Uniformen trugen, erlernte ich eine formellere, kultiviertere Version des Spiels.

Plötzlich bin ich misstrauisch, auch wenn ich nicht sagen kann, warum. »Beides. Kommt darauf an.«

»Worauf?«

»Darauf, was gebraucht wird.«

Ravi schenkt mir ein großzügiges Lächeln, und das Grübchen an seinem Kinn vertieft sich. Er nimmt sein Bierglas und stößt damit gegen meins. »Abbas Malik, gestatte mir, dich im All-Rounders Club willkommen zu heißen. Wir werden dich definitiv bald einmal zu einem Spiel einladen.«

Während die Bedienungshilfen das Geschirr abräumen, entschuldigt Ravi sich, steht auf und geht zum anderen Ende des Raumes hinüber, wo die junge Kellnerin mit einem weißen Tuch Weingläser poliert. Er beugt sich zu ihr und flüstert ihr etwas ins Ohr. Sie kichert und zuckt die Schultern. Ravi sieht den Inhaber an, der neben der Tür steht und nickt. Dann kehrt er zum Tisch zurück und klopft mit zwei Fingern auf die Tischplatte. »Hör mal, alter Kumpel, ich muss noch etwas erledigen. Mein Fahrer wird dich zu deinem Büro zurückbringen.«

Er schenkt mir ein strahlendes Lächeln und nimmt sich dann ein paar gezuckerte Fenchelsamen aus einer Schüssel auf dem Tisch. Er stopft sie sich in den Mund, um seinen Atem zu erfrischen, winkt mir dann zu und geht zurück zur Kellnerin.

Bislang hat Manu mich die Abteilungen für Technik, Design und Bauausführung durchlaufen lassen. Jetzt hat er mich der Buchhaltung zugewiesen, sodass ich auch die finanzielle Seite des Geschäfts kennenlernen kann.

Hakeem ist der Buchhalter, der für die Liegenschaften des Palastes zuständig ist. Seine Wirkungsstätte ist ein stickiges, fensterloses Büro, das in eine Ecke von Manus Arbeitsbereich gequetscht wurde. Am anderen Ende der Etage befinden sich die Büros von Manu und dem Chefingenieur sowie ein gläserner Konferenzraum. Dazwischen sitzen die Sekretäre, Kostenplaner, Bauzeichner und Nachwuchsingenieure.

Schon bevor ich ihn treffe, hätte ich ein Bild von Hakeem zeichnen können: ein rundlicher Mann, der hinter seinem Schreibtisch sitzt, mit einem adretten schwarzen Käppchen, einer weißen *Kurta* und einer schwarzen Weste. Er trägt eine Brille mit einem dicken schwarzen Gestell. Ich hätte vorhersagen können, dass er mit dem Finger unter seinem gepflegten Schnurrbart entlangfährt, wenn er aufgewühlt ist, was er auch gerade tut, als ich sein Büro betrete.

»Onkel«, sage ich, »ich bin Abbas Malik. Mr. Manu hat mich gebeten, Ihre gute Lehre in Anspruch zu nehmen.« Ich lächele bescheiden. »Vielen Dank, dass Sie sich meiner annehmen.«

Hakeem sitzt wie ein kleiner Buddha im Lichtkreis seiner Schreibtischlampe. Er mustert mich durch diese dicken Brillengläser, die seine Augen so groß erscheinen lassen wie die einer Eule, und streicht sich über den Schnurrbart. Ich sehe mich nach einem Stuhl um, aber es gibt nur einen – Hakeems –, und darauf sitzt er. Die Regale an den Wänden nehmen den meisten Platz ein, sie sind mit großen stoffbezogenen Kassenbüchern gefüllt, die alle ordentlich am Rücken beschriftet sind und den Raum mit dem Geruch von Staub, muffigem Gewebe und altem Klebstoff erfüllen. Auf einem Buchrücken lese ich *1924*, was in Anbetracht von Hakeems Alter – er muss in den Sechzigern sein – möglicherweise das Jahr ist, in dem er hier seine Arbeit aufgenommen hat. Der alte Mann macht ein unverbindliches Geräusch und rückt seine Brille auf der Nase zurecht. »Du wirst hier drinnen nichts essen. Ja?«

Ich unterdrücke den Drang zu lächeln. »Natürlich, Onkel.«

»Oder trinken. Ja?«

Ist es ein weiterer seiner Ticks, jeden Satz mit einem *Ja* zu beenden? Ich entscheide mich, seinem Beispiel zu folgen. »Ja.«

»Diese Bücher sind wichtig. Sie müssen makellos bleiben. Ja?«

»Ja.«

Er rutscht mit seinem Stuhl zur Seite, sodass ich die Kassenbücher im Regal hinter ihm sehen kann. »Das hier sind die wichtigsten. Ja? In diesem«, sagt er und zeigt darauf, »halten wir fest, welche Güter wir für die Umgestaltung oder den Bau eines neuen Projekts kaufen. Und in diesem«, er zeigt auf ein Kassenbuch daneben, »tragen wir all die Beträge ein, die wir Zulieferern und Auftragnehmern schulden. Verbindlichkeiten. Das nächste enthält eine Liste von Geldern, die dem Palast geschuldet werden. Sagen wir, die Erstattung von zurückgegebenen Materialien. Oder Pachtbeträge von anderen für Liegenschaften des Palastes. Das sind Forderungen. Im vierten Buch steht, was und wie viel wir bereits für das Projekt ausgegeben haben. Es gibt vier Kassenbücher pro Jahr.«

Ich kann es nicht lassen. »Ja«, sage ich.

Er senkt das Kinn und sieht mich über den Rand seiner Brille an. Er streicht über seinen Schnurrbart. Schließlich sagt er: »Ja.«

Hakeem muss aufstehen, um ein mächtiges Buch aus einem Regal herauszuziehen. Er schlägt es auf und dreht es um, sodass ich die Einträge lesen kann. Er zeigt auf eine Textspalte in Hindi und eine weitere, die nur Buchstaben des englischen Alphabets enthält, und sagt: »Siehst du das hier?« Er zeigt auf die englische Spalte und sagt: »W-S-R-S-N-D steht für weißer Sand. Ja? Eine Art Kurzschrift für den Artikel, was mir Zeit spart. Ich habe diese Abkürzungen erfunden. Wenn ich jede bestellte oder empfangene Lieferung ausschreiben müsste, würde ich nichts anderes mehr tun, und ich habe viele andere Pflichten. Ja?« Wieder rückt er seine Brille zurecht und sieht mich an, als könnte ich ihn herausfordern wollen.

Ich nicke. Dies ist ein Mann, der auf seine Arbeit stolz ist. Ich versuche beeindruckt auszusehen – ich *bin* beeindruckt –, und beschließe, dass es vorläufig besser ist, wenn ich den Mund halte.

Hakeem sagt mir, dass ich diesen Nachmittag mit dem Auswendiglernen der Abkürzungen verbringen soll, weil ich sie brauchen werde, wenn ich Einkäufe erfasse.

Jedes Mal, wenn ich zum Abendessen zu Kanta und Manu gehe, kann ich kaum glauben, dass es sich bei dem zwölfjährigen Jungen, der sich hinunterbeugt, um meine Füße zu berühren, um denselben Nikhil handelt, den ich damals, als ich in Jaipur lebte, als Baby immer auf den Armen getragen und am Bauch gekitzelt habe. Als er sich aufrichtet, stelle ich überrascht fest, dass Nikhil jetzt nur noch wenige Zentimeter kleiner ist als ich und dass er größer als seine Eltern werden wird, die hinter ihm in der offenen Haustür stehen. Kanta legt einen Arm um ihren Sohn und begrüßt mich mit einem stolzen Lächeln zu einem weiteren Abendessen in ihrem Zuhause, wo sie fröhlich von der letzten Prüfung berichtet, die Niki mit Bravour bestanden hat. Onkel Manu ist reservierter. Er wartet, bis seine Frau ausgesprochen hat, um mich zu begrüßen und mein *Namaste* zu erwidern. Aus Respekt für sie – und da sie für Tante Boss quasi wie Verwandte sind –, nenne ich sie Tante und Onkel.

Ihr alter Diener Baju bringt das Teetablett. Er und ich tauschen einen Blick; ich weiß, dass der scharfsichtige Baju mich von meinen Tagen als Lakshmis kleiner Helfer wiedererkennt, jemand, der niemals darauf hätten hoffen können, zum

Abendessen an den Tisch der Familie eingeladen zu werden. Und so wäre es auch gekommen, wenn ich nicht zur Bishop-Cotton-Jungenschule gegangen wäre.

Onkel Manus Mutter watschelt hin und her schwankend in ihrem gestärkten weißen Witwensari hinter Baju her, die Gebetskette aus Sandelholzperlen hängt von ihrem Handgelenk herunter. Sie sieht mich mit einem Stirnrunzeln an und fragt sich wahrscheinlich, warum Tante und Onkel sich so darüber freuen, mich zu sehen, wo sie sich überhaupt nicht an mich erinnern kann. Das ist kein Wunder. Unter meiner polierten Erscheinung erkennen nur wenige Menschen den ungepflegten Jungen von damals wieder.

Da Kantas Schwiegermutter mit dabei ist, beschränken wir uns auf sichere Themen und plaudern über das Wetter in Shimla, wie frisch die Luft dort ist im Vergleich zu hier. Kantas *Saas* sagt, wie sehr sie es bedauert, dass sie nicht mehr so oft wie früher in das Himalajavorgebirge fahren könnten. Kanta und ich sehen uns an. Ich kenne den wahren Grund, warum sie und Manu seit Jahren nicht mehr in Shimla gewesen sind: der Junge, den sie im Lady-Bradley-Hospital zur Welt gebracht hat und der noch in ihrem Leib gestorben war. Nicht einmal die Adoption von Radhas Baby, das sie Nikhil nannten, konnte diese schmerzhaften Erinnerungen auslöschen.

Kanta redet von Menschen aus Shimla, die wir beide kennen, wie zum Beispiel den unerschütterlichen Tandoori-*Roti*-Bäckern in der Fußgängerzone, und von einem der Lieblingsorte von Radha und Boss – der Bücherei in Shimla, die auch ein Lieblingsort von Rudyard Kipling war.

Später, nachdem Manus Mutter den Raum zu ihrer abendlichen *Puja* verlassen hat, stehen Kanta und ich auf der vorderen Veranda. Niki übt im Hof das Bowlen fürs Kricketspiel. Manu gibt ihm Tipps.

Tante Kanta sagt: »Er ist perfekt, nicht wahr?«

Niki sieht zu uns herüber, um sich zu überzeugen, dass wir ihm zusehen. Ich winke und lächele. Ich gehöre zu den wenigen, die wissen, dass sie und Manu ihn am Tag nach seiner Geburt heimlich adoptiert haben. Nicht einmal Kantas *Saas* weiß das. Sie hält Nikhil für den Sohn, den Kanta vor zwölf Jahren in Shimla zur Welt gebracht hat. »Ja«, erwidere ich, »das ist er.«

Kanta lässt einen Augenblick verstreichen und sagt dann: »Sieht Radha sich jemals die Fotos von Niki an, die ich Lakshmi schicke?«

Ich zögere. »Tante Boss schickt ihr deine Briefe nach Frankreich nach«, sage ich schließlich.

Das stimmt, aber Radha hat niemals zugegeben, dass sie Fotos von Niki bekommen hat oder die Briefe, die ihr berichten, was der Junge macht, wie er sich in der Schule oder beim Kricket schlägt. Selbst bevor sie nach Frankreich gezogen ist, sah Radha sich niemals Nikis Fotos an, die Lakshmi auf dem Esstisch liegen ließ. Radha hat mir einmal erzählt, dass ihr Sohn an dem Tag für sie zu existieren aufhörte, an dem sie sich dazu entschied, ihn Kantas Fürsorge zu überlassen. Es war traumatisch gewesen, ihn so zurückzulassen; sie wollte nicht an diese Zeit in ihrem Leben erinnert werden. Ich frage mich oft, ob die Heirat mit Pierre und der Umzug nach Frankreich nur dazu dienten, für noch mehr Abstand zwischen ihr, ihrem Sohn und ihrer früheren Freundin Kanta zu sorgen. Wenn ja, konnte ich es verstehen. Radha war knapp vierzehn Jahre alt gewesen, als sie Nikhil bekam – ein unverheiratetes Mädchen an der Schwelle zur Frau. Sich von ihrem Baby zu trennen, war das Schwerste, was sie je in ihrem Leben hatte tun müssen. Sie hatte sich auch von Ravi trennen müssen, in den sie verliebt gewesen war, der sie aber sehr verletzt hatte.

Kanta entschließt sich, das Thema fallen zu lassen. »Ich vermisse Lakshmi, Malik. Ich wünschte, sie würde immer noch hier leben. Ich rede die ganze Zeit in Gedanken mit ihr, aber das ist natürlich nicht das Gleiche.« Sie wirft mir einen Blick zu, um ihre Augen bilden sich Lachfältchen. »Auch wenn sie nur in meinem Kopf stattfindet, sorge ich schon dafür, dass es keine einseitige Unterhaltung ist. Sie gibt mir immer die besten Ratschläge!« Kanta lacht.

Lakshmi redet nicht oft darüber, aber ich weiß, dass sie Kanta ebenfalls vermisst. Sie konnten so ungezwungen miteinander umgehen; so habe ich Boss mit keiner anderen Freundin in Shimla erlebt.

Wir sehen zu, wie Niki den Ball in Rotation versetzt und ihn seinem Vater zuwirft. Ich glaube, uns allen ist klar, dass es am besten ist, die Agarwals und Lakshmi voneinander getrennt zu halten. Jeder, der Niki mit Lakshmi oder Radha zusammen sehen würde, würde mit hoher Sicherheit erkennen, dass Niki und die Schwestern miteinander verwandt sind. Mit seiner hellen Haut und den pfauengrünen Augen, die so sehr an die von Radha erinnern, sieht er seinen Adoptiveltern überhaupt nicht ähnlich.

Glücklicherweise nahm er die Eigenheiten der Eltern an, die ihn aufziehen. Er zieht die Schultern hoch und runter beim Lachen, so wie Kanta. Wenn er intensiv zuhört, neigt er den Kopf zur Seite, die Hände hinter dem Rücken verschränkt, wie eine perfekte Kopie von Manu.

Ich sehe zu, wie er einen Ball schleudert, so anmutig für einen so jungen Knaben. Er ist ein geborener Athlet, so wie sein leiblicher Vater. Ich frage mich oft, ob Ravi Singh weiß, dass der Sohn, den Radha von ihm bekommen hat, nur ein paar Meilen von ihm entfernt lebt. Würde er das wissen wollen? Als seine Eltern von Radhas Schwangerschaft erfuhren, schickten sie Ravi schnell nach England und ließen ihn bis zum Ende seiner Schulzeit dort. Er war damals erst siebzehn.

Kanta dreht sich jetzt zu mir um. »Er sieht ihm zu.«

»Wer?«

»Samir Singh.«

»Samir sieht wem zu?«

»Niki.«

Es gibt natürlich Gelegenheiten, wo Samir Niki über den Weg laufen kann. Bei *Sangeets* bei gemeinsamen Freunden und bei kommunalen Feiern – sofern Kanta und Manu nicht freiwillig solchen Veranstaltungen fernbleiben. Weil sie sich dann unbehaglich fühlen würden – all die Fragen, die sie beantworten müssten. Das stillschweigende Urteil. Mit einem Mal wird mir klar, was für eine Last es für diese Familie ist, Niki praktisch zu verstecken. Ist er sich der Maßnahmen bewusst, mit denen seine Eltern die Klatschmäuler fernhalten? Aber welche Wahl haben sie schon? *Bastard. Unehelich.* Sie wollen nicht, dass sein Leben von solchen Etiketten befleckt wird. Mich überläuft eine Welle der Trauer.

Kanta sieht meinen Blick. »Was ich meine, ist …«

In dem Moment ruft Niki nach mir. »Sieh mal, Onkel!«

Ich drehe mich zu ihm um und sehe zu, wie er einen perfekten Burner wirft. Manu holt mit dem Schläger aus und verfehlt den Ball.

Kanta klatscht, und Niki reißt zum Zeichen des Sieges beide Arme in die Höhe. Er ruft mir zu: »Und jetzt du, Onkel Abbas!«

Ich sehe Kanta an. Sie presst die Lippen zusammen und nickt. »Mach nur«, sagt sie. »Wir reden später.«

Ich gehe über den gepflegten Rasen, um den Ball von Manu zu übernehmen. Die nächste Stunde lang improvisieren Niki, Manu und ich ein Spiel. Natürlich gewinnt Niki.

Beim Abendessen erkundige ich mich bei Niki nach seiner Schule und welche Kurse er belegt hat. Er sagt, dass ihm Englisch und Geschichte am besten gefallen, und ich unterdrücke ein Lächeln. Ich kann mir gut vorstellen, wie die junge Radha hier mit uns am Tisch sitzt und uns von ihrer Liebe zu Shakespeare erzählt und wie sehr das Mogulreich sie fasziniert.

Schließlich wendet sich unser Gespräch dem Royal Jewel Cinema zu. »Weißt du, dass Maharani Latika die treibende Kraft hinter dem Projekt ist?«, fragt Manu.

Ich halte ein Stück *Chapati* und Auberginen-*Subji* in der Hand. »Ja, ich glaube, Onkel Samir hat mir das erzählt.«

Manu lächelt. »Ihre Hoheit hat es auf sich genommen, die Bauprojekte zu beenden, die der Maharadscha vor seinem Tod noch initiierte. Wir hatten gerade die Umgestaltung des Hotels Seiner Hoheit beendet und den ersten Spatenstich für das Kino gesetzt, als er so unerwartet starb.« Manu nippt an seinem Wasser. »Bisher läuft alles glatt. Was hältst du vom Royal Jewel Cinema?«

»Genial. Wirklich beeindruckend, Onkel.«

Manu wirkt erfreut und nimmt sich noch mehr *Subji.* »In Rekordzeit fertiggestellt.«

Ich esse etwas von Bajus vorzüglichem *Moong Dal.* »Wie ist es, für die Maharani zu arbeiten?«

»*Die schönste Frau der Welt.*« Niki kichert. Diese Worte hatten auf dem Cover der letzten *Vogue* gestanden, über einem Foto der glamourösen Königin von Jaipur.

Kanta gibt ihm einen Klaps auf den Arm, aber sie grinst.

Manu lächelt. »Sie ist bemerkenswert«, sagt er. »Begreift sehr schnell, hat die Augen weit offen. Ihr entgeht nichts. Und nicht zu vergessen, sie hat die Maharani-Mädchenschule gegründet.« Er legt den Kopf schief. »Aber das weißt du natürlich alles, Malik. Lakshmi hat Ihrer Hoheit durch diese schwere Phase in ihrem Leben geholfen, *hahn-nah*?«

Ich nicke. Das ist dreizehn Jahre her. Nachdem ihr Ehemann ihren erstgeborenen Sohn und gleichzeitig einziges Kind in jungem Alter in ein Internat nach England geschickt hatte, war Maharani Latika sehr niedergeschlagen gewesen. All das nur, weil der Astrologe des Maharadschas Seine Hoheit davor gewarnt hatte, seinem natürlichen Erben zu trauen. Deshalb hatte der Maharadscha einen Jungen aus einer anderen Rajputen-Familie adoptiert und ihn zum Kronprinzen ernannt.

Ich erinnere mich noch gut daran, wie Lakshmi die junge Königin Schritt für Schritt mit ihren täglichen Hennamalereien und den Süßigkeiten und Häppchen mit den Heilkräutern darin aus ihrer Trauer herausholte. Als Ihre Hoheit ein paar Monate später ihre Depressionen überwand und ihre offiziellen Pflichten wiederaufnahm, war Maharani Latika Lakshmi so dankbar, dass sie Radha ein Stipendium in ihrer prestigereichen Schule anbot. Und Lakshmis Geschäft explodierte regelrecht. Was für eine berauschende Zeit war das gewesen! Der Boom ging weiter und weiter, bis eines Tages alles zusammenbrach.

»Wo befindet sich der Sohn Ihrer Hoheit jetzt?«, frage ich.

Manu räuspert sich. »Er hält sich von Jaipur fern. Ich denke, dass es für ihn hart ist, seinem Ersatz gegenüberzustehen – auch wenn es noch ein paar Jahre dauern wird, bis der adoptierte Kronprinz volljährig wird.« Manu nimmt einen Schluck von seiner Buttermilch. »Zuletzt habe ich gehört, dass Maharani Latikas Sohn in Paris lebt. Im Apartment der älteren Königinwitwe.«

Die Königinwitwe Maharani Indira! Als ich acht war, hatte ihr sprechender Sittich mir mehr Ehrfurcht eingeflößt als die Maharani selbst. Jetzt, in diesem Moment, sitzt Madho Singh wahrscheinlich auf seiner Stange in Shimla und schimpft über irgendetwas, was ihn ärgert. Oder er wiederholt eines der Sprichwörter, mit denen Dr. Jay und Tante Boss immer um sich werfen. *Wir sind beide Königinnen, wer wird also nun die Wäsche aufhängen?*

Als ich mich nach dem Abendessen verabschiede, nimmt Kanta mich am Arm und bringt mich zum Vordertor. »Wenn Niki mit seinem Spiel fertig ist, gehen wir zu einem Stand beim Kricketplatz und bestellen *Chaat*.« Sie senkt die Stimme und flüstert, als würden wir ein Komplott schmieden. »*Saasuji* lässt es nicht zu, dass wir ihm Frittiertes zu essen geben, deshalb mogeln Niki und ich, wenn wir zusammen sind.« Ein schelmisches Lächeln umspielt ihre Lippen. »*Sev Puri* mag er am liebsten. Und ich auch.« Wir lachen.

Wir haben das Ende der langen Auffahrt erreicht.

Kanta holt tief Luft. »Ich habe mehrfach gesehen, wie Samir Singh während Nikis Krickettraining mit einem Jeep gegenüber vom Trainingsplatz parkt.«

»Bist du dir sicher, dass es Samir ist?«

Sie verzieht das Gesicht. »Nicht hundertprozentig. Die Pappelfeigen zu beiden Seiten der Straße werfen einen Schatten auf die Autos. Und es laufen dort immer Menschen herum. Wagen fahren ein und aus.«

»Aber wenn er es ist?«

Sie stößt einen Seufzer aus. Die Abenddämmerung ist hereingebrochen, und ihr halbes Gesicht liegt im Schatten. Trotzdem kann ich an ihrem Gesichtsausdruck und den Furchen auf ihrer Stirn erkennen, dass dies eine ernsthafte Sache ist. »Ich habe Manu kein einziges Wort davon gesagt«, fährt sie fort, »aber ich denke die ganze Zeit daran. Und die Anstrengung, Niki von … all der Wachsamkeit fernzuhalten … Manchmal ist mir das zu viel.« Ihre Stimme klingt angespannt, und falls sie weint, kann ich ihre Tränen nicht sehen, weil sie sich von mir abgewendet hat. »Ich liege nachts wach und mache mir Sorgen, dass Samir uns Nikhil wegnehmen wird«, flüstert sie.

In meinem Kopf schrillt eine Alarmglocke. Sollte ich Boss davon erzählen? Wenn das stimmt, würde Lakshmi das wissen wollen. Aber jetzt muss ich erst einmal Kanta beruhigen. Niki bedeutet ihr und Onkel alles. Nach der Totgeburt damals kann Kanta keine Kinder mehr bekommen.

»Hör mir zu, Tante. Du und Manu sind Nikhils legale Adoptiveltern. Samir Sahib kann euch gar nichts.«

»Aber er könnte Niki ansprechen und ihm sagen, dass er adoptiert wurde. Dass sein Sohn Nikis Vater ist. Was machen wir dann?« Sie wickelt sich beim Reden das Ende ihres Georgette-Saris um den Finger, ihre Stimme ist kaum zu hören.

»Nicht mehr lange, und Nikhil wird alt genug sein, dass ihr ihm das selbst erzählen könnt, wenn du und Manu das wollt. Aber ich bezweifele, dass Samir mit Niki reden wird, wenn ihr nicht damit einverstanden seid.« Ich spreche mit mehr Zuversicht, als ich wirklich empfinde.

Kanta beißt sich auf die Lippe. »Glaubst du nicht, dass Samir Sahib die Gelegenheit ergreifen würde, mit seinen Enkelsohn auf dem Kricketplatz ein Gespräch anzufangen?«

Ich frage mich, was Tante Boss darauf antworten würde, als Kanta fortfährt: »Deshalb komme ich zu jedem Spiel mit. Um Niki im Auge zu behalten. Und wenn ich nicht dabei sein kann, bringt Baju meinen Sohn nach dem Training direkt nach Hause.« Sie schnieft und presst den Sari gegen ihre Nase.

»Hör mir zu, Tante. Zuerst einmal hätten die Singhs eine Menge zu verlieren, wenn sich herumspräche, dass Ravi der Vater ist. Alle würden erfahren, dass Radha minderjährig war, als Ravi sie geschwängert hat. Zweitens haben sie keinerlei Verantwortung übernommen und die Sache unter den Teppich gekehrt, indem sie Ravi Tausende von Meilen weit weggeschickt haben. Es wäre ein Skandal für sie, und ich bezweifle, dass die Singhs das riskieren würden.« Ein weiterer Gedanke schießt mir durch den Kopf, und ich berühre Tante Kantas Arm. »Im Übrigen fährt Samir einen Mercedes und keinen Jeep.«

Sie studiert mein Gesicht und stößt dann ein verlegenes Lachen aus. »Du hast recht! Möglicherweise ist nicht Samir das Problem, sondern meine Fantasie!«

Mir kommt ein weiterer, beunruhigender Gedanke. »Hat Niki je davon gesprochen? Hat irgendeines der Kinder in der Schule Andeutungen gemacht, dass er adoptiert wurde?« Ich habe es nie verstanden, dass königliche Adoptionen öffentlich und vollkommen akzeptiert waren, während private Adoptionen als schändlich galten und verheimlicht wurden. Kein Ehepaar will zugeben, dass es unfruchtbar ist; das wird als persönliches Versagen betrachtet, ein Problem, das man am besten durch magische Edelsteine, Amulette und Opfer für Ganesh löst.

Kantas Stimme klingt wieder besorgt. »Nicht dass ich wüsste. Niki hat nie gefragt. Wir versuchen alles so normal wie möglich zu halten.« Ihr Blick schweift zum Haus hinter uns. »Ich habe keine Veränderungen an ihm bemerkt.«

Bevor sie das Tor entriegelt, sagt sie: »Danke, Malik. Ich fühle mich jetzt besser.« Als sie das Tor hinter mir wieder schließt, kommt ihr ein weiterer Gedanke. »Bist du sicher, dass Baju dich nicht nach Hause fahren soll?«

Zum Gästehaus sind es zu Fuß nur zwanzig Minuten. Ich schüttele den Kopf und sage ihr, dass ich nach dem vorzüglichen Mahl einen Verdauungsspaziergang brauche. Ich danke ihr für den wunderbaren Abend und bitte sie, Manu ebenfalls meinen Dank auszurichten. Und dann gehe ich nach Hause, mein Kopf schwirrt vor Sorge um den Sohn, dessen Eltern ihn mit aller Macht vor den Klauen der Singhs schützen wollen.

7

Nimmi

Shimla

Abends, wenn Rekha und Chullu links und rechts von mir eingeschlafen sind, sehe ich mir die Bilderbücher an, die Lakshmi uns geliehen hat. Sie sagt, dass es Kinderbücher sind, die sie sich aus der Bücherei in Shimla ausgeliehen hat. Ich habe gar nicht gewusst, dass es einen Ort gibt, wo man sich Bücher ansehen kann, geschweige denn sich ausleihen und dann wieder zurückbringen, wenn man sie sich angeschaut hat. Stelle man sich das nur einmal vor! So etwas Kostbares! Das ist so, als würde man sich den Brautschmuck einer anderen Frau für die eigene Hochzeit ausleihen und ihn am nächsten Tag zurückgeben. Niemand bei Verstand würde etwas so Wertvolles herausgeben und erwarten, es wieder zurückzubekommen! Ich halte das Buch an die Nase und atme tief ein, um die Gerüche all der Hände heraufzubeschwören, die durch die Seiten geblättert haben. Aber ich kann nur so etwas wie den *Atta* riechen, aus dem ich *Chapatis* mache. Ich blättere die Seiten vorsichtig um. Es mag zwar sein, dass unsere

Stammesältesten nicht lesen können, aber sie verehren diejenigen, die diese Fähigkeit besitzen. *Bücher enthalten Magie*, sagen sie. Wenn wir auch nur auf ein Buch oder ein Stück Papier treten, werden wir bestraft. Ich fahre die Buchstaben mit meinem Finger nach und spreche die Wörter im Buch aus, so wie Lakshmi uns das gezeigt hat. Jeden Nachmittag liest sie eine Stunde mit Rekha und mir zusammen. Manchmal zeigt Lakshmi uns, wie man die Namen der Dinge schreibt, die wir essen. Ich weiß jetzt, dass das Wort *Chapati* mit einem *C* beginnt.

Ich kann es kaum erwarten, Malik zu zeigen, dass ich jetzt meinen Namen schreiben kann! Rekha kann das auch. Dev wäre so stolz auf sie! Sie lernt so schnell; sie denkt sich nichts dabei. Mit vier Jahren lernt sie das, was ich erst jetzt im Alter von zweiundzwanzig oder dreiundzwanzig Jahren lerne. (Ich glaube, eines von beiden stimmt!) Ich konnte schon immer einfache Berechnungen im Kopf durchführen, aber jetzt bin ich richtig stolz darauf, dass ich die Namen der Zahlen von eins bis zehn (*ake, dho, theen, chaar!*) ausschreiben kann. Und jetzt, wo ich lesen lerne, kann ich die Zahlen an ihren Namen wiedererkennen.

Lakshmi hat jeder von uns ein Arbeitsheft gegeben, damit wir üben können. Manchmal, wenn ich im Garten bin, kopiere ich die Namen der Pflanzen auf den Etiketten in jeder Reihe. Auch wenn ich nicht weiß, was die Etiketten bedeuten, werde ich das später herausfinden, damit ich mich daran erinnern kann.

Wenn ich den Buchstaben *M* bilde, denke ich an Malik und frage mich, ob ich eines Tages die Briefe werde lesen können, die er schickt. Wenn Lakshmi mir seine Worte und Gedanken vorliest, ist mir das peinlich, ich schäme mich sogar. Diese Botschaften sollten etwas Privates zwischen Malik und mir sein; ich möchte die Teile, die mir am besten gefallen, selbst lesen oder einfach seine Briefe mitnehmen, wenn ich nachts oben auf den Kamm gehe. Ich stelle mir gerne vor, wie er seine Finger über den Rand des dünnen Papiers gespreizt hat und es festhält, während er meinen Namen schreibt. Manchmal denke ich darüber nach, wie es sich wohl anfühlen würde, wenn er »Nimmi« auf meine Handflächen, meinen Rücken oder meinen Oberschenkel schreiben würde!

Ich habe es Lakshmi schließlich erlaubt, meine und Rekhas Hände mit Henna zu bemalen. Lakshmi ist so geübt, dass es sie nur wenige Minuten kostete, sich ein neues Motiv für Rekha auszudenken. Rekha war sehr brav; sie hat nicht mit einem Muskel gezuckt, bis die Hennapaste trocken genug war, um sie zu entfernen.

Auf Rekhas Handflächen hat Lakshmi einen Elefanten gemalt, dessen Rüssel sich von einer Handfläche zur anderen erstreckt. Wenn Rekha ihre Hände aneinanderhält, ist der Elefant vollständig, und sie quietscht vor Vergnügen. Sie bewegt die Hände und tut so, als würde der Elefant seinen Rüssel heben und ihn bewegen.

Lakshmi hat auch ein paar Punkte auf Chullus Handflächen gemalt, und er versuchte das Henna abzulecken, was uns zum Lachen gebracht hat!

Als Lakshmi mich zum ersten Mal gefragt hat, was für ein Muster ich auf meinen Händen haben wolle, fiel mir keines ein. Deshalb hat sie mir Pfingstrosen auf eine Handfläche gemalt und Rosen auf die andere. Wenn ich meine Hände zusammenlege, habe ich einen Blumenstrauß, den ich an meine Nase heben und dann den sauberen und erdigen Geruch des Hennas inhalieren kann. Es erinnert mich an meinen Hochzeitstag, das bisher einzige Mal, wo meine Hände, Arme und Füße geschmückt wurden.

Chullu quengelt, und ich reibe seinen Rücken, bis er wieder einschläft. Mein Junge. Schon ein Jahr alt! Er kann gehen und fängt jetzt zu sprechen an. In ein paar Jahren kann Rekha ihm beibringen, seinen Namen zu lesen und zu schreiben. Wenn Dev nicht gestorben wäre und wir die Berge und meine Leute nicht verlassen hätten, um in die Stadt zu ziehen, wäre das nie möglich gewesen. Wie schön es wäre, wenn Dev jetzt bei uns wäre. Ich wünschte, er könnte sehen, wie gut es seinen Kindern geht. Wie ich das tue, was ich nie für möglich gehalten hätte: lernen, ohne unseren Stamm zu leben, ohne *ihn*. Plötzlich füllen sich meine Augen mit Tränen. Wie ich diese Fältchen um seine Mundwinkel geliebt habe, das Gefühl seiner rauen Handflächen, die durch das jahrelange Führen seines Hirtenstabes und das Besteigen von Bäumen, um Blätter und Zweige als Viehfutter abzuhacken, hart geworden waren. Wie er seine Ziegen geliebt hat! Ich kann ihn fast hören, wie er sagt: *Nähere dich niemals einer Ziege von vorne, einem Pferd von hinten oder einem Narren von der Seite!* Und dann lacht er. Oh, und wie er lachen würde, so als hätte er das zum ersten Mal gesagt.

Ich ziehe eine von Chullus Augenbrauen nach. Dev ist nicht mehr bei mir, und ich muss Rekha und Chullu zeigen, dass auch sie ohne ihn überleben können. Ich blinzele die Tränen weg und werfe einen Blick auf die Bilder in dem Buch mit den Wildblumen. Ich versuche die Wörter unter dem Foto auszusprechen. Aber ich kann nur den Buchstaben am Anfang wiedererkennen. Ich schließe das Buch. Werde ich jemals in der Lage sein, Malik einen Brief zu schreiben? Und wenn ja, was würde ich schreiben?

Mein Geliebter,

nach Devs Tod wusste ich nicht, ob ich einen anderen Mann lieben könnte. Und dann kamst du vorbei. Du bist wie er, aber auch anders. Und ich vermisse dich so sehr!
Ich möchte dir etwas erzählen, das dich glücklich machen wird. Ich genieße es, für deine Tante Boss zu arbeiten. Hauptsächlich deshalb, weil sie mich alleine machen lässt. Ich entscheide, was ich pflanze, ob ich Samen oder Sämlinge verwende, wann ich dünge und wann ich ernte. Sie hat ein paar Fehler gemacht, so viel kann ich dir sagen. Sie hat einen Sandelholzbaum gepflanzt, aber das wird nicht funktionieren. Ich habe hier noch nie einen Baum wie ihn gesehen. Aber deine Tante Boss gibt niemals auf, nicht wahr? Sie probiert immer etwas Neues aus, mischt neue Sachen in den Boden und versetzt das Sandelholzbäumchen von einem Teil des Gartens in einen anderen. Ich habe ihr gesagt, womit sie die Gräser aus Rajasthan ersetzen könnte, die sie für ihre Salben verwendet. Ich hoffe, dass ich richtigliege. Ich bin noch niemals südlich von Shimla gewesen und weiß nicht, wie Rajasthan ist oder irgendetwas über die Pflanzen, die dort wachsen. Deine Tante Boss sagt, dass es in Rajasthan so trocken ist, dass die Erde sich einfach in Staub verwandelt und davonfliegt. Das kann ich mir gar nicht vorstellen!
Ich darf meine Kinder zur Arbeit mitbringen, und sie sind liebend gerne draußen beim Garten. Wenn ich Rekha und Chullu bei den Aroras gelassen habe, hatte ich immer Angst, dass sie nicht genug Bewegung bekommen, weil die Aroras so alt sind wie der Himalaja. Jetzt atmen meine beiden den ganzen Tag lang frische Luft.

Ich schiebe eine Haarsträhne aus Rekhas Gesicht. Sie schläft so fest.

Was würde ich noch schreiben?

In der Shimla Mall sind jetzt noch mehr Touristen aus aller Welt. Aber es ist nicht das Gleiche, wenn du nicht da bist und die Kinder mit deinen kleinen Geschenken überraschst. Sie sind unruhig und hoffen immer, dass du auftauchst. Rekha sagt, dass sie böse auf dich ist, weil du uns nicht besuchen kommst. Sie will dich hier haben, damit du Luftballontiere für sie am Nachbarstand kaufen kannst. Chullu zahnt und kaut auf allem herum, an das er herankommen kann, auch auf den Luftballontieren, weshalb die meisten von ihnen nicht mehr da sind. (Rekha hat ein paar Stofffetzen von Mrs. Arora als Leichentuch verwendet und sie beerdigt.)
Ich erinnere Rekha daran, dass Lakshmi-ji und Dr. Jay ihr immer ein Ballontier geben, wenn sie danach fragt, aber sie sagt, dass es nicht dasselbe ist, weil sie es so gerne hört, wenn du die Geräusche der Tiere nachmachst, die du ihr schenkst. Du hast sie verwöhnt!
Rekha hat die grüne Grille von dir irgendwo in unserem Zimmer freigelassen. Ihr lautes Zirpen frühmorgens weckt uns auf. Sie hat versucht, sie wieder einzufangen, aber die Grille ist schneller. Sie gibt aber trotzdem nicht auf.
Chullu hat gerade einen weiteren Zahn bekommen! Er ist verdrossen, weil es wehtut, aber ich reibe ihm den Honig von dir aufs Zahnfleisch, was ihn sehr, sehr glücklich macht. Sie wären beide glücklicher, wenn du hier wärst. Sie wollen wissen, wann du nach Hause kommst.
Also, Malik, wann kommst du nach Hause?

Deine Nimmi

ZWEI TAGE VOR DEM EINSTURZ

8

Lakshmi

Shimla

Es ist später Nachmittag. Ich bin in der Gemeindeambulanz und wasche mir am Waschbecken die Hände, während meine Patientin sich die Bluse zuknöpft. Jay ist im Krankenhaus nebenan und kümmert sich um eine Notentbindung. Er ist vor einer Stunde gegangen.

So wie viele Menschen in diesem Gebiet spricht meine Patientin eine Mischung aus Hindi, Punjabi, Urdu und ihrem lokalen Dialekt, aber ich brauchte ihre Worte gar nicht zu verstehen, um zu wissen, weshalb sie in die Ambulanz gekommen ist. Das jahrelange Tragen von Feuerholz vom Rande des Waldes bis zu ihrem Herd hat von ihrer rechten Schulter ihren Tribut gefordert. Selbst während sie auf dem Untersuchungstisch sitzt, neigt sie sich zur Seite, weg vom Gewicht ihrer unsichtbaren Last.

Die Nonne, die mir heute hilft, legt Kompressen mit warmem Wasser auf die schmerzende Schulter, um die Muskeln zu entspannen, bevor ich eine Mischung aus Gelbwurz und

Kokosöl auf die verletzte Haut auftrage. Das sollte die Entzündung eindämmen. Ich sage meiner Patientin, dass sie die Salbe in einer halben Stunde, wenn sie getrocknet ist, entfernen soll. Dann soll sie die warme Kompresse wieder auflegen und mehr von der Lotion einreiben, die ich ihr mitgebe. Ich wünschte, ich könnte sie anweisen, kein Holz mehr zu schleppen, bis ihre Schulter abgeheilt ist, aber sie ist Witwe, und ihre Kinder sind zu klein, um ihr bei dieser Arbeit zu helfen.

Jetzt trockne ich meine Hände ab und befeuchte sie mit Lavendelöl, um mich auf den nächsten Patienten vorzubereiten; der Geruch entspannt Menschen, die wegen ihres Besuchs in der Ambulanz vielleicht nervös sind. Mich selbst entspannt er auch. Ich inhaliere den Duft.

Ich höre die Rezeptionistin im Vorraum sagen: »Wartet! Ihr könnt da nicht einfach reingehen!«

Ein Junge und ein Mädchen von ungefähr zehn Jahren platzen durch den Vorhang herein, der das Untersuchungszimmer vom Wartezimmer der Ambulanz abtrennt. Sie tragen ein Schaf, der Junge hält das Vorderteil und das Mädchen das Hinterteil. Die Rezeptionistin folgt ihnen und entschuldigt sich bei mir.

»*Theek hai*«, sage ich zu ihr. *Es ist in Ordnung.*

Sie wirkt erleichtert und kehrt zu ihrem Empfangstisch zurück.

Das Schaf blutet aus einer hässlichen klaffenden Wunde an der rechten Seite. Ich verstehe nicht, was das Mädchen mir sagt, deshalb wende ich mich an die Nonne und warte darauf, dass sie dolmetscht. Das Himalajavorgebirge ist die Heimat vieler einheimischer Stämme, und gemeinsam schaffen das Personal und ich es meistens herauszufinden, was die Patienten uns sagen wollen.

Meine Patientin mit der geschwollenen Schulter, jetzt wieder angezogen, springt vom Untersuchungstisch herunter. Sie zeigt auf das Schaf und sagt etwas, was ich nicht verstehe. Sie hat eindeutig Angst.

Ich sehe die Nonne hilfesuchend an, aber sie schüttelt den Kopf; sie versteht die rasend schnell ausgestoßenen Worte der Frau auch nicht besser als ich. Das Mädchen und der Junge starren die Patientin mit offenem Mund an. Das Schaf blökt.

Meine Patientin schnappt sich die Flasche mit der Gelbwurzlotion, die ich für sie angemischt habe, und flieht aus dem Raum, als stünde das Gebäude in Flammen.

Hat sie Angst vor einem verletzten Schaf?

Ich sehe mir die Wunde an, während das Schaf versucht, sich aus dem Griff der Kinder herauszuwinden, aber sie halten es fest, und ich erhasche einen guten Blick auf den Bereich. Im Vlies erkenne ich einen geraden Schlitz, wie eine eingefasste Tasche an einem Mantel. Die Wunde befindet sich unter dem Vlies. Wie ist das nur möglich?

Dann sehe ich, dass ein derber Faden vom Vlies herunterhängt. Und ungleichmäßige Stiche an den Rändern des Schlitzes. Es ist wie eine Tasche, die zugenäht wurde. Vorsichtig schneide ich die dilettantischen Stiche mit einer Schere auf und klappe die Vliesschicht zurück. Und jetzt verstehe ich das Problem. Unter der Wolle ist die Haut mit wunden Stellen und Eiter bedeckt, aus einer offenen Wunde sickert Blut.

Ich frage mich, wer das Vlies eines Schafs auf diese Art scheren und es dann wieder zusammennähen würde. Warum wurde die Wunde nicht behandelt? Warum sollte ein Schäfer versuchen, diese Wunden zu verstecken? Schafe sind für diese Bergleute so kostbar wie Gold für die Damen, deren Hände ich früher mit Henna bemalt habe. Kein Schäfer würde ein verletztes Schaf allein oder gar im Stich lassen.

Wenn Jay nur hier wäre. Abgesehen von seiner Zeit in Oxford hat Jay immer in Shimla gelebt und spricht viele der einheimischen Dialekte. Er könnte herausfinden, ob das Schaf den Kindern gehört. Und wenn ja, wo ist dann der Rest der Herde? Wo ist der Schäfer? Oder, wenn das Tier nicht ihnen gehört, wo haben sie es gefunden?

Dann kommt mir der Gedanke, dass Nimmi mir helfen könnte. Vielleicht spricht sie ihre Sprache oder könnte genug verstehen, um herauszufinden, was geschehen ist. Sie ist mit Schafen und Ziegen großgeworden und hat vielleicht eine Vorstellung, warum die Wunden dieses Tieres so seltsam sind.

Ich verdeutliche den Kindern mit Gesten, dass sie hierbleiben sollen.

Im Heilkräutergarten hockt Nimmi gerade neben einem Beet und klopft die Erde fest, wo sie etwas ausgesät haben muss.

»Ich brauche deine Hilfe, Nimmi«, sage ich ihr. »In der Ambulanz.«

Sie runzelt die Stirn, und ich weiß, was sie denken muss: *Sie brauchen mich in der Ambulanz?*

»Ein verletztes Schaf«, ergänze ich. »Zwei Kinder haben es hergebracht.«

Nimmi steht auf. Sie wirkt immer noch verdattert, aber für Erklärungen ist jetzt keine Zeit. Ich nehme ihr die Hacke und den Spaten ab und lege sie in den Schuppen, während sie sich die Erde von den Händen wischt und sie am Wasserhahn draußen wäscht.

Drinnen legt die diensthabende Schwester ein frisches Laken auf den Untersuchungstisch. Dann hilft sie dem Jungen und dem Mädchen dabei, das Tier vorsichtig auf den Tisch zu heben.

In dem Moment, wo Nimmi die Wunden auf der geschorenen Haut des Schafes sieht, macht sie mit erschrockenem Gesichtsausdruck einen Schritt rückwärts. Sie sieht erst mich an und dann die Kinder. Sie sagt etwas zu ihnen in ihrem Dialekt.

Der Junge starrt Nimmi nur an, aber das Mädchen antwortet und macht eine Geste mit dem Arm.

Nimmi wechselt ins Hindi und sagt mir: »Ich habe sie gefragt, ob das ihr Schaf ist. Das Mädchen sagt Nein. Sie sagt, dass sie das Tier auf dem Gebirgspfad gefunden haben, als sie dort Feuerholz gesammelt haben.«

»Ohne einen Schäfer?« Da ich schon seit über einem Jahrzehnt in Shimla lebe, weiß ich, dass die Nomadenstämme niemals ein Tier allein zum Sterben zurücklassen würden; es wäre zu grausam und das Tier zu ersetzen zu teuer. Nimmi wendet sich wieder an das Mädchen. Die beiden kommunizieren mit Worten und Gesten miteinander. Die meisten Stämme, egal ob sie von der nepalesischen oder der kaschmirischen Grenze stammen, haben einige gemeinsame Wörter in Urdu, Hindi und Nepali. So wie viele Nordinder spreche ich hauptsächlich Hindi mit ein paar Wörtern Urdu darin, aber die Bergdialekte verwenden Wörter, die ich noch nie gehört habe, und die Satzstruktur ist völlig anders.

»Sie haben nur dieses eine Schaf gesehen«, sagt Nimmi. »Sie konnten weiter oben am Berg noch weitere Schafe hören, aber sie wollten diesem hier helfen, weil es verletzt ist.«

Ich frage Nimmi: »Hast du eine Ahnung, was diese Wunde verursacht haben könnte? Hat das jemand absichtlich getan?«

Nimmi nähert sich dem Tier, das immer noch schwer atmend auf einer Seite liegt. Sie beugt sich mit dem Ellbogen auf dem Tisch vornüber und benutzt den Unterarm, um den Hals und Kopf des Tieres stillzuhalten, während sie das Vlies so weit, wie es geht, zurückklappt. Sie untersucht die Schnitte mit den Fingern, während das Schaf zuckt und sich windet.

»Diese Verletzungen wurden nicht von einer Krankheit

verursacht«, sagt Nimmi. »Das sind Abschürfungen. Irgendetwas hat seine Haut gereizt, also hat es sich an einem Baumstamm oder einem Felsen gescheuert – an irgendeiner harten Oberfläche –, um sich zu kratzen … sich zu beruhigen … oder vielleicht …«

Als Nimmi ihren Griff lockert und anfängt, die Ohren des Schafes zu untersuchen, fährt sie plötzlich zurück und keucht.

Die Haare auf meinem Arm richten sich auf.

Die Luft fühlt sich auf einmal schwer, spannungsgeladen an.

Auch die Kinder spüren es. Sie sehen erst mich an und dann Nimmi.

Ich frage: »Was ist los?«

Sie runzelt die Stirn und starrt das Tier an, die Lippen zu einer dünnen Linie zusammengepresst. Da ist etwas, was sie mir nicht sagen will. Aber was?

Schließlich holte Nimmi Luft und seufzt. Mit der Hand auf der Schulter des Mädchens sagt sie etwas zu ihm. Und wieder kommunizieren sie mit Wörtern und Gesten, und als das Mädchen antwortet, nickt Nimmi.

Dann wendet sich das Mädchen dem Jungen zu, nimmt ihn beim Arm und führt ihn aus dem Raum heraus.

Nimmi wendet sich mir zu. »Ich habe ihnen gesagt, dass wir dem Tier helfen werden. Sie brauchen sich keine Sorgen zu machen.«

Ich weiß immer noch nicht, was los ist, aber ihr Mund verrät mir, dass sie mir nicht sagen wird, was sie denkt. Ärger steigt in mir auf. Ich bin es gewohnt, die Kontrolle über meinen Untersuchungsraum, meine Patienten, den Heilkräutergarten zu haben. Aber jetzt sieht selbst die Nonne Nimmi an und wartet auf Anweisungen von ihr, was sie als Nächstes tun soll. Irgendwann in den letzten fünfzehn Minuten scheint

Nimmi die Führung in meinem Untersuchungsraum übernommen zu haben. Aber sie arbeitet doch *für* uns. Sie hat keinen Grund und kein Recht, irgendetwas zurückzuhalten. Ich kann es nicht ändern, aber ich bin gekränkt.

Ich deute mit dem Kinn auf das Schaf. Die Worte aus meinem Mund sind so scharf wie die Skalpelle, die Jay im Krankenhaus verwendet. »Bitte die Schwester, dass sie dir das gibt, was du zum Verbinden der Wunde benötigst. Sie wird dir helfen.«

Bevor Nimmi antworten kann – Einspruch einlegen oder mir sagen, dass sie nur dafür eingestellt wurde, um sich um den Garten zu kümmern –, gehe ich zum Waschbecken, drehe den Wasserhahn auf und beginne brüsk, mir die Hände mit Seife zu waschen.

Sie weiß mehr über das, was passiert ist, aber sie sträubt sich, es mir zu sagen. Ich werde mit Jay darüber reden, wenn ich ihn heute Abend sehe.

Mein Ehemann kommt später als gewöhnlich nach Hause; die Geburt der Zwillinge war voller Komplikationen. Jetzt, wo er auch so viele administrative Pflichten, Spendensammelveranstaltungen und Ausschusssitzungen hat, sind seine Arbeitstage länger geworden. Wenn er vom Krankenhaus nach Hause kommt, möchte er gerne eine Stunde Zeit haben, um sich zusammen mit mir vor dem Abendessen zu entspannen. Er sitzt in seinem Lieblingssessel im Salon mit der *Times of India* und einem Glas Laphroaig. Ich sehe nach dem Abendessen – *Masala Lauki* und *Dal*, die vor sich hin köcheln – und setze mich zu ihm. Er reicht mir mein Glas Whisky und einen Teil der Zeitung.

Aber ich kann mich nicht auf den Artikel über den fortwährenden Kampf zwischen Indien und Pakistan um die

Region Jammu und Kaschmir konzentrieren. Wir leben mehr als hundert Meilen von dort entfernt. Und abgesehen davon, dass indische Soldaten sich in Shimla mit Proviant versorgen oder auf dem Weg in die nordwestlichen Provinzen hier durchmarschieren, haben wir mit dem Krieg weiter nichts zu tun. Um Maliks willen möchte ich, dass das so bleibt. Vorräte zu beschaffen, um Geld zu verdienen, gehört zu seinen Spezialitäten.

Ich falte die Zeitung zusammen, lege sie beiseite und nippe an meinem Scotch.

Jay klappt einen Teil seiner Zeitung herunter, um mich anzusehen. »Was ist los?«

Ich lächele. Mein Ehemann ist so gut darin, meine Stimmung zu erspüren.

»Ein Schaf. Heute in der Ambulanz. Zwei der Stammeskinder haben es gebracht.«

»Sie haben ein Schaf gebracht?«

»Es war verletzt.«

Er kichert und legt die Zeitung auf dem Tisch neben sich ab. »Ah, das erklärt dann alles.« Er nimmt einen Schluck aus seinem Kristallglas, seine Augen tanzen dabei.

Ich erhebe mich von der Couch und setze mich auf die Armlehne seines Sessels. Ich liebe die grau melierten Locken, die ihm über die Stirn hängen; sie wachsen zu schnell nach, und ich streiche sie ständig beiseite, so wie jetzt.

»Ich habe Nimmi um Hilfe gerufen. Ich dachte, sie könnte mit den Kindern besser kommunizieren.«

»Und?«

Ich stecke eine Locke hinter sein Ohr; sie springt wieder hervor. »Jay, warum sollte jemand ein Schaf zur Hälfte scheren und dann das Vlies wieder annähen, als wäre es nicht geschoren worden?«

Er zieht die Augenbrauen hoch.

»Die Verletzungen befanden sich unter der abgeschorenen Wolle«, sage ich. »Als hätte das Tier seine wunde Haut an etwas Grobkörnigem gescheuert. Aber wie war das nur möglich, wenn das Vlies noch zum Großteil am Körper festhing?«

»Noch festhing?«

»Genau. Als wäre es eine Tasche, die jemand wieder anzunähen versucht hat. Der Faden hatte sich gelöst, sodass der Vlieslappen sichtbar wurde.« Ich zeige mit den Händen, wie groß die Wunde ungefähr ist: etwa zehn mal dreizehn Zentimeter. »Ungefähr so groß.«

Jay legt mir die Hand auf den Arm. »Wer hat das Schaf in die Ambulanz gebracht?« Er sagt das sehr ruhig, aber etwas in seinem Tonfall alarmiert mich.

»Zwei Kinder. Sie haben es auf einem Bergpfad gefunden, als sie gerade Feuerholz sammelten.«

»Wo ist das Schaf jetzt?«

Ein Schauer kriecht mir über den Rücken. Ich merke, wenn er versucht, etwas harmlos klingen zu lassen, zum Beispiel, wenn er Patienten sagen muss, dass sie Krebs haben. »In der Ambulanz. Ich habe Nimmi gebeten, sich darum zu kümmern.«

»Und wo ist Nimmi jetzt?«

Ich spüre, wie sich Jays Hand auf meinem Arm anspannt. Jetzt empfinde ich eher Furcht, als dass ich mir Sorgen mache. Jay weiß etwas, was ich nicht weiß, und ich ahne, dass er mir gleich sagen wird, dass ich Nimmi irgendwie in Gefahr gebracht habe.

»Zu Hause, würde ich denken. Mit ihren Kindern. Und dem Schaf«, erwidere ich langsam.

Jay blinzelt. »Du hast gesagt, dass das Tier nur auf einer Seite verletzt war. Hast du dir auch seine andere Seite angeschaut?«

Ich schüttele den Kopf.

Er bedeckt seinen Mund mit der Handfläche. Sein Blick verursacht mir eine Gänsehaut.

»Warum?«, frage ich. »Was ist passiert?«

Als wir Nimmis Verschlag am Fuße des Hügels erreichen, sehe ich das Licht einer Kerosinlampe durch das Fenster schimmern. Ich will ihre Vermieter in der Etage über ihr nicht wecken, deshalb klopfe ich leise an die Tür, und Nimmi öffnet einen Moment später. Bei unserem Anblick wirkt sie überrascht.

Sie trägt Chullu in einer selbst gemachten Schlinge auf ihrem Rücken. Hinter ihr sehe ich Rekha, die auf einem der vielen Polster an den Wänden des Raumes sitzt. Sie isst einen *Chapati*. Als Rekha mich erblickt, lächelt sie und sieht mich an, als hoffte sie, dass ich ihr ein neues Buch mitgebracht habe. Ich erwidere ihr Lächeln.

Dann höre ich ein Blöken. Ich hatte nicht gesehen, dass sich das Schaf ebenfalls im Raum befindet. Es liegt auf einem anderen grasgefüllten Polster und kaut auf Distelblättern.

Nimmi hat sich nicht von der Tür wegbewegt. Ihr Blick wandert von mir zu Jay. Baby Chullu beäugt uns über ihre Schulter hinweg.

»Nimmi«, sage ich, »Dr. Kumar glaubt, dass wir das Schaf übernehmen sollten.«

»Warum?«, fragt sie. Sie klingt verärgert. »Es geht ihm jetzt besser. Es braucht Futter und Ruhe.«

Jay macht einen Schritt vorwärts. »Nimmi«, sagt er, »der Besitzer sucht sicher danach. Darf ich einmal nachsehen …«

Nimmi stellt sich ihm in den Weg.

»Ich werde ihm nicht wehtun, Nimmi. Ich muss einfach nur nachsehen, ob …«

»Das habe ich bereits getan.« Ihre Stimme ist leise. Sie blickt auf ihre Füße hinunter.

»Was gemacht?«

Jetzt sieht sie Jay an. Ein Moment vergeht. »Ihre andere Seite angeschaut.«

Jay macht einen Schritt zurück und nickt. »Und?«

Nimmi lässt uns endlich hinein und schließt dann die Tür.

Als sie sich zu uns umdreht, sagt sie: »Noch intakt. Das Gold.« Sie seufzt.

Jay nickt und dreht sich zu mir um. Er hat mir das alles erklärt, bevor wir uns auf den Weg zu Nimmi gemacht haben. Er zeigte mir den Artikel in der Zeitung, dass mehr und mehr Gold durch die Berge geschmuggelt wird.

Nimmi greift mit einem Arm hinter sich, um Chullu zu tätscheln, mehr um sich selbst zu beruhigen als ihn, denke ich. »Das Gold bewegt sich über dieselben Pfade wie unser Stamm. Vor zwei Jahren hat ein Mann – ein Händler – Dev gesagt, dass er eine Menge Geld verdienen könnte, wenn er den Schmugglern helfen würde, aber Dev hat abgelehnt.« Sie wirft mir einen verstohlenen Blick zu. »Als ich heute Morgen gesehen habe, dass das Schaf nicht geschoren wurde, wusste ich es. Wissen Sie, wenn wir den Winter hier im Vorgebirge verbracht haben, scheren wir die Schafe immer, bevor wir im Frühling wieder die Berge hochziehen. Um die Wolle zu verkaufen. Die Stämme haben ihre Schafe bereits geschoren und sind vor Wochen losgezogen, um ihre Herden zum Sommer in den Norden zu treiben.«

Mein Ehemann runzelt die Stirn. »Nimmi, es ist nicht sicher für dich, wenn du das Tier hierbehältst. Irgendjemand wird nach ihm suchen.« Er beißt sich auf die Lippe und sieht zuerst mich an, dann Nimmi. »Die Schmuggler werden nicht aufgeben, bis sie gefunden haben, was ihnen gehört.«

»Denken Sie, ich weiß das nicht?« Nimmi wendet sich von uns ab und hockt sich vor die Wolldecke, auf der sie die wenigen Habseligkeiten der Familie zusammengesammelt hat. »Sie haben es immer in ihren Schuhen oder dem Mantelfutter versteckt – Goldbarren so groß wie die kandierten Zitronenscheiben von Ihnen.« Sie wirft mir einen weiteren Blick zu. »Aber jetzt benutzen sie unsere Schafe. Verstecken es unter ihrem Vlies. Und dafür brauchen sie einen Schäfer.« Sie knotet die Enden des Tuches fest zusammen und legt das Bündel auf eine gefütterte Steppdecke auf dem Fußboden. Dann steht sie auf und dreht sich zu uns um. »Ich muss gehen. Ich muss seine Herde finden – und ihn. Sie werden seine Familie umbringen, wenn sie das Gold nicht bekommen.«

Ich lege eine Hand auf Nimmis Arm. »Wen finden? *Wessen* Familie ist in Gefahr?«

Sie dreht sich weg, ihre Schultern angespannt. Ich kann ihre Angst praktisch riechen. Sie starrt auf die Steppdecke hinunter. »Mein Bruder. Vinay.«

Jetzt blickt sie auf das Schaf, das friedlich in der Ecke kaut. »Die Markierung am Ohr. Das ist die Herde meines Bruders.«

Als sie sich zu uns umdreht, erkenne ich die Verzweiflung in ihren Augen. »Ich muss ihn finden. Es gibt nur einen Grund, warum eines seiner Schafe allein herumläuft: weil Vinay selbst schwer verletzt ist. So schwer, dass er sich nicht bewegen kann. Oder er ist …« Sie blinzelt. »Seine Herde muss da draußen ohne ihren Schäfer herumlaufen. Mit all dem Gold.«

Jay fährt sich mit der Hand durch seine Locken. Dann wendet er sich an Nimmi und sagt: »Könnte jemand anderes Vinays Herde übernommen haben?«

Mir klappt der Kiefer herunter. Die Möglichkeit, dass Banditen die Schafe übernommen haben könnten, hatte ich nicht in Betracht gezogen.

Nimmi beißt die Zähne zusammen. »Glauben Sie nicht, dass ich nicht auch schon daran gedacht hätte? Mein Bruder hat eine Frau und zwei Söhne. Wenn die Schmuggler glauben, dass das Gold gestohlen wurde, wenn es nicht den Menschen gebracht wird, die darauf warten, werden sie alle aus Vinays Familie umbringen. Sie werden unseren gesamten Stamm umbringen, wenn sie glauben, dass einer von uns weiß, wo das Gold ist.« Sie bückt sich und zieht den Knoten ihres Bündels fest.

Chullu spürt das Unbehagen seiner Mutter. Er fängt zu quengeln an. Sie greift mit einem Arm über die Schulter, um seinen Hals zu streichen. Er beruhigt sich.

Ich werfe einen Blick zu Rekha. Sie hat aufgehört zu essen. Sie sieht erst ihre Mutter an, dann uns beide. Sie spürt, dass irgendetwas nicht stimmt, aber ich weiß nicht, wie viel von unserem Gespräch sie versteht.

Einer der Hauptgründe, warum ich Malik nach Jaipur geschickt habe, war meine Befürchtung, dass er sich mit Händlern einlassen könnte. Illegale Waren zu transportieren, führt viele in Versuchung, die gehört haben, dass sich damit viel Geld verdienen lässt. Meine Sorge war vor allem, dass Malik in den Handel mit Waffen einsteigen könnte, schließlich gibt es oben im Norden einen Krieg. Mit seinem Geschäftssinn hätte er sich vielleicht für zu clever gehalten, um trotz des hohen Risikos erwischt zu werden. Aber Goldschmuggel war mir überhaupt nicht in den Sinn gekommen.

Im Stillen danke ich Manu und Kanta, dass sie Malik ein Zuhause gegeben haben, fernab von all diesen Versuchungen. Jetzt hocke ich mich neben Nimmi. »Wie sollen sie – die Schmuggler – das Haus deines Bruders finden? Dein Stamm ist doch immer unterwegs.«

»Das sind wir, bis wir den Ort erreicht haben, wo wir den

Sommer verbringen. Alle Familien haben dort oben Hütten. Die von Dev und mir liegt neben der von Vinay, auch wenn ich nicht überrascht wäre, wenn inzwischen eine andere Familie dort eingezogen ist.« Sie greift wieder nach hinten, um Chullu zu streicheln. Ihre Gedanken müssen zu ihrem Ehemann und dem Leben mit ihrem Stamm zurückgekehrt sein.

Mit neuem Eifer beginnt Nimmi, das Bündel auf dem Boden zusammenzurollen.

»Willst du wirklich heute Abend gehen? Und das Schaf mitnehmen?«

Nimmi schweigt.

Ich sehe Rekha an. Sie hat ihre Augen weit aufgerissen, und sie blinzelt nicht. »Was ist mit den Kindern?«

Nimmi zieht eine Augenbraue hoch. »Wir sind immer mit unseren Kindern zusammen durch die Berge gezogen.«

»Und Malik?« Ich denke an die Briefe, die er mir für sie schicken wird. Wie viel er ihr schreiben möchte. Wie viel er *nicht* schreibt, weil er weiß, dass ich sie ihr vorlese.

Ihre Hände schweben für eine Sekunde über der Steppdecke. »Er ist nicht hier«, erwidert sie. Dann bindet sie die Bettrolle mit Jute zusammen.

Hilflos sehe ich Jay an, der genauso ratlos zu sein scheint, was wir jetzt tun sollen. Ich weiß, dass Nimmi nicht allein mit den Kindern und dem Schaf losziehen sollte, um ihren Bruder zu suchen. Es ist zu gefährlich. Wenn einer von ihnen krank wird, sich verletzt oder Banditen begegnet, kann ihnen keiner von uns helfen.

Jetzt hockt sich Jay neben uns. »Warte bis morgen früh, Nimmi. Bitte. Lass uns darüber nachdenken und zusammen einen Plan schmieden.«

Nimmi sieht ihn mit ihren dunklen Augen an. »Sie werden nicht zur Polizei gehen?«

Er schüttelt den Kopf. Er und ich haben bereits darüber gesprochen. Die Polizei würde dazu tendieren, einen armen Schäfer, der nichts weiter ist als ein Kurier, zu bestrafen und ins Gefängnis zu werfen. Oder vielleicht würden sie das wertvolle Metall für sich selbst haben wollen und auf die Idee kommen, dass Nimmi mehr weiß, als sie vorgibt, und ihr Leben dann bedrohen. Wenn es um Schmuggelware geht, lässt es sich schwer sagen, wem man vertrauen kann – selbst bei der Polizei, die doch eigentlich den Handel kontrollieren sollte.

Nimmi sieht zu ihrer Tochter, die zum Schaf gegangen ist und den Kopf des Tieres streichelt. Ohne uns in die Augen zu sehen, nickt Nimmi.

Jay und ich stoßen gleichzeitig einen Seufzer aus.

Mein Mann steht auf und geht ebenfalls zum Schaf hinüber. Er lächelte Rekha an. »Darf ich sie auch streicheln?«, fragt er.

Sie flüstert so, wie kleine Kinder das tun – laut genug, dass alle von uns es hören können. »Sie heißt Neela.«

Jay hebt vorsichtig den wolligen Pelz des Schafes an und betrachtet die Verletzung. »Hallo, Neela«, sagt er. Dann sieht er Nimmi an. »Du hast gute Arbeit geleistet. Die Wunde wird heilen, und es wird ihr wieder gut gehen. Ich denke, dass wir in Shimla vielleicht einen Veterinär gebrauchen könnten.«

Die Verwirrung in Nimmis Gesicht bringt ihn zum Lächeln. »Tierarzt«, sagt er. »Wir brauchen einen.«

Aber am Morgen erscheint Nimmi nicht zur Arbeit. Ich gehe direkt zu ihrer Unterkunft. Dort ist niemand. Die Kinder, das Schaf, das Polster und die Bettrolle – fort.

9

Malik

Jaipur

Ich sitze an meinem Schreibtisch just außerhalb von Hakeems Büro und bewundere den neuen roten Ford Maverick in der neuesten Ausgabe des *LIFE*-Magazins (»Das erste Auto der Siebziger zu Preisen von 1960!«), als ein Kassenbuch darauf landet und das Glas Chai auf meinem Tisch nur knapp verfehlt.

»*Arré!*«, schreie ich. Als ich aufblicke, sehe ich Hakeem auf der anderen Seite meines Schreibtisches. Er blickt finster drein.

Mit seinem Wurstfinger zeigt er mehrfach auf das Kassenbuch. »Du hast einen Fehler gemacht. Ja!«, triumphiert er.

Ich drehe das Kassenbuch um, sodass ich die Aufschrift auf dem Buchrücken lesen kann: *Einkäufe 1969*.

Hakeem fährt mit dem Finger über beide Seiten seines Schnurrbarts. »Sag mir, Abbas. Z-M-T. Wofür steht das?«

»Zement«, erwidere ich.

»Und Z-G-L?«

»Ziegel.«

Hakeem räuspert sich. »Korrekt. Warum hast du dann die beiden Zahlen im Kassenbuch vertauscht?«

Ich verarbeite das immer noch, während er das Kassenbuch aufschlägt und ein paar Seiten zurückblättert. »Siehst du? Z-M-T? Ja? Und hier? Z-G-L? Ja?«

Ich nicke.

»Der Betrag für Ziegelsteine und der Betrag für Zement, die für das Royal Jewel Cinema verwendet wurden, sind das Gegenteil von dem, was sie sein sollten. Du hast die beiden vertauscht.«

Ich sehe mir die Spalte noch einmal an. »Aber, Hakeem Sahib, ich habe die Rechnungen überprüft und mit dem Kassenbuch verglichen.«

Er schnippt mit dem Finger gegen seinen Schnurrbart. »Überprüf das noch einmal. Schlampige Buchführung wird hier nicht geduldet.«

»Ja«, erwidere ich mit unbewegtem Gesicht, was mir einen weiteren kühlen Blick des kleinen Mannes Mann einbringt.

Als er in sein Büro zurückkehrt, sehe ich mir die Zahlen im Kassenbuch an. Ich verstehe, was er meint. Für ein Projekt dieser Größe hätten eine Menge Zement und nur sehr wenige Ziegelsteine verwendet werden sollen. So viel habe ich von den Ingenieuren gelernt, die für Manu arbeiten. Manu selbst hat mich zu verschiedenen Baustellen mitgenommen (und den missbilligenden Blick von Hakeem ignoriert), damit ich etwas über die Materialien und Methoden lerne, die für die unterschiedlichen Teile eines Gebäudes verwendet werden.

Ich bin mir bewusst, dass sich Hakeem über meine Anwesenheit in seinem kleinen Königreich ärgert. Möglicherweise denkt er, dass ich ihn ersetzen soll. Aber ich kann mir nicht vorstellen, dass er sich dazu herablassen würde, die Bücher zu manipulieren, nur um mich in Schwierigkeiten zu bringen.

Ich blättere langsam durch das Kassenbuch, um festzustellen, wie viel seit Anfang des Jahres für das Kinoprojekt ausgegeben wurde. Ich addiere die Beträge; die Summen überraschen mich. Singh-Sharma Construction hat dreimal so viel für Zement ausgegeben wie für Ziegelsteine. Warum sollten die letzten Rechnungen dann das Gegenteil ausweisen?

Ich brüte noch darüber, als Hakeem sein Büro verlässt, die Tür hinter sich verschließt und in die Mittagspause geht, den schlenkernden *Tiffin* in der einen Hand, einen Agatha-Christie-Roman in der anderen. Hakeem liest leidenschaftlich gerne Kriminalromane.

Ich weiß auch ohne Uhr, dass es ein Uhr mittags ist. So wie immer wird er zum Central Park in Jaipur gehen und auf seine Lieblingsbank Anspruch erheben. (Bhagwan bewahre, dass schon jemand anders die Bank besetzt hat!)

Er wird um zwei Uhr mittags zurückkehren. Keine Minute früher und keine Minute später.

Von meinem Platz aus kann ich die Schreibtische der Projektmanager, Bauzeichner und Vorarbeiter sehen. Die Sekretäre, die Briefe für das Büro tippen, sitzen näher bei mir. Aber zur Mittagszeit verlassen die Angestellten entweder das Büro oder sitzen ruhig an ihren Tischen, essen zu Mittag, lesen die Zeitung oder halten ein Nickerchen.

Ich lasse mehrere Minuten verstreichen, bevor ich mich auf den Weg zu Hakeems Bürotür mache. Ich bin in den Straßen von Jaipur aufgewachsen, wurde meinem Schicksal überlassen, als ich gerade erst zwei oder drei Jahre alt war. Omi hat mich dann aufgenommen, obwohl sie schon drei eigene Kinder ernähren musste. Ihr Ehemann war immer für längere Phasen abwesend, deshalb half ich ihr aus, wo ich nur konnte.

Ich habe um Essen Parcheesi gespielt und Murmeln um Geld, habe gelernt, beim Kartenspielen zu betrügen, habe um Sachen gefeilscht, die Omis Kinder brauchten.

Und ich war ein ausgezeichneter Schlösserknacker.

Binnen drei Sekunden stehe ich in Hakeems Büro.

Der mit *Lager* beschriftete Aktenschrank enthält die Originalrechnungen der Zulieferer. Am Ende jedes Tages, wenn ich die Rechnungsbeträge ins Kassenbuch eingetragen habe, schnappt sich Hakeem die Rechnungen aus der Ablage auf meinem Schreibtisch, überprüft meine Arbeit und verstaut sie in seiner Schublade.

Ich ziehe die Rechnungen von April heraus und suche nach denen von Chandigarh Ironworks, die als »bezahlt« markiert wurden. Ich finde beide: eine für Zement, eine für Ziegelsteine. Beide Beträge entsprechen dem, was ich im Kassenbuch eingetragen habe. Wurden die Ziegelsteine für ein anderes Projekt gekauft und versehentlich dem Kinoprojekt in Rechnung gestellt? Ich stecke beide Belege ein und werfe einen Blick auf meine Uhr. Es ist immer noch Mittagspause, es wird also niemand im Lieferantenbüro sein, wenn ich anrufe.

Zurück an meinem Schreibtisch verscheuche ich eine Fliege von meinem kalt gewordenen Tee. Der träge Ventilator an der Decke kühlt den Raum kaum. Ich könnte genauso gut rausgehen und mir ein *Parantha* und ein Mango-*Lassi* holen, bevor ich zu den Büros von Singh-Sharma ein paar Straßen weiter hinübergehe, um mich mit Ravi Singh zu unterhalten.

»Wo liegt also das Problem?« Ravi sieht mich über seinen imposanten Schreibtisch bei Singh-Sharma Construction hinweg an, während ich mit den zwei Belegen in der Hand vor ihm stehe.

»Die Beträge sind das Gegenteil von dem, was sie sein sollten.«

»Und?« Er klingt ungeduldig, erpicht darauf, mich loszuwerden, damit er die Blaupausen vor ihm weiter studieren kann. Die Ärmel seines weißen Hemdes sind an den Manschetten aufgerollt. Sein elegantes Leinenjackett hängt an einem hölzernen Garderobenständer in der Ecke.

»Die Rechnungen sind von Zulieferern für Singh-Sharma. Ich glaube, sie haben einen Fehler gemacht. Soll ich sie anrufen, oder möchtest du das machen?«

Ravi verengt die Augen und betrachtet mich. Er zieht eine Zigarette aus der Schachtel auf seinem Schreibtisch und bietet mir eine an. Dann tastet er in seinen Taschen nach seinem goldenen Feuerzeug, dem Gegenstück zu Samirs. Er runzelt die Stirn, den Kopf geneigt. Dann hellt sich sein Gesicht auf, und ein Lächeln umspielt seine Lippen.

Innerlich rolle ich mit den Augen. Hat er das Feuerzeug im Haus seiner neuesten Eroberung vergessen? Ich nehme die Streichholzschachtel auf seinem Schreibtisch und stecke zuerst seine Zigarette an und dann meine. Dann wedele ich mit dem Streichholz, um die Flamme zu löschen.

Ravi nimmt einen Zug. »Zeig es mir.«

Ich lege die Belege auf den Schreibtisch.

Er stößt Rauch durch seine Nasenlöcher aus, während er die Rechnungen studiert. Dann schraubt er seinen Federhalter auf, streicht die Summe unten auf der ersten Rechnung durch und schreibt die Summe von der zweiten Rechnung darauf. Dann macht er das Gleiche mit der anderen Rechnung. Er gibt sie mir beide mit einem breiten Lächeln zurück. »Da. Das war doch gar nicht so schwer, oder?«

Einen Moment lang sage ich nichts. Was ist das nur für eine seltsame Buchführung?

Ravi zuckt die Schultern. »Schau mal, wir müssen die Sachen doch nicht unnötig verkomplizieren. Für Hakeem müssen die Zahlen übereinstimmen. Sie stimmen überein. Ende der Geschichte. Was machst du heute Abend?«

Seine Angewohnheit, abrupt das Thema zu wechseln, überrumpelt mich jedes Mal aufs Neue. Ich versuche immer noch nachzuvollziehen, was er gerade mit den Rechnungen gemacht hat.

»Warum kommst du heute Abend nicht mit uns? Sheela und ich lassen die Kinder zu Hause. Wir werden im Rambagh-Palast essen gehen. Das *Rogan Josh* ist vorzüglich.« Ich muss ihm zugutehalten, dass er nicht mit der Verbindung der Singhs zur königlichen Familie von Jaipur prahlt. Das braucht er auch gar nicht, das ist eine wohlbekannte Tatsache; sein Vater ist immer ein Liebling des Hofes gewesen.

Bevor ich auch nur irgendetwas sagen kann, greift Ravi zum Telefon. »Ich werde Sheela sagen, dass du mitkommst.«

In meiner Kindheit war der Rambagh-Palast die persönliche Residenz des Maharadschas. Nach der Unabhängigkeit, als sich die Geldbörsen von Indiens Maharadschas rasend schnell leerten, hatte Seine Hoheit von Jaipur die clevere Idee, den Rambagh-Palast in ein Hotel zu verwandeln, um seine Schatztruhen wieder aufzufüllen. Und es funktioniert. Adelige aus der ganzen Welt, erfolgreiche Geschäftsleute, reiche Globetrotter – alle kommen sie in den Rambagh-Palast.

Er gehört zu den großartigsten Orten, an denen ich je gewesen bin. Die Kellner tragen kastanienbraune Maharadschajacken mit orangem Kummerbund und orange Turbane auf dem Kopf. An der Decke hängen mehrstufige Kronleuchter, ihre Lichter werden von den Juwelen an den Fingern, Hälsen,

Handgelenken und Ohren der Restaurantbesucher reflektiert. Ich versuche mir die Details zu merken, damit ich sie Nimmi in meinem nächsten Brief beschreiben kann.

Beim Abendessen ist Ravi der aufmerksame Gastgeber, der für uns bestellt, dafür sorgt, dass unsere Weingläser gefüllt sind, und uns mit amüsanten Geschichten erfreut. Er klatscht über den Poloklub (*Seine Hoheit bringt das Poloteam aus Bombay zu einem Elefantenpolospiel hierher – das wird sicher entzückend!*), lobt Sheelas Fortschritte beim Tennis (*Lass dir das gesagt sein: Nächstes Jahr wird sie ein regionaler Champion sein!*) und Indiens Kricketteam (*Wir werden den Australiern im November das eine oder andere zeigen!*). Sheela ist ebenfalls gut in Form, umwerfend in einem smaragdgrünen engen Chiffonkleid mit Spaghettiträgern. Sie lacht über die Witze ihres Ehemanns, neckt ihn wegen seiner Kricketbesessenheit und plaudert fröhlich über ihre Freunde im Jaipur Club. Ich versuche mir Nimmis granitdunkle Haut exponiert und glitzernd unter einem Kleid wie dem von Sheela vorzustellen und spüre, wie mir die Röte vom Nacken bis zu den Ohren hochkriecht.

Nach dem Essen, als Sheela gerade ins Auto steigen will, sagt Ravi ihr, dass er einem potenziellen Kunden einen Drink am späten Abend versprochen hat. Der Fahrer soll zuerst Sheela nach Hause bringen und dann mich. Ravi will mit dem Taxi zu seiner Verabredung fahren.

Sheela entgleisen die Gesichtszüge. »Aber es ist fast Mitternacht!«

»Und das ist genau die Zeit, zu der in Jaipur Geschäfte besiegelt werden.«

»Um welches Geschäft geht es?« Sheelas Stimme klingt scharf.

Ich sitze auf dem Beifahrersitz neben dem Fahrer und kann Sheela und Ravi im Seitenspiegel sehen.

»Ich brauche noch eine Sache für die große Eröffnung des Royal Jewel Cinema. Und mit dem Kerl treffe ich mich.«

Als er sieht, dass Sheela zu schmollen beginnt, rückt Ravi ganz nah an sie heran und lässt einen Finger unter einen ihrer Spaghettiträger und über das zarte Gewebe auf und ab gleiten, wobei er ihre Haut streift. »Das ist derjenige, der dich immer angafft. Das kann ich nicht ertragen. Deshalb bist du nicht eingeladen.«

Die Situation ist so intim, dass ich erröte. Sind sie immer so? Ich wende meinen Blick vom Seitenspiegel ab und frage mich, was ihr Fahrer, der ewig stoische Mathur, wohl denkt.

Sheela sieht ihren Mann von der Seite an. Und lächelt.

Einen Moment später streckt Sheela eine Hand aus, um Ravis Krawatte zurechtzuziehen. »Abbas wird mit mir einen Drink nehmen, nicht wahr, Abbas? Mathur kann ihn hinterher nach Hause fahren.«

Ich drehe mich um, um Einspruch zu erheben. Ich muss morgen eine Menge für Hakeem erledigen und einen der Ingenieure von Manu zu einer Lerneinheit begleiten. Es ist spät, und ich würde lieber zu Bett gehen.

Ravis Gesicht verfinstert sich. Er starrt Sheela scharf an. Kühl erwidert sie seinen Blick.

Er schürzt die Lippen, als würde er über die Idee nachdenken. »Ein bisschen Sheela-Gastfreundschaft. Klingt nach einem Plan.« Er richtet sich auf und klopft mir auf die Schulter, als wäre die Sache damit erledigt.

Wie es scheint, ist meine Zustimmung weder erwünscht noch notwendig.

Zu Hause bei Sheela und Ravi parkt der Fahrer und springt dann aus dem Wagen, um Sheelas Tür zu öffnen. Ich bleibe, wo ich bin, und hoffe, dass die Einladung zu einem Drink nur ein Manöver war, um Ravi eifersüchtig zu machen.

»Du hast doch nichts dagegen, Abbas, oder? Zeit mit mir zu verbringen?«

Ich seufze leise. Heute Abend ist sie schließlich meine Gastgeberin. Ich folge ihr ins Haus, wo sie Anu, ihrem Dienstmädchen, ihren Schal und ihre Handtasche gibt. Dann führt sie mich in den Salon, einen luftigen Raum mit hoher Decke und riesigen Fenstertüren, die die gesamte östliche Wand einnehmen. Ich stelle mir vor, dass dieser Raum bei Tageslicht sogar noch eindrucksvoller ist. Zu dieser Uhrzeit ist es so leise, dass ich das Summen der Klimaanlage hören kann.

Der Raum wird von zwei gelben Damastsofas beherrscht, die einander gegenüberstehen. Zwischen ihnen steht ein langer rechteckiger Couchtisch aus blassem Birkenholz. Das Zimmer ist aufwendig, aber sparsam dekoriert. Kein Durcheinander. Alles steht an seinem Platz. Ich vermute, dass allein das Mobiliar in diesem Raum mehr kostet als das, was Dr. Jay in einem Jahr verdient.

Sheela öffnet die Schublade eines dazu passenden Beistelltischs und zieht ein Päckchen Dunhill heraus. »Ravi glaubt, ich wüsste nicht, wo er seinen Vorrat aufbewahrt«, bemerkt sie. Als sie sich zu mir umdreht, hält sie eine Zigarette zwischen ihren juwelengeschmückten Fingern.

Ich greife nach den Streichhölzern in meiner Tasche und wünschte mir, ich könnte ihr ebenfalls ein vergoldetes Feuerzeug anbieten. Die gelbe Streichholzschachtel ist die, die ich heute Mittag von Ravis Schreibtisch genommen habe.

Ich beuge mich zu ihr, um ihre Zigarette anzuzünden. Aus dieser Nähe kann ich ihr Orchideenparfüm, den Weißwein, den sie beim Abendessen getrunken hat, und den Zigarettenrauch in ihrem Atem riechen. Ich kann den kleinen Schönheitsfleck in den feinen Linien neben ihrem rechten Auge sehen. Halte ich sie für attraktiv? Ja. Sie ist selbstbewusst und souverän. Sich ihrer sexuellen Anziehungskraft sehr bewusst. Ich erinnere mich daran, dass Sheela Singh einst ein fünfzehnjähriges Mädchen war, das keinen zweiten Blick auf mich, den abgerissenen Achtjährigen von damals, geworfen hat – das meinen bloßen Anblick sogar als Ärgernis empfand. Hat sie sich verändert? Oder ich? Oder führt mich nur die Aussicht auf etwas Verbotenes in Versuchung?

Sie bietet mir das Päckchen an. Ich nehme mir eine. Dann setzt sie sich auf eines der Sofas und nimmt einen langsamen, tiefen Zug. Sie legt den Kopf zurück und bläst Rauchringe zur Decke, ihr Mund küsst die Luft. »Eine Zigarette nach dem Abendessen ist eine wunderbare Sache«, bemerkt sie. »Nach zwei Kindern hilft Tennis allein mir hier nicht mehr hinein.« Sie zeigt auf ihr Kleid. Die Chiffonkorsage verbirgt kaum, dass sie keinen BH trägt. Ihre Brüste sind fest und üppig. Die Frauen in Nimmis Stamm tragen keinen BH. Nimmis Brüste haben Dehnungsstreifen, ebenso wie ihr Bauch. (Es würde mich überraschen, wenn Sheela jemals gestillt hätte.) Mir gefällt, dass Nimmi sich in ihrem Körper wohlfühlt. Dennoch lässt das tief ausgeschnittene Kleid Sheela aufreizend wirken.

Ich muss sie einfach anstarren, und genau dazu fordert ihr Kleid mich auf. Mir fällt auf, dass ich meine Zigarette immer noch nicht angezündet habe, und stecke sie jetzt ganz betont an. Ich zwinge mich dazu, an Nimmi zu denken – ihr schüchternes Lächeln, ihre zimtfarbenen Lippen, wie sie mich dazu einlädt, zu ihr zu kommen. Wenn ich sie ausziehe, zählt Nimmi leise jedes Häkchen mit, das ich an ihrer Bluse öffne.

»Ravi hat den guten Scotch in der Bibliothek stehen. Bedien dich einfach.« Sheela zeigt nachlässig mit der Zigarette in Richtung Flur. »Ich selbst habe mir nie etwas daraus gemacht.«

Ich setze mich auf das andere Sofa gegenüber von Sheela. »Ich bin bedient. Danke.«

Als Sheela sich vornüberbeugt, um in den Keramikaschenbecher auf dem Couchtisch abzuaschen, achtet sie darauf, dass ich ihr Dekolleté sehen kann. Das Schattendreieck zwischen ihren Brüsten ist mit Goldpuder bestäubt. Ohne es zu wollen, werde ich hart. Ich wende verlegen den Blick ab und rutsche auf meinem Platz herum.

Nimmi, die jetzt vierhundert Meilen weit entfernt ist, würde nie auf die Idee kommen, Goldstaub zwischen den Brüsten zu verteilen.

»Du bist jetzt schon seit zwei Monaten hier, Abbas. Und wir wissen immer noch gar nichts über dich.«

»Du nimmst an, dass es da etwas zu wissen gibt.«

»Ich vermute mal, dass du Verwandte hast.«

Ich weiß nicht, wie ich die Frage beantworten soll, wenn ich Tante Boss außen vor lassen will. Und es ist besser, wenn Lakshmis Name in diesem Haus nicht erwähnt wird. Auch von Omi kann ich Sheela nicht erzählen oder von meinen Anfängen ohne Hemd und Schuhe in der Pink City. Ich klopfe die Asche von meiner eigenen Zigarette über der Keramikschale ab. »Ein paar.«

»Hmm.« Ein Lächeln umspielt Sheelas Mund. Ihr glänzender Lippenstift fängt das Licht ein und konkurriert mit dem Goldschimmer zwischen ihren Brüsten. »Du hast mir nie erzählt, woher du meinen Schwiegervater kennst.«

Ich gehe davon aus, dass Sheela nichts von dem Sohn weiß, den Ravi mit Radha, der jüngeren Schwester von Tante Boss, gezeugt hat. Oder dass Samir als Wiedergutmachung für Ravis Unbedachtheit Radhas Schulausbildung bezahlt hat. Warum er auch meine bezahlt hat, ist mir immer ein Rätsel geblieben.

Ich stoße eine Rauchwolke aus. »Ich kenne Samir so, wie viele Menschen das tun.«

»Soll heißen?«

Ich ignoriere die Frage und zeige auf das große Porträt, das in einem silbernen Rahmen an der Wand hängt – ein Familienporträt mit zwei Generationen der Familie Singh. »Großartiges Foto«, sage ich.

Ursprünglich war das Bild eine Schwarz-Weiß-Aufnahme, wurde dann aber handkoloriert, sodass alle Personen rosa Lippen und Wangen haben, sogar Ravi. Auf dem Foto ist die kleine Rita ein Baby, ihre Augen sind mit Kajal umrahmt, um ihr Glück zu bringen. Sie sieht zur Seite und kaut auf ihrer Faust. Als das Foto geschossen wurde, war Baby noch gar nicht auf der Welt.

Sheela blickt auf das Foto, sagt aber nichts. Sie rückt den Ring mit dem großen Smaragd und der Perle an einem ihrer Finger zurecht. »Laut der Gesellschaft ist es in Ordnung, wenn Ravi seine *Frauen* hat – und ich verwende diesen Begriff im weitesten Sinne.« Sie zieht eine wohlgeformte Augenbraue hoch. »Aber wenn ich das Gleiche täte, wären sie empört.«

Sie schnippt Asche von ihrer Zigarette in die Schale und beugt sich wieder nach vorne, verlangt meine Aufmerksamkeit.

Ich versuche, Augenkontakt mit ihr zu halten.

»Es ist ja nicht so, dass ich keine Angebote hätte«, sagt sie. »Seine Kunden. Unsere Freunde. Männer, die ich schon seit Ewigkeiten kenne. Manche von ihnen hätten mich liebend gerne geheiratet. Dieselben Männer betrachten mich jetzt als Eroberung.« Sie nimmt einen weiteren langen Zug von ihrer

Zigarette und bläst langsam den Rauch aus. Dann macht sie eine Schnute und zieht eine Augenbraue hoch. »Was glaubst du, warum das so ist?«

Ihre Haare glänzen von den teuren Shampoos, ihre dunklen Augen sind auf mich fixiert. Die Kante ihres Schlüsselbeins reflektiert das Licht der Lampe; ein bezaubernder Schimmer. Ich nehme mir Zeit, beobachte sie, lasse sie sehen, was ich in ihr sehe.

»Ich glaube, das weißt du«, erwidere ich.

Sie hat die Güte zu erröten.

Ich beuge mich vor, drücke meine Zigarette im Aschenbecher aus und stehe auf. Ich schenke ihr ein entschuldigendes Lächeln. »Ich muss morgen arbeiten«, sage ich und machte Anstalten, den Raum zu verlassen.

»Bevor du gehst …«

Ich drehe mich um.

Sie streckt die Hand aus. Einen Moment lang bilde ich mir ein, dass ich sie halten soll. Dann verstehe ich.

Ich ziehe die Streichholzschachtel aus der Tasche und lege sie in ihre ausgestreckte Hand.

Fünfzehn Minuten später erreiche ich das Gästehaus des Palastes und gehe direkt in mein Zimmer. Auf dem Weg zur Dusche ziehe ich mich aus und lasse meine Kleider auf den Boden fallen. Das Wasser drehe ich so heiß auf, wie ich es ertragen kann, und lasse mich von dem Gefühl besänftigen. Dennoch stelle ich mir Sheelas nackte Brüste vor, rufe mir den Duft ihres Parfüms in Erinnerung. Ihre dunklen Augen, die mich verspotten oder einladen. Ich kümmere mich um meine Erektion, fühle Scham und Schuld, als würde ich Nimmi tatsächlich betrügen. Aber jetzt bin ich zu Hause, in Sicherheit. Und als ich im Bett liege, schlafe ich sofort ein.

10

Nimmi

Himalajavorgebirge, nordwestlich von Shimla

Ich habe mir Chullu auf den Rücken gebunden; der Rhythmus meiner Schritte hat ihn in den Schlaf gewiegt. Ich benutze den Wanderstab meines Ehemanns auf dem Weg hoch in die Berge. Wenn ich den Rest von Vinays Herde finde, werde ich den Hirtenstab nutzen, um sie zusammenzutreiben, wofür der Stab ja auch gedacht ist. Das Gewicht meines Babys, die Bettrolle und unsere wenigen Habseligkeiten geben mir Sicherheit.

Aus dem Ast einer Weide habe ich einen kleineren Wanderstab für Rekha gebastelt, und sie gibt ihr Bestes, um mitzuhalten. Gelegentlich mache ich eine Pause, damit meine Tochter zu uns aufschließen kann. Wenn sie uns erreicht hat, gebe ich ihr Wasser aus meinem Ziegenhautschlauch.

Wir marschieren jetzt seit einer Stunde und klettern Stück für Stück durch Wiesen und Gebüsch. Wir sind im ersten Licht des Morgengrauens losgegangen, als der Boden noch von einer dünnen Schicht Frost bedeckt war. Alte Gewohnheiten lassen sich nur schwer ablegen: Unser Stamm startet immer frühmorgens, wenn die Temperaturen noch kühl sind, sodass wir längere Strecken marschieren können, ohne müde zu werden. Jetzt, wo wir den Wald erreicht haben, kann ich Shimla nicht mehr sehen. Ohne die Kinder und Schaf Neela, das ständig anhält, um etwas am Weg zu fressen, würde ich schneller vorankommen. Aber seit ich seine Wunden gereinigt habe, geht es dem Tier besser, und es ist lebhafter.

Von Shimla aus habe ich mich nach Nordwesten gewandt, die Richtung, die die Kinder in der Klinik mir angegeben hatten. Es ist dieselbe Route, über die unser Stamm immer ins Kangra-Tal geht, und es passt, dass mein Bruder sich für diesen Weg entschieden haben soll. Als ich an der Stelle ankomme, wo die Kinder das Schaf gefunden haben, halte ich an. Ich bemerke den kleinen Steintempel, nach dem ich Ausschau halten sollte; er hat die Größe eines Kleiderschranks. Überall im Himalaja haben die Hindus solche Minitempel errichtet. Der Pfad, auf dem ich mich befinde, und der Pfad vor mir sind breit genug, dass zehn Ziegen oder Schafe passieren können. Aber direkt gegenüber vom Tempel befindet sich links von mir ein Canyon, der zwei steile Abhänge voneinander trennt. Durch einen engen Spalt bemerke ich dort einen schmaleren, unebeneren Pfad, der zu beiden Seiten von Geröll und Steinen flankiert wird. Mein Gefühl sagt mir, dass mein Bruder für seine Zwecke diesen schmalen, abgelegeneren Pfad dem breiteren, stärker exponierten Weg vorgezogen hätte. Ich sehe mich nach Schafkötteln um, und als ich sie finde, stochere ich mit meinem Stock darin herum. Sie sind ein bisschen weich, was heißt, dass die Schafe vor Kurzem auf diesem Pfad gewesen sind. Die Köttel auf dem breiteren Weg sind trocken.

Neela blökt. Wahrscheinlich ruft sie nach den anderen Schafen in der Gegend. Aber es kommt keine Antwort. Sie geht auf den Spalt zu. Ich will ihr gerade folgen, als ich den schwachen Klang von Hufschlägen höre. Geräusche sind in den Bergen oft weithin zu hören, und der Reiter ist möglicherweise noch meilenweit entfernt. Dennoch, ich bin alleine als Frau mit meinen Kindern auf einem verlassenen Weg unterwegs, etwas, woran ich nicht gewöhnt bin. Mir ist klar, dass das gefährlicher ist, als wenn ich mit meinem Stamm unterwegs gewesen wäre. Ich stupse Rekha sanft durch den Spalt und dränge sie dazu, schneller zu gehen, sobald wir auf dem schmalen Weg sind. Chullu wacht auf, und ich ziehe einen mit meiner Milch getränkten Lumpen aus meiner Bluse, damit er ruhig bleibt; ich habe jetzt keine Zeit, ihm die Brust zu geben.

Sobald wir die ersten paar Felsen hinter uns gelassen haben, blicke ich zurück. Von hier aus sind wir zum Teil verdeckt, und ich fühle mich sicherer. Rekha ist vorausgegangen, um mit Neela Schritt zu halten. Eine Weile setzen wir so unseren Weg fort, bis ich sehe, wie Rekha vor mir erstarrt. Ihre Schultern spannen sich an. Hat sie eine Schlange gesehen?

Ich eile zu ihr. »Rekha!« Und dann sehe ich etwas vor mir, was wie ein Stoffsack aussieht. Ich greife Rekha bei den Schultern, drehe sie zu mir und sage ihr, dass sie zurückbleiben soll. Vorsichtig nähere ich mich dem Bündel. Neela folgt mir und blökt jetzt eindringlicher.

Es ist kein Bündel. Es ist ein Körper, der mit dem Gesicht nach unten daliegt. Ein Hirte, gekleidet wie die meisten männlichen Hirten: eine Wolljacke und eine Hose, den Kopf mit mehreren Stoffschichten umwickelt. Sein linkes Bein ragt in einem unnatürlichen Winkel hervor, und in seiner Hose ist ein größerer Riss. Ein Fuß ist bloß, die Knochen flach, als hätte ein riesiger Fels sie zerquetscht. Mir wird gleichzeitig heiß und kalt.

Ich hocke mich hin und taste im Nacken nach einem Puls. Er ist schwach, aber vorhanden.

Ich bete. *Lass es bitte nicht Vinay sein.*

Dann drehe ich ihn sanft um, mit dem Gesicht nach oben. Seine Nase ist gebrochen und blutverkrustet; er hat eine tiefe klaffende Wunde an seiner Stirn. Seine Augen sind zugeschwollen, sein Mund schlaff.

Er ist es.

Um nicht aufzuschreien, schlage ich beide Hände über den Mund. Ich kann nicht sprechen, aber die Gedanken wirbeln mir durch den Kopf: *Vinay! Ich kann es nicht glauben, dass du das Gold transportiert hast! Warum? Sie haben uns beigebracht, dass wir genau das nicht tun sollen: Schmuggle Gold, und deine Familie wird den Preis dafür bezahlen. Was wird jetzt aus Arjun und Sai werden? Wer wird jetzt auf deine Söhne aufpassen?*

Vinay ist immer ein Träumer gewesen, einer, der das Gefühl hatte, nicht in das Leben hineingeboren worden zu sein, das er verdiente. Er wollte immer mehr haben, als ihm gegeben wurde. Als der Jüngere von zwei Brüdern erhielt er beim Tod unseres Vaters weniger Tiere als mein älterer Bruder Mahesh. Und nur Schafe; die wertvolleren Ziegen gehören jetzt Mahesh. Vinay erhielt auch weniger Silber.

Kein Wunder, dass Vinay das Leben immer für unfair gehalten hat. Als Dev starb und ich meinem Schwiegervater mitteilte, dass ich in Shimla bleiben würde, statt mit unserem Stamm zusammen nach Norden zu ziehen, murmelte Vinay leise etwas. Ich tat so, als hätte ich es nicht gehört, aber jetzt verfolgen mich seine Worte wieder, klar und deutlich: *Nun, du bist entkommen, nicht wahr?*

Hat mein Weggang Vinay dazu getrieben, seine Pflicht unserem Stamm gegenüber zu verleugnen? Gold für Ganoven zu transportieren, um ein Leben führen zu können, das er für besser hält als das, was unser Stamm ihm bietet?

Ich lege meinen Mund an sein Ohr. »*Bhai*, kannst du mich hören?«

Seine Lippen bewegen sich. Schnell löse ich die Schlinge, die Chullu auf meinem Rücken hält, und lege meinen Sohn neben mir ab. Ich löse den Ziegenhautschlauch voller Wasser von meiner Hüfte und halte ihn mit einer Hand an Vinays ausgedörrte Lippen. Mit der anderen Hand hebe ich vorsichtig seinen Kopf an, damit er trinken kann. Er schluckt gierig, aber das meiste Wasser läuft ihm aus den Mundwinkeln heraus. Ich wische es mit den Händen weg.

»Sag mir, was passiert ist.«

Keine Antwort.

Wie lange liegt er hier schon? Ich frage mich, ob ich ihn bewegen kann, ihn zurück nach Shimla und ins Lady-Bradley-Hospital bringen kann.

Jetzt spricht er. »Ta…e«.

Ich rücke so nah an ihn heran, dass ich seinen schalen Atem riechen kann. »Wir müssen dich in die Klinik bringen. Dr. Kumar wird sich um dich kümmern.«

Vinay versucht den Kopf zu schütteln, aber die Bewegung ist zu schmerzhaft. Er zieht eine Grimasse. »Ta… Ta…sch.«

Ich versuche klar zu denken, aber meine Gedanken wirbeln durcheinander. Wenn er sich das Rückgrat gebrochen hat, kann ich ihn nicht tragen; er ist viel zu schwer. Mit den Kindern würde ich Stunden für den Rückweg nach Shimla brauchen. Ich kann aber auch nicht allein gehen und die Kinder bei Vinay zurücklassen. Was soll ich nur tun?

»Tasche.« Diesmal sagt er es mit mehr Nachdruck.

Mit zitternden Händen durchsuche ich seine Taschen. Er hat seinen Tabaksbeutel bei sich und ein paar zugespitzte Zweige, mit denen er sich die Zähne reinigt. Ich atme schwer und versuche, nicht zu weinen. »*Bhai*, wonach suche ich?«

Er versucht auf etwas zu zeigen, aber er kann den Arm kaum bewegen. »Innen«, quetscht er hervor.

Ich suche, bis ich in der linken Innentasche eine feste Kante spüre. Ich drehe die Tasche von innen nach außen und entdecke, dass ein winziger handgenähter Beutel daran befestigt ist. Ich zerre und reiße die Tasche mit den Fingernägeln auf und finde darin eine Streichholzschachtel. Leuchtend gelb, mit einem Bild von Ganesh. Ich drehe sie um. Ich kann die englische Schrift auf der Rückseite zwar wiedererkennen, aber ich kann sie nicht lesen.

»Du wolltest Streichhölzer haben?«, frage ich ungläubig.

Bevor er antwortet, fährt er sich mit der Zunge über die aufgesprungene Unterlippe. »Das Go… Gold.«

»*Vinay*, ich muss den Arzt holen.«

»Scha…fe.«

Ich sehe mich um, aber ich sehe nur Neela auf der Lichtung. »Ich kann sie nicht sehen, Vinay. Wo sind die Schafe?«

»Pass … auf …«, sagt er. Jedes bisschen Kraft, das ihm geblieben ist, verwendet er zum Sprechen. »Meine Söhne …«

Seine Lippen bewegen sich, aber es kommt kein Ton heraus. Sein Körper erschaudert einmal und dann noch einmal, bevor sein Mund weit aufklafft und der Atem entweicht.

Ich presse mein Ohr an Vinays Nase, aber jetzt höre ich keinen Atem mehr. Die Luft ist dennoch von seinem Geist erfüllt. Meine Kinder können es spüren. Chullu wird unruhig. Rekha zupft an meinem Pullover. »Maa?«

Ich nehme Chullu hoch und stehe auf, lasse mich von seinem Körper, seiner Wärme trösten. Ich lege meine Hand um Rekhas Hinterkopf, und sie hält sich an mir fest. Es ist nicht nötig, das Kind vom Tod abzuschirmen; das machen wir in unserem Stamm nicht. Wir wollen, dass unser Nachwuchs versteht, dass der Tod so natürlich ist wie das Leben, für Menschen und Tiere gleichermaßen, und je früher sie sich dessen bewusst sind, desto besser.

»Erinnerst du dich an deinen Onkel, *Bheti*?«

Sie nickt.

»Er ist nicht mehr.«

Rekha sieht erst mich an, dann wieder den Körper ihres Onkels auf dem Boden. Sie fängt an, am Daumen zu lutschen, eine Angewohnheit, die sie eigentlich schon vor einem Jahr abgelegt hatte.

Chullu drückt sich an meine Brüste. Ich sollte ihn stillen, aber zuerst muss ich etwas anderes erledigen. Erneut befeuchte ich seinen Lumpen mit meiner Milch, und er steckt ihn sich in den Mund und nuckelt daran. Ich lege ihn auf die Schlinge auf dem Boden und sage Rekha, dass sie auf ihn aufpassen soll. Dann setze ich mich neben Vinay und nehme seine staubige Hand in meine. Ich murmele Beschwörungsformeln, die ich im Bauch meiner Mutter gelernt habe, lange bevor ich diese Welt betreten habe. Ich bitte unsere Götter, im Reich der Geister auf meinen Bruder aufzupassen, ihm das neue Leben zu gewähren, das er verdient, seiner Seele zu helfen, die Harmonie mit denen zu bewahren, die vor ihm kamen, und denen, die nach ihm kommen werden. Ich wiederhole die Worte, bis sie eins werden mit der Luft, die wir atmen.

Die Kinder beobachten mich stumm. Das Ritual scheint sie zu faszinieren, so wie es mich einst fasziniert hat. Ich weiß nicht, wie lange wir drei so verharren.

Hufschlag ertönt, diesmal lauter, näher. Dann ein Wiehern.

Ich drehe mich um und sehe den schlanken Kopf eines braunen Pferdes, das von seinem Reiter am Eingang zur Schlucht ruckartig zum Stehen gebracht wird. Ich greife mir Chullu, nehme Rekha an die Hand und führe uns in den Schutz eines nahe gelegenen Felsens.

»Nimmi!« Mein Name hallt durch die Schlucht.

Vorsichtig kehre ich zur Lichtung zurück. Auf der anderen Seite des Weges sehe ich, wie Neela Gras frisst. Sie hält inne und sieht sich um, woher das Geräusch kommt.

Es ist Lakshmi. Das kleine Gebirgspferd, auf dem sie reitet, hat die Farbe von Kastanien. Als sie sich uns nähert, bemerkt das Pferd Vinays übel zugerichteten Körper und weicht zurück, womit es Lakshmi erschreckt. Sie beugt sich hinunter, um ihm den Hals zu klopfen, und steigt ab, wobei sie seine Zügel festhält. Sie sieht die Leiche an, dann mich und zieht fragend die Augenbrauen hoch.

Ich blinzele. »Er ist es«, sage ich ihr.

Sie kommt näher und sagt leise: »Es tut mir so leid, Nimmi.«

Rekha starrt Lakshmi mit offenem Mund an, denn sie trägt eine wollene Männerhose, deren Aufschläge sie in ihre kurzen Stiefel hineingesteckt hat. Ihr dunkelbrauner Wollmantel ist zu groß für ihren Körper; sie muss sich den von ihrem Ehemann geborgt haben. Sie hat sich einen Wollschal um den Kopf und die Schultern gewickelt. Bisher habe ich sie nur in Saris gesehen, und dass sie reiten konnte, wusste ich nicht. Aber dann erinnere ich mich an den Tag, an dem Dev gestorben und Chullu zur Welt gekommen ist. Um uns zu erreichen, müssen sie und Dr. Jay die Berge hochgeritten sein.

Lakshmis Gesicht ist gerötet. Sie muss schnell geritten sein. Sie lächelt erst meine Tochter, dann meinen kleinen Sohn beruhigend an, der lange genug zu quengeln aufhört, um sie anzustarren. Ich weiß, dass ich zu weinen anfangen werde, wenn sie auch mich mit diesem festen, tröstenden Blick anschaut. Als ob sie das spürt, führt sie das Pferd zur anderen Seite der Lichtung und bindet es an einem dürren Baum fest. Dann geht sie um mich herum und zum Körper meines Bruders. Während sie sich hinhockt, studiert sie Vinays Verletzungen – so wie ich es bei ihrem Ehemann, Dr. Kumar, gesehen habe.

Jetzt bemerke ich, dass irgendein Tier Vinays Finger angenagt hat, während er im Sterben lag. Er hat Bisswunden an den Ohren. Die Zehen seines nackten Fußes sind zerkaut.

Beim Gedanken daran zittere ich. Wie viel Schmerz hat er erleiden müssen? Wie allein war er nur in seinem Leid!

Lakshmi hebt den Kopf und lässt den Blick über die steilen Abhänge links und rechts von uns schweifen. Ich folge ihrem Blick.

»Was denkst du, wie das passiert ist?«, fragt sie.

Mein Mund ist trocken. Einen Moment lang überlege ich und betrachte die Szenerie. »Er könnte gestolpert sein – höchstwahrscheinlich –, ist dann gestürzt und hat sich den Kopf angeschlagen. Diese Felsspalte ist so steinig. Sein Bein scheint gebrochen zu sein, und ich glaube, er hat sich auch die Hüfte gebrochen. Als ich ihn gefunden habe, konnte er sich nicht bewegen. Ich würde sagen, dass er hier mindestens ein oder zwei Tage lang gelegen hat. Möglicherweise hat er sich auch das Rückgrat gebrochen.«

Es ist eine Sache, diese Gedanken zu denken, eine andere, sie laut auszusprechen.

Ich wische mir mit einer Hand über den Mund.

»Ist es möglich, dass Banditen ihm das angetan haben?«, fragt Lakshmi.

Diejenigen von uns, die im Himalaja aufgewachsen sind, wissen schon lange, dass Gold durch die Berge transportiert wird. Unsere Ältesten haben uns immer erzählt, dass Gold für viele Menschen das Lebenselixier ist und dass es nie für alle reicht. Unser Land hat so wenig davon, dass es von anderswoher geholt werden muss – auf legalem oder illegalem Weg. Banditen und Behörden halten immer Ausschau nach einem einsamen Schäfer, der möglicherweise mithilfe seiner Ziegen oder Schafe das wertvolle Metall transportiert. Unsere Leute wissen das. Mein Bruder Vinay muss sich der Risiken bewusst gewesen sein, weshalb er wohl diesen Pfad abseits des Hauptwegs genommen hat.

»Die Schafköttel hier sind frisch«, antworte ich und zeige auf den Boden fern der Leiche meines Bruders, um ihn nicht ansehen zu müssen. Dann bemerke ich Neela auf der anderen Seite der Lichtung, die an den trockenen Blättern knabbert, die zwischen den Felsen wachsen. »Sie kennt diesen Ort. Sie ist schon einmal hier gewesen.« Ich sehe wieder zum Grat hoch und stelle mir vor, wie der Unfall passiert sein könnte. »Sehen Sie diesen Stapel von Steinen, der bis zur Spitze des Kamms hoch reicht? Das sieht wie ein holpriger Pfad aus. Möglicherweise hat Vinay die Herde von dort aus heruntergebracht. Oder ... vielleicht ist Neela auf dem Pfad ausgerutscht und den ganzen Weg auf der Flanke hinuntergerutscht. Die Goldbarren haben scharfe Kanten und hätten dann ihre Haut aufgerissen. Die Wunde an ihrer Flanke war tief.«

Eine unerwünschte Erinnerung steigt in mir auf. Dev, der die Schlucht hinunterschlittert. Ich blinzele die Tränen weg. »Möglicherweise ist Vinay den Abhang hinuntergestiegen, um sie zu holen. Aber nach dem Sturz war sie vermutlich verängstigt und hat vielleicht gebockt und ihn getreten. Möglicherweise hat er dann das Gleichgewicht verloren und ist gestürzt. Es wäre nicht das erste Mal, dass so etwas passiert.«

Lakshmi muss sich bewusst sein, dass ich von Dev spreche. Ich habe gerade beschrieben, wie mein Ehemann im vergangenen Jahr bei dem Versuch starb, eine Ziege davor zu bewahren, den Berg hinunterzustürzen. Ich wende mich wieder ab, damit sie nicht sieht, wie sehr mich diese Erinnerung aufwühlt. Ich nehme Chullu den Milchlumpen ab und tränke ihn erneut mit meiner Milch. Er grinst mich an und lässt seine winzigen Schneidezähne aufblitzen. Zumindest er wird niemals ein Schicksal wie sein Vater oder sein Onkel erleiden.

Ich höre Lakshmi seufzen. Sie steht auf, geht zum Pferd hinüber und zieht einen Ziegenhautschlauch aus der Satteltasche. Sie öffnet ihn und hält ihn dem Pferd vors Maul, während es trinkt.

»Was wirst du jetzt machen?«, fragt sie.

Ich weiß nicht, was ich ihr antworten soll. Ich hatte erwartet, meinen Bruder zu finden und ihm das Schaf zurückzugeben. Ich hatte überhaupt nicht darüber nachgedacht, was ich als Nächstes tun sollte.

Ich streiche Chullus Haare glatt. In meinem Kopf höre ich Vinays letzte Worte, als würde er neben mir stehen, und mir wird klar, dass ich jetzt schnell handeln muss. Ich drehe mich zu Lakshmi um.

»Die Herde«, sage ich. »Ich muss sie finden. Dann muss ich mich darum kümmern, dass das Gold die nächste Relaisstation erreicht.« Ich habe keine Ahnung, wie ich irgendwas davon machen soll.

Rekha sieht mich an; wieder lutscht sie am Daumen. Ich streiche ihr beruhigend übers Haar. Chullu gluckst in meinen Armen.

Lakshmi verschließt den Ziegenhautschlauch und steckt ihn in die Satteltasche zurück. Sie sieht mich nicht an, als sie fragt: »Geht es hier um das Gold oder die Familie deines Bruders?«

Ich drücke Chullu fester an mich. Er quiekt und strampelt und versucht sich aus meinen Armen herauszuwinden. »Ich weiß nicht, was Sie meinen.«

Sie dreht sich zu mir um. Ihr Blick ist direkt, aber ihre Stimme sanft. »Du könntest von dem Gold profitieren, nicht wahr?«

Glaubt sie, dass ich das hier tue, damit ich das Gold *verkaufen* kann? Dass es mir nur um *mich* geht? »Glauben Sie, dass ich den Tod meines Bruders ausnutzen würde, um das Gold für mich selbst zu beanspruchen?«

Sie antwortet in freundlichem Ton. »Oder für deine Kinder. Ich würde dir das nicht vorwerfen.«

»Diese *Goondas* würden das Gleiche mit mir machen, was sie Vinay angetan haben.« Ich werfe einen Blick zu Vinays Körper, der einen Fuß entfernt ausgestreckt liegt. »Mein Bruder hat einen Fehler gemacht. Er muss verzweifelt gewesen sein. Unser Leben ist nicht einfach. Die Arbeit ist hart und bringt kein Geld ein. Er wollte seine Söhne zur Schule schicken, um ihnen die Chance auf ein anderes Leben zu geben, fern vom Schafehüten und -scheren …« Ich muss mich vom Plappern abhalten. Durch die Tränen sehe ich alles nur verwischt.

Lakshmi sieht sich den Körper meines Bruders erneut an. »Was ist mit …« Sie hält inne und lässt ihre Worte in der Luft schweben. Ihr Ausdruck verrät mir, woran sie denkt.

»Wir verbrennen unsere Toten wie alle Hindus«, erwidere ich. »Aber …«

Ich sehe mich in der felsigen Landschaft um. Normalerweise würden wir seinen Körper dort verbrennen, wo er gestorben ist. Aber hier gibt es keine Möglichkeit, eine Plattform zu errichten oder das nötige Holz zu beschaffen. Ich habe kein Werkzeug bei mir. In diesem Moment spüre ich eine intensive Sehnsucht nach meinem Stamm. Wenn wir hier alle zusammen wären, könnten wir es schaffen – würden wir es schaffen. So machen wir es immer, wenn jemand unterwegs stirbt. So haben wir es auch mit Dev gemacht.

Wenn ich mit meinem Stamm zusammen wäre, würden wir ihn angemessen bestatten. Der Dorfälteste würde die Gebete sprechen, und alle Frauen einschließlich seiner Ehefrau Selma würden Vinay baden und ihn sorgfältig, mitfühlend, in ein frisch gewaschenes Laken hüllen. Erneut schießen mir die Tränen in die Augen. Rekha greift nach meiner Hand.

»Neben dem Krankenhaus gibt es ein Krematorium, wo wir die Verstorbenen verbrennen«, sagt Lakshmi leise.

Ich fühle mich, als wäre ich hundert Meilen weit gelaufen. Ich kann mich nicht daran erinnern, mich je so erschöpft gefühlt zu haben. Ich versuche nicht länger, meine Tränen zu verstecken; sie laufen mir über die Wangen und das Kinn hinunter. Ich habe Rekhas Hand gehalten, um sie, aber auch mich selbst zu trösten. Jetzt lasse ich los und wische mir das Gesicht mit der freien Hand ab, presse meine Knöchel in die Augenhöhlen, bis ich Sterne sehe.

Warum hast du mich verlassen, Dev? Wenn du noch hier wärst, wären wir jetzt bei unseren Leuten oben in unserer Sommerhütte. Nichts von alldem hier würde passieren. Und wo bist du jetzt, Malik? Warum bist du weggegangen? Erst Dev, dann Malik, jetzt Vinay. Ist es mir bestimmt, jeden zu verlieren?

Lakshmi löst sanft Chullu aus meinem Griff. Sie kämmt ihm mit den Fingern die Haare aus der Stirn und lächelt ihn an. Sie streckt die Hand nach Rekha aus, die Anstalten macht, sie zu ergreifen. Als ob sie wüsste, was ich denke, sagt Lakshmi so leise, dass ich fast glaube, es mir eingebildet zu haben: »Es wird schon wieder alles gut werden, Nimmi.«

Ich stoße einen Seufzer aus, dann nehme ich die Bettrolle von meinem Rücken und lege sie auf eine Seite der Lichtung. Lakshmi breitet sie aus und setzt Chullu darauf. Ich löse das Bündel von meiner Hüfte, um ein paar *Chapatis* und eine Zwiebel herauszuholen. Dann breche ich ein Stück Brot ab und gebe es meinem Sohn, damit er mit seinen Babyzähnen darauf herumkauen kann. Den Rest gebe ich Rekha.

»Setze dich ein bisschen zu Chullu, in Ordnung?«, sage ich zu ihr. Meine Tochter setzt sich neben ihren Bruder und füttert ihn mit einem weiteren Stück *Chapati*.

Ich gehe zu meinem Bruder. Es tut mir weh, ihn anzusehen. Ich muss unaufhörlich an sein stundenlanges Leiden denken, bevor der Tod ihn erlöst hat. Ich fange an, ihn auszuziehen, und denke dabei, dass er tot viel jünger aussieht als lebendig. Verschwunden sind die Fältchen um seine Augen herum, die er hatte, weil er sie regelmäßig zusammenkniff. Seine Wangen sind jetzt glatter. Es ist mir peinlich, ihn in seiner völligen Nacktheit zu sehen. Wenn unsere Mutter noch leben würde, würde sie ihn jetzt baden, aber nun bin ich die einzige Verwandte, die das übernehmen kann.

Ich löse meinen Ziegenhautschlauch. Dann ziehe ich den *Chunni* von meinem Kopf und feuchte ihn mit Wasser aus dem Schlauch an. Ich beginne mit Vinays Gesicht, wasche ihm das Blut von der Nase und wische dann den Schweiß von seinen Armen und Beinen. Im Stillen bete ich für die Sicherheit seiner Frau und seiner Söhne. Ich bin mir vage bewusst, dass Lakshmi hinter mir leise mit meinen Kindern spricht.

Als ich mit der Reinigung von Vinays Körper fertig bin, drehe ich mich zu Lakshmi um und nicke. Sie hebt Chullu hoch und setzt ihn neben der Bettrolle ab. Rekha folgt ihr mit dem Essen. Meine Kinder sind leise, aufmerksam, als wüssten sie, dass gerade etwas Heiliges passiert.

Lakshmi nimmt die gepolsterte Decke hoch, auf der wir schlafen, schüttelt sie auf und legt sie neben Vinays Körper auf den Boden. Während sie die nackten Beine meines Bruders nimmt, fasse ich ihn in den Achselhöhlen.

»*Ake, dho, theen*«, zählt sie.

Gemeinsam heben wir ihn an. Die Männer unseres Stammes sind mager und sehnig; sie haben ihr ganzes Leben damit verbracht, diese Bergpfade rauf- und runterzuwandern. Aber sie sind stark und ihre Muskeln erstaunlich schwer. Zuerst fällt es uns nicht leicht, Vinays Körper zwischen uns zu balancieren und ihn dann auf die Bettrolle zu legen. Ich hätte ein sauberes Baumwolllaken bei mir haben sollen, um ihn einzuwickeln, aber schließlich habe ich nicht damit gerechnet, mich heute um seine Sterbesakramente kümmern zu müssen. Wir wickeln ihn, so gut wie wir können, in die Bettrolle ein und tragen ihn dann zum Pferd, das herumtänzelt und den Kopf hochreißt; in seinen Augen ist das Weiße zu sehen. Die Leiche erschreckt es. Lakshmi gibt mir Zeichen, den Körper wieder abzulegen. Sie geht zum Braunen hinüber, streichelt seine Nüstern und spricht leise mit ihm, bis er sich beruhigt hat.

Wir versuchen erneut, Vinays Leiche in den Sattel zu hieven. Es kostet uns mehrere Versuche, aber wir schaffen es. Ich sehe zu, wie Lakshmi den Körper mit einer Rolle Seil am Sattel festbindet.

Sie hat die ganze Zeit geschwiegen und mich mitfühlend durch jeden Schritt der Aufgabe geleitet. Was hätte ich nur getan, wenn sie nicht vorbeigekommen wäre? Wie hätte ich all das hier – die Leiche meines Bruders, meine Einsamkeit, meinen Kummer, meine Kinder – ohne sie bewältigen sollen? Malik hat mir von ihrer gemeinsamen Zeit in Jaipur erzählt, als Lakshmi solch eine gefragte Hennakünstlerin gewesen war. Ich kann sie mir bildlich vorstellen, wie sie sich um ihre Kundinnen gekümmert, sie beruhigt und getröstet hat, so wie sie mich heute beruhigt und tröstet.

Zögernd hole ich die gelbe Streichholzschachtel aus meiner Rocktasche und zeige sie ihr. »Die hat etwas mit dem zu tun, was Vinay vorhatte. Ich glaube, das war es, was er mir sagen wollte, bevor er …«

Sie nimmt die Streichholzschachtel. »*Canara Private Enterprises Limited, Shimla*«, liest sie laut vor. Sie runzelt die Stirn und sieht mich fragend an, aber ich kann auch nur die Schultern zucken.

Sie versteht und nickt. »Hast du etwas dagegen, wenn ich die behalte?« Sie steckt sie in die Manteltasche, dreht sich dann um und bedeckt Vinays eingehüllten Körper mit einer Decke, die sie aus ihrer Satteltasche herausgeholt hat.

Ich hebe Chullu wieder in seine Schlinge und setze ihn mir auf den Rücken.

»Wie heißt dein Pferd?« Zu meiner großen Überraschung spricht Rekha, mein schweigsames Mädchen, mit Lakshmi.

»Chandra«, erwidert Lakshmi.

»Warum hast du ihn so genannt?«

»Siehst du das Zeichen auf seiner Stirn? Meinst du nicht auch, dass es wie ein Halbmond aussieht?«

Rekha starrt das Pferd an. »Wenn ich eines Tages ein Pferd bekomme, werde ich es Gooddu nennen.«

Lakshmi lächelt meine Tochter an. »Das ist ein schöner Name. Wie kommst du darauf?«

»Malik nennt mich so.«

Lakshmi wirft mir einen Blick zu. Als sie sich wieder zu meiner Tochter umdreht, sagt sie: »Aber wenn du es Gooddu nennst, woher willst du dann wissen, ob Malik jetzt dich ruft oder dein Pferd?«

Rekha runzelt die Stirn. Dann hellt sich ihr Gesicht auf. »Nun, ich habe ja noch kein Pferd, oder?«

Lakshmis angenehmes Lachen hallt durch die enge Felsspalte.

Schritt für Schritt verlassen wir den Canyon und gehen den Pfad hinunter nach Shimla: Lakshmi führt das Pferd, Rekha plaudert mit Lakshmi, ich trage den kleinen Chullu, und Neela folgt uns hinterdrein. Ich bin untröstlich wegen Vinay und froh, dass wir ihn gefunden haben, aber gleichzeitig fühle ich mich erleichtert, wieder nach Hause zurückzukehren. Mir war gar nicht bewusst gewesen, wie abhängig ich von meinen Leuten war, so lange ich bei meinem Stamm gelebt habe. Die Berge sind kein Ort für eine Frau – oder einen Mann – allein. Ein sonniger Himmel kann sich im Handumdrehen verfinstern; ein Leopard kann eine Ziege reißen, wenn du gerade in die andere Richtung schaust; eine Grubenotter kann ein Kind in Sekunden paralysieren. Ich greife hinter mich und tätschele Chullus Kopf, um mich zu vergewissern, dass er immer noch da ist.

Wir sind erst seit zwanzig Minuten unterwegs, als wir Schafe blöken und die Glocken an ihrem Hals bimmeln hören. Neela antwortet ihnen. Zu unserer Rechten in der Ferne und oberhalb der Baumlinie können wir sie sehen: eine Schafherde hoch oben auf dem Berg. Bevor ich sie zurückhalten kann, springt Neela den Berg hoch. Ich folge ihr. Als ich den Gipfel erreiche, bin ich außer Atem. Ich überprüfe die Ohren eines Schafs, dann die der anderen: Die Markierungen sind die meines Bruders. Ich untersuche ihre Rippen, ob Goldbarren unter ihrem Vlies versteckt sind. Das sind sie. Dann kehre ich zum Pfad zurück, wo Lakshmi und Rekha auf mich warten, um ihnen von meinen Funden zu berichten.

»Gut. Wir können die Herde in die Stadt mitnehmen«, sagt Lakshmi.

Ich starre sie an. »Das müssen dreißig oder vierzig Tiere sein. Wo sollen wir sie unterbringen?«

Lakshmi lächelt. »Die Bergmenschen, die zur Gemeindeambulanz kommen. Ich bin mir sicher, dass einer von ihnen dazu bereit wäre, sich für eine kurze Zeit um eine Herde zu kümmern.« Sie blickt zum Himmel hoch. »Wir müssen sie jetzt antreiben, sonst verlieren wir das Tageslicht. Wenn es dunkel ist, wird es viel schwieriger sein, die Herde zusammenzuhalten und vor Wölfen zu schützen.«

Sie hat recht.

»Und die Goldbarren?«, erkundigt sie sich.

»Sind noch an den Schafen.«

Sie nickt. »Gut. Morgen früh werden wir als Erstes danach suchen.« Sie zieht die Streichholzschachtel aus ihrer Tasche und untersucht sie erneut. »Canara Enterprises. Vielleicht können die uns etwas erzählen.«

Bedeutet ihr Stirnrunzeln, dass sie besorgt ist, oder ist sie einfach nur neugierig? Ist sie wirklich so zuversichtlich, oder tut sie nur um meinetwillen so? Wieder lasse ich meine Hand auf dem Kopf meines Sohnes ruhen. Wir bewegen uns hier auf unbekanntem Terrain. Keine von uns kennt die Menschen, für die Vinay gearbeitet hat. Wie viele es sind. Was mein Bruder mit ihnen ausgemacht hat.

Ich blicke zu Vinays über den Pferderücken drapierte Leiche. Und mir wird klar, dass ich wütend bin. Auf Vinay. Seinetwegen trage ich jetzt seine Verantwortung, etwas, worum ich nie gebeten habe. Jetzt bin ich diejenige, die meine *und* seine Familie vor Schaden bewahren muss. Vinay hat auch das Leben aller Menschen unseres Stamms aufs Spiel gesetzt! Wie konnte er nur so töricht sein? Warum musste er alle, die wir lieben, in Gefahr bringen?!

Je stärker ich gegen die aufsteigende Panik ankämpfe, desto wütender werde ich. Und verwirrter. Ich weiß, dass ich ihm das nicht übelnehmen sollte, wo ich doch für meine Kinder das Gleiche will wie er für seine. Wer bin ich, ihn zu verurteilen, wo meine Verbindung zum Stamm jetzt so fragil ist wie Spinnweben?

Ich werfe einen Blick zu Lakshmi hinüber. Sie geht aufrecht, eine Hand hält Chandras Zügel und die andere Rekhas

Hand. Wenn man sie so sieht, würde man denken, dass sie die Situation unter Kontrolle hat. Sie wird dafür sorgen, dass Vinay ordnungsgemäß in sein nächstes Leben geschickt wird. Sie hat den ganzen Weg auf sich genommen und das Risiko, das Vinay uns aufgedrängt hat, obwohl sie sich aus der ganzen Sache hätte heraushalten können.

Vor einem Monat noch war ich wütend auf Lakshmi Kumar, weil sie mir gesagt hat, was ich tun solle, weil sie Malik von mir fortgeschickt hat, weil sie so verdammt kompetent war. Aber jetzt fühle ich mich einfach nur erleichtert, dass jemand – irgendwer – gewillt ist, die Führung zu übernehmen und mir zu helfen.

Wenn doch dieser Jemand nur Malik wäre.

Ich marschiere den Berg hoch, um die Schafe zusammenzutreiben und sie nach Shimla zu bringen.

11

Lakshmi

Himalajavorgebirge, nordwestlich von Shimla

Auf unserem Weg zurück nach Shimla sind wir still. Von Zeit zu Zeit halten wir an, damit die Schafe grasen können. Als ich zu Nimmi sagte, dass wir jemanden finden würden, der sich um die Schafe kümmert, war ich recht zuversichtlich, aber jetzt frage ich mich, wie wir das schaffen sollen. Schafe müssen alle paar Tage weiterziehen, um frisches Gras zu finden. Ich musste den Vorschlag machen, dass wir die Schafe mitnehmen; sonst hätte Nimmi vielleicht darauf bestanden, über Nacht mit ihren Kindern bei der Herde zu bleiben, während sie darauf wartet, dass ich ihr Hilfe bringe. In diesen Bergen sind Schafe ein wertvolles Gut. Und diese Herde trägt Gold an den Flanken! Nimmi und die Kinder im Vorgebirge zurückzulassen, wäre viel zu gefährlich.

Rekha läuft neben mir, mal spricht sie, wenn ihr eine Idee durch den Kopf schießt, mal denkt sie schweigend darüber nach. Vorhin, als sie die weißen Wolken über uns treiben sah, hat sie mich gefragt, warum wir nicht einfach auf den Wolken reiten.

»Die Wolken könnten uns schneller nach Shimla bringen, Tante«, sagt sie. »Erinnerst du dich an die Wolken in dem Buch über die Vögel?« Sie bezieht sich auf ein Bilderbuch über die Vögel des Himalaja, das wir letzte Woche gelesen haben.

»Mit den Wolken ist das so eine Sache, Rekha«, erwidere ich. »In dem Moment, wo du dich ihnen näherst, verschwinden sie.« Sie sieht mich mit hochgezogenen Augenbrauen an, und ich erkläre ihr, dass die Wolken aus der Ferne zwar wie flauschige Baumwolle aussehen, tatsächlich aber aus Wasser bestehen – aus Nebel. »Wenn wir nah genug an sie herankämen, würden wir direkt durch sie hindurchgehen.«

Später erkundigt sie sich: »Könnten wir in einem Regenbogen leben?«

Ich muss mich einfach fragen, ob ich mir als Vierjährige auch solche Gedanken gemacht habe. Ich versuche eine Antwort zu finden, die sie zufriedenstellt, und sage schließlich: »Das könnten wir. Aber wenn wir in ihm drin wären, könnten wir ihn nicht mehr am Himmel sehen, nicht wahr?«

Sie blinzelt mehrmals, überlegt und schüttelt dann den Kopf.

Wenn mein Pferd nicht die Leiche ihres Onkels trüge, würde ich sie in den Sattel setzen. Mit ihren kurzen Beinen fällt es ihr schwer mitzuhalten. Aber sie scheint die Fähigkeit ihrer Mutter geerbt zu haben, zu marschieren, ohne zu ermüden. Sie beschwert sich nicht ein einziges Mal, fragt nie nach Wasser oder Essen.

»Wenn wir mit der Affengeschichte fertig sind, können wir dann die über den Elefanten lesen? Ich hätte gerne einen Elefanten.« Als wir uns vorhin auf den Weg nach Shimla gemacht haben, hat sie ihre winzige Hand in meine geschoben und sie dort gelassen, wie sie das so oft bei ihrer Mutter und Malik macht. Die Geste berührt mich.

»Natürlich können wir das«, erwidere ich.

Rekha und ihre Mutter scheinen beide die Bücher zu genießen, die wir lesen. Zuerst hatte ich befürchtet, dass es Nimmi peinlich wäre, zusammen mit ihrer Tochter zu lernen. Dass sie vielleicht sogar das Gefühl hätte, ich würde mich zu sehr in ihr Leben einmischen. Aber wenn wir gemeinsam lesen, verwandelt sie sich in eine andere Person. Sie ist wirklich neugierig und offensichtlich stolz darauf, wie schnell ihre Tochter lesen und schreiben lernt.

Ich halte an und drehe mich zu Nimmi und Chullu am Ende der Herde um, um zu sehen, was sie machen. Nimmi trauert um ihren Bruder, und ihre Trauer ist mit Händen greifbar – als würde das Gewicht sie niederdrücken und diesen Weg umso schwerer machen. Sie benutzt einen Hirtenstab, um die Herde zusammenzuhalten, aber ihre Schultern hängen, und sie treibt die Schafe nur halbherzig voran. Die Tiere spüren ihre Lustlosigkeit und nutzen die Gelegenheit davonzuziehen, bis sie sie zurückruft.

Ich habe Vinays Körper, so gut ich konnte, abgedeckt, aber er zieht Insekten an, und ich mache mir Sorgen wegen Maden auf meinem Pferd. Bisher ist Chandra nur ein bisschen nervös gewesen, ich muss ihn ruhig halten, bis wir die Leiche zum Krematorium geschafft haben.

Shimla wurde auf einer Reihe von Hügeln errichtet, die mit Kiefern, Zedern, Pappeln und Birken gesprenkelt sind. Überall sonst würden diese Hügel als Berge betrachtet werden, aber der zerklüftete Himalaja im Norden überschattet diese Canyons und lässt sie im Vergleich winzig aussehen, weswegen wir sie als Hügel bezeichnen. Das Lady-Bradley-Hospital liegt hoch oben auf einem riesigen Grundstück, das sich bis in eine Schlucht hinein erstreckt. Als wir die Turmspitze der Kirche Christi erblicken, weiß ich, dass das Krankenhaus bald in Sichtweite kommt. Wir nehmen die höhere, steilere Straße, den längeren Weg zum Hintereingang des Krankenhauses, wo sich die Leichenhalle befindet.

Am späten Nachmittag sind wir nahe genug am Krankenhaus, dass ich Nimmi bitte, mit den Schafen oben auf dem Hügel zu warten. Dann führe ich mein Pferd den Abhang zur Leichenhalle hinunter. Prakesh, der Aufseher, kennt mich, und ich bitte ihn, die Leiche diskret ins Krematorium zu bringen. Falls diese Bitte ihn überhaupt überrascht, zeigt er es mir nicht; seine Kaste ist daran gewöhnt, sich um die Toten zu kümmern. Ich bitte ihn, die Asche für mich aufzubewahren, dann halte ich Chandras Zügel, während er mit einem anderen Bediensteten zusammen Vinays Körper von meinem Pferd herunterhebt. Ich bitte einen dritten Angestellten, Chandra mit Wasser zu versorgen, und gebe ihm dafür eine Rupie.

Dann gehe ich zur Gemeindeambulanz hinüber. Ich muss ziemlich zerzaust aussehen, denn als ich durch die Vordertür eintrete, starren mich alle Patienten im Wartezimmer an. Zu spät wird mir klar, dass ich nach Pferden, meinem eigenen Schweiß und dem Kiefernwald oben auf dem Hügel rieche. Schnell gehe ich zum Untersuchungsraum und halte vor dem Vorhang im Türrahmen.

»Jay?«

Ich höre, wie er sich bei dem Patienten entschuldigt, um den er sich gerade kümmert, bevor er den Vorhang öffnet. Als er mich sieht, zieht er den Vorhang hinter sich zu. »Lakshmi!«, ruft er aus und betrachtet meinen unordentlichen Zustand. Er führt mich in den hinteren Korridor, sodass wir von der Rezeption aus nicht mehr gesehen werden können. »Ich habe mir solche Sorgen gemacht! Zuerst bist du nicht zur Ambulanz gekommen. Als ich jemanden nach Hause geschickt habe, um nachzusehen, ob es dir gut geht, kehrte er zurück und sagte mir, dass niemand zu Hause sei.«

Ich lege meine Handfläche auf seine Brust, um ihn zu beruhigen. »Ich habe mich mit Chandra auf die Suche nach Nimmi gemacht. Als ich heute Morgen bei ihr vorbeikam, war sie nicht da, und ihre Sachen fehlten alle.«

»Und hast du sie …«

»Ja. Alle sind in Sicherheit. Aber ich muss jetzt irgendwo vierzig Schafe unterbringen.«

Er reißt die Augen auf. »Du hast die Herde gefunden?«

»Ja. Wir müssen sie hierbehalten. Nur für ein paar Tage. Das verspreche ich.«

Er zupft an seiner Lippe und blickt auf seine Füße. »Der Hausmeister vom Krankenhaus liegt mir schon seit einer Weile in den Ohren, dass der Rasen gemäht werden muss.«

»*Shabash!*« Mit einem Lächeln lege ich einen Finger auf seine Lippen.

Er ergreift meine Hand und drückt sie. »Nur ein paar Tage, *accha*? Wenn ich mit diesem Patienten fertig bin, werde ich mit dem Hausmeister reden.«

»Kommst du heute Nachmittag ohne mich aus?«

Er nickt. »Bisher hatten wir nur drei Patienten. Ich denke also, dass wir zurechtkommen werden.«

Ich reiche ihm meine Geldbörse. »Für den Hausmeister.« Jeder Gefallen hat seinen Preis. »Ich habe außerdem eine Leiche ins Krematorium gebracht. Es ist Nimmis Bruder.«

Bevor er mir noch mehr Fragen stellen kann, drehe ich mich um und gehe.

Eine Stunde später ist Nimmi damit beschäftigt, die Herde im unteren Bereich der Schlucht auf dem Krankenhausgelände einzupferchen, außer Sichtweite der Patienten und Mitarbeiter.

Ich sitze auf einer niedrigen Steinmauer gegenüber dem Vordereingang des Krankenhauses, wo sich die Straßenhändler versammeln, um *Chaat*, selbst gemachte *Paranthas*, *Paan* und *Beedis* zu verkaufen. Chullu liegt als warmes Bündel auf meinem Schoss; er lutscht an einer Mangoscheibe, während Rekha auf einem Zuckerrohr kaut und den süßen Saft heraussaugt. Chandra steht ruhig an der Seite und kaut Hafer aus seinem Futtersack. Gelegentlich zuckt er mit den Ohren, um die Fliegen zu verscheuchen.

Nimmi und die Kinder sind vorläufig in Sicherheit; wir haben für die Schafe einen Ort gefunden, wo sie einstweilen bleiben können, und ich plane unseren nächsten Schritt. Ich ziehe die gelbe Streichholzschachtel aus meiner Manteltasche und lese den Aufdruck erneut: *Canara Private Enterprises.* Ich habe mehr als einmal in die Streichholzschachtel hineingeschaut; es ist nichts außer Streichhölzern darin. Möglicherweise hat die Schachtel nichts zu bedeuten. Vielleicht hat Vinay sie nur mitgenommen, um abends sein Lagerfeuer zu entzünden. Aber warum hatte er sie dann in einer Geheimtasche versteckt?

Als ich auf die Uhr sehe, ist es fast fünf Uhr nachmittags. Die lokalen Geschäfte haben bis sechs oder sieben Uhr geöffnet. Ich habe keine Ahnung, was ich bei Canara vorfinden werde, aber ich glaube, dass ich am besten allein dorthin gehe. Ich muss herausfinden, was Nimmis Bruder mit dem Ort zu schaffen hatte, wenn überhaupt etwas.

Die Männer, die am späten Nachmittag an den Ständen *Chaat* und *Gupshup* genießen, starren uns vier unaufhörlich an. Ich blicke an meiner Kleidung hinunter.

Ich bin eine Inderin mit blauen Augen. Ich bin wie ein Mann angezogen. Wer würde da nicht hinstarren?!

Als Nimmi aus der unteren Schlucht zurückkehrt, sage ich ihr, dass ich nach Canara Enterprises suchen werde. Sie will mitkommen. »Das ist mein Problem, *Ji.* Ich sollte dort hingehen.«

»Nein«, antworte ich ihr. »Die Kinder sind erschöpft. Gib ihnen etwas zu essen und bringe sie ins Bett. Wir werden uns später unterhalten.«

Ihre Nasenlöcher weiten sich, und mir wird bewusst, dass ich zu barsch gewesen bin. »Nimmi«, sage ich. »*Bitte.*«

Sie neigt den Kopf, ihre Art, ihre Zustimmung zu zeigen. Sie nimmt die Kinder mit sich. Rekha dreht sich um, um mir mit dem Zuckerrohr zuzuwinken.

Ich reibe Chandras Hals. Die Krankenhausangestellten haben mein Pferd mit Futter und Wasser versorgt.

Ich sollte nach Hause gehen und mich vorzeigbar machen, aber ich beschließe, dass ich die Leute bei Canara am besten so, wie ich bin, anspreche. In meiner Reithose und dem langen Mantel fühle ich mich weniger verletzlich. Meine Aufmachung wird sie vielleicht gerade genug überraschen, um mich ernst zu nehmen.

Ein weiterer Vorteil: Um sich in dieser hügeligen Stadt zu bewegen, sind Pferde am praktischsten. Als Jay mir reiten beigebracht hat, fürchtete ich mich anfangs davor, mich so hoch über dem Erdboden zu befinden. Meine Füße konnten mich dann nicht mehr leiten. Würde ich mich verirren?

»Du bist daran gewöhnt, alles unter Kontrolle zu haben«, sagte Jay mir mit einem Lächeln. »Und genau deshalb wirst du es lieben, auf dem Pferderücken zu sitzen. Das Pferd wartet auf deine Anweisungen. Kommandiere es einfach genauso herum, wie du mich herumkommandierst.«

Ich hatte damit gedroht, einen meiner neuen Stiefel nach ihm zu werfen, wenn er nicht zu lachen aufhörte. Langsam und behutsam überzeugte er mich vom Reiten, und schon bald fühlte ich mich auf einem Pferd sicher. Als er später erfuhr, dass eine seiner Wöchnerinnen ihr Pferd verkaufen wollte, erwarb er Chandra für mich.

Jetzt klopfe ich meinem wunderschönen Kastanienbraunen auf den glänzenden Hals, während wir durch die Stadt trotten. Ich frage Passanten auf der Straße, ob sie von Canara gehört haben; nur so lässt sich ein Geschäft in Shimla finden. Von vier Personen wird eine dir die Richtung zeigen, auch wenn es nicht unbedingt die richtige ist.

Eine Stunde später, nachdem ich ein paarmal falsch abgebogen bin und zahlreiche Diskussionen unter Einheimischen beobachtet habe, befinde ich mich auf einer kleinen, von Kiefern umgebenen Lichtung. Das große gelbe Schild mit dem Firmennamen hängt schräg an einem rostigen Stacheldrahtzaun. Hinter dem Zaun liegen ein Hof, wo Backsteine zum Trocknen aufgereiht sind, eine Tongrube, und am entfernten Ende des Hofes steht ein Brennofen, der zwölf Meter hoch sein muss. Wenn dies eine Backsteinmanufaktur sein soll, müsste ich Arbeiter sehen, die Ton anmischen, Formen vorbereiten und frische Ziegelsteine zum Brennofen bringen. Aber es ist niemand da. Der Hof ist ruhig, der Brennofen nicht in Betrieb.

Ich steige ab. Zur linken Seite des verschlossenen Tors bemerke ich ein kleines Gebäude. Auf dem Schild an der Vordertür steht *Büro*. Ich binde Chandra am Zaun an, gehe zum Gebäude hinüber und drücke die Tür auf. Der junge Mann hinter dem Tresen wirkt erschrocken. Entweder hat er nicht mit einem Kunden gerechnet, oder er hat nicht damit gerechnet, dass der Kunde weiblich ist.

Der Raum ist winzig. Der Tresen erstreckt sich über die gesamte Breite und teilt den Raum ordentlich in zwei Hälften.

Die einzige Dekoration besteht aus einem Werbekalender von Coca-Cola aus dem Jahr 1964 an der Wand und einem Gemälde des Affengottes Hanuman. Durch die offene Tür hinter dem jungen Mann kann ich ein Büro erkennen. An einem Schreibtisch sitzt dort ein Mann mittleren Alters mit einem schwarzen Bart, der graue Flecken hat. Er spricht mit jemandem am Telefon. Ich verstehe die Sprache, die der Mann spricht – es ist Punjabi, eine Sprache, die ich erst erkenne, seit ich im Norden lebe.

Er sagt: »*Nahee-nahee*, das ist kein Problem. *Hahn*. Ja. Das wird erledigt.«

Der jüngere Mann hinter dem Tresen fragt: »Was brauchen Sie?« Sein Ton ist alles andere als freundlich.

Wortlos lege ich die gelbe Streichholzschachtel auf den Tresen.

Er sieht erst sie an, dann mich. Seine pechschwarzen Augen sind misstrauisch, als ob er nicht richtig wüsste, was er von mir halten soll.

Mein Herz klopft, und mir wird bewusst, dass ich gar nicht weiß, worauf ich mich da gerade einlasse. Jay hat keine Ahnung, dass ich hier bin. Warum bin ich überhaupt hier? Ich könnte bei meinen Patienten in der Gemeindeambulanz sein oder bei meinen Pflanzen im Garten statt in diesem Raum, in dem eine unbehagliche Spannung pulsiert, die ich nicht richtig fassen kann.

Ich sehe dem Rezeptionisten in die Augen und halte seinen Blick fest, ohne zu blinzeln.

Er nimmt die Streichholzschachtel und geht damit in den anderen Raum. Er wartet, bis der ältere Mann sein Telefongespräch beendet hat. Mit leisen Stimmen unterhalten sie sich hastig. Der ältere Mann neigt den Kopf zur Seite und blickt an seinem Gegenüber vorbei, sodass er mich besser sehen kann.

Dann nimmt er dem jungen Mann die Streichholzschachtel ab und schüttet die Streichhölzer auf seinen Schreibtisch. Anschließend fährt er mit dem Fingernagel über die Innenseite der Schachtel und zieht ein Stück Papier heraus.

Weder Nimmi noch ich hatten daran gedacht, unter den Streichhölzern nachzuschauen! Der Mann zieht ein Kassenbuch aus der mittleren rechten Schublade seines Schreibtisches. Ich sehe zu, wie sein Zeigefinger die Seite hinunterfährt, bis er den Eintrag findet, den er gesucht hat. Wieder blickt er auf das winzige Stück Papier aus der Streichholzschachtel, hievt sich vom Stuhl hoch und geht zum Tresen hinüber. Er ist größer und kräftiger als sein junger Kamerad. Er zieht die Augenbrauen zusammen, während er mich ansieht.

»Du siehst nicht wie ein Hirte aus«, sagt er auf Hindi.

Ich zucke die Schultern, gebe ihm aber weder eine Entschuldigung noch eine Erklärung. Die Tatsache, dass er einen Hirten erwartet hat, bedeutet, dass ich am richtigen Ort bin. Meine Handflächen sind feucht, und ich unterdrücke den Drang, sie am Mantel abzuwischen.

»Du bist spät«, sagt er zu mir. »Wir haben dich vor drei Tagen erwartet.«

Ich ziehe eine Augenbraue hoch. Wenn er hinter dem Gold her ist, was macht das schon für einen Unterschied, wenn es spät ankommt? Ihm muss bewusst sein, dass das Wetter, ein krankes Tier oder eine Verletzung einen Hirten immer aufhalten können.

Er verengt die Augen, während er mich mustert. »Wir hatten schon gedacht, dass du es vielleicht für dich selbst behalten hast.«

Ich sehe ihn missbilligend an.

Er blickt an mir vorbei durch den offenen Eingangsbereich und wendet sich dann wieder mir zu. »Wo ist es dann?«

Meine Unterarme sind vor Schweiß rutschig. Ich weiß nicht, was ich ihm sagen soll, aber ich habe eine fundierte Vermutung. »Es ist bei den Schafen.«

Er rollt die Augen. »Ich habe es deinem Haufen schon einmal gesagt: keine Schafscheiße in meinem Hof. Bring die Fracht her, nicht die Scheiße. Verstanden?«

»Morgen«, erwidere ich. *Hai Bhagwan!* Das heißt, dass wir heute Nacht alles Gold von der Herde holen und eine Möglichkeit finden müssen, es herzubringen.

Ich weiß, dass ich mit meiner Frage ein Risiko eingehe. »Werden hier heute keine Ziegel gemacht?« Ich will, dass er weiterredet. Vielleicht finde ich heraus, wo das Gold als Nächstes hingeht und wie es dorthin gelangen soll.

Er beißt sich auf die Lippen und lässt seinen Blick auf mir ruhen. Er hält mich für neugierig, und das bin ich ja auch. »Was kümmert es dich?«, erwidert er.

Ich schiebe die Hände in die Taschen und erwidere sein Starren. Dann drehe ich mich so gelassen wie möglich um und verlasse das Büro. Der große Mann folgt mir und sieht zu, wie ich auf mein Pferd steige und fortreite. Möglicherweise denkt er, dass ein Hirte, der sich so ein gutes Pferd wie Chandra leisten kann, mehr Erfahrung mit dem Transport von gestohlenen Gütern haben könnte, als er angenommen hat.

Als ich ein ganzes Stück entfernt bin, lockere ich Chandras Zügel und lasse ihn in einen gemächlichen Trab verfallen. Ich habe sie so fest umklammert, als hinge mein Leben davon ab. Jetzt sind meine Finger steif, und ich löse sie langsam. Erst dann fange ich an, wieder normal zu atmen.

12

Malik

Jaipur

An meinem freien Tag unternehme ich einen Ausflug in den Bereich des Pink-City-Basars, wo sich die ganzen Juweliergeschäfte befinden. Mache ich das, weil ich meine Schuldgefühle beschwichtigen muss, die ich habe, weil ich auf Sheela scharf bin, oder weil ich meinen alten Freund Moti-Lal sehen will?

Lal-*ji* ist der führende Juwelier der Stadt. Als ich um zwei Uhr nachmittags ankomme, herrscht bei Moti-Lal Jewellers lebhaftes Treiben. Ein Angestellter in weißer Uniform bringt mir eine Tasse Chai, während ich auf ihn warte.

Der massige Ladeninhaber strahlt das Paar in mittlerem Alter an, das ihm gegenübersitzt, während sein Assistent einen Stapel flacher schwarzer Samtboxen auf den glänzenden Mahagonitisch stellt. »Heute«, sagt Moti-Lal, »bin ich fast genauso aufgeregt, als würde ich *selbst* heiraten.« Seine Zähne sind sehr weiß, sehr gerade und sehr groß. »Ich habe etwas ganz Besonderes für Akshays großen Tag beiseitegelegt.«

Bei der Aussicht darauf, dass sie gleich den Schmuck zu sehen bekommt, lehnt sich die Ehefrau auf ihrem Stuhl nach vorne. Ihr Seidensari raschelt.

Während ich meinen Chai schlürfe, beobachte ich die Szene von der Brüstung aus, die den aufwendiger gestalteten Hochzeitsraum vom Rest des Ladens trennt, wo die kleineren Einkäufe – Armbänder zum Geburtstag oder Babys erste Ohrringe – erledigt werden. Egal wie groß oder wie klein der Anlass ist, alles lässt sich mit etwas Gold feiern, für uns Inder das Allheilmittel für jegliches Leiden.

Dank dem Geräusche schluckenden Teppich im Brautbereich stehen das leise Klirren der *Jhumka* und die Freudenschreie der Kunden im Mittelpunkt. Die Beleuchtung bei Moti-Lal Jewellers ist heller als in einem typischen Geschäft, die Stühle luxuriöser, ihre gepolsterten Armlehnen laden die Kunden dazu ein, hier zu verweilen, während sie eine Entscheidung fürs Leben treffen. Mütter, Großmütter, Tanten, Väter, Schwestern, angehende Bräute und Bräutigame sitzen vor Glasvitrinen, in denen Ketten, Ohrringe, Armbänder, Fußketten und Ringe glitzern und locken. Kunden, deren Börsen mit dem Geld der Brauteltern prall gefüllt sind, kaufen Gold ein, das die Braut im Fall von Witwenschaft, Krankheit oder finanzieller Probleme schützt. Das Gold sichert ihre Zukunft.

Als ich ein Junge von kaum fünf oder sechs Jahren war, ging ich einmal die Woche in diesen Laden und manchmal auch häufiger, um die parfümierten Nelken- und Geranienkörperpflegeöle und nach Kundenwunsch hergestelltes *Bawchi*-Haaröl von Tante Boss auszuliefern. Moti-Lals Frau gehörte zu ihren ersten Kundinnen in Jaipur. Sie liebte die Produkte, und als sie ihrem Ehemann davon vorschwärmte, gewöhnte er es sich an, jedem Brautschmuckkunden einen

Messingbehälter mit Lakshmis Ölen zu präsentieren. Es war diese persönliche Note, die Moti-Lals Kunden immer und immer zu ihm zurückkehren ließen. Und es war auch eine gute Einkommensquelle für Tante Boss.

Jetzt geht ein Angestellter auf das Podium zu, auf dem Moti-Lal und seine Kundschaft sitzen, und stellt vorsichtig drei dampfende Porzellantassen auf dem Tisch ab. Moti-Lals Domäne befindet sich mehrere Fuß über dem Trubel in einer Ecke des Geschäftes, was es Lal-*ji* ermöglicht, jeden Kunden im Auge zu behalten, der hereinkommt oder hinausgeht.

Zu einem errötenden Mädchen würde Lal-*ji* vielleicht sagen: »Ich sehe, dass Sie heute Ihre Tante mitgebracht haben.« Oder er würde die Untersuchung einer neuen Lieferung von Rubinen unterbrechen, um eine Dame anzusprechen: »Nichts macht mich glücklicher, als die junge Seeta bei so einer guten Familie zu sehen.«

Als ich den Laden heute betrat, begrüßte Lal-*ji* mich mit einem Nicken und einem Lächeln des Wiedererkennens, um mir zu zeigen, dass er sich Zeit für mich nehmen würde, wenn er mit seinen anderen Kunden fertig war. Ich habe keine Eile. Es ist viel angenehmer, im klimatisierten Laden zu warten, als draußen in der trockenen, staubigen Hitze zu verweilen. Und hier drinnen riecht es auch besser. Besser als der Gestank von Kohl und Schweiß auf der geschäftigen Straße draußen. Drinnen gibt es nur Sandelholzrauch, *Raat-Ki-Rani*-Parfüm und *Champaca*-Duftwasser. Wichtiger noch: Ich habe das Privileg, Moti-Lal bei der Arbeit zuzusehen. Er hat mir mehr als nur ein paar Dinge übers Geschäftemachen beigebracht.

Bedächtig öffnet Moti-Lal die erste der Samtschachteln für seine Kunden. »Nicht einmal Shah Jahans Künstler könnten diese Kunstfertigkeit übertreffen«, sagt er. Auf dem schwarzen Satinfutter in der Schachtel glitzern eine *Kundan*-Kette, eine *Tikka* mit einem goldenen Haken, mit dem der Stirnschmuck am Haar befestigt wird, ein Paar dazu passender Ohrringe sowie zwei Armreife.

Er zeigt auf die Kette, wobei er sorgfältig darauf achtet, die glänzenden Edelsteine nicht mit Öl von seinem kleinen Finger zu beschmieren (was er absichtlich macht, damit die Kunden den vier Karat schweren Smaragd und den Goldring an seinem Finger richtig zu sehen bekommen) und sagt: »Vierundvierzig flache Diamanten, zwölf Smaragde von guter Größe, zweiundzwanzig der weißesten Perlen aus Ceylon.« Er intoniert die Worte mit einer gewissen Ehrfurcht, als wäre er ein Priester, der eine kostbare Reliquie präsentiert.

Er dreht die Kette behutsam um. »Solch unglaubliche *Meena*-Emaillearbeit auf der Rückseite. Ich habe sie von einem meiner Männer in Delhi anfertigen lassen – seine Familie ist schon seit Generationen als *Meenakaris* tätig.«

Was folgt, ist ein bedeutungsvolles Schweigen, während die angehende Schwiegermutter den Schmuck mit gierigem Blick untersucht. Ihr Ehemann nimmt einen Armreif, um die Handwerkskunst abzuschätzen. Die schwere Kette überlässt er seiner Frau. Tatsächlich hält sie sich das Schmuckstück an den Hals und bewundert es im Wandspiegel gegenüber vom Tisch. Zweifellos erinnert sie sich an ihre eigene Mitgift und vergleicht sie mit dem, was sie jetzt für ihre zukünftige Schwiegertochter auswählt. Ich schätze, dass *ihr* Schmuck dabei immer noch als Sieger hervorgehen wird. Sie denkt: *Zu meiner Zeit waren die Emaillearbeiten so viel besser. Diese Steine sind nicht annähernd so fein geschliffen wie die in meiner Kette.* Ob die Waage beim Vergleich der Qualitäten sich nun zu ihrer Seite neigt oder nicht, sie wird Moti-Lal Jewellers mit großer Sicherheit mit einem Paar goldener Armreife für sich selbst verlassen. Schließlich ist das doch *nur fair*.

Moti-Lal beobachtet ihre Bewegungen im Spiegel. »Sehen Sie, wie sie funkelt? Gerade letzte Woche habe ich eine ähnliche Kette verkauft, aber die Diamanten waren nicht so groß wie diese.« Er zieht die Mundwinkel hinunter und schüttelt den Kopf, als wäre er beschämt darüber, dass sich eine andere Familie mit weniger zufriedengegeben hat. »*Diese* Kette werden Ihre Gäste schon von Weitem bemerken.«

Jetzt sieht er auf, als hätte er mich gerade erst bemerkt, entschuldigt sich und überlässt die Kunden seinem Assistenten. Er kommt mit seiner Tasse Chai zu mir zur Brüstung und wendet den Kunden, die er gerade verlassen hat, den Rücken zu, als wäre er zu sehr damit beschäftigt, mit mir zu plaudern, um sich mit ihrer Anschaffung zu befassen. Das habe ich bei ihm schon so oft gesehen. Natürlich gibt es deshalb überall deckenhohe Spiegel; so kann er sie immer noch im Auge behalten. Eine von vielen uralten Taktiken aus seiner Trickkiste.

Er lächelt mich an, seine Augen verschwinden fast in seinem Gesicht, sein Dreifachkinn ein Zeichen seines Erfolgs: eine Quelle des Stolzes. Als er spricht, ist seine Stimme leise und gedämpft. »Glaubst du, dass Mrs. Prasad sich bereits auf den Neid ihrer Rivalin freut, wenn diese sieht, was ihre angehende Schwiegertochter für ein schönes Schmuckstück trägt?«

Ich grinse Moti-Lal an. »Ich gehe davon aus, dass du ihre Rivalin kennst.«

»Eine meiner besten Kundinnen.« Moti-Lal lacht und trinkt seinen Chai mit einem einzigen großen Schluck aus. »*Ake, dho, theen.* Ich bin sofort wieder zurück.«

So groß und schwergewichtig er auch ist, bewegt sich der Juwelier doch so elegant wie ein Gepard auf der Pirsch. Wie der Hausarzt begleitet ein indischer Juwelier eine Familie für lange Zeit und wird zu einem zuverlässigen Freund, der mehrere Generationen durch Hochzeiten, Geburten und Feste geleitet.

Ich drehe mich um, um ihn wieder zu beobachten. Moti-Lal zeigt seinen Kunden ein paar weitere Besonderheiten des Brautschmucks und erinnert sie daran, dass die Steine perfekt ausgerichtet in die *Kundan*-Fassung eingesetzt sind, genauso wie Shah Jahan Karneol, Lapislazuli, Tigerauge und Malachit in den Marmor des Tadsch Mahals hatte einlegen lassen.

Der Juwelier und seine Kunden plaudern noch ein wenig, bis es Zeit wird, über den Preis zu verhandeln. Moti-Lal gibt die Zahlen mit einer Eleganz in seine Rechenmaschine ein, die die anderen Kunden sich nach ihm umsehen lassen, voller Neugier darauf, wer da was kauft.

Als die Show vorbei ist, wende ich meine Aufmerksamkeit dem Bereich des Ladens zu, der nicht für Brautschmuck gedacht ist, und lasse meine Augen über die Glasvitrine voller Ketten gleiten. In den Schaukästen befinden sich aufwendig gestaltete Schmuckanhänger mit Rubinen und Diamanten ebenso wie unterschiedlich schwere und dicke Goldketten. Ich beuge mich vor, um eine Goldkette näher in Augenschein zu nehmen, als ich eine fleischige Hand auf meiner Schulter spüre. Lal-*ji* sagt: »Erfolg, Malik! Sieh dich nur an, *burra Sahib*! Du bist der Traum eines jeden Schwiegervaters. Komm mit!«

Die Tür zu seinem privaten Büro ist in eine Wand aus venezianischen Spiegeln eingelassen, die es Lal-*ji* nicht nur ermöglichen, seine Kunden auszuspionieren. Sie laden diese auch dazu ein, Schmuck anzuprobieren und sich selbst aus jedem Blickwinkel zu bewundern. Mich bestürzt es eher, meine eigene Reflexion in so vielen Spiegeln zu sehen.

In Moti-Lals anheimelnder Kammer ist der Boden mit üppigen Kissen und runden Polstern mit weißen Baumwollbezügen bedeckt, die nur einen schmalen Gang in der Mitte des Marmorfußbodens frei lassen. Moti-Lal schlüpft aus seinen Hausschuhen; ich ziehe meine Schuhe aus.

»Schnürschuhe, Malik? Wie die *Angrezi*?«

»Die Winter im Himalaja waren grausam zu meinen Zehen. Ich musste die *Chappals* komplett aufgeben. Jetzt kann ich nichts mehr außer Schuhen tragen.« Ich sage ihm nicht, dass das Tragen von Schuhen an der Bishop-Cotton-Jungenschule nicht zur Debatte stand. Es durfte auch kein Staubkörnchen auf ihnen zu finden sein, sonst hätte es einem mit Sicherheit sowohl vom Direktor als auch der Hausmutter einen Klaps auf die Finger eingebracht.

Er klopft mir auf den Rücken. »Wie gepflegt! Ich kann gar nicht glauben, dass du noch derselbe Bursche wie damals bist«, sagt er.

Der schwache Duft von Kirschen und Sandelholz erinnert mich an frühere Besuche in diesem Zimmer. Wir sitzen mit überschlagenen Beinen auf den Kissen in diesem von der Klimaanlage gekühlten Raum. In der Mitte auf dem unbedeckten Marmor befindet sich ein silbernes Tablett mit zwei großen Wasserpfeifen, einer Streichholzschachtel, einem Tabaksbeutel, einer kleinen Statue von Ganesh, einem Weihrauchkegel und einer Goldwaage. Hier werden die größten Geschäfte abgeschlossen. Und hier trifft sich Lal-*ji* auch mit seinen Freunden.

Sein Diener hat Steine und ein Stück heiße Kohle in jedes *Chillum* gesteckt. Moti-Lal zieht Tabakstränge aus seinem Taschenbeutel, steckt sie in die dafür vorgesehenen Gefäße – die Köpfe – und stopft sie behutsam. Eine Wasserpfeife schiebt er mir zu.

»*Accha*, mein junger Freund, was bringt dich nach Jaipur?« Während er spricht, entzündet er mit einem Streichholz den

Tabak in seiner Wasserpfeife. Er nimmt den Schlauch in den Mund, saugt mehrere Male daran, wobei sich seine Wangen ulkig aufblähen. Dann stößt er eine Wolke von weißem Rauch aus, und der Raum füllt sich mit einem süßen, fruchtigen Duft.

»Ich wollte mich bei dir bedanken, Lal-*ji*, dass du all diese Jahre auf Omi aufgepasst hast.«

Er wedelt mit seiner fleischigen Hand, als wollte er meine Dankbarkeit wegwischen. »*Koi baat nahee hahn.* Du hast das Geld geschickt. Ich habe sichergestellt, dass Omi es bekommt. Mehr war da nicht. Sie hat es mit ihrem Ehemann nicht leicht gehabt.« Moti-Lal, der an harte Arbeit glaubt, schüttelt voller Empörung seinen Kopf. »Läuft jedes Jahr fort, um sich dem Zirkus anzuschließen, und kehrt mit leeren Händen zurück.« Er zieht energisch an seiner Wasserpfeife, als ob Omis Ehemann ihn irgendwie beleidigt hätte. »Hast du sie gesehen, seit du wieder in Jaipur bist? Omi?«

»Nur aus der Entfernung. Ich habe mein Versprechen gehalten. Ich wollte nur sichergehen, dass es ihr gut geht.«

Moti-Lal verzieht das Gesicht. »Ein erwachsener Mann, der auf einen kleinen Jungen eifersüchtig ist – und genau das bist du gewesen –, ein kleiner Junge, der Omi so versorgt hat, wie ihr Ehemann es nicht konnte. Und dann droht er, sie umzubringen, wenn du es wagst, sie noch einmal zu treffen.« Er schüttelt wieder den Kopf. »Was für ein toller Hecht.«

Ich nicke. Die Erinnerung schmerzt.

Omi war eine Art *Ayah*; gegen eine kleine Gebühr hat sie sich um die Kinder des Stadtviertels gekümmert, Kinder wie mich. Mütter wie meine eigene putzten Häuser oder fegten Büros, oder sie wuschen die Wäsche anderer Leute. Eines Tages kehrte meine Mutter nicht von der Arbeit zurück. Ich wartete und wartete, aber sie kam nie wieder. Omi hat mich ohne ein Wort aufgenommen. Sie hat mich nie anders als ihre eigenen drei Kinder behandelt. Ich war ihr so dankbar, dass ich alles mir Mögliche tat, um jeden Tag etwas mit nach Hause zu bringen. Es war vielleicht nicht mehr als eine faule Banane oder eine Rolle Zwirn, die ich in einem Laden stibitzt hatte, oder in altem Öl gebratene *Puri*, die ein Händler gerade wegwerfen wollte.

Ich hatte mich mit all den Ladenbesitzern im Basar angefreundet. Ich polierte ihre Schuhe oder sagte ihnen, wo sie günstig Haarspangen einkaufen konnten oder erledigte Botengänge für sie. Im Gegenzug gaben sie mir ihre abgelegten Sachen für Omis Kinder, teilten ihre *Chapatis* mit mir oder schickten mich mit einem kleinen Beutel Reis nach Hause. Moti-Lal war der großzügigste von allen. Er fragte mich immer, was ich an dem Tag gelernt hatte. Ob ich für ihn bis hundert zählen oder ihm sagen könne, wie die Hauptstadt von Frankreich heiße. Und wenn ich das tat, zog er eine Rupie aus meinem Ohr und gab mir die Münze.

Diese letzte Erinnerung lässt mich meinen alten Freund voller Zuneigung anschauen. Ich sage ihm: »Onkel, ich würde gerne zwei Goldketten kaufen.«

Moti-Lal zieht eine Augenbraue hoch. »Du hast eine Frau?«

Ich lächle ihn an, während ich nach der Streichholzschachtel greife, meine Wasserpfeife anzünde und dann durch den Schlauch Rauch ansauge. Der Tabak, so sauber und stark, steigt mir sofort zu Kopf, und mir wird ein bisschen schwindelig.

Er schiebt sein Kinn in die Höhe und nickt weise. »Ah«, sagt er. »Ich verstehe. Zwei Frauen?«

Jetzt lache ich und stoße dabei Rauch aus. »Eine der Ketten ist für Omi.«

Er drückt sein Kinn in die Falten seines Halses. »Du weißt, dass ihr Ehemann sie einfach verkaufen wird.«

»Ich erwarte nicht von ihr, dass sie sie trägt – ihr Ehemann würde sie ihr einfach vom Hals reißen. Aber ich möchte, dass sie eine Sicherheit hat, etwas für den Notfall. Ich habe darauf gehofft, dass du ihr sagst, dass die Kette hier auf sie wartet, falls und wenn sie sie braucht.«

Lal-*ji* denkt darüber nach, während er seine Pfeife raucht. Er nickt. »Ich werde es sie wissen lassen.«

»Ich möchte auch ein Paar Ohrringe kaufen«, füge ich hinzu.

Moti-Lal zieht an seinem *Chillum*, bis die orange Glut sich in graue Asche verwandelt. »Auch für deine Frau?«

»Nein. Die sind für ein kleines Mädchen.«

Moti-Lal hört für einen Moment zu rauchen auf, und seine Gesichtszüge entgleisen. »Du hast eine Tochter?«

Ich lache, erfreut darüber, dass es mir gelungen ist, ihn zu überraschen. »Nein.«

Seine klugen Augen verengen sich, während er sich wieder seiner Pfeife zuwendet. Er stößt mehr Rauch aus und sieht mir in die Augen. »Dann hast du eine Frau mit einem Kind.«

»Zwei Kinder. Ein Junge und ein Mädchen.«

»Witwe?«

»Ja.«

Ich hätte es mir ja denken können, dass Moti-Lal es sich zusammenreimen würde. Mehr als einmal hat er mir gesagt, dass es Menschenkenntnis erfordert, um erfolgreich Gold zu verkaufen. Man muss einschätzen können, wie groß die Begehrlichkeit eines Kunden ist, indem man ihm in die Augen sieht. Dann weiß man, was man ihm zeigen und was man zurückhalten sollte und wie viel der Kunde auszugeben bereit ist.

»Ich habe da draußen etwas gesehen, was mir gefällt.« Ich zeige auf den Hauptraum auf der anderen Seite der Tür.

Er stößt einen Rauchschwaden aus. »*Bukwas*«, sagt er. »Touristenzeug.« Er hievt seinen Körper in die Höhe und geht zur Tür. Er ruft nach jemandem, wartet einen Moment und kehrt mit zwei großen Samtschachteln zurück, die er mir reicht. Sobald er wieder auf seinem Kissen sitzt, öffne ich die erste Schachtel und sehe drei goldene Ketten darin.

»Such dir zwei aus«, sagt er mit einem Lächeln und zieht an seinem *Chillum*.

Ich ziehe die dünnste der Ketten heraus, die so flach geklopft ist, dass sie glatt an der Haut anliegt. Ich stelle sie mir an Nimmis schlankem Hals vor, wie das schimmernde Gold sich von ihrem dunklen Teint abhebt. Vielleicht das nächste Mal, denke ich. »Onkel, ich kann mir nur die Hälfte von diesem Gold leisten.«

Er lächelt. »Was soll das mit diesem *leisten können*, Malik? Das ist mein Geschenk. Habe ich dir nicht mehr als einmal gesagt, dass du der Sohn bist, den ich nie hatte?« Jetzt runzelt er die Stirn, verletzt, dass ich seine Großzügigkeit für eine geschäftliche Transaktion gehalten habe.

»Und was ist mit deinem Schwiegersohn da draußen«, erwidere ich, um ihn zu necken.

Er winkt ab. »Mohan ist in Ordnung. Aber wenn du für mich arbeiten würdest, würde ich als glücklicher Mann sterben.« Er legt die Hand auf den Brustkorb und sieht mich mit geneigtem Kopf flehend an.

»Lal-*ji*, du wirst uns nicht so bald verlassen. Und ich habe keine Ahnung vom Juweliergeschäft.« Genau das habe ich ihm bestimmt schon hundertmal gesagt.

»Hör mir gut zu«, sagt er und zieht ein weiteres Mal an der Pfeife. »Brahma, der Schöpfer unseres Universums, ließ einen goldenen Samen von seinem Körper ins Wasser fallen. Dieser Samen verwandelte sich in ein goldenes Ei, eine Inkarnation des Schöpfers selbst. Dieses Gold, das Symbol für Reinheit, Glück und Gottesfurcht, ist das, was wir hier verkaufen. Jetzt weißt du genauso viel, wie ich weiß.« Er stößt einen großen Rauchring in meine Richtung aus.

Ich lache. »Ich bin nur in Jaipur, weil Tante Lakshmi das so wollte.«

Als ich meine Tante Boss erwähne, öffnet Moti-Lal seine Augen und lächelt breit. »Und wie geht es der wunderschönen Lakshmi Shastri? Ganz Jaipur vermisst sie. Vor allem meine Frau! Ohne Lakshmis Haaröl wird sie bald so kahl wie ein Affenbaby sein!« Er stößt ein schallendes Gelächter aus und klopft sich mit der Hand auf den Schenkel.

»Sie ist jetzt Mrs. Kumar. Sie hat einen Arzt geheiratet.«

»*Bahut accha!* Ich freue mich für sie.« Er deutet mit seiner Wasserpfeife auf mich. »Du hast Glück, dass sie dir angeboten hat, mit nach Shimla zu kommen, als Omis Ehemann dich hinausgeworfen hat.«

»*Zaroor.*« Wie ich Nimmi oft gesagt habe, schulde ich Lakshmi mein Leben. Seitdem ich nach Shimla gezogen bin, habe ich einen Teil meines Einkommens an Lal-*ji* geschickt, damit er es Omi gibt (das Einkommen, das ich nicht in meinem Kontobuch vermerke, weil ich weiß, dass Boss regelmäßig reinschaut). Dieses Arrangement besteht bereits seit zwölf Jahren.

»Was sollst du denn für Lakshmi in Jaipur machen?«

»Das Baugewerbe erlernen. Ich arbeite im Palast unter der Aufsicht von Manu Agarwal.«

Moti-Lal zieht die Augenbrauen hoch. »Agarwal ist ein guter Mann. Ehrlich. Das Kino, das der Palast bauen lässt, wird einfach wundervoll werden! Meine Frau plant, mit unserer Tochter und deren Ehemann zur großen Eröffnung zu gehen. Ich werde natürlich hierbleiben. Auch wenn ich nicht weiß, warum ich mir die Mühe mache. Jeder, der irgendetwas darstellt, wird an dem Abend im Royal Jewel Cinema sein.«

»Darauf hofft Ihre Hoheit Latika natürlich.«

Jemand klopft an die Tür, und Moti-Lals Schwiegersohn Mohan tritt ein. Ich stehe auf, um ihm ein *Salam* zu schenken, und er legt die Hände zu einem *Namaste* zusammen. Er ist ein schüchterner Mann, ruhig, zehn Jahre älter als ich.

»Die Guptas sind gekommen«, sagt er zu Moti-Lal.

»Lass sie Platz nehmen, *Bheta*. Ich komme sofort.« Moti-Lal wischt sich mit seiner Hand übers Gesicht, eine Geste der Enttäuschung. Als sich die Tür schließt, rollt er mit den Augen. »Zehn Jahre und keine Kinder.«

Auf meinen fragenden Blick zeigt er zur Tür, und ich verstehe, dass er damit seinen Schwiegersohn gemeint hat. »Allmählich glaube ich, dass er es nicht in sich hat.«

Ich lächle. Eltern warten immer ungeduldig auf Enkelkinder. Bei Tante Boss wird das nicht der Fall sein, und ich bin froh darüber. Ob ich jetzt kein Kind habe oder zehn, für sie macht das keinen Unterschied. Sie redet gerne mit Kindern; sie wollte nur nie selbst welche haben. Ich nehme die Kette hoch, die ich bereits bewundert habe, sowie eine weitere, schwerere Goldkette. Moti-Lal sieht mir rauchend zu. Ich lege beide Ketten beiseite, öffne die andere Schachtel und wähle ein Paar kleiner goldener Ohrstecker aus, die Rekha gefallen dürften. Ihre Ohrläppchen wurden durchstochen, als sie gerade ein paar Monate alt war; jetzt trägt sie ganz dünne Silberringe darin. Ich lege beide Ketten und die Ohrringe auf die Waage.

Moti-Lal runzelt wieder die Stirn und seufzt. »*Arré*, Malik, lass es.«

Die Waage zeigt eine Unze an. Der aktuelle Preis liegt bei dreihunderteinundzwanzig Rupien pro Unze, aber ich bitte Moti-Lal, zweihundert Rupien dafür anzunehmen.

»Ich überlasse sie dir kostenlos, wenn du einen Rat von mir annimmst.«

Ich ziehe eine Augenbraue hoch und warte ab, was er mir zu sagen hat.

Er wackelt mit einem pummeligen Finger. »Heirate niemals eine arme Witwe.«

Ich schüttele den Kopf und lache.

Dann stecke ich die Kette für Nimmi und die Ohrringe für Rekha ein und lege dann zwei Hundertrupienscheine auf die Waage neben die Kette für Omi.

»Ich sorge dafür, dass Omi es erfährt, Malik. Ich werde sie morgen besuchen.«

Meine Schuld, weil ich scharf auf Sheela bin und nur so wenig für Omi tun kann, wiegt jetzt nicht mehr ganz so schwer.

13

Nimmi

Shimla

Rekha sieht mir zu, während ich in unserem Zimmer auf und ab laufe. In ihrem Schoß liegt das Buch über Affen, das Lakshmi-*ji* ihr geliehen hat. Sie liebt es, sich die Bilder anzuschauen und die Namen der verschiedenen Affenarten auszusprechen.

»Mach deine Aufgaben«, sage ich ihr. Sie hat das Affenbuch so oft gelesen, dass sie es auswendig kann. »Schreib die Wörter genauso auf, wie du sie in dem Buch siehst.«

»Mach das mit mir zusammen, *Maa*«, erwidert sie.

Chullu sitzt bei Neela, die gerade auf einem Blatt kaut. Chullu streichelt sie und rollt sich dann auf sie. Das Schaf hat meine Kinder für sich eingenommen, und sie wollen, dass es hier bei uns bleibt, also habe ich es von der unteren Weide hergeholt. Während ich das Tier beobachte, denke ich an das Gold, das unter seinem Vlies verborgen ist. Wie genau sieht es aus? Die Frauen meines Stammes tragen Silber, aber ich habe andere Frauen mit Goldschmuck gesehen.

Einen kompletten Goldbarren hingegen habe ich noch nie gesehen.

Ich greife nach dem *Patal*, das neben einer Rolle Seil und einem Wasserschlauch aus Ziegenhaut an meinem Gürtel hängt. Ich prüfe, wie scharf die Klinge ist. Mit diesem *Patal* schneide ich Gemüse und Obst, Zweige, Holz, einfach alles. Ich hebe Chullu auf und setze ihn neben Rekha auf die Liege, wo er versucht, sich das Affenbuch in den Mund zu stopfen.

Ich nähere mich Neela behutsam. Sie hört zu kauen auf und beobachtet mich. Sie blökt und steht dann auf, jetzt misstrauisch geworden. Ich fahre mit der Hand über ihr Vlies, um die harte Erhebung an ihrer unverletzten Flanke zu finden. Dann entdecke ich die zusammengenähten Kanten der Wolle und schneide die Naht vorsichtig auf, wobei ich Neela mit dem Ellbogen fixiere. Zwei Goldbarren, jeder dreizehn Zentimeter lang, fünf Zentimeter breit und anderthalb Zentimeter dick, plumpsen vernehmbar auf den Boden. Neela erschrickt bei dem Geräusch und wehrt sich gegen meinen Griff. Ich lasse sie los.

Das Gold hat eine stumpfe Farbe. Es ist nicht schön, wie ich es mir vorgestellt habe. Jemand hat Zahlen auf die Barren geschrieben. Sie sind schwer und erstaunlich warm. Das Silber, das unser Stamm trägt, fühlt sich kühler an. Unvorstellbar, dass jemand für einen Klumpen stumpfen gelben Metalls töten würde!

Als es an der Tür klopft, zucke ich zusammen. Ich sammele die Goldbarren ein und suche nach einem Versteck. Die Bettrolle, die ich mir von meinen Vermietern ausgeliehen habe, liegt in Reichweite, und ich schiebe die Barren rasch darunter, bevor ich nachsehe, wer an der Tür ist.

Es ist Lakshmi. Sie trägt noch dieselben Kleider wie heute Morgen. Unter den Augen hat sie tiefe Ringe, und ihr Haar hängt lose um ihr Gesicht herum; sie hat es nicht eingeölt. Sie wirkt erschöpft. Ich bitte sie hereinzukommen und schließe die Tür hinter ihr.

»Morgen werden wir das Gold an dem Ort abliefern«, flüstert sie.

»Dem Ort auf der Streichholzschachtel?«, frage ich.

Sie nickt und reibt sich die Stirn. »Aber zuerst müssen wir überlegen, wie wir den Schafen das Gold abnehmen und es von der unteren Weide des Krankenhauses aus zu Canara bringen.«

»Wo befindet es sich? Das Geschäft?«

»Ungefähr vier Meilen von hier entfernt just außerhalb der Stadt.«

»In welcher Richtung?«

Lakshmi zeigt mit dem Kinn nach Osten.

Ich meine die Gegend zu kennen; manchmal gehe ich dorthin, um die Bergblumen zu pflücken, die ich verkaufe. Das bringt mich auf eine Idee. Ich stehe auf und hole meinen Blumenkorb, den großen, den ich in meinem Stand benutze. Dann hole ich die Goldbarren unter der Bettrolle hervor und lege sie in den leeren Korb. Als Lakshmi das Gold sieht, reißt sie die Augen auf. Dann sieht sie Neela an und das Stück Vlies, das an ihrer Flanke aufklafft.

Wie viel passt in den Korb hinein? »Wir haben achtunddreißig Schafe«, sage ich, »mit Neela sind es neununddreißig. Wenn jedes Schaf vier Barren bei sich hat, zwei an jeder Seite, wären das einhundertsechsundfünfzig Barren. Aber zwei fehlen, also sind es tatsächlich einhundertvierundfünfzig.« Ich kann zwar weder Zahlen lesen noch ausschreiben, aber kopfrechnen kann ich.

Lakshmi nimmt einen Barren aus dem Korb und wiegt ihn in der Hand. Sie ist daran gewöhnt, Naturheilmittel anzufertigen und die korrekten Anteile der Zutaten zu berechnen.

»Jeder Barren ist ein kleines bisschen anders, aber der hier wiegt ungefähr zwei Unzen. Für den bekäme man etwa sechs- oder siebenhundert Rupien.«

»Das würde also bedeuten ...« Ich sehe Lakshmi an und fasse mir schlagartig an die Brust. Ich spüre, wie mein Herz gegen meine Handflächen pocht. Jetzt verstehe ich, wieso die Schmuggler das Risiko auf sich nehmen. All die Barren zusammen ergeben ungefähr hunderttausend Rupien! *Hai Shiva!* Mir dämmert allmählich, wie ernst, wie heimtückisch dieses Geschäft wirklich ist. Lakshmi hat die ganze Zeit versucht, mir begreiflich zu machen, wie verrückt es wäre, wie tollkühn, das Gold den Menschen zurückzugeben, die eher ihrer Mutter die Kehle durchschneiden würden, als auf ihren Schatz zu verzichten. Ich hätte auf sie hören sollen.

»Wir müssen es von hier wegschaffen«, sage ich. Ich sehe meine Kinder an, die die Panik in meiner Stimme wahrgenommen haben und mich jetzt mit offenem Mund anstarren.

Lakshmi bemerkt mein *Patal.* »Hast du damit die Nähte aufgetrennt?«

»*Hahn.*« Ich packe das scharfe Werkzeug an seinen Platz an meinem Gürtel zurück.

Sie presst die Lippen zusammen, runzelt die Stirn und blickt Neela an. Ich weiß, dass sie ausrechnet, wie lange es dauern wird, das Gold einzusammeln. Sie ist gut im Pläneschmieden. Sie hat den gesamten Garten danach aufgeteilt, welche Art von Boden die Pflanzen brauchen, wie viel Wasser und wie viel Dünger. Der Garten ist effizient und gut organisiert. So wie alles, was Lakshmi macht.

Sie nickt entschlossen, als hätte sie sich entschieden. »Wir haben keine Wahl. Wir müssen den Schafen das Gold heute Nacht abnehmen. Die Gärtner im Krankenhaus werden alle schon zu Hause sein.«

Ich bemerke die Falten der Erschöpfung unter ihren Augen. Sie hat bereits so viel getan, ist die Berge hinauf- und hinuntergezogen, hat die Leiche meines Bruders nach Shimla befördert, ist zu dem Geschäft am Stadtrand geritten. Jetzt ist es draußen dunkel. Und kalt.

Wir gehören nicht zu ihrer Familie. Und trotzdem ist sie dazu bereit, noch mehr zu tun.

Lakshmi geht zur Tür. »Komm in einer halben Stunde zu mir nach Hause. Und bring Neela bitte mit.«

»*Ji*, wann haben Sie zum letzten Mal etwas gegessen? Ich habe heute Abend *Chapatis* und *Palak Subji* gemacht. Sie sollten etwas essen, bevor Sie gehen.«

Ihr gegenüber verwende ich selten das respektvolle *Ji*. Ich sehe, wie ihre Züge weich werden. Sie lächelt, um mir für mein Angebot zu danken, schüttelt aber den Kopf. »Ich muss mir überlegen, wie ich all das Jay – Dr. Kumar – erklären soll. Ich musste ihm sagen, was wir gefunden haben. Er ist natürlich besorgt. Und ich muss darüber nachdenken, wie wir das Gold von der Weide abtransportieren. Chandra ist erschöpft. Ich glaube nicht, dass ich heute noch mehr von ihm verlangen kann.«

Ich nicke. »Ich werde die Aroras bitten, auf die Kinder aufzupassen.«

Sie lächelt schwach. »Sag ihnen, dass ich dich heute Abend im Krankenhaus brauche. Das wäre nicht gelogen.«

14

Lakshmi

Shimla

Jay wollte Nimmi und mich nicht mitten in der Nacht allein zur unteren Weide gehen lassen, um das Gold einzusammeln. Er war bereits verärgert, weil ich allein Canara Enterprises aufgesucht habe.

Jetzt steht er bei uns am Rande der Weide, während wir leise die Schafe rufen. Wir arbeiten so geräuschlos wie möglich, aber gegen ihr Blöken können wir nicht viel machen. Nimmi schnappt sich ein Schaf, ich halte die Taschenlampe darauf, und Jay durchtrennt die Nähte, um die Goldbarren herauszuholen.

Ich habe Chandra für die Nacht in den Stall gebracht und unser anderes Pferd mitgenommen, ein kleines, blondes Pony. Wenn wir uns nicht verrechnet haben, wird das Gold nicht mehr als zwanzig Pfund wiegen, weniger als ein kleines Kind, und das Pony sollte die Last schultern können.

Die Aufgabe ist schwierig, weil wir in der Dunkelheit arbeiten müssen. Wir hören um uns herum die Tiere der Nacht:

Murmeltiere und Wiesel, die in den Winkeln des umliegenden Kiefernwaldes ihren Geschäften nachgehen. Hier unten auf der unteren Wiese sind die Schafe relativ sicher vor größeren Raubtieren. Wenn ein Leopard oder Schwarzbär die Herde angriffe, würden uns Goldbarren fehlen. Ich sage mir, dass ich mir keine Sorgen machen sollte wegen dem, was ich nicht kontrollieren kann; trotzdem rast mein Herz, und das Blut pocht in meinen Ohren. Auch wenn die Nacht kalt ist und sich meine Finger wie Eis anfühlen, schwitze ich unter meiner Jacke. Ich trage immer noch dieselbe Kleidung wie heute Morgen, als ich mich auf den Weg in die Berge gemacht habe, um Nimmi zu suchen.

Ab und zu erwischen wir ein Schaf, das wir bereits in den Händen hatten; wir lassen es laufen und nehmen das nächste. Nimmi hatte klugerweise die Herde durchgezählt, als sie die Tiere auf die untere Weide gebracht hat. Sobald wir die Zahl neununddreißig erreichen, wissen wir, dass wir sie alle überprüft haben.

Es dauert zwei Stunden. Jedes Tier trug vier Barren, so wie wir es uns gedacht haben. Wir legen das Gold in Nimmis Blumenkorb und binden den Korb dann auf dem Ponyrücken fest. Ich benutze den *Rajai*, den ich von zu Hause mitgebracht habe, um unsere illegale Fracht abzudecken.

Nimmi wirft einen Blick auf die Herde; die Vliestaschen klaffen zu beiden Seiten der Körper auf. »Sie sollten geschoren werden – *richtig* geschoren. Dann könnte ich die Wolle verkaufen und das Geld für meine Neffen behalten.« Nimmis Stimme bricht. »Genau das hätte Vinay jetzt getan.« Sie dreht sich zu mir um. »Ich kann das nach und nach morgens erledigen, bevor ich zur Ambulanz komme. Ich sollte damit in vier Tagen fertig sein.«

Ich neige den Kopf. *Natürlich.*

Es ist Mitternacht, bis wir drei und das Pony bei Nimmis Haus eintreffen. Jay und ich warten etwas entfernt mit dem Pony, während Nimmi ihre Kinder von den Aroras abholt und sie in ihre Unterkunft bringt, eines auf jedem Arm. Beide schlafen.

Sie bittet mich, mit ihr hereinzukommen, während sie Rekha und Chullu auf die Bettrolle legt.

Sie flüstert: »Morgen werde ich meinen Blumenstand nicht öffnen. Ich werde stattdessen mit Ihnen zu Canara gehen, *Ji.*«

Ich kann verstehen, warum sie nicht will, dass Jay das hört; er ist schon wütend genug, dass ich heute allein dorthin gegangen bin. »Wir können der Ambulanz nicht beide einen weiteren Tag fernbleiben. Wir haben den Betrieb schon genug gestört. Mir wäre es lieber, wenn du morgen zum Heilkräutergarten gingest. Tu so, als wäre alles normal. Sag den Krankenschwestern, dass du dich heute nicht wohlgefühlt hast oder lass dir eine andere Ausrede einfallen.« In der Stille des Abends hüte ich mich davor, das Gold zu erwähnen. »Bei Canara kennen sie mich jetzt, also wäre es besser, wenn ich das übernähme.«

Nimmi sieht mich einen langen Moment an, ihr Gesicht liegt im Schatten. Ich kann das Weiße ihrer Augen sehen. Es scheint, als wollte sie etwas sagen, aber dann nickt sie und schließt die Tür hinter mir.

Ich merke, wenn Jay etwas beschäftigt. Er hört dann auf, mich zu necken. Während ich das Pony in den Stall neben der Einfriedung im Hinterhof bringe und mit Futter und Wasser versorge, trägt Jay Nimmis goldbeladenen Korb ins Haus.

Als ich in den Salon komme, sitzt er in einem Sessel und rollt ein Glas Laphroaig zwischen den Handflächen. Er hat mir bereits ein Glas eingeschenkt und reicht es mir nun.

Ich nehme das Glas und streiche ihm das Haar glatt. »Machst du dir Sorgen?«

»Wer würde das nicht, Lakshmi? Warum bringst du dein Leben – unser Leben – wegen der Probleme von jemand anderem in Gefahr?« Seine Stimme ist leise und gemessen.

Ich lasse seine Worte einen Moment im Raum stehen. Dann gehe ich zum Beistelltisch, auf dem ich Briefe aufbewahre, und ziehe den letzten Brief von Malik hervor.

Ich kehre zu Jay zurück und reiche ihm den Brief. »Malik hat mir den hier vor einer Woche geschickt.« Ich nehme mein Glas Scotch und lasse ihn den Brief allein lesen.

Liebe Nimmi und liebe Tante Boss,

ich lerne eine Menge hier in Jaipur. Zum Beispiel, welche Materialien sich am besten für welche Art von Gebäude eignen. Was Bauland kostet und was der Bau eines Gebäudes von Grund auf kostet. Wie Fundamente gelegt werden. Onkel Manu hat mich zu unterschiedlichen Dienststellen innerhalb seiner Abteilung geschickt, sodass ich von seinen Leuten alle Bereiche des Geschäfts kennenlerne. Inzwischen träume ich schon davon, wie Gebäude errichtet werden. (Ihr würdet Hakeem lieben, den Buchhalter, mit dem ich zusammenarbeite. Er ist ein komischer kleiner Mann. Aber ich mag ihn. Er ist schon seit Ewigkeiten hier – wahrscheinlich schon seit dem Mogulreich!)
Der beste Teil dieser Erfahrung ist die Zeit, die ich mit Nikhil verbringe. Er ist genau wie Radha – zwölf und geht auf die zwanzig zu! Boss, du wärst so beeindruckt davon, wie Tante Kanta und Onkel Manu ihn aufgezogen haben. Er ist ein liebenswerter, lustiger Junge und – meiner Ansicht nach noch wichtiger – ein phänomenaler Kricketspieler! Wir verbringen viele Sonntage damit, zu

spielen. Er ist fast genauso gut wie ich! (Ich bin mir sicher, dass er anderer Meinung wäre und sagen würde, dass ich für einen alten Mann ziemlich gut bin.) Ich kann es kaum erwarten, bis Chullu alt genug ist, um ihm einen Kricketschläger in die Hand zu drücken! Sagt Rekha bitte, dass ich den Regenbogen nicht vergessen habe, den ich ihr aus Jaipur mitbringen soll. Sie glaubt, dass jede Stadt ihren eigenen Regenbogen hat, und ich bringe es nicht übers Herz, sie zu enttäuschen!

Boss, der nächste Absatz ist nur für dich, also lies ihn Nimmi bitte nicht vor!

Ich weiß, dass du das Beste für mich willst. Das wolltest du immer. Und dafür bin ich dir dankbar. Aber je länger ich von Nimmi weg bin, desto mehr wird mir klar, wie viel mir an ihr liegt. Ich vermisse ihre ruhige Art. Ich bewundere, wie hart sie arbeitet, um Rekha und Chullu zu ernähren und einzukleiden (die ich inzwischen beide so liebe, als wären sie meine eigenen Kinder). Ich helfe ihr gelegentlich mit kleinen Geldbeträgen aus, aber – Hai Ram! *– ich muss sie praktisch dazu zwingen, es anzunehmen.*

Mir wird bewusst, dass du dir vielleicht eine andere Frau für mich gewünscht hättest, gebildeter oder kultivierter, aber ich bin mit Nimmi zufrieden. Seit ich sie vor acht Monaten kennengelernt habe, habe ich von der Schönheit des Himalaja und den Schätzen der Berge erfahren. Ich weiß, dass sie sich ohne Weiteres um sich selbst kümmern kann, aber ich möchte dich um etwas bitten.

Behandele Nimmi bitte wie eine Schwester, so wie du Radha immer behandelt hast. Nimmi wird dich niemals um irgendetwas bitten, du wirst ihr deine Güte also möglicherweise aufdrängen müssen. Sie hat so ein gutes, treues Herz. Ihr Verlust war eine Tragödie. Niemand sollte in so jungem Alter einen Ehepartner verlieren. Aber ich habe davon profitiert, und es macht mich sehr glücklich.

Liebe Grüße
Malik

Jay findet mich im Badezimmer. Ich schrubbe mir den letzten Schmutz, Pferdegeruch, Schweiß und Staub von heute von der Haut. Jay legt den Brief auf den Badewannenrand, steckt die Hände in seine Taschen und klimpert mit den losen Münzen darin.

»Ich weiß, dass du es für das Beste hältst, Nimmi zu helfen, weil Malik Gefühle für sie hegt, und du hast immer das getan, was du für das Beste hältst. Aber ich habe ein ungutes Gefühl dabei.«

Ich halte mit dem Schrubben inne. »Jay, wenn du etwas tun könntest, um deiner Familie zu helfen – etwas, was ihnen möglicherweise das Leben rettet –, würdest du das dann nicht tun?«

»Ja. Natürlich würde ich es tun. Aber das hier sind *Goondas*, *professionelle Verbrecher*, mit denen du es zu tun hast! Ich denke, das Risiko ist zu groß für dich, um dich weiter damit zu befassen. Ich habe mit der Polizei gesprochen …«

»Warum?« Ich spüre, wie Zorn in mir aufsteigt. Mit den Behörden zu sprechen, kann riskant sein; du weißt nie, wer von ihnen bestechlich ist.

Er macht eine beschwichtigende Geste mit den Händen. »Ich habe nicht speziell über diesen Fall gesprochen, sondern ich wollte mehr über die Goldschmuggelei in den Hügeln von Shimla wissen.«

»Und was hast du erfahren?«

»Sie wissen von Aktivitäten im Westen, rund um Chandigarh und näher bei Pakistan, aber anscheinend glauben sie nicht, dass es welche hier bei uns gibt.«

»Sie müssen sich wundern, warum du sie danach gefragt hast.« *Hast du ihnen womöglich unabsichtlich verraten, was wir hier machen?*

»*Arré.* Ich habe ihnen nur gesagt, dass ich in der Zeitung den Artikel über die Schmuggler gelesen habe und mir Gedanken um die Sicherheit meiner Patienten mache.« Er spielt wieder mit den Münzen in seiner Hosentasche, ein weiteres Zeichen dafür, dass er besorgt ist.

Ich presse die Lippen zusammen und versuche meine Verärgerung nicht zu zeigen. Ich habe schon früh gelernt, dass es nie eine gute Idee ist, mit der Polizei zu sprechen.

Nach der Unabhängigkeit, als die Briten gingen und Regierungsposten besetzt werden mussten, regierte die Vetternwirtschaft. Die höheren Posten, wie zum Beispiel der eines Polizeipräsidenten, gingen an Freunde und Verwandte, egal ob sie dafür qualifiziert waren oder nicht. Das Ergebnis? Inkompetenz und Korruption. Es besteht immer die Gefahr, dass die Polizei mit den Goldschmugglern unter einer Decke steckt und Schutzgeld kassiert. Und wenn der Polizeipräsident den Verdacht hegt, dass Jay mit ihnen gesprochen hat, weil er etwas über den Schmuggel weiß, kann er das zu seinem Vorteil ausnutzen oder, noch schlimmer, auf den Gedanken kommen, dass er Jay davon abhalten muss, sein Wissen weiterzugeben.

Jay hat sich selbst – und uns – in Gefahr gebracht. Sollten die Behörden die halb geschorenen Schafe am Ende der unteren Weide finden, sind wir alle drei dran.

Was bedeutet, dass wir die Schafe vollständig scheren müssen, und das so bald wie möglich. Spätestens morgen Nacht. Nimmis Zeitrahmen von vier Tagen ist jetzt auf einen einzigen Tag zusammengeschrumpft. Und wir müssen alle drei dabei mitmachen. Ich bin jetzt schon furchtbar erschöpft von diesem anstrengenden Tag und traue mich nicht, Jay zu zeigen, wie sehr meine Knie zittern.

Ich tauche mit dem Kopf unter und schließe Jays Stimme und den Protest meines Körpers aus.

Früh am nächsten Morgen reite ich auf einem ausgeruhten Chandra die vier Meilen raus zu Canara Private Enterprises. Jay und ich haben die Goldbarren in die Satteltaschen gepackt und sie mit einer Pferdedecke abgedeckt. Ich habe eine saubere Reithose und Jays Wollmantel angezogen. Um den Kopf und die Schultern habe ich einen braunen Schal gewickelt. Der Morgen ist diesig, der Nebel windet sich träge um die Kiefern und Zedern herum und mag gar nicht weiterziehen.

Jay davon zu überzeugen, mich allein gehen zu lassen, war ein ziemlicher Kampf. Er wollte an meiner Stelle hinreiten, was ich abgelehnt habe – er soll nicht noch mehr darin verwickelt werden als ohnehin schon. Er hat eine wichtige Stellung im Krankenhaus inne. Und er hat heute Morgen jede Menge Patienten vor sich, einschließlich zweier Kaiserschnitte.

Heute steht das mit Stacheldraht versehene Tor zu Canara Enterprises offen. Innen hockt eine einsame Frau im Sari und einem weiten Pullover auf dem Boden, klopft Ton in eine Holzform und kippt den fertig geformten Ziegelstein auf den Boden. Sie arbeitet schnell, wahrscheinlich weil sie pro Ziegelstein bezahlt wird, und fügt der wachsenden Schicht von Ziegeln, die an der frischen Luft trocknen, eine weitere Reihe hinzu.

Ich sitze ab und führe Chandra auf den Hof, wobei ich

direkt neben ihr stehen bleibe. Sie sieht auf, hält aber nicht mit der Arbeit inne.

Ich begrüße sie mit einem *Namaste*. »Sie machen das meisterhaft.«

Wegen ihres starken Überbisses gehemmt, legt sie sich die Hand vors Gesicht, während sie lächelt, und wackelt erfreut über das Lob mit dem Kopf hin und her.

Mir fällt auf, dass alle Ziegel rechteckige Einkerbungen in der Mitte aufweisen. Ich frage mich, warum. »Wer kauft diese Ziegelsteine?«

Als sie mich verwirrt anblickt, versuche ich es erneut. »Wer sind die Kunden …?«

Sie winkt ab. »Ich weiß es nicht, *Ji*. Ich sehe, wie ein Lastwagen sie wegfährt. Der Fahrer sagt, dass er sie nach Chandigarh bringt.«

»*Arré!* Was du machst du da draußen?« Es ist der junge Mann von gestern, derjenige, der hinter dem Tresen saß. Er wirft der Frau einen finsteren Blick zu, die sich hastig wieder der Ziegelsteinherstellung zuwendet. Zu mir sagt er: »Kommen Sie mit ins Büro.«

Ich versuche zurückhaltend zu wirken, aber ich merke, dass er misstrauisch ist. Er beobachtet mich, bis ich Chandra zur Bürotür geführt habe. Die Satteltaschen voller Gold sind schwer, aber ich habe das Abnehmen geübt, sodass es aussieht, als wüsste ich, was ich tue.

Ich trage erst eine Satteltasche und dann die andere hinein und lege sie auf den Tresen. Der ältere Mann aus dem hinteren Büro kommt her, um die Satteltaschen an sich zu nehmen. Er trägt sie zu seinem Schreibtisch und schließt die Tür zu seinem Büro, sodass ich ihn nicht mehr sehen kann.

»Wie kommt es, dass Sie solch blaue Augen haben?«, fragt der junge Mann.

Ich habe mich so auf den Chef konzentriert, dass ich vergessen habe, dass der junge Mann auf mich aufpasst. »Was?«

»Solche Augen wie die Ihren sehen wir sonst in Kaschmir.«

In Jaipur sprach man mich oft auf meine blauen Augen an. Die Menschen dachten, dass ich vielleicht Angloinderin sein könnte (eine Gruppe, die in Ungnade gefallen war, als die Briten das Land verlassen hatten). Oder war ich vielleicht gar keine Inderin? War ich vielleicht Parsin oder Afghanin? Aber ich habe nicht vor, mich mit diesem Mann über meine Herkunft zu unterhalten oder ihm mitzuteilen, dass blaue Augen in meiner Familie schon seit Generationen häufig vorkommen. Ich sage einfach nur: »Ich komme nicht aus Kaschmir.«

Jetzt stützt er seine Ellbogen auf den Tresen und beugt sich verschlagen lächelnd vor. »Ihr Hirten betrachtet euch nie als Kaschmirer oder Punjabi oder Rajasthaner, nicht wahr? Was zählt, ist euer Stamm. Aber ich habe noch nie ein anderes Stammesmitglied mit blauen Augen gesehen.« Er legt den Kopf schief und mustert mich ernsthaft. Dann sagt er etwas in einem Dialekt zu mir, den ich nicht verstehe.

Die kleinen Härchen auf meinen Armen richten sich auf. Er versucht herauszufinden, woher ich wirklich komme. Ich kann nicht so im Dialekt antworten, dass es ihn überzeugt. Wenn ich entlarvt werde, bin ich in großer Gefahr. Am besten ist es vermutlich, wenn ich so tue, als wäre ich verlegen.

Ich senke den Blick und ziehe den Schal fester um den Hals. »Bitte«, erwidere ich, »ich bin verheiratet.«

Er wird wieder spielerisch. »Und Ihr Mann lässt Sie die Arbeit eines Mannes erledigen?«

Ich denke an Vinays ausgestreckten Körper auf dem Boden. »Nur weil er verletzt ist. Schwer verletzt.«

Sein Lächeln ist geheimnistuerisch. »In dem Fall müssen Sie doch Trost brauchen. Und ich ...«

Die Tür zum anderen Büro öffnet sich, und der ältere Mann erscheint. Das dünne Armband an seinem Handgelenk besteht aus bunten Fäden – ein Strang ist rot, der andere golden. Wahrscheinlich hat eine Schwester dieses Amulett für ihn angefertigt, damit er sie für den Rest ihres Lebens beschützt. Aber als er die leeren Satteltaschen mit finsterem Blick auf die verschrammte Holzoberfläche fallen lässt, wird mir klar, dass ich nicht auf die Sanftheit zählen kann, die er seiner Schwester gegenüber vielleicht zeigt. »Es fehlen zwei«, sagt er.

Ich hebe das Kinn fragend an.

»Das sind nur hundertvierundfünfzig Barren. Es sollten hundertsechsundfünfzig sein.«

Ich spüre, wie sich allmählich Schweiß auf meiner Oberlippe sammelt. Aber meine Stimme bleibt fest. »Wir haben zwei als Zahlung genommen.«

»*Kya?* Ihr habt Gold als Bezahlung genommen?« Er richtet sich auf und runzelt die Stirn. »Das hatten wir nicht abgemacht.«

Ich sehe den jüngeren Mann an, reiße meine blauen Augen weiter auf, appelliere an ihn, den weicheren von beiden. »Es ist eine gefährliche Strecke. Mein Mann ist gestürzt. Hat sich das Rückgrat gebrochen. Wir brauchten ein Krankenhaus. Deshalb kommen wir so spät. Wir hatten kein Geld. Wir haben das Gold verwendet, um unsere Rechnung zu bezahlen.«

Jetzt schlägt der ältere Mann mit der Hand auf den Tresen, sodass ich zusammenzucke. »Das hast du nicht zu entscheiden.« Spucke fliegt ihm aus dem Mund. »Was soll ich dem nächsten Kurier sagen?«

Ich spüre die Angst hinter seiner Wut. Ich schaue ihn an. »Sagen Sie ihm, dass die Behörden in Shimla Gerüchte über die Goldschmuggelei am Stadtrand gehört haben. Sagen Sie ihm, dass zwei Barren eine faire Bezahlung dafür sind, das

Gold über die Route zu transportieren, die von der Polizei überwacht wird.«

Wir sehen einander in die Augen. Ich bin außer Atem und fühle mich so, als würde ich gleich in Ohnmacht fallen.

Als ich ein Geräusch hinter mir höre, drehe ich mich um. Es ist die Frau aus dem Hof, die Ziegelsteine hergestellt hat. Sie wendet sich an den Mann hinter dem Tresen: »Mir ist der Ton ausgegangen. Was soll ich jetzt machen?«

Ich nutze diesen Moment, um mir die leeren Satteltaschen zu schnappen, zur Tür zu rennen und auf Chandra zu springen. Sekunden später galoppieren wir den gewundenen Pfad durch den Wald hinunter. Ich höre Geschrei hinter mir, aber auf dem Hof waren keine Fahrzeuge, ich weiß also, dass sie uns nicht so schnell folgen können, wie Chandra mich fortträgt.

Ich höre das Rauschen des Windes, das Trommeln von Chandras Hufen auf der Erde und mein eigenes Blut durch meine Adern strömen. Würden sie mir wirklich wegen zweier Goldbarren etwas antun, wenn das meiste des Schatzes in ihrem Besitz ist? Ich hoffe nicht, aber sicher sein kann ich mir auch nicht. Was ich hingegen weiß, ist, dass ich so schnell wie möglich so weit wie möglich von hier wegmuss.

Plötzlich merke ich, dass Jays Pferd an meiner Seite galoppiert. Ich reduziere Chandras Tempo zu einem leichten Galopp. Erst als ich mich zu Jay umdrehe, wird mir klar, dass er mir bis hierher gefolgt sein muss, um sicherzustellen, dass mir nichts passiert. Tränen steigen mir in die Augen. Langsam lasse ich den Schrecken der vergangenen Stunde aus meinem Körper entweichen, genauso wie Madho Singh seine Federn auf dem Rücken wieder anlegt, wenn ihm klar wird, dass das laute Geräusch, das ihn erschreckt hat, verstummt ist.

15

Nimmi

Shimla

Ich fahre mit den Händen über das glatte Porzellan der Badewanne im Bad von Lakshmis Gästezimmer, in der ich zusammen mit Rekha und Chullu sitze. Rekha kommt allein zurecht, aber Chullu muss ich mit einer Hand festhalten, während ich ihn mit der anderen einseife. Es gibt zwei Hähne. Ab und zu drehe ich den linken auf, so wie Lakshmi mir das gezeigt hat, und wie durch Zauber kommt mehr heißes Wasser! Ich bin an die Seife aus Reiskleie und Yakfett von unserem Stamm gewöhnt, aber Lakshmis Seife ist himmlisch – sie erzeugt so viel Schaum, wenn man sie mit Wasser vermischt! Und erst der Duft! Ich fühle mich, als wäre ich auf der Wiese und würde Blumen sammeln.

Als Chullu versucht, sich das Stück Lavendelseife in den Mund zu stecken, nehme ich sie ihm sanft aus den Fingern.

Rekha klatscht mit der Hand auf die Wasseroberfläche, um zu sehen, wie hoch es spritzt.

Wenn ich bisher zu Lakshmis Haus gegangen bin, war

ich so auf Maliks Briefe versessen, dass ich auf nichts weiter geachtet habe. Jetzt wird mir klar, dass jede Einzelheit ihres Zuhauses einen Zweck hat und über eine simple Schönheit verfügt. Es hat keinen Sinn, dieses Haus mit meiner eigenen simplen Unterkunft zu vergleichen, aber ich schäme mich trotzdem, wenn ich mir vorstelle, was Malik denken muss, wenn er mich in meinem Zuhause besucht. Ich bin dankbar dafür, dass er bisher nur abends dort war, wenn die Risse in den Holzbrettern der Wände schlecht zu sehen sind.

Ich goss gerade die Pflanzen im Heilkräutergarten, und meine Kinder spielten in der Nähe auf der Erde, als Lakshmi heute Nachmittag im Krankenhaus ankam, nachdem sie das Gold zu Canara gebracht hatte. Niemand wäre auf die Idee gekommen, dass sie die halbe Nacht auf gewesen war, um Schafen Goldbarren abzunehmen. Sie hatte gebadet und sich zur Nachmittagsschicht in der Ambulanz einen Sari angezogen und die Haare zu einem ordentlichen Knoten am Hinterkopf zusammengefasst. Sie wirkte aufmerksam, wie üblich.

»Die gesamte Herde muss heute Nacht geschoren werden«, sagte sie leise. »Der Gärtner hat Jay gesagt, dass die Schafe fast die gesamte untere Weide abgefressen haben. Sie müssen morgen weitergetrieben werden. Wir dürfen nicht zulassen, dass die Leute zu spekulieren anfangen.«

Ich fragte mich, wie ich das allein schaffen sollte, da sagte Lakshmi: »Komm heute Abend zu unserem Haus. Wir machen das zusammen.«

Mein *Patal* konnte sauber und schnell schneiden, aber es war nicht zum Schafescheren gedacht. Die Klinge war zu scharf und verletzte schnell die Haut. Ich hatte schon mit meinem Stamm zusammen Schafe geschoren, aber dann halfen immer alle mit. Ich war mir nicht sicher, ob Lakshmi und ich das allein schaffen konnten.

»Wird Dr. Kumar uns helfen, *Ji*?«

Lakshmi nickte. »Das muss er. Sonst werden wir nie damit fertig.« Sie lächelte mich beruhigend an, aber ich erkannte die Sorge in ihren Augen. »Glaubst du, du findest jemanden, der sich um die Herde kümmert?«

Das wäre der leichte Teil. Ich nickte. Ich wollte ihr die Frage stellen, die mir schon seit zwei Tagen auf der Seele brannte. Nachdem mir die Berge den ersten Mann genommen hatten, den ich je geliebt habe, hatte Lakshmi mich von dem zweiten getrennt und mir damit großen Schmerz zugefügt – warum also tat sie das alles für mich? Schließlich fasste ich mir ein Herz und fragte sie: »Warum helfen Sie mir?«

Sie wirkte überrascht, als dächte sie, dass ich die Antwort kennen müsste. »Du gehörst zu Maliks Leben, Nimmi, deshalb bist du auch Teil meines Lebens.« Dann wandte sie sich zum Gehen, hielt aber inne und sprach weiter, ohne sich wieder zu mir umzudrehen. »Bevor ich Dr. Jay getroffen habe, bestand meine Familie nur aus Malik und meiner Schwester Radha, und beide traten erst spät in mein Leben. Du hast Malik kennengelernt. Eines Tages wirst du Radha kennenlernen und merken, was für eine besondere Person sie ist. Ich würde praktisch alles tun – und habe schon alles mir Mögliche getan –, damit die beiden in Sicherheit und glücklich sind.« Schließlich drehte sie sich doch wieder zu mir um, ihr Blick direkt und entschlossen. »Genauso sicher und glücklich, wie Malik das für dich und die Kinder will.«

In ihren blauen Augen erkannte ich nichts außer Besorgnis.

Dann runzelte sie die Stirn. »*Suno*. Die Männer, die das Gold genommen haben, sind nicht erfreut, dass zwei Barren fehlen. Die beiden, die wir nicht gefunden haben. Ich würde mich besser fühlen, wenn du mit den Kindern für eine Weile bei uns wohnst.«

Das überraschte mich so sehr, dass ich mir nicht sicher war, sie richtig verstanden zu haben. »Bei Ihnen wohnen?«, fragte ich. »In Ihrem Haus?«

Sie lächelte. »Genau das.«

Als ich ihren sauberen Sari und den dazu passenden weiten Pullover sah, fühlte ich mich beschämt. Ich war die letzten Tage so beschäftigt gewesen, dass ich keine Zeit gehabt hatte, meine Kleidung zu waschen. Ich spürte, wie mein Gesicht heiß wurde. Rekha und Chullu waren auch nicht sauberer. Nach all der Arbeit mit den Schafen in der Nacht zuvor fehlte mir einfach die Energie, Wasser zu schöpfen, es zu erhitzen und in unserer Unterkunft den Dreck und Schweiß von mir und meinen Kindern abzuwaschen. Würde sie wollen, dass unser privater Dreck ihr Heim beschmutzte?

»Du kannst mit den Kindern in Maliks Zimmer wohnen. Er hat ein eigenes Badezimmer.« Wie schafft sie es nur immer, meine Gedanken zu lesen?

»Und ich glaube, dass es besser, sicherer ist, wenn du bis auf Weiteres keine Blumen mehr auf der Shimla Mall verkaufst.«

Mein Pulsschlag beschleunigte sich. »Glauben Sie, dass das gefährlich ist?«

»Ja.«

Kurze Zeit später unterbrach ich meine Arbeit im Heilkräutergarten und ging zum Wartezimmer, wo ich mich an Patienten wandte, die aus den Bergen kamen, höchstwahrscheinlich Hirten. Ihre Sachen aus selbst gesponnener Wolle und ihre dunklere Haut verrieten sie. Ein Mann mittleren Alters mit einem trüben Auge und einem halben Ohr versprach, unsere Herde mit seiner zusammen zu einer Weide nördlich von hier mitzunehmen. Ich sagte ihm, dass ich ihm morgen mitteilen würde, wo er die Schafe meines Bruders finden würde, und beschrieb ihm die Kerbe an ihren Ohren, damit er seine Schafe von denen meines Bruders unterscheiden konnte.

Daraufhin lächelte er und zeigte mir seine fünf Zähne. »Ich brauche meine Schafe nicht zu markieren«, sagte er. »Ich weiß, welches Schaf welches ist, weil ich ihre Persönlichkeiten kenne. Und jedes Einzelne von ihnen ist störrisch!«

Die Frau, die neben ihm saß, fiel in sein Lachen ein.

Heute Abend befinde ich mich also mit Rekha und Chullu im Haus von Lakshmi und Dr. Jay. Ich bin früher von der Arbeit weggegangen, um unsere wenigen Habseligkeiten von den Aroras abzuholen und sie zu Lakshmis Haus zu bringen. Sie hatte mich darum gebeten, meinen Vermietern nicht zu sagen, wohin wir gehen. Wir sollten lieber vorsichtig sein, meinte sie. Es gefiel mir nicht, ihnen etwas zu verheimlichen; sie waren so freundlich gewesen. Aber Lakshmi hat bei fast allem recht behalten, also ging ich, ohne mich bei dem alten Ehepaar zu verabschieden. Ich musste nur einmal gehen; wir besitzen nicht viel. Lakshmi sagte, dass sie unsere Kleider zum *Dhobi* schicken würde. Ich wasche meine Sachen immer selbst, aber das wollte ich Lakshmi nicht sagen. Vielleicht glaubt sie, dass ich sie nicht gut genug wasche.

Jetzt sind die Kinder mit Lakshmis Haushälterin Moni zusammen in Maliks Zimmer. Lakshmi zieht sich die Stiefel an, und Dr. Kumar knüpft seine Wolljacke zu. Madho Singh läuft auf seiner Sitzstange hin und her. Hin und wieder krächzt er: »*Die Hand, die uns füttert, läuft Gefahr, gebissen zu werden.*«

Dr. Kumars Gesichtsausdruck verrät mir, dass er sich wünschte, dass wir das nicht tun würden. Aber genauso wie Lakshmi kein Kind in Gefahr bringen würde, würde Dr. Kumar es nie versäumen, Lakshmi zu schützen. Was für eine

Wahl hat er schon? Sie ist fest entschlossen. Ich möchte mich bei ihm entschuldigen für die Gefahr, in die Vinay uns alle gebracht hat. Aber der Name meines Bruders würde die Spannung im Raum nur noch steigern. Also sage ich nichts.

Es ist acht Uhr, der Abend dämmert, und wir befinden uns mit Vinays Herde auf der unteren Weide kurz vorm Waldrand. Der Boden ist sauber abgegrast, und die Schafe scheinen gerne weiterziehen zu wollen. Waren wir wirklich erst gestern hier, um das Gold einzusammeln? Da war ich mit den Gedanken vor allem bei der Arbeit gewesen und hatte kaum darüber nachgedacht, wo wir uns befanden. Heute wirkt der Wald finster. Äste erinnern an Klauen. Blätter flüstern düstere Prophezeiungen. Die Laubdecke auf dem Waldboden riecht nach Verwesung, Tod.

Ich zeige Lakshmi und Dr. Kumar, wie wir die Schafe scheren.

Ich greife mir eins, drehe es auf den Rücken und hocke mich auf das Tuch, das ich auf dem Boden ausgebreitet habe, sodass ich das Tier zwischen den Knien festhalten kann. Die Schafe sind das Scheren gewöhnt und wissen, dass sie sich viel besser fühlen werden, wenn sie ihren schweren Mantel los sind, deshalb halten sie still. Der Schäfer in der Ambulanz hat mir heute Morgen zwei Scheren mit langen Griffen ausgeliehen. Ich fange an, indem ich mir eine Handvoll Wolle am Bauch des Schafes greife und sie mit der Schere abschneide. Sobald ich diesen kleinen Bereich am Schafbauch geschoren habe, weiß ich, wie nah ich schneiden kann, ohne die Haut zu verletzen, und das Scheren geht viel schneller voran.

Ich mache weiter, bis ich das gesamte Vlies vom Bauch abgetrennt habe. Dann drehe ich das Tier auf die Seite, um es dort zu scheren. Und noch einmal drehe ich es um, um die andere Flanke von der Wolle zu befreien. Das Scheren hat einen Rhythmus, der beruhigend sein kann und bisweilen sogar hypnotisch. Es dauert nicht lange, bis ich mit dem Körper fertig bin und mit den Beinen weitermachen kann.

Zu Lakshmi und Dr. Jay sage ich: »Die besten Schafscherer bekommen das Vlies in einem Stück herunter. Sie können vierzig Schafe an einem Tag scheren und ritzen oder verletzen die Haut nicht ein einziges Mal.«

Als ich fertig bin, lasse ich das Tier frei und sammle die Wolle ein. Ich zeige den anderen, wie sie sie zu einer großen Kugel zusammendrehen. Wir werden so viel von der Wolle wie möglich auf die Pferde packen und den Rest hier zurücklassen, um ihn bei unserer Rückkehr einzusammeln.

Lakshmi sieht der Arbeit fasziniert zu. Offenbar hat sie noch nie beim Scheren zugeschaut. Dr. Kumar wirkt unbeeindruckt. Er arbeitet nicht nur mit Skalpellen, er ist auch in Shimla aufgewachsen und hat schon oft Schäfern zugesehen. Ich reiche ihm die andere geborgte Schere.

Aber zuzuschauen ist nicht das Gleiche, wie es selbst zu tun. Anfangs entspannen sich die Schafe in Dr. Kumars Armen nicht; sie sind einfach nicht an ihn gewöhnt. Doch schon bald verfällt er in einen Rhythmus und schert sie fast genauso schnell wie ich. Lakshmi fällt die Arbeit weniger leicht; sie will die Schafe nicht verletzen. Die spüren ihr Zögern und drehen und winden sich dann aus ihrem Griff heraus. Als es dunkler wird, wendet sie sich einer anderen Aufgabe zu: Sie hält die zwei Taschenlampen – eine für den Arzt und eine für mich –, damit wir so schnell wie möglich unsere Arbeit beenden können.

Nach drei Stunden ist alles – das Feld und der Wald darum herum – stockdunkel und nur von den Taschenlampen erleuchtet, die Lakshmi hält.

Meine Arme sind müde vom Festhalten der Schafe, meine Beine sind vom Hocken erschöpft, und an meinen Daumen habe ich Blasen von der Schere.

Im Licht der Taschenlampen kann ich Dr. Kumars Gesicht erkennen und weiß, dass er genauso ausgelaugt ist wie ich.

Ich habe siebenunddreißig Schafe gezählt, einschließlich Neela. Fehlen also noch zwei.

Doch plötzlich erlöschen die Taschenlampen.

Ich will Lakshmi gerade darauf ansprechen, als ich ihre Hand auf meiner Schulter spüre. Dann höre ich die Stimmen. Ich sehe Lichter wie Glühwürmchen in der Ferne flimmern. Männer, die einander etwas durch den Wald im Osten zurufen. Ein Mann bellt Befehle; andere reagieren auf seine Kommandos.

Lakshmi, Dr. Kumar und ich stehen still wie Baumstämme. Ich halte den Atem an.

Dr. Kumar flüstert: »Nimmi, komm mit mir.«

Ich stehe aus der Hocke auf.

»Lakshmi«, flüstert er, »du bleibst hier.«

Er nimmt mich an der Hand und führt mich von der Herde weg auf die Männer zu. Ich weiß nicht, was er vorhat, und will seine Hand loslassen und weglaufen, aber sein Griff ist fest, und ich muss darauf vertrauen, dass er weiß, was er tut.

Wir laufen etwa hundert Meter durch die Dunkelheit. Dann hält Dr. Kumar an und dreht mich um, sodass wir einander ins Gesicht sehen. Er küsst mich. Ich bin so überrascht, dass ich nicht weiß, was ich fühlen soll. Seine Lippen sind nicht so voll wie die von Malik, aber sie sind genauso warm.

Einer der Männer leuchtet uns mit der Taschenlampe an. »Sir!«, ruft er aus.

Eine andere Stimme, die eine gewisse Autorität ausstrahlt, ruft uns zu: »Bleiben Sie, wo Sie sind!«

Und dann sehen wir ihn und die anderen hinter ihm: Es ist die Polizei.

Der Doktor dreht sich um, als wäre er genauso überrascht wie sie. »Captain?«, sagt er. »Ich … Was ist los?«

Es entsteht eine Pause, dann tritt der Captain ins Licht. Er ist ein hagerer Mann mit einem schwarzen Schnurrbart, der seinen Blick nur noch finsterer erscheinen lässt. Ohne seine Uniform würde er nicht ganz so einschüchternd wirken. Mit unsicherer Stimme fragt er: »Dr. *Kumar*?«

Der Arzt stellt sich vor mich, als wollte er mich verstecken oder beschützen. Er senkt den Kopf und bemüht sich, beschämt auszusehen. »Was bringt Sie hierher?«, fragt er. »Sie haben mir gesagt, dass Sie nicht mehr nachts durch Shimla patrouillieren würden …«

Der Captain leuchtet uns beide mit der Taschenlampe an. Ich bleibe hinter dem Arzt stehen, der jetzt seine Augen mit einer Hand beschirmt.

»Ist dies das, was ich denke?«, fragt der Captain. Ich kann das verschlagene Lächeln in seiner Stimme hören. Die Art, wie er es sagt, verrät mir, dass er für seine Männer eine Show abzieht.

»Wie peinlich«, sagt Dr. Kumar entschuldigend. »Und natürlich lästig.« Der Arzt gluckst.

Die Stimme des Captains ist jetzt leiser. »Haben Sie mich also *deshalb* nach den Goldschmugglern gefragt?«

Bevor ich hinter dem Arzt hervortrete, öffne ich ein paar Häkchen vorne an meiner Bluse, sodass man den Ausschnitt sieht. Ich halte die Augen auf den Boden gerichtet. »Es tut uns leid, *Ji*, dass wir Ihnen Umstände bereiten«, sage ich.

Ein paar Männer kichern. Der Captain tritt etwas näher an mich heran, und ich hoffe, dass er mehr an dem interessiert ist, was ich ihm präsentiere, als an dem, was wir vielleicht mit den Schafen tun.

»Ich habe ein Gerücht gehört, dass diese Frau bei Ihnen wohnt. Aber ich konnte es nicht glauben.«

Dr. Kumar versucht sich an einem weiteren verlegenen Lachen. »Neuigkeiten verbreiten sich schnell.«

»Die Berge haben Ohren, Doktor.«

»Ah, dann haben die Berge Ihnen auch gesagt, dass meine Ehefrau auch immer noch bei mir wohnt.«

Jetzt lachen die Männer lauter.

»*Chup!*«, ruft der Captain zu seinen Männern gewandt und macht seine Autorität geltend.

Ich unterdrücke den Drang, mich nach Lakshmi umzudrehen, die diesen Wortwechsel mitangehört haben muss. Nach all dem, was sie für uns getan hat, muss sie sich dieses widerliche Gerede anhören!

Dr. Kumar sieht mich zärtlich an, als wäre ich das Einzige, das ihm Freude bereitet. »Wir müssen uns wegschleichen, wissen Sie«, sagt er. »Das ist die einzige Gelegenheit, wo wir …«

Er greift in seine Tasche, zieht ein Bündel Rupien heraus und besteht darauf, dass der Captain sie als »Geschenk« annimmt. »Als Ausgleich für die Unannehmlichkeiten, die wir Ihnen bereitet haben, Sahib.«

Der Captain räuspert sich, zögert aber nicht, das angebotene Geld anzunehmen. Er zaudert nur eine Sekunde, bevor die Scheine in seiner Jackentasche verschwinden.

Ich ziehe den Arzt am Ärmel. »Was ist mit … Sie wissen schon?«

Dr. Kumar dreht sich zu mir um; die eine Hälfte seines Gesichts wird von der Taschenlampe des Polizisten erhellt, die andere liegt im Dunkeln. Er wirkt perplex und alarmiert. Ich habe ihn überrascht, und er scheint zu glauben, dass ich gleich all seine Bemühungen zunichtemachen werde, uns aus Schwierigkeiten herauszuhalten.

»Das Gold«, sage ich, »just außerhalb von Shimla.« Ich lächle den Captain schüchtern und entschuldigend an. »Der Arzt bringt nicht gerne Menschen in Schwierigkeiten, Sahib.« Ich drehe mich wieder zum Doktor um. »Diese Firma. Wie heißt sie noch? Can… Canra…?«

Wir sehen jetzt beide den Captain an. Er neigt den Kopf zur Seite, sein Interesse ist geweckt.

»Ah, jetzt weiß ich es wieder«, sage ich, als wäre es mir gerade erst wieder eingefallen. »Canara!«

Der Captain sagt: »Canara?«

Ich senke meine Stimme zu einem Flüstern. »Wo sie das Gold befördern. Aber darüber wissen Sie sicherlich schon Bescheid, Sahib.«

Hastig räuspert der Staatsdiener sich und wirft seinen Männern einen Blick zu. Dann nickt er mehrfach. »Natürlich, natürlich. Aber wie haben *Sie* das erfahren?«

Dr. Kumar zieht mich mit einem Lächeln an sich. Ich nehme es ihm fast ab, dass er sich in mich verliebt hat. »Die Berge haben Ohren.«

Jetzt sieht der Arzt zuerst den Captain an, dann mich und legt dann hastig seine Hände zu einem *Namaste* zusammen. »Aber bitte, Captain. Sagen Sie meiner *Bibi* nichts davon. Es würde ihr das Herz brechen.«

»Sie können sich auf mich verlassen, Doktor. Was meine Männer anbetrifft …«, er wirft einen Blick hinter sich, »für die kann ich mich verbürgen.«

Bukwas! Bis morgen früh wird die Gerüchteküche im Krankenhaus Überstunden machen.

Ich frage mich, wie Dr. Kumar nach dem hier weiterhin aufrechten Hauptes gehen will.

16

Lakshmi

Shimla

Auf unserem Weg zurück von der unteren Weide sprachen wir nicht über das, was gerade passiert war. Verlegenheit machte sich breit, als wir alle drei zusammen waren. Nimmi ergriff nur einmal das Wort, um uns mitzuteilen, dass sie einen einheimischen Schäfer gefunden hat, der die Tiere morgen mitnehmen wird.

Ich weiß nicht genau, warum, aber ich hütete mich davor, die Begegnung mit der Polizei zur Sprache zu bringen. Vielleicht weil mir die Antwort nicht gefallen könnte. Ich sah die Szene immer und immer wieder vor meinem inneren Auge wie einen gerissenen Film, der noch im Projektor steckt und mit jeder Umdrehung gegen das Gerät klatscht. Ich hatte Jays Reaktion gesehen, als der Captain sie ansprach; wie er so überzeugend vorgab, eine Affäre mit Nimmi zu haben. Selbst ich hätte ihm fast geglaubt. Ich kauerte hinter einem Baumstamm tief in der Dunkelheit, aber ich konnte die Silhouetten von Jay und Nimmi immer noch erkennen. Wie er sie umarmte *und dann küsste!*

Fühlte er dabei irgendetwas? Fühlte *sie* etwas?

Es gibt Krankenschwestern im Krankenhaus und in der Ambulanz, die für Jay schwärmen. Sie betrachten ihn als den freundlichen und schüchternen Arzt. Aber ich habe sie nie als Bedrohung empfunden. Die Eifersucht, die mich überwältigte, als ich ihn mit Nimmi im Arm sah, war völlig neu für mich. Und schließlich bin ich diejenige, die darauf bestanden hat, dass Nimmi vorläufig zu uns zieht.

Muss ich mir Sorgen machen? *Nein.* Eine Affäre zwischen den beiden ist undenkbar. Jay liebt mich; er hat immer behauptet, dass er sich schon vor dreizehn Jahren in mich verliebt hat, als er mir im Haus von Samir Singh zum ersten Mal begegnete. Ich habe keinen Grund anzunehmen, dass er mir als seiner Ehefrau je untreu gewesen ist.

Als wir drei die vordere Veranda betreten, höre ich drinnen das Telefon klingeln. Ich weiß, dass Moni nicht ans Telefon gehen wird – sie traut dem Apparat nicht. Eilig schließe ich die Tür auf. Die einzigen Anrufe, die wir spätabends bekommen, sind aus dem Krankenhaus für Jay. Manchmal ruft Radha uns von Paris aus an, aber nur selten, da die Gebühren exorbitant sind, und sie ruft nur an den Geburtstagen ihrer Töchter und zu Diwali – dem Lichterfest – an.

Aber der Anruf kommt nicht von Radha oder dem Krankenhaus. Es ist Kanta, die mir mitteilt, dass das Royal Jewel Cinema heute Abend eingestürzt ist.

Sie versichert mir, dass es Malik und ihrer Familie gut geht, was meinen rasenden Herzschlag beruhigt.

Aber sie spricht schnell, und sie weint. Ich kann nicht jedes Wort verstehen und muss sie oft bitten, es noch mal zu wiederholen. »Ich bin so froh, dass wir Nikhil heute Abend nicht mit ins Kino genommen haben«, sagt sie. »Er war wütend auf uns, weil er bei dem Spektakel mit dabei sein wollte. So viele von seinen Klassenkameraden wollten hingehen ...« Sie unterbricht sich, und ich kann sie schluchzen hören. Als sie sich wieder gefasst hat, fährt sie fort: »Oh, Lakshmi. Es war für alle schrecklich. Es sind Menschen verletzt worden. Sie haben geweint. Das bisher größte Projekt des Palastes – die Maharani hat all das Geld darin investiert. Und Manu war dafür verantwortlich. Er ist außer sich! Er sagt, dass er keine Ahnung hat, wie das passieren konnte.«

»Wie viele wurden verletzt?« Im Geiste gehe ich blitzschnell die Namen all der Menschen durch, die ich in Jaipur kenne. *Hai Ram!* Ist irgendjemand von ihnen dort gewesen? Geht es ihnen gut?

»Wir wissen nur, dass der Schauspieler Rohit Seth – du musst von ihm gehört haben – sofort tot war. Er ist ins Erdgeschoss gestürzt, als sein Teil der Loge unter ihm nachgab. Auch viele von denen wurden verletzt, die unter der Loge saßen. Einem Kind hat es das Bein stark zerquetscht. Eine Frau ist in kritischem Zustand. Vielleicht überlebt sie, vielleicht auch nicht. Es steht auf der Kippe.« Sie putzt sich die Nase und nimmt sich einen weiteren Moment Zeit, um die Beherrschung zurückzugewinnen. Ich kann mir vorstellen, wie Kanta dort mit ihrem Telefon steht und sich das Hörerkabel um den Finger wickelt, während sie mit dem Rücken an der Flurwand lehnt. Ich kann sie sehen, wie sie noch immer entsetzt den Kopf schüttelt und das tränendurchnässte Taschentuch krampfhaft in der Hand hält.

»Sie werden versuchen, die gesamte Schuld auf Manu abzuschieben! Er ist davon überzeugt. Aber es *ist* nicht Manus Fehler! Du weißt, wie akkurat er arbeitet! Er verlässt das Büro jeden Tag als Letzter. Er überprüft die Zahlen und Mengen, die Kosten für Arbeit und Materialien wieder und wieder.

Er zählt alles ständig nach. Du solltest sehen, wie sorgfältig er unsere Rechnungen zu Hause kontrolliert – ich kann ihm gar nicht dabei zuschauen. Wenn er einen Fehler findet oder sieht, dass etwas zu viel berechnet wurde, geht er einfach davon aus, dass ich nicht aufgepasst habe. *Baap re Baap!*«

Als ich noch in Jaipur als Hennakünstlerin gearbeitet habe, war Kanta meine Kundin und eine der wenigen, die mir vom ersten Tag an ihre Freundschaft angeboten haben. Sie wusste, dass ich in den Augen anderer Damen der Gesellschaft eine gefallene Brahmanin war, weil ich die Füße der Frauen berührte, wenn ich sie mit Henna bemalte. Diese Arbeit wurde als unrein betrachtet und war den niederen Kasten vorbehalten; es war keine respektable Arbeit für Brahmanen.

Als Radha dann von Ravi schwanger wurde, nahm die damals ebenfalls schwangere Kanta sie mit nach Shimla, wo sie zusammen ihre Babys zur Welt bringen konnten, fern von neugierigen Augen und losen Zungen. Traurigerweise verlor Kanta durch einen septischen Schock ihr Baby und beinahe auch ihr eigenes Leben.

Aber das Schicksal, unterstützt durch einen kleinen Stupser meinerseits, führte dazu, dass Radhas Sohn von Kanta und Manu adoptiert wurde. Natürlich war es Jay, den ich anstupsen musste.

Am anderen Ende der Leitung kann ich Kanta weinen hören. Ich lasse meine Stimme so schmelzend wie *Rasmalai* klingen. »Aber Singh-Sharma ist für den Bau verantwortlich – nicht Manu. Ich bin mir sicher, dass es eine Untersuchung geben wird. Sie werden die Ursache herausfinden, Kanta. Nagelneue Gebäude stürzen nicht einfach so ein.« Ich halte einen Moment inne. »In deinem letzten Brief hast du geschrieben, dass sie das Projekt beschleunigt haben, damit es rechtzeitig fertig wird. Wäre es möglich, dass jemand Abstriche gemacht hat, um das zu erreichen?«

Sie gibt einen erstickten Laut von sich. »Aber Manu hat alles unterschrieben! Sein Name steht überall drauf, auf allen Papieren des Palastes!« Jetzt hat sie sich in eine regelrechte Hysterie hineingesteigert, und das kann weder für Niki noch für ihre *Saas* gut sein, die wahrscheinlich beide zuhören.

»Hör mir zu, Kanta. Es wird schon alles wieder gut werden. Die Maharanis sind fair. Sie sind intelligent. Sie werden Manu nicht beschuldigen. Die Sache wird untersucht werden.« Gleichzeitig denke ich, dass ich mit Malik sprechen muss, um ein umfassenderes Bild vom Einsturz des Kinos zu bekommen. »Wo ist Malik jetzt?«, frage ich.

»Zusammen mit Manu und Samir beim Kino. Sie helfen bei den Rettungsarbeiten. Das kann noch Stunden dauern. Ich wollte nach Hause gehen, um nachzusehen, ob es Niki gut geht. Das tut es. War das schlecht von mir? Dort waren andere Mütter, deren Kinder verletzt wurden, und ich konnte an nichts anderes als an Niki denken. Ich musste die ganze Zeit denken, was, wenn *mein* Kind dort verletzt worden wäre?« Jetzt flüstert sie. »Ich werde Niki ein paar Tage lang nicht zur Schule schicken. Ich weiß nicht, wie seine Klassenkameraden reagieren oder was sie zu ihm sagen werden. Viele seiner Freunde waren mit ihren Eltern im Kino. Wenn ein paar von ihnen verletzt wurden … Oh, Lakshmi! Ich kann nicht klar denken … Ich weiß nicht, was ich tun soll!«

Wenn Kanta recht hat und der Vorfall nicht Manus Schuld ist, wird letztlich alles wieder in Ordnung kommen. Aber jetzt werden die Finger erst einmal auf ihn zeigen; man wird ihm die Schuld geben. Und wenn er dazu gezwungen ist, seinen Job aufzugeben, wird es schwer für ihn werden, eine neue Stelle zu finden, egal wo. Palastskandale verbreiten sich schnell, und wenn der Skandal so groß ist wie dieser, kann ihn niemand kontrollieren. Ein Skandal, der Leben gekostet hat, wird nie vergessen werden. Oder vergeben.

Kanta steht kurz davor zusammenzubrechen. Meine Freundin braucht mich so, wie ich sie vor all den Jahren gebraucht habe – ich muss nach Jaipur fahren; ich kann den ersten Zug morgen früh erwischen. Als ich das Kanta sage, wird sie sofort etwas ruhiger. Nach ein paar weiteren aufmunternden Worten lege ich auf.

Ich höre Nimmi fragen: »Was ist los? Geht es Malik gut?«

Ich drehe mich um; sie steht hinter mir. Mir wird klar, dass Moni, unsere Haushälterin, während meines Telefonats gegangen sein muss und Nimmi die Treppe wieder heruntergekommen ist, nachdem sie nach den Kindern gesehen hat. Sie muss einen Teil des Gesprächs mitbekommen haben. Ihr wilder Blick erinnert mich daran, wie die Schafe uns heute begrüßt haben, als wir kamen, um sie zu scheren. Nervös reibt sie ihre Handflächen seitlich an ihrem Rock.

»Es geht ihm gut.« Meine Beine zittern, und ich setze mich auf die Couch.

Jay kommt in den Salon und bringt Nimmi ein Glas Scotch mit, aber sie ignoriert ihn und das Glas. Er stellt es auf der Anrichte neben ihr ab. Als Nächstes reicht er mir mein Glas. Ich nehme einen Schluck und spüre, wie die goldene Flüssigkeit sich ihren Weg in meinen Bauch bahnt. Jay setzt sich mir gegenüber hin.

Ich atme einmal tief durch und erzähle ihnen, was Kanta mir berichtet hat.

Dann drehe ich mich zu Jay um. »Morgen früh fahre ich mit dem ersten Zug nach Jaipur. Kanta braucht mich jetzt.«

Nimmi tritt zwischen uns. Ihr Gesicht ist vor Anspannung verzerrt. »Ich wusste, dass Malik nicht nach Jaipur gehen sollte. Ich wusste, dass irgendetwas Schreckliches passieren würde. So wie mit Dev.«

Ich strecke die Hand nach Nimmis Arm aus, um sie zu beruhigen. »Malik ist unverletzt, Nimmi.«

Sie zieht den Arm weg. »Er wollte nicht gehen. Sie wissen, dass er nicht gehen wollte! *Sie* haben ihn dazu gebracht ... *Sie* waren das. Sie haben ihn in Gefahr gebracht. Wenn Sie ihn nicht darum gebeten hätten, wäre er nie dorthin gefahren. Verstehen Sie das nicht? Er macht alles, was Sie von ihm verlangen.«

Nimmi sieht wild mit den Händen fuchtelnd auf mich herunter. »Ich weiß, dass Sie auch entscheiden wollen, mit wem er zusammen sein soll. Und ich passe da nicht rein, nicht wahr? Sie wollen, dass er mit irgendeiner *Padha-likha* zusammen ist. Jemandem, der Seidensaris trägt und *Angrezi* spricht.« Ihr Körper vibriert vor Energie. »Warum ist es so wichtig, dass jemand lesen und schreiben kann, wenn man zum Überleben nur Luft und Berge und Äpfel von den Bäumen und Pinienkerne und die süße Milch unserer Ziegen braucht? Ich habe mein ganzes Leben lang davon gelebt! Malik ist nicht einmal Ihr Sohn, nicht wahr? Er ist der Sohn von jemand anderem. Wenn Sie so dringend Kinder haben wollten, warum haben Sie selbst keine bekommen?«

Sie gibt mir die Schuld dafür, dass ich das Beste für Malik will? Sie glaubt, dass ich ihn unterdrücke? Ich sitze wie betäubt da, mein Glas Scotch wie eine Requisite in der Hand. Wie soll ich sie nur trösten? Die Frau, die vor einer Stunde meinen Ehemann geküsst hat? Verteidige ich mich selbst? Nachdem ich mein Leben riskiert habe, um sie und ihre Kinder aus der Gefahr zu retten, in die ihr Bruder sie gebracht hat?

Nimmi lässt sich neben mich auf das Sofa plumpsen, womit sie mich überrascht und meinen Drink im Glas herumschwappen lässt. Mit ihren starken, heißen Fingern ergreift sie meine freie Hand. Ihr Gesicht ist nur Zentimeter von meinem entfernt, und ihre dunklen Augen lodern. »Er … Er tut alles, was Sie wollen, weil er ein guter Mensch ist. Malik ist ein guter Mensch. Und er schuldet Ihnen so viel. Das hat er mir gesagt. Er weiß nicht, wo er heute ohne Sie wäre. Aber jetzt muss er sein eigenes Leben leben. Er hat es verdient, seinen eigenen Weg zu gehen. Es wird Zeit, dass Sie ihn loslassen. Und das müssen Sie ihm selbst sagen. Bitte. Er wird loslassen, wenn Sie ihn loslassen. Mrs. Kumar, Sie müssen ihn loslassen. Das *müssen* Sie.«

Sie öffnet den Mund, um noch mehr zu sagen, aber es kommt nichts heraus. Sie starrt mir nur in die Augen, als wollte sie den Teil von mir erreichen, den ich niemandem zeige.

Ihr Blick ist so durchdringend, dass ich mich abwenden muss.

Hat sie recht? Nutze ich meinen Einfluss auf Malik auf eine Art, die nicht gut für ihn ist? Um ihn in ein Leben zu drängen, das ihn unglücklich macht? Ich habe Malik nie als einen Sohn betrachtet, eher als einen jüngeren Bruder. Aber er ist mehr als das. Er ist ein Teil meiner Vergangenheit, ein Teil von mir. Er hat mich in meinen besten und meinen schlimmsten Zeiten erlebt. Als ich am glücklichsten war. Und als ich am Boden lag. Er kennt mich länger als jeder andere in meinem Leben – länger als Jay oder Radha, die als Dreizehnjährige in mein Leben trat. Wenn ich aufhören würde, auf Malik aufzupassen, würde ich dann den Verlust spüren wie eine amputierte Gliedmaße? Oder wäre es eine Erleichterung zu wissen, dass ich nicht mehr länger für sein Wohlergehen verantwortlich bin? Erwartet Malik überhaupt, dass ich mich so um ihn kümmere? Oder lässt er mir nur meinen Willen, weil er weiß, dass ich mich dadurch nützlich fühle?

Ich fühle mich hohl, wie ein Schilfrohr, bevor es mit Hennapaste gefüllt wird. Ich weiß nicht, was ich sagen oder was ich denken soll. Ich kann weder sprechen noch mich bewegen.

Jay stellt sein Glas auf dem Tisch ab. Er fasst Nimmi an der Schulter und führt sie sanft aus dem Zimmer und die Treppen hinauf.

Da, wo gerade noch ihre Finger waren, fühlt sich meine Hand an, als würde sie brennen.

Ich trinke mein Glas in der Badewanne aus und stelle es dann auf der Seifenschale ab. Selbst jetzt, nachdem ich die Erinnerungen an den Tag abgewaschen habe – den beißenden Schweißgeruch der Männer bei Canara, die raue Wolle der Schafe in meinen Handflächen, den demütigenden Anblick, wie mein Ehemann eine andere Frau küsst, die verstörenden Fragen, die Nimmi mir in den Kopf gesetzt hat –, weiß ich nicht, was ich fühlen soll.

Als das Wasser schließlich kalt geworden ist, steige ich aus der Wanne, und Jay betritt das Badezimmer und stellt sich vor mich hin. Er wickelt mich in ein Handtuch ein und reibt mir sanft den Rücken damit, wobei er mich die ganze Zeit ansieht, seinen Blick nie von mir abwendet. Er riecht immer noch nach der Natur, dem Duft von Kiefernnadeln auf dem Waldboden, dem muffigen Geruch der Wolle, die wir abgeschoren haben.

Dann lässt er das Handtuch auf den Boden fallen. Er lehnt seine Stirn gegen meine und lässt sie dort. Hat er Mitgefühl mit mir? Wegen dem, was Nimmi gesagt hat? Womöglich ist er der gleichen Ansicht wie sie. Bittet er vielleicht um Vergebung, dass er sie geküsst hat? Gibt es irgendetwas, was ich ihm vergeben müsste? Der rationale Teil von mir weiß, dass er heute Abend, als die Polizei auftauchte, zum Besten von uns *allen* gehandelt hat. Der Gedanke, dass er ein Verhältnis mit Nimmi hat, ist lächerlich. Dennoch will ich, dass er es ausspricht. Ich weiß, wie lange er auf mich gewartet hat, wie lange er mich schon wollte, bevor mir klar wurde, dass ich ihn ebenfalls wollte. Aber es gibt Momente, in denen ich die Worte hören muss, so wie jetzt, als ich an meinem Tiefpunkt angelangt bin.

Wasser von meinen Brüsten durchnässt sein Hemd. Er lässt seine Hände meine Arme hinuntergleiten und auf meinen Hüften ruhen. Er kniet sich hin.

Als seine warmen Lippen das Dreieck zwischen meinen Brüsten berühren, ziehe ich scharf die Luft ein. Seine Lippen wandern tiefer, hinunter bis zu meinem Nabel und noch tiefer. Meine Pobacken spannen sich an, und jeder Nerv in meinem Körper vibriert vor Vorfreude.

Ich nehme seinen Kopf in meine Hände und presse seine Lippen auf die Stelle zwischen meinen zitternden Beinen. Er drückt meine Pobacken zusammen, zieht sie auseinander, drückt sie wieder zusammen. Dann findet seine Zunge die Stelle, die mich innerlich und äußerlich zum Klingen bringt. Er leckt und saugt und lässt seine Zunge flitzen, bis ich das Gefühl habe, gleich in Ohnmacht zu fallen. Als ich komme, stoße ich ein lautes Stöhnen aus, ohne mir Gedanken oder Sorgen wegen der anderen Frau im Haus in Maliks Zimmer zu machen. Jay hält inne. Wir verharren so, bis mein Zittern aufgehört hat. Dann dreht er den Kopf zur Seite, legt seine Arme um meine Beine und sagt: »Du, Lakshmi.«

Für eine ganze Weile bleiben wir so.

Schließlich sagt er bittend: »Meine Knie.« Und dann lacht er. Ich spüre, wie seine bezaubernden Wimpern meinen Bauch streifen, und lasse ihn los.

Kurze Zeit später falle ich in den tiefsten Schlaf meines Lebens, die Arme um meinen Ehemann gelegt.

DER EINSTURZ

17

Malik

Jaipur

Wir sind immer noch in der Lobby, auf dem Weg zurück zu unseren Plätzen nach der Erfrischungspause, als wir den Krach hören. Gefolgt von Schreien und Stöhnen, den klagenden Rufen nach Hilfe. Auf einmal stürmen Menschen in Panik gleichzeitig in das Royal Jewel Cinema hinein und hinaus. Sie schubsen einander, um die Lobbytüren zu erreichen, oder rennen in den Zuschauerraum hinein, um sich um die Verletzten zu kümmern. Für den Bruchteil einer Sekunde steht unsere Gruppe – Kanta, Manu, ich, die Singhs – wie erstarrt mitten in der Lobby, während verzweifelte Menschen wie wahnsinnig um uns herumrennen. Baby ist jetzt wach und brüllt.

Dann kämpft Samir darum, ins Erdgeschoss des Kinos zu gelangen. Manu ist direkt hinter ihm. Ich kann Samir schreien hören, dass alle sofort das Kino verlassen sollen.

Er ruft nach Ravi, der nirgendwo zu finden ist. Ich renne auf die Lobby zu und schreie die Platzanweiser an, dass sie die Türen öffnen, und bitte die Menschenmenge eindringlich, rasch das Gebäude zu räumen. Der Exodus ist eine Flutwelle, aber es gibt auch eine entgegengesetzte Kraft – Menschen, die unbedingt reinlaufen wollen, um Angehörige zu retten, die während der Pause sitzen geblieben sind.

Während Samir im Innern des Kinos verschwindet, bitte ich Sheela, ihre Kinder, Parvati und Kanta nach draußen zu bringen. Aber sie schüttelt den Kopf, reicht ihrer Schwiegermutter das Baby und sagt ihr und Kanta, dass sie nach Hause gehen sollen. Dann rennt sie in den Vorführsaal hinein. Ich folge ihr.

Gruppen von Männern und Frauen befreien die Verletzten von den Bergen von Schutt, unter denen sie begraben sind. Sheela und ich schließen uns ihnen an. Wir können unter den Brocken aus Beton, Betonstahl und Ziegelsteinen Hilferufe hören.

Ich sehe, wie Samir mit dem Kinoleiter spricht, einem Mann, den ich nur als Mr. Reddy kenne, den Samir aus einem kleineren Kino in Bombay heraus engagiert hat.

Neben Mr. Reddy steht Hakeem. Das ist seltsam. Ich hatte erwartet, den Buchhalter früher am Abend mit seiner Frau und seinen Töchtern oben in der Loge zu sehen. Hakeem streicht sich nervös über seinen Schnurrbart, als wollte er die Erinnerung an das Unglück wegwischen, das eben gerade passiert ist. Samir bellt Befehle. Mr. Reddy wischt sich den Schweiß von der Stirn und tritt in Aktion. Hakeem rennt ihm hinterher.

Manu sieht aus, als stünde er unter Schock; er fragt Samir wieder und wieder, wie das nur passieren konnte.

Die Polizei trifft kurz darauf ein, und die nächste Stunde lang helfen ungefähr hundert Kinobesucher, die dem Gebäude unverletzt entkommen konnten, bei der Rettung der

Verwundeten, die unter dem Schutt begraben sind, heben Stahl und Beton von den darunter begrabenen Menschen und stellen Verbände aus Hemden und *Dhotis* her. Ich sehe, wie Sheela ihren feinen Seidensari mit den Zähnen zerreißt und rasch eine Aderpresse herstellt, um die Blutung eines zerquetschten Beines zu stoppen. Bis wir die Verletzten in die Lobby bringen können, wartet draußen schon ein kunterbunter Haufen aus Autos, Lastwagen, Rollern, Fahrradrikschas, Motorrikschas und *Tongas*, um sie in Krankenhäuser in der Nähe zu bringen. Sheela steuert effizient, wer wohin kommt. Die wenigen Krankenwagen in Jaipur sind in Privatbesitz und kommen nur, wenn sie gerufen werden.

Ich blicke auf meine Armbanduhr, es ist schon ein Uhr nachts. In den vergangenen drei Stunden habe ich keine Zeit zum Nachdenken gehabt; ich bin völlig in dem aufgegangen, was getan werden musste. Meine Arme schmerzen von der Anstrengung, Körper anzuheben. Mir wird jetzt bewusst, dass ich Kopfschmerzen habe, und ich reibe mir den Nacken, um Linderung zu finden. Meine Kehle ist wie ausgedörrt – vor Durst oder vom Staub? Ich kehre wieder in den Zuschauerraum zurück, um nachzusehen, was ich tun kann. Die eine Seite des Saals ist fast vollständig zerstört. Dort ist ein Großteil der Loge zusammengebrochen. Die andere Seite scheint intakt zu sein. Aber noch weiß niemand, warum das Gebäude in dem Bereich zusammengebrochen ist, und deshalb können wir nicht davon ausgehen, dass der Rest stehen bleibt. Besser, wir räumen das Gebäude, nur für den Fall, dass das Schlimmste geschieht.

Samir steht mitten zwischen den Trümmern, die Hände in die Hüften gestemmt. Das Kino ist jetzt fast leer. Er spricht wieder mit Mr. Reddy, dessen Gesicht und Nehru-Jacke mit Mörtelstaub bedeckt sind. Der Mann schwitzt; er wirkt benommen. Mr. Reddy holt ein Taschentuch aus einer Tasche, putzt sich die Nase und wischt sich dann die Augen. Er nickt Samir zu, geht um ihn herum, an mir vorbei und durch den Korridor, der zur Rückseite der Bühne führt.

Jetzt steht Samir allein da, mit dem Rücken zu mir; ich bin mir nicht sicher, ob er weiß, dass ich ihn beobachte. Sein Seidenmantel ist an der hinteren Mittelnaht und an einer Schulter zerrissen. Sein Haar und seine Kleidung sind mit Mörtelstaub bedeckt. Er neigt den Kopf; etwas auf dem Fußboden scheint seine Aufmerksamkeit erregt zu haben. Er bückt sich, um ein Zementbetonbruchstück aufzuheben. Er untersucht es und wendet es in seiner Hand.

Auch ich inspiziere den Schutt. Ich sehe zum Inneren der Loge hoch, dem Skelett aus Betonstahl und Zementmörtel. Drei Sessel, die immer noch am jetzt freiliegenden Logenboden angeschraubt sind, neigen sich bedenklich auf die Kluft zu, als könnten sie jederzeit ebenfalls abstürzen. Ich sehe, dass zwei Stützpfeiler der Loge nachgegeben haben, wodurch mehrere Reihen – ungefähr fünfzehn oder zwanzig Sitze – ins Parkett gestürzt sind. Diese Sitze sind auf den Zuschauern gelandet, die direkt darunter saßen.

Ich studiere den zerrissenen Teppich, der mit Brocken von Baumaterialien übersät ist, verschobene und kaputte Kinosessel, von Putz und Mörtel bedeckt. Auf einmal verspüre ich Mitleid mit Ravi Singh – etwas, was ich niemals für möglich gehalten hätte. All die Arbeit, die in dieses Gebäude hineingesteckt wurde. All die vielen Stunden. Und das Geld und das Talent. Er hat diese große Eröffnung bis ins kleinste Detail geplant.

Ich trete gegen einen zerbrochenen Ziegel, und er überschlägt sich. Die Einkerbung auf einer Seite zeigt mir, dass es sich um einen Schmuckziegel handelt. *Seltsam.* Ich hocke mich hin und nehme ein anderes Bruchstück in die Hand. Noch ein Schmuckziegel. Manu hat mir einmal gezeigt, dass bei jedem Schmuckziegel auf einer Seite das Logo des Herstellers eingestempelt ist. Die Zulieferer sind stolz auf ihre Arbeit.

Aber diese Ziegelsteine haben keinen Fabrikstempel, nur eine flache Auslassung, wo sich normalerweise das Logo befinden würde. Ich entdecke einen weiteren Ziegel ohne Logo. Dann noch einen. Auch diese haben die gleiche rechteckige Aussparung in der Mitte. Warum gibt es hier so viele Schmuckziegel? Ich sehe mich im Saal um. Weder für die Wände noch für die Fassade der Loge wurden Ziegelsteine zur Dekoration verwendet. Ich denke an die Rechnungen, die ich verbucht habe. Alle Rechnungen für Ziegelsteine kamen von derselben Stelle: Chandigarh Ironworks. Wo ist also deren Stempel?

Ich wiege den Ziegelstein in der Hand. Er fühlt sich leichter an und sieht poriger aus als die Ziegelsteine, die Manu mir gezeigt hat. Ich bin mir ziemlich sicher, wenn ich ein Glas Wasser darübergießen würde, würde es in Rekordzeit hindurchfließen und den Ziegelstein durchtränken.

»Abbas?«

Ich hebe den Kopf und sehe Samir neben mir stehen. In den Falten auf seiner Stirn und um den Mund herum hat sich Staub festgesetzt, als wäre er ein Bühnendarsteller, der älter aussehen soll, als er ist. Ich stehe auf, immer noch das Stück Ziegelstein in der Hand. Samir sieht es sich ebenfalls an.

»Ich habe allen gesagt, dass sie nach Hause gehen sollen. Morgen früh werden meine Leute anfangen, hier aufzuräumen.« Er nimmt mir das Ziegelsteinfragment aus der Hand. »Wenn das erledigt ist, werden wir klären, wer was tut und wann.«

»Aber Onkel, wie konnte das hier nur passieren? So viele Menschen haben hier dran gearbeitet. Das Gebäude wurde so oft inspiziert …«

Er hält eine Hand hoch. »Ich weiß nicht mehr als du, Malik. Aber bring jetzt bitte Sheela nach Hause. Sie wird ausgelaugt sein.« Er sieht mir direkt in die Augen, während er weiterspricht: »Ravi muss die Schauspielerin zurück ins Hotel begleitet haben. Möglicherweise weiß er noch gar nicht, was hier passiert ist.«

Vermutet er, dass das der Fall ist, oder sagt er es mir? Es spielt keine Rolle. Ich bin zu müde, um zu diskutieren, geschweige denn, ihm zu widersprechen.

Sheela und ich schweigen im Wagen. Wir sitzen auf der Rückbank, so weit voneinander entfernt wie nur möglich. Mathur fährt. Es ist fast zwei Uhr. Als wir schließlich bei Sheelas Haus ankommen, sind alle Lichter eingeschaltet. Sie sieht mich an.

»Bleibst du noch ein bisschen?«, fragt sie. Ich höre ein Zittern in ihrer Stimme.

Ich zögere einen Moment in Erinnerung an mein letztes Mal hier, als ich mit ihr allein war. Ich bin nicht immun gegen ihren Charme. Heute aber haben wir beide eine Katastrophe erlebt, die wir uns nie hätten vorstellen können, und ich verstehe ihr Bedürfnis, mit irgendjemandem zu reden, der heute Abend das Gleiche wie sie erlebt hat.

Als sie »Bitte« sagt, weise ich Mathur an, in der Auffahrt zu warten, bis ich zurückkehre.

Asha öffnet die Vordertür und ruft aus: »Oh, Memsahib, kommen Sie bitte herein. Samir Sahib hat Mrs. Singh angerufen, um ihr zu sagen, dass es Ihnen gut geht. Das muss so schrecklich gewesen sein! Mrs. Singh hat gesagt, dass sie die Kinder heute Nacht bei sich behält, damit Sie sich ausruhen können. Ich sollte auf Sie warten und dann zu ihrem Haus zurückkehren, sodass ich mich morgen früh um Rita und Baby kümmern kann.«

Sheela nickt schwach. Ihr Sari ist zerfetzt, ihre Haare zerzaust. Die *Ayah* zögert. »*Ji*, da ist Blut an Ihrem Arm. Soll ich ein Pflaster holen?«

Sheela sieht ihren Arm an, als sähe sie ihn zum ersten Mal. »Das Blut ist von jemand anderem«, erwidert sie.

Die Augen der *Ayah* werden groß, aber sie sagt nichts weiter dazu. »Ich werde jetzt das Essen servieren«, kündigt sie an. Sie verschließt die Vordertür und geht um uns herum in Richtung Küche, wobei sie mich kaum eines Blickes würdigt.

Sheela sieht mich an, als wollte sie sehen, ob ich etwas essen möchte. Ich schüttele den Kopf.

»Asha«, sagt sie, »wir haben keinen Hunger. Du kannst gehen.«

Das Hausmädchen dreht sich mit verwirrtem Gesichtsausdruck um. Sheela schüttelt wieder den Kopf. Mit einem raschen Blick zu mir geht Asha dann den Korridor entlang zur Hintertür, wo sie das Haus verlässt und die neunzig Meter bis zu Samir Singhs Haus geht.

Sheela betritt die Bibliothek. An der verspiegelten Hausbar füllt sie zwei Gläser mit Laphroaig. Ich stehe immer noch im Foyer, als sie mir ein Glas reicht. Nach alldem, was im Kino passiert ist, dem Wahnsinn und Chaos von allem, ist mein Körper zu erschöpft, um sich zu bewegen.

»Komm«, sagt sie.

Ich betrete den Raum. »Ich dachte, du könntest das Zeug nicht ausstehen.«

»Glaub nicht alles, was sie dir erzählen«, erwidert sie.

Ich nehme das Glas entgegen. Wir nippen am Whisky; dies ist keine Nacht für einen Toast.

Jetzt lächelt sie. »Du siehst völlig abgerissen aus.«

»Sagst ausgerechnet du«, erwidere ich.

Ich fasse sie an der Schulter und drehe sie herum, sodass sie ihr Gesicht im Spiegel über dem Kamin sehen kann. Sie betrachtet sich. Das Gesicht voller Staub, ihre Bluse an der Schulter zerrissen, der zerfetzte Sari, ein Haarbüschel, das in Habachtstellung zu stehen scheint, während das Haar auf der anderen Seite des Kopfes flachgedrückt wirkt. Sie atmet tief ein und fängt zu lachen an.

Ihr Gelächter überrascht mich, und es zu hören, ist eine Erleichterung. *Diese* Sheela, dieses zerzauste Mädchen, das über sich selbst lacht, ist eine Atempause von alldem, was heute Abend passiert ist. Es macht mich fast schon glücklich. Als fünfzehnjähriges privilegiertes Mädchen mit rosigen Wangen, das sich selbst für eine Königin hielt, war sie sich zu fein dazu, meine Gegenwart zu ertragen. Aber jetzt kann ich fast schon glauben, dass ich die echte Sheela sehe, die unpolierte, unverstellte Sheela.

Sheela deutet mit ihrem Whiskyglas auf meine Hose, die an den Knien zerrissen und mit Dreck bedeckt ist. Wir sehen abgerissen aus wie ein paar Raufbolde oder Bettler. Sie legt sich die Hand auf den Mund, um ihren Whisky nicht auszuspucken. Dann bekommt sie einen Schluckauf, und auch das finden wir witzig. Wir krümmen uns vor Lachen. Wir haben Tränen in den Augen, weil wir albern und erschöpft sind. Und wir leben noch, trotz der übel zugerichteten Körper und des Bluts und der Tränen und Schmerzen. Es ist kaum zu glauben, dass es wirklich passiert ist, auch wenn wir das Chaos mit eigenen Augen gesehen haben, die leidenden Menschen und die, die anderen halfen, auch wenn sie nicht wissen konnten, ob nicht noch mehr geschehen würde – mehr Zerstörung, mehr Leid, mehr Tod.

Als wir schließlich zu lachen aufhören, wischt Sheela sich die Augen. Ihr Kajal ist über ihr Gesicht verschmiert, der Bereich unter ihren Unterlidern sieht aus, als hätte sie Veilchen. Sie musterte ihr ruiniertes Make-up im Spiegel und wird plötzlich ernst. Dann nimmt sie einen weiteren Schluck Scotch und sieht mich an.

»Es sind Menschen gestorben«, bemerkt sie.

»Nur einer«, antworte ich. *Bisher.*

Sie zieht eine Augenbraue hoch. »Und das soll jetzt ein Trost sein?« Sie geht zur Hausbar hinüber, um ihr Glas wieder aufzufüllen. »Ich habe den Jungen gesehen, dessen Schienbein zerschmettert wurde. Er ist in Ritas Alter. Und dieser Schauspieler, den alle als Großvater lieben – Rohit Seth. Millionen von Fans werden ihn vermissen …« Sie nimmt einen weiteren Schluck Whisky. »Wie viele wurden verletzt? Vierzig? Fünfzig? Diese Katastrophe wird … Es wird Konsequenzen geben. Nichts davon wird einfach wieder verschwinden.«

Sheela hat diesen Blick, den ich in den Gesichtern von Omis Kindern gesehen habe, wenn sie sich verletzt fühlten und nicht wussten, was sie deswegen tun sollten. Das Gefühl von Verrat, wenn etwas schiefging oder nicht so lief, wie sie es erwartet hatten. Der heutige Abend hätte Ravis Triumph sein sollen. Und sie blieb dort, um zu helfen, obwohl sie genau wusste, dass ihr Ehemann gerade mit einer anderen Frau zusammen war und keine Ahnung hatte, was passiert war. Sie muss sich darüber klar gewesen sein, dass die anderen in ihren Kreisen – der Tennisklub, Golfklub, der Poloklub – das auch wissen.

Wenn eines von Omis Kindern verwirrt oder traurig war, sang ich ihm etwas vor und rieb ihm den Rücken, bis es einschlief. Mit Sheela kann ich das nicht machen, aber mir fällt ein Hilfsmittel ein, das Tante Boss mir vor Jahren gezeigt hat.

»Komm«, sage ich und fasse sie am Ellbogen. »Hast du Lavendelöl?«

Sie sieht mich stirnrunzelnd an und ist sich nicht sicher, warum ich frage. »Ja-a?«

»Gut.« Aber in meinem Kopf höre ich Alarmglocken schrillen: *Bevakoopf! Ihr Ehemann ist nicht zu Hause. Weißt du noch das letzte Mal, als du mit ihr allein warst? Kannst du dir selbst trauen?* Ich beantworte meine eigenen Fragen: Sie ist erschöpft, traumatisiert, sie braucht Trost. Ich tue nichts anderes, als ihr ein Bad einzulassen.

Sie ist etwas unsicher auf den Beinen und lässt sich von mir mit dem Drink in der Hand die Treppe hochführen. Sie zeigt auf ihr Schlafzimmer. Ich setze sie sanft auf das Bett, das mit weißem Satin bezogen ist. Dann ziehe ich mein Jackett aus, rolle meine Hemdsärmel auf und gehe ins Badezimmer, wo ich den Wasserhahn aufdrehe, um die Wanne zu füllen.

Ich bin nicht überrascht, wie luxuriös das Bad gestaltet ist. Schließlich hat Samir es entworfen. Die Löwenfußbadewanne ist großzügig bemessen. Sie besteht aus Porzellan und belegt mindestens ein Viertel des Raums. Fußboden und Wände sind mit weißem Carrara-Marmor bedeckt, den er aus Italien importiert haben muss.

Im Schrank finde ich eine Schachtel mit englischen Badesalzen und eine indigoblaue Flasche mit Lavendelöl; ich gebe eine Handvoll Salz und eine Verschlusskappe voll Öl in das dampfende Wasser und kehre dann zum Schlafzimmer zurück. Sheela hat sich nicht gerührt. Sie sitzt da und starrt auf den Perserteppich; ihr Whiskyglas ist jetzt leer.

Ich lege die Hände auf meine Knie und beuge mich vor, sodass wir auf Augenhöhe miteinander sind, so wie ich mit einem Kind sprechen würde. »Bringen wir dich jetzt in die Badewanne.«

Sie starrt mich an, ohne zu verstehen. Ich helfe ihr auf die Beine und zeige auf das Badezimmer. Dann nehme ich mein Jackett, schenke ihr ein *Salam* und verlasse das Zimmer.

Ich bin schon am unteren Treppenabsatz, bevor mir ein erschreckender Gedanke kommt: Seit wir hier angekommen sind, hat sie zwei ordentliche Gläser Scotch gekippt, und das auf leeren Magen. Könnte sie ertrinken, wenn niemand bei ihr ist?

Ich renne die Treppe wieder hoch und in ihr Schlafzimmer, wo ich mein Jackett auf das leere Bett werfe. Die Stimmen in meinem Kopf schreien jetzt: *Bevakoopf! Mat karo!* Die Tür zum Badezimmer steht offen, und ich stürze hinein. Sheelas Hände liegen auf den Rändern der Badewanne, aber der Rest von ihr, einschließlich Kopf, ist unter Wasser.

»Sheela!« Ich renne zur Badewanne, fasse sie unter den Armen und hieve sie hoch.

»*Was?*«, sagt sie. Sie klingt verärgert. An meinem Gesicht kann sie erkennen, wie panisch ich bin, und es bringt sie zum Kichern. »Ich habe nur mein Haar nass gemacht. Auf jeden Fall kommst du gerade rechtzeitig, um es einzushampoonieren.« Sie spricht undeutlich.

Ich betrachte ihren nackten Körper, während ich mich frage, was ich hier tue, und weiche zurück, als hätte ich mich gerade verbrüht. Die Manschetten meines Hemdes und meines Anzugs sind durchnässt, und von meinen Händen tropft Wasser auf den Sari, die Bluse und den Unterrock, die sie heute Abend getragen hat und die jetzt neben der Badewanne liegen.

Sie zieht die Augenbrauen hoch. »Abbas«, sagt sie, »Shampoo!« Jetzt ist sie wieder das Mädchen mit der geschliffenen Oberfläche: herrisch und verwöhnt. Aber dann sieht sie mich an, schenkt mir ein verspieltes Lächeln und sagt höflich:

»*Bitte.*« Sie zeigt auf das Regal über dem Waschbecken, wo ich die Shampooflasche finde. Es ist, als hätte die Sheela von heute Abend zwei Seiten: die erste hochmütig, daran gewöhnt, den Bediensteten Befehle zu erteilen; die zweite die bedürftige, die Gesellschaft und Trost braucht.

»Und wenn Sahib nach Hause kommt?«

»Das wird er nicht«, erwidert sie. »Er hat ein Faible für Schauspielerinnen.«

Sie lässt sich wieder unter Wasser sinken, als wollte sie jegliche Unterhaltung über Ravi beenden. Als sie wieder hochkommt, wischt sie sich das Gesicht mit den Handflächen ab.

Ich habe mein Leben damit verbracht, andere zu bedienen. Ich bin gut darin, schon immer gewesen. Aber nur solange es auch mir dient. Ich mache es gerne, bereitwillig, wenn ich meinen Vorteil dabei erkennen kann. Wenn fraglich ist, ob es sich für mich lohnt, oder wenn es unangenehme Konsequenzen geben könnte, wäge ich ab. Möglicherweise ist das Endergebnis eine Nullsumme. *Was schadet es?*, frage ich mich nun. Es erniedrigt mich nicht, wenn ich jemandem helfe, der eine einfache Dienstleistung braucht, die ich ihm bieten kann.

Ich seufze, ziehe mein Jackett wieder aus, das jetzt größtenteils nass ist, und rolle meine Hemdsärmel wieder auf. Dann nehme ich die Shampooflasche aus dem Regal, stelle mich hinter Sheela und quetsche eine großzügige Menge Shampoo auf ihre Kopfhaut.

»Woher weißt du, wie man eine Aderpresse anlegt?«, erkundige ich mich, eine Frage, die mir schon den ganzen Abend im Kopf herumspukt. Wieso wusste sie trotz des Chaos genau, was sie zu tun hatte?

»Maharani Latika hat uns das in der Maharani-Mädchenschule beigebracht. Sie hat uns westliche Tänze gelehrt, wie man einen Tisch für zehn Gäste deckt und wie man in einem Notfall ein Leben rettet.«

Sheela reinigt sich die Fingernägel, während ich ihre Kopfhaut massiere. »Sie war in der Schweiz im Internat, und rate mal, wo das Rote Kreuz gegründet wurde.«

Sie dreht den Kopf, um mich anzuschauen.

»Mach die Augen zu«, sage ich zu ihr, »oder du bekommst Shampoo hinein.«

Sie schließt die Augen und dreht das Gesicht wieder nach vorne, wie ein gehorsames Kind. »Ich war gut bei all den medizinischen Sachen. Ich hätte Ärztin werden können.«

»Was hat dich davon abgehalten?«

Sie seufzt. »Mein Vater wollte, dass ich Ravi heirate, damit sein Geschäft mit Singh Architects fusionieren kann. Und ich *wollte* Ravi heiraten.«

Sie nimmt ein Stück Gardenienseife aus der Ablage an der Badewanne. Dafür braucht sie zwei Versuche, weil sie durch den Alkohol langsamer ist. Jetzt seift sie sich damit die Arme ein.

»Er war so ein Traumprinz, Abbas. Alle Mädchen, die ich kannte, hofften darauf, Ravi heiraten zu dürfen. Aber ich war fest entschlossen, ihn zu bekommen. Die Ehe wurde arrangiert, als ich fünfzehn war, aber seine Familie hat ihn nach England geschickt, und wir mussten warten, bis er seinen Abschluss hatte.«

Zorn steigt in mir auf. *Sie haben ihn nach England geschickt, um seine Liebschaft mit Radha zu verschleiern und den Sohn, den er mit ihr gezeugt hat.* Ich würde ihr das gerne sagen, aber ich lasse es. Niemand soll wissen, dass Niki illegitim ist. Es ist besser, dass er bei den Agarwals lebt statt bei den Singhs. Dessen war ich mir schon immer sicher.

Sheela spült sich die Seife von den Armen ab. »Abbas? Was passiert jetzt?« Ihre Stimme zittert wieder.

Ich weiß auch nicht mehr als sie. Ich habe gesehen, wie das Bein von Rikschafahrern von einem passierenden Auto zertrümmert wurde. Ich habe gesehen, wie Betrunkene aus dem ersten Stock im Pink-City-Basar gestürzt sind. Aber so etwas wie die Katastrophe heute Abend habe ich noch nie gesehen. »Schließ die Augen«, sage ich ihr.

»Ja, Sahib.«

»Beuge dich vornüber.« Ich öffne beide Wasserhähne der Badewanne und fülle den Stahlbehälter, der auf dem Boden gestanden hat, mit warmem Wasser. Dann gieße ich das Wasser über ihren Kopf und sehe zu, wie der Schaum die Badewanne füllt. Dass ich ihre Brüste und das Dreieck aus dunklen Haaren zwischen ihren Schenkeln nicht mehr sehen kann, ist eine Erleichterung. Mir wird bewusst, dass es Schuld ist, was ich empfinde – als würde ein Blick auf Sheelas nackten Körper bedeuten, dass ich Nimmi betrüge. Aber jetzt lässt das Gefühl langsam nach.

»Es ist nicht Ravis Fehler, weißt du?«, sagt sie.

Ich spüle ihr die restliche Seife aus den Haaren. »Was?«

»Das Kino. Heute Abend.« Sie dreht sich zu mir um, das Wasser aus ihren nassen Haaren spritzt mir ins Gesicht. »Ich will dir etwas zeigen.« Und bevor ich weiß, wie mir geschieht, klettert sie aus der Badewanne, greift sich ein dickes weißes Handtuch aus dem Regal und wickelt sich darin ein. Sie läuft in ihr Schlafzimmer, immer noch etwas unsicher auf den Beinen.

Als ich den Stöpsel ziehe, um das Wasser aus der Wanne zu lassen, hat sich mir der Anblick ins Gedächtnis gebrannt, wie sie aus dem Wasser steigt – geschmeidige Pobacken, schlanke Taille, karamellfarbene Beine. Ich kann sie in ihrem Schlafzimmer in den Kommodenschubladen wühlen hören.

»Hier ist es!«, höre ich sie rufen. Genauso plötzlich steht sie neben mir, ihr parfümierter Körper, ihre warme, feuchte

Haut, das Wasser, das aus ihren Haaren tropft. Sie zeigt auf ein Blatt Papier, das sie in der Hand hält.

Es ist ein Studiennachweis von Ravis letztem Jahr in Oxford. »Siehst du? Er ist sehr gut in Mathe und Werkstoffkunde. Er versteht, wie Gebäude gebaut werden und wie man sie robust macht. Er kann unmöglich etwas mit dem Desaster von heute Abend zu tun haben. Das *kann* er nicht. Das *geht* einfach nicht.«

Sie fleht mich mit ihrem Blick an, ihr beizupflichten. Ich weiß, dass sie von mir Absolution für ihren Ehemann will. Aber ich muss ständig an diese Ziegelsteine denken, die ich heute Abend im Kino gesehen habe. Warum sind sie dort? Wenn sie nicht von Chandigarh Ironworks kommen, sondern von woandersher, wie sind sie im Kino gelandet? Irgendetwas stimmt da nicht. Ich weiß nur nicht, was. Und ich kann es unmöglich Sheela anvertrauen. Sie liebt ihren Ehemann ganz offensichtlich und wird alles tun, was er von ihr verlangt. Ich erkenne auch die Frage hinter ihrer Frage: *Was, wenn er etwas falsch gemacht hat?* Ich weiß es nicht. Und die Antwort, wenn sie denn käme, könnte denjenigen schaden, an denen mir etwas liegt. Ich denke an Manu und Kanta. Und Niki.

»Ich muss los«, sage ich zu ihr, schnappe mir mein Jackett und gehe zur Tür.

Sie ruft mir hinterher, und ich bleibe stehen, um zuzuhören, drehe mich aber nicht wieder um.

»Danke«, sagt sie.

Während ich die Marmorstufen hinabsteige, rolle ich mir die Hemdsärmel wieder hinunter. Ravi kommt zur Vordertür hereingerauscht und läuft direkt in den Salon. Er ruft: »Ich habe gehört, was …«

Er kommt wieder aus dem Salon heraus und sieht, wie ich die Treppe hinuntersteige. »Was machst du denn hier?«

Sein Anblick – zerzaust, verängstigt, panisch – stößt mich ab. Wo war er, als wir uns um die Verletzten in dem Gebäude gekümmert haben, das er gebaut hat, das Projekt, mit dem er so geprahlt hat?

»Mich um deine Frau kümmern.« Ich knöpfe die durchweichten Manschetten meines Hemdes zu, während ich zu ihm trete. »Jetzt kannst du übernehmen.«

Er verzieht den Mund zu einer hässlichen Grimasse. »Du! Du hältst dich von Sheela fern!«, ruft er. »Glaubst du, ich hätte nicht gesehen, wie du sie anschaust?«

Jetzt stehe ich direkt vor ihm und ziehe mein feuchtes Jackett an. Ravi riecht nach Alkohol und Zigaretten. Seine Augen sind blutunterlaufen. Sein Haar, das er normalerweise mit Brylcreem zurückgegelt hat, fällt ihm in Strähnen in die Stirn.

Ich nehme das Baumwolltaschentuch aus meiner Hosentasche und tupfe die feuchten Stellen auf meinem Jackett ab. Ich lasse mir Zeit, damit er sich fragt, warum es feucht ist. Dann hebe ich das Kinn. Er ist größer als ich, aber das hält mich nicht davon ab, ihm in die Augen zu sehen.

»*Du* solltest sie dir häufiger anschauen, Ravi.« Ich drücke leicht gegen seinen Brustkorb.

Er stolpert zurück, als hätte ich ihn geschlagen.

Ich gehe um ihn herum. Als ich die Vordertür erreiche, drehe ich mich um. »Sheela hat heute Abend einer Menge Menschen im Kino geholfen. Jetzt bist du dran.«

Als ich nach draußen trete, wartet die Limousine auf mich. Beim Einsteigen ins Auto merke ich, dass der Geruch von Sheelas Gardenienseife noch an mir haftet.

NACH DEM EINSTURZ

Radio All India

13. Mai 1969

Vergangenen Abend ist eine Loge im neu errichteten Royal Jewel Cinema in Jaipur eingestürzt, wobei zwei Menschen getötet und dreiundvierzig weitere verletzt wurden. Mehr als tausend Menschen nahmen an der mit Spannung erwarteten großen Eröffnung des Lichtspielhauses teil, eines hochmodernen Kinos mit einer Leinwand, die es mit der des größten Filmpalastes in Bombay aufnehmen kann, und mit Surroundsoundtechnologie direkt aus den Vereinigten Staaten. In ihrer Eröffnungsrede bezeichnete Maharani Latika von Jaipur, die das von der renommierten Firma Singh-Sharma Construction durchgeführte viertausend Lakh teure Projekt initiiert hatte, das Royal Jewel Cinema als einen »historischen Moment für Jaipur, Heimat von weltberühmten Architekten, blendenden Textilien, Juwelen und natürlich Rajasthans Dal Batti«. Seit einem Jahr kursieren bereits Gerüchte über Kostenüberschreitungen und Bauverzögerungen. Der Palast drückte tiefste Trauer über den Verlust von Menschenleben aus, darunter auch der beliebte altgediente Schauspieler Rohit Seth. Trauernde haben am Ort der Tragödie Blumen für ihn abgelegt. Das zweite Opfer ist noch nicht identifiziert worden. Im Laufe des heutigen Tages wird eine formale Stellungnahme des Palastes von Jaipur zu den möglichen Gründen der Katastrophe erwartet und was voraussichtlich unternommen werden wird. Die Schauspieler Dev Anand und Vyjayanthimala, die zur Vorführung von

Jewel Thief *gekommen waren – dem ersten in diesem Kino gezeigten Film –, blieben unverletzt, da sie das Gebäude bereits zu Anfang der Pause verließen. Es ist nicht bekannt, wann das Royal Jewel Cinema seinen Betrieb wiederaufnehmen wird. Wir werden Sie im Laufe des Tages über weitere Entwicklungen informieren.*

18

Malik

Jaipur

Heute ist der Morgen nach der Tragödie im Royal Jewel Cinema; die Straßenkehrer haben noch nicht damit begonnen, mit ihren *Jharus* den Staub wegzufegen. Nach nur einer halben Stunde erschöpftem, betäubendem Schlaf schrecke ich auf. Ich sehe wieder die Bilder des Horrors vor mir, den ich miterlebt habe: ein Mann, dessen Bein in einem unnatürlichen Winkel absteht; der fleischige Arm einer Dame, der von einem Moniereisen durchbohrt ist und von dem Blut herunterströmt; ein Kind mit einer klaffenden Stirnwunde. Im Laufe der Nacht bin ich mehrfach aufgestanden, um in meinem Zimmer auf und ab zu gehen, ein weiteres Glas Wasser zu trinken, aus dem Fenster auf die Straße zu blicken, verlassen bis auf die streunenden Hunde, die sich zum Schlafen in den kühlen Staub der Nacht gelegt haben.

Dann schießen mir die Bilder von Sheela Singhs nackter Hüfte, ihren braunen Nippeln durch den Kopf. Was wird Ravi sagen, wenn er mich das nächste Mal sieht? Wird er

Manu erzählen, ich hätte versucht, seine Frau zu verführen? Das stimmt nicht, aber Ravi würde, ohne zu zögern, Ärger machen, um sich dadurch abzureagieren. Ein weiterer Gedanke: Weiß sie etwas über Ravis Rolle bei den Bauarbeiten? Hat sie ihn deshalb mir gegenüber verteidigt? Oder hat sie ihn für etwas entschuldigt, was er getan hat?

Es ist sechs Uhr morgens, aber was nützt es, sich hinzulegen, wenn der Schlaf einfach nicht kommen will? Ich bin seit drei Stunden zu Hause. Ich wollte Tante Boss anrufen, um ihr mitzuteilen, dass es mir gut geht, aber im Gästehaus gibt es kein Telefon. Ich bin mir sicher, dass Kanta Lakshmi angerufen hat, sobald sie gestern Abend nach Hause kam. Ich mache mir wegen Nimmi Sorgen. Sie kann die *Hindustani Times* nicht lesen, aber sie wird mit Sicherheit von den Aroras oder von Verkäufern in der Shimla Mall hören, was passiert ist, oder von Lakshmi, sobald Tante Boss es erfährt.

Ich bade und gehe dann kurz vor acht ins Büro. Die Angestellten kommen üblicherweise zwischen neun Uhr und neun Uhr dreißig hereingelatscht, aber als ich heute eintreffe, sind fast alle schon da.

Der vergangene Abend war ein großes Ereignis für den Palast, und die meisten Angestellten aus der Liegenschaftsabteilung waren anwesend. Während ich durchgehe, nicke ich Kollegen hier und dort zu. Ingenieure und Sekretäre drängen sich in Grüppchen zusammen und reden leise miteinander. Die Stimmung ist düster, drückend vor Ungewissheit. So wie ich gehen sie vermutlich davon aus, dass Manu uns alle zu einem Meeting über die Ereignisse des vergangenen Abends zusammenrufen wird, um herauszufinden, was so schiefgegangen ist, dass die Loge zusammenbrechen konnte. Wird es eine Untersuchung geben oder eine Ermittlung? Wer wird für die Verletzten aufkommen? Wer von uns ist in irgendeiner Weise für den Unfall verantwortlich?

Ich setze mich an meinen Schreibtisch und bitte die Vermittlung, mich mit Tante Boss zu verbinden. Es ist ein Ferngespräch, aber ich glaube nicht, dass Hakeem oder Manu Einspruch erheben würden. Ich lasse das Telefon mehrfach klingeln, aber es geht niemand dran. Also rufe ich Tante Kanta an, die beim ersten Läuten abnimmt. Sie hört sich ausgelaugt an, als hätte auch sie nicht gut geschlafen, aber sie ist erleichtert, von mir zu hören. Sie sagt mir, dass sie vergangenen Abend mit Lakshmi gesprochen hat, die versprochen hat, den ersten Zug von Shimla aus zu nehmen. Ich solle sie heute Abend am Bahnhof abholen.

Die Nachricht, dass Tante Boss herkommt, erfüllt mich mit Erleichterung. Bei ihr kann ich mich immer darauf verlassen, dass sie in einer Krise einen klaren Kopf behält.

Während Kanta weiterredet, sehe ich, wie Maharani Latika den Konferenzraum auf der anderen Seite der Etage verlässt. Sie macht ein finsteres Gesicht. Zu beiden Seiten wird sie von Herren in Anzügen flankiert. Vermutlich sind das ihre Anwälte. Das Gesicht Ihrer Hoheit ist leicht gerötet, als wäre sie wütend. Samir Singh und Ravi folgen ihr mit hängenden Schultern aus dem Konferenzraum, und hinter ihnen erscheinen Manu und zwei seiner Ingenieure. Ich unterbreche Kanta, um ihr zu sagen, dass ich später bei ihr vorbeikomme, und lege auf.

Keiner der Singhs sieht in meine Richtung, was völlig in Ordnung ist; ich bin immer noch irritiert von Ravis spätem Erscheinen vergangene Nacht und seiner kaltschnäuzigen Missachtung von Sheelas Gefühlen. Er muss gewusst haben, dass sie sich zusammenreimen würde, wo er war. Machte er sich überhaupt die Mühe, sich irgendeine Ausrede einfallen zu lassen, oder bat er sie einfach um Vergebung?

An der Vordertür zu den Büros stoppt Ihre Hoheit und dreht sich um, um allen hinter ihr die Hand zu geben. Sie ist so groß wie ein Mann, und ihre Präsenz ist gebieterisch. Ein weiß gekleideter Bediensteter mit Turban hält die Doppeltür für sie auf, während sie hindurchgeht; er muss aus dem Palast stammen. Manu und seine Ingenieure sehen zu, wie alle gehen; dann sagt Manu ein paar Worte zu ihnen, bevor er sie an ihre Schreibtische zurückschickt. Als sich unsere Blicke treffen, zeigt er mit einem Finger auf sein Büro.

Ich gehe nach draußen, um zwei kleine Gläser Tee von dem Chai-*Walla* auf der anderen Straßenseite zu kaufen. Dann trage ich den Tee in Manus Büro, während er seinen Anzug auf einen Garderobenständer in der Ecke hängt.

»Schließ die Tür hinter dir«, sagt er. Ich stelle den Chai auf seinen Schreibtisch und tue, wie mir geheißen.

Draußen herrschen knapp dreißig Grad, aber Manu wärmt sich die Hände an dem dampfenden Glas, als ich mich ihm gegenüber hinsetze. Seine Haut ist fahl. Auf seiner Wange sehe ich einen frischen Schnitt, er hat sich wohl beim Rasieren verletzt. Er sieht aus wie ein Mann, der vor seiner Zeit zur Feuerbestattung auf den Scheiterhaufen geschickt wird. Glaubt er, dass das, was gestern passiert ist, sein Fehler war?

Er starrt in seinen Tee, während er spricht. »Das vergangenen Abend war eine Tragödie, die niemand hätte voraussehen können. Kanta hat Lakshmi angerufen und ihr gesagt, was passiert ist und dass es dir gut geht.«

Ich nicke.

»Mr. Reddy hat mir gestanden, dass er weit mehr Eintrittskarten verkauft hat, als die Loge tragen konnte. Er hatte Anweisung bekommen, die Anzahl zu begrenzen, aber so viele Menschen wollten einen Blick auf die Schauspieler auf der

Bühne werfen, dass er …« Manu schlägt die Hände über dem Kopf zusammen, als wäre er der Kinoleiter. »Singh-Sharma wird eine neue Loge bezahlen – Zeit und Materialien – und alles andere ersetzen, was beschädigt wurde, und der Palast wird die Arztrechnungen der Verletzten übernehmen. Sie werden auch über eine Entschädigung für die Familien der Getöteten nachdenken. Trotzdem …«

Er stürzt seinen Tee in einem Zug hinunter und stellt dann sein Glas vorsichtig auf dem Schreibtisch ab, als wollte er die Mahagonioberfläche nicht beschädigen. Schließlich sieht er mir in die Augen. »Es ist alles geregelt. Wir werden eine formelle Ankündigung machen, wer was bezahlen wird. Vergangene Nacht haben Reporter bei mir zu Hause angerufen, um einen Kommentar von mir zu bekommen, aber ich musste erst mit Ihrer Hoheit absprechen, was wir der Öffentlichkeit sagen.« Er versucht zu lächeln.

Ich merke, dass er sich unendlich schuldig fühlt. »Es war nicht dein Fehler, Onkel. Es klingt so, als wäre der Kinoleiter schuld.«

Manu räuspert sich und spielt mit den Stiften auf seinem Schreibtisch herum. Er sieht mich nicht an. »Nun, die Maharani ist außer sich. Und das aus gutem Grund.« Er kratzt sich vorsichtig mit einem Finger oben am Kopf, wo sich eine kahle Stelle bildet. »Zwei Tote. Eine Frau. Und Rohit Seth, der Schauspieler. Seine Fans toben. Kann ich ihnen nicht verübeln. Das hätte nicht passieren dürfen, Malik.«

Manu greift wieder nach dem Glas, merkt, dass es leer ist, und stellt es wieder hin. Ich habe noch nicht von meinem getrunken, also schiebe ich ihm das Glas zu. Er umklammert es, als wäre es eine Rettungsleine.

»Onkel …« Ich zögere. »Wurde Mr. Reddy nicht von Singh-Sharma empfohlen? Wenn er mehr Menschen ins Kino gelassen hat, als zulässig war, warum übernehmen sie nicht auch die Arztkosten?«

Er zuckt die Schultern. »Wir teilen uns die Last – so ist das Geschäft.« Er trinkt das zweite Glas Tee aus und stößt sich vom Tisch ab, als wären wir fertig. »Und jetzt geh und hilf Hakeem. Er hat Arbeit für dich.«

»Aber … was ist mit den Ziegelsteinen?«

Er blinzelt und reibt sich grob übers Kinn. »Was meinst du?«

»Ich habe nach dem Einsturz all diese Ziegel in den Trümmern bemerkt. Was ist mit dem Zement passiert, der in Rechnung gestellt wurde? Und die Ziegel – es sind andere, als deine Ingenieure im Bauplan empfohlen haben. Die Ziegel, die ich vergangene Nacht gesehen haben, waren leichter, poröser. Ohne Firmenstempel. Könnte der Zulieferer dafür haftbar gemacht werden, dass er das falsche Material geliefert hat?«

Manu runzelt die Stirn und winkt ab, als wären meine Worte bedeutungslos. »Sie spielen hierbei nur eine kleine Rolle. Selbst wenn wir ihnen Druck machen, wären sie nicht in der Lage, für so viele Schäden und Verletzungen aufzukommen.« Er richtet einige Papiere auf seinem Schreibtisch aus. »Es wird eine offizielle Ermittlung geben, die einige Fragen beantworten könnte. Aber nichts, weswegen du dir Sorgen zu machen brauchst. Geh jetzt zu Hakeem.« Er steht auf.

Als ich mich zum Gehen wende, sagt er mit zittriger Stimme: »Ich hasse es, was das mit Kanta machen wird. Mit Niki. Sie sind so stolz auf mich gewesen. Jetzt … wo auch immer sie hingehen … Die Menschen werden sie fragen, was passiert ist. Die Schande … Ich will nicht, dass sie etwas erklären oder entschuldigen müssen.« Er wischt sich mit dem Handrücken die Stirn ab, die vom Tee schweißig geworden ist.

Ich möchte diesen sanftmütigen Mann trösten, der immer freundlich zu mir, zu Tante Boss und zu Radha gewesen ist.

Aber ich bin erst einundzwanzig und er fast vierzig. Es wäre unangemessen, wenn ich ihm auf die Schulter klopfen oder ihm sagen würde, dass alles wieder in Ordnung kommt, wo ich doch so wenig über dieses Geschäft weiß. Dennoch berührt es mich, dass er mich wie ein Familienmitglied behandelt und mir seine tiefsten Ängste anvertraut.

»Tante Kanta wird zurechtkommen. Und so wie dein Sohn beim Kricket zuschlägt, würde ich sagen, dass Niki mehr als dazu in der Lage ist, auf sich aufzupassen. Und vergiss nicht, dass du mich auch noch im Team hast!« Ich kichere leise.

Sein Lächeln ist schwach, aber er lächelt.

Ich nehme die Teegläser mit, um sie zum Chai-*Walla* zurückzubringen. Mein Herz ist schwer in Anbetracht von Manus Last – der Schmerz der Verwundeten, die Enttäuschung der Maharani.

Aber ich bin auch wütend über die Ungerechtigkeit von alldem. Manus Unterschrift steht überall drauf. Er wird für die größte Katastrophe verantwortlich gemacht werden, die es seit Jahrzehnten in Jaipur gegeben hat. Die Singhs werden mit nur einem Teil der Schuld davonkommen. Und Manu hat recht: Auch Kanta und Niki werden den Preis bezahlen. Tante Boss sagt immer, dass Klatschmäuler scharfe Zähne haben. Sie werden diese Tragödie noch jahrelang durchkauen.

Manu wirkt wie ein geschlagener Mann; er hat bereits aufgegeben. Das scheint mir nicht fair zu sein. Irgendwie muss ich ihm doch helfen können!

Bhagwan sei Dank wird Tante Boss heute Abend hier sein. Ich kann all das mit ihr besprechen.

Auf dem Weg zu meinem Schreibtisch klopfe ich an Hakeems Bürotür.

»Onkel«, sage ich, »Sie sind früh dran.«

Der Buchhalter sieht von seinem Kassenbuch auf, das Deckenlicht funkelt auf seiner Brille. »Mr. Agarwal hat mich gebeten, vor der üblichen Bürozeit herzukommen. Nach der vergangenen Nacht haben wir viel zu tun.« Er nimmt seine Brille ab, um sie mit seinem makellos weißen Taschentuch zu polieren. »Solch eine Tragödie! Meine Töchter hatten letzte Nacht Albträume.«

Ich kann mich nicht daran erinnern, Hakeem mit irgendjemandem außer Mr. Reddy zusammen gesehen zu haben.

»Es sind doch alle sicher nach Hause gekommen, oder?«

»Gerade so eben. Jede Rikscha, jedes Motorrad, jede *Tonga* – alle waren belegt. So viele Leute, die zu entkommen versuchten! Es kam zu Kämpfen. Ich hatte Angst, dass ich eines meiner Mädchen verliere. Wir haben uns an den Händen gehalten und mussten uns den Weg durch die Menge bahnen. Wir haben fast drei Stunden gebraucht.«

Ich lehne mich gegen den Türrahmen. »Was, glauben Sie, war die Ursache dafür?«

Hakeem fährt sich mit einem Finger unter seinem Schnurrbart entlang. »Mr. Agarwal sagte mir, dass zu viele Menschen in der Loge waren. Ja?«

Jetzt trete ich in den Raum hinein und bleibe vor seinem Schreibtisch stehen. »Aber wie konnte es wegen des zusätzlichen Gewichts von ein paar Menschen zu solch einem Einsturz kommen, Hakeem Sahib?«

»Mir wurde gesagt, dass es mehr als nur ein paar waren. Eher hundert extra.«

Ich nehme mir einen Moment Zeit, um das zu verdauen. »Dennoch, bauen die Ingenieure nicht immer noch einen Spielraum ein … nur für den Fall? Als Ausgleich für die Torheit der Menschen? Gibt es dafür nicht Standards, die eingehalten werden müssen?«

Hakeem zuckt seine gerundeten Schultern. »Wer weiß? Wir sind Buchhalter, keine Detektive. Wir müssen so schnell wie möglich einen Bericht über die mit dem Schaden verbundenen Baukosten erstellen. Ja? Wir sollen eine Liste all der verwendeten Materialien anfertigen und der Zulieferer, die wir bezahlt haben, und wie viel wir ausgegeben haben. Du setzt dich an die Stühle, Teppiche und Dekorationselemente, die ersetzt werden müssen. Singh Sahib hat mich gebeten, mich um die Kosten für die Baumaterialien für die Instandsetzung und den Wiederaufbau zu kümmern.«

»Sie meinen Manu Sahib?«

»Nein, junger Abbas. Ravi Sahib hat mir die Anweisung erteilt. Mr. Agarwal ist für alle Liegenschaften des Palastes zuständig, aber da die größeren Bauprojekte häufig an Singh-Sharma vergeben werden, ist es ja fast, als würden wir auch für sie arbeiten.«

Weiß Manu, dass Ravi seinen Angestellten Befehle erteilt? Ist das nicht ein Interessenkonflikt? Ich frage mich, ob das Verfahren anders gewesen wäre, wenn Mr. Sharma keinen Schlaganfall gehabt hätte und jetzt nicht beide Singhs zuständig wären. »Wir werden also die gesamten Materialkosten für die Wiederbeschaffung veranschlagen?«

Er wirft mir einen Blick zu, als wäre ich ein Einfaltspinsel. »Ja.«

Ich räuspere mich. »Sie sind so beschäftigt, Onkel. Wenn Sie wollen, kann ich Ihnen bei den Schätzungen helfen.«

»Mr. Ravi hat ausdrücklich mich darum gebeten, ja? Und du, Abbas, hast deine eigene Aufgabe. Los.« Er wedelt mit der Hand, als würde er eine Fliege verscheuchen.

»Aber … könnte nicht etwas anderes als Überbelastung den Einsturz verursacht haben? Zum Beispiel minderwertige Materialien? Eine beschädigte Konstruktion?«

Hakeem sieht mich stirnrunzelnd an, legt seinen Füller hin und stützt sich auf seine Ellbogen. »Vorsicht mit dem, was du sagst, Abbas. Singh-Sharma ist ein sehr vertrauenswürdiger Auftragnehmer. Der Palast arbeitet schon seit Jahrzehnten mit ihnen. Und sie arbeiten schon seit Jahren mit denselben Materialzulieferern zusammen. Zuverlässige Firmen, bewährte Firmen. Es ist nicht nötig, sie in den Schmutz zu ziehen.«

»Im Laufe der Jahre hat es doch sicher ein paar Änderungen bei den Zulieferern gegeben?«

Er seufzt. »Abbas, hatte ich erwähnt, dass ich vier Töchter habe? Die älteste kommt bald ins heiratsfähige Alter. Die anderen werden folgen. Ja? Wie soll ich mir ihre Mitgiften leisten können, wenn ich nicht hinter diesem Schreibtisch sitze und die Zahlen addiere, die Mr. Singh von mir haben will?«

Ich ignoriere seinen Frust. Ich weiß, was ich gesehen habe, und nichts davon ergibt einen Sinn. Ich muss vorsichtig vorgehen, für den Fall, dass Hakeem denkt, ich wollte ihm schlampige Büroarbeit vorwerfen oder Manus Fähigkeit, das Projekt zu leiten, anzweifeln. »Vielleicht hat Singh-Sharma einen neuen Zulieferer beauftragt, und sie haben Materialien geliefert, die von der Spezifizierung abweichen – versehentlich. Haben wir im vergangenen Jahr neue Zulieferer hinzugefügt oder gewechselt?«

Hakeem starrt mich über den Rand seiner Brille an. »Du hast noch viel zu lernen, junger Mann.«

Ich schenke ihm mein charmantestes Lächeln. »Was, wenn ich mich einverstanden erkläre, Ihre älteste Tochter *ohne* Mitgift zu heiraten?«

Seine Lippen zucken. Ich habe den kleinen Buchhalter *fast* zum Lächeln gebracht! Er kneift seine Augen zusammen und schüttelt den Kopf. Dann greift er nach seinem Rolodex und blättert die Karten durch. Bei einer hält er inne. »Schauen wir mal … Dieser hier ist neu. Ja. Wir haben Chandigarh Ironworks vor dreizehn Monaten hinzugefügt. Sie haben unseren früheren Zulieferer um zwanzig Prozent unterboten.«

Ich stoße einen Pfiff aus. »Zwanzig Prozent sind ein gewaltiger Nachlass.«

Er zieht die Augenbrauen hoch und klopft auf die Karte. »Hm. Das stimmt.«

»Sie liefern Betonstahl?«

Er schüttelt den Kopf. »Früher. Heutzutage beliefern sie uns mit Ziegelsteinen und Zement.«

Ich bitte nicht darum, den Vertrag mit Chandigarh Ironworks zu sehen. Hakeem würde ihn mir nicht zeigen; meine Fragen haben ihn bereits misstrauisch gemacht. Natürlich warte ich, bis er in den Feierabend geht, und schlüpfe dann in sein Büro. Tante Boss muss ich erst in anderthalb Stunden vom Bahnhof abholen.

Zu meinem Glück ist Hakeem ein organisierter Buchhalter: Alles ist ordentlich beschriftet, alle Belege werden aufbewahrt. Ich suche den Schrank mit den Verträgen und öffne die obere Schublade. Alle Verträge sind unter dem Namen des Auftragnehmers in alphabetischer Reihenfolge abgelegt. Ich suche die Mappe mit der Aufschrift *Chandigarh Ironworks* und ziehe sie heraus. Darin finde ich eine Rechnung, wonach sie ihren Sitz tatsächlich in Chandigarh haben, im Bundesstaat direkt nördlich von Rajasthan.

Hakeem hat gesagt, dass es sich um einen neuen Vertrag handelt, also möchte ich die Bedingungen mit denen des vorigen Zulieferers vergleichen, aber ich weiß nicht, wer der frühere Zulieferer war. Eine Möglichkeit, den Namen der Firma herauszufinden, ist ein Blick auf die bezahlten Rechnungen von vor dreizehn Monaten oder davor. Aber auf den Rechnungen ist nicht immer der Name des Projektes aufgeführt, und es gibt so viele sich überschneidende Projekte, in die der Palast involviert ist. Bis ich angefangen habe, für Manu zu arbeiten, wusste ich nichts von den verschiedenen Renovierungen im Rambagh Hotel, dem Palast von Jaipur und dem Palast der Maharanis oder dass die königliche Familie kleinere Anwesen aufkauft (von Rajputen, die ihre Immobilien nicht mehr instand halten können) und sie in Boutiquehotels verwandelt. Und der Entwurf und Bau des Royal Jewel Cinema war natürlich ein umfangreiches Bauprojekt, das drei Jahre in Anspruch genommen hat.

Ich halte es für zielführender, mir die separaten Ordner für die Zulieferer anzusehen. Mit einem Seufzer lege ich los. Zuerst suche ich nach Zulieferern, deren Name andeutet, dass sie Ziegelsteine verkaufen und nicht etwa Elektro- oder Sanitärinstallationen oder Innenausstattungen. Es gibt viele Namen, die auf »Baustoffzulieferer« oder »Materialien« enden, also sehe ich mir die Verträge in jedem Ordner an, ob sie immer noch eine aktive Bezugsquelle eines der Palastprojekte sind.

Eine Stunde später stoße ich auf den Ordner zu Shree Building Materials in Jaipur. Der Vertrag, in dem es um die Lieferung erstklassiger Ziegelsteine ging, endete an dem Tag, an dem der Vertrag mit Chandigarh Ironworks in Kraft trat. Ich verstehe, warum der Palast auf hochwertige Materialien besteht, die frei von Rissen, Absplitterungen, Steinen und anderen Makeln sind. Auch der Vertrag mit Chandigarh Ironworks verspricht die Lieferung erstklassiger Ziegelsteine.

Ich lehne mich auf Hakeems Stuhl zurück und denke nach. Ich verstehe nicht, wie Chandigarh Ironworks zu einem *geringeren* Preis dieselbe Qualität wie der vorige Zulieferer anbieten kann, wo ihnen zusätzlich doch noch Transportkosten entstehen. Chandigarh liegt schließlich fünfhundert Meilen weit entfernt!

Und noch etwas ist seltsam: Die Ziegelsteine des Kinos – die ich in die Hand genommen und untersucht habe – waren nicht für den Bau geeignet. Sie konnten tragende Strukturen wie die Loge nicht stützen. Wer also hat ihre Verwendung genehmigt?

Ich studiere die Unterschriften auf beiden Verträgen – Shree Building und Chandigarh. Manu Agarwal und Samir Singh auf dem früheren Vertrag; Manu Agarwal und Ravi Singh auf dem aktuellen Vertrag. Es gehört zu den Grundsätzen des Palastes, alle Verträge zu ihren Bauprojekten zu unterschreiben und das Original für den Fall einer Buchprüfung aufzubewahren. Singh-Sharma muss also ebenfalls eine Kopie davon in den Akten haben.

Aber die interessantere Frage ist, warum überhaupt Ziegelsteine verwendet wurden. Von den Ingenieuren des Palastes habe ich gelernt, dass für tragende Säulen mit Moniereisen verstärkter Zementbeton – ein viel stärkeres Material – bevorzugt wird. Ziegelsteine werden nur zusammen mit Zementbeton verwendet. Ist minderwertiger Zement das Problem? Wenn ich Ravi fragte, würde er dann einfach die Rechnungen verändern, so wie er das schon einmal getan hat? Samir zu fragen, wage ich nicht. Der würde sich beeilen, Ravis Spuren zu verwischen, wenn er vermutet, dass sein Sohn etwas Unziemliches getan hat. Jetzt fällt mir wieder ein, dass Samir nichts zu den Ziegelsteinen sagte, als wir gestern Abend im Kino miteinander sprachen.

Mir wird klar, dass ich mir diese Belege für die Ziegel und den Zement noch einmal ansehen muss, von denen Hakeem dachte, dass ich sie falsch erfasst hätte. Dieselben, mit denen ich dann zu Ravi ging, der einfach eine Zahl durchstrich und durch eine andere ersetzte. Ich stehe vom Schreibtisch auf und gehe zu dem Kassenbuch, in dem ich die Rechnungen vor ein paar Wochen erfasst habe. Dann sehe ich mich nach dem Schrank um, in welchem die beglichenen Rechnungen in chronologischer Reihenfolge aufbewahrt werden. Als ich ihn gefunden habe, durchsuche ich ihn nach Datum, dankbar für Hakeems nervige Akribie. Denn dort sind, an die Rechnung zum betreffenden Zeitraum angehängt, die fraglichen Quittungen. Hier ist die Quittung vom Chandigarh Ironworks über den Einkauf von Ziegelsteinen und Zement. Nur … diese Quittungen sind sauber, ohne handschriftliche Änderungen. Das sind nicht die, auf denen Ravi den Lieferumfang mit seinem Füller ausgetauscht hat.

Die Mengenangaben … Ich prüfe sie noch einmal. Sie wurden vertauscht! Laut diesen Belegen wurde mehr Zement als Ziegelsteine eingekauft, genau das Gegenteil von dem, was mir vorher aufgefallen war. Demnach würde das nicht mit dem Kassenbuch übereinstimmen. Aber liege ich richtig? Ich renne zu Hakeems Schreibtisch und sehe im offenen Kassenbuch nach. Die Mengen darin stimmen mit denen auf den Quittungen in meiner Hand überein. Wie kann das sein?

Ich senke die Bogenleuchte auf Hakeems Schreibtisch, um einen näheren Blick auf das Kassenbuch zu werfen. Hakeems Handschrift ist so präzise, dass die Zahlen aussehen, als wären sie getippt, statt mit Tinte geschrieben (Hakeem hat natürlich einen besonderen Füller, extra zu diesem Zweck, und er gestattet es niemand anderem, ihn zu benutzen – ja!). Jemand hat sorgfältig den alten Eintrag mit einer feinen Rasierklinge ausradiert und die neuen Zahlen eingetragen. Ich kenne diesen alten Trick aus meiner Zeit in der Bishop-Cotton-Jungenschule. So haben gewisse Jungs ihre Testergebnisse verändert, wenn die Lehrer nicht hinsahen.

Aber warum um alles in der Welt wurden die Einträge und Quittungen geändert? Und wer hat sie geändert?

Mir fallen dafür nur zwei Erklärungen ein: Die Originalquittungen stimmten nicht und mussten korrigiert werden. Oder – dabei richten sich mir die Härchen auf dem Arm auf – jemand hat die Angaben manipuliert, damit sie zu dem passen, was hätte sein *sollen:* nämlich dass mehr Zementbeton hätte verwendet werden müssen, um die Loge tragfähig zu machen. Wenn die richtige Menge verwendet worden wäre, wäre es nicht zum Einsturz gekommen.

Ich trommle mit den Fingern auf Hakeems Schreibtisch herum. Laut Manu hat Mr. Reddy zugegeben, dass er zu viele Eintrittskarten verkauft hat und die Loge überfüllt war. Es habe mehr Gewicht auf der Loge gelastet, als sie tragen konnte.

Sagt jetzt der Kinoleiter die Wahrheit, oder sind die Quittungen fehlerhaft?

Ich bin so in Gedanken verloren, dass ich seine Schritte nicht höre.

»Abbas?«

Erschrocken blicke ich vom Kassenbuch auf. Hakeem steht in der offenen Tür zu seinem Büro.

»Ja, Sahib?« Ich bemühe mich um eine ruhige Stimme, so als wäre das, was ich hier mache, völlig normal.

»Was tust du hier?«

»Es tut mir leid, *Ji.* Ich bin mit meiner Schätzung für den Wiederaufbau des Kinos in Verzug geraten. Ihre Tür war nicht abgeschlossen, und ich dachte, dass ich die Arbeit hier erledigen könnte, statt die Kassenbücher immer zu meinem Schreibtisch und wieder zurück zu tragen. *Maaf kar dijiye.*« Als Entschuldigung ziehe ich an meinen beiden Ohrläppchen.

Er wirft einen Blick auf den Türknauf – *hatte er wirklich die Tür nicht richtig abgeschlossen?* – und streicht sich mit einem Stirnrunzeln über seinen Schnurrbart.

»Sahib, was machen Sie hier?« Diese Taktik habe ich mir

vor langer Zeit angeeignet und immer angewandt, wenn ich dabei erwischt wurde, wie ich einen Kamm für Omi oder Süßigkeiten für eines ihrer Kinder an einem Stand im Pink-City-Basar gestohlen hatte. Angriff ist die beste Verteidigung.

»Ich habe meinen Regenschirm hier vergessen, ja? Ich war gerade mit einem Freund beim Abendessen, der sagte, dass es morgen wahrscheinlich regnen würde, und ich möchte mich nicht erkälten, wenn es feucht ist.«

»Gut mitgedacht. Ja.« Ich hoffe inständig, dass er nicht näher kommt und sich die Verträge, Quittungen und Kassenbücher näher ansieht, die ich auf seinem Schreibtisch ausgebreitet habe. Ich unterdrücke den Drang, die Papiere mit den Händen abzudecken.

Er greift sich seinen Regenschirm, der neben der Tür lehnt. »Bleib nicht zu lange auf. Die Arbeit läuft dir nicht davon, junger Mann. Ja?«

Er schenkt mir ein nachsichtiges Lächeln. Zumindest im Moment bin ich sein hart arbeitender Schützling.

»Sie haben recht, *Ji. Zaroor.*« Ich nicke ihm besänftigend zu und fange an, die Kassenbücher und Papiere zusammenzuschieben.

Sobald ich höre, wie sich die Vordertür mit einem Klicken schließt, lasse ich den Kopf in die Hände sinken. Wird Hakeem Manu erzählen, dass ich in seinem Büro gewesen bin? Ich bezweifle es. Meine Anwesenheit in den Büros des Palastes ist ein besonderer Gefallen für Onkel Manu, und Hakeem weiß das; es könnte taktisch unklug sein, mich zur Rede zu stellen. Aber Hakeem könnte sich fragen, ob ich ihm die Wahrheit gesagt habe.

Und wenn nicht, warum.

Ich werfe einen Blick auf meine Uhr. Lakshmis Zug sollte bald ankommen.

19

Lakshmi

Jaipur

Am Bahnhof in Jaipur halte ich nach dem schwarzen Ambassador der Agarwals Ausschau. Es ist früher Abend, und ich bin fast elf Stunden unterwegs gewesen. Aber statt ihres Fahrers Baju steigt Malik vom Fahrersitz. Ich bin so glücklich, ihn zu sehen, dass ich fast weinen möchte. Ich habe ihn vermisst. Er trägt ein frisches weißes Hemd, dessen Ärmel er bis zu den Ellbogen aufgerollt hat, und eine schwarze Hose.

»Ich dachte, Kanta würde Baju schicken, um mich abzuholen«, sage ich.

Malik lächelt bemüht. »Würde ich dich allein mit diesem Lustmolch fahren lassen?« Sein Tonfall ist leicht, aber ich spüre, dass er mit etwas hinter dem Berg hält. Die Nachricht über die Tragödie im Kino muss in der gesamten Pink City für Aufregung gesorgt haben. Ich kann mir kaum vorstellen, welchen Tribut sie von Familie Agarwal, dem Palast und den Familien der Verletzten fordert.

Malik hebt meinen Koffer in den Kofferraum der stattlichen Limousine, die Kantas Vater alle fünf Jahre an ihrem Hochzeitstag durch ein neueres Modell ersetzt. Dies muss ihr dritter Ambassador sein. Ihre Familie hat Geld, wohingegen Manu aus bescheidenen Verhältnissen stammt. Der Palast stellt Manu für die Arbeit einen Jeep mit Fahrer zur Verfügung, sodass Kanta und ihre Schwiegermutter diese Limousine benutzen können.

Nachdem Malik mir auf den Beifahrersitz geholfen hat, bemerke ich: »Nun, bevor du mir erzählst, was los ist, möchte ich dir versichern, dass Nimmi dich schrecklich vermisst, Rekha ständig nach dir fragt, Chullu zu sprechen begonnen hat und es Jay gut geht. Oh, er fragt auch die ganze Zeit nach dir.«

Er kichert. Das ist besser. Ich werde ihm nichts von Nimmis Ausbruch gestern Abend erzählen. Ich habe das Haus heute Morgen so früh verlassen, dass ich sie nicht mehr gesehen habe. (Versuchte ich, ihr aus dem Weg zu gehen?) Jedenfalls hatte ich während der Zugfahrt Zeit, über ihre Worte nachzudenken und ob ein Körnchen Wahrheit darin steckt. Stelle ich Besitzansprüche an Malik? Ja, das tue ich. Ich empfinde für ihn das Gleiche wie für meine Schwester Radha. Ich will, dass es beiden gut geht, dass sie ihre Fähigkeiten entwickeln und sie einsetzen, wofür auch immer sie sie einsetzen wollen. Wie kann das falsch sein? Warum soll ich mich dafür schuldig fühlen, dass ich ihnen auf ihrem Weg helfe?

Radha bin ich nicht gerecht geworden, glaube ich. In ihrem letzten Jahr in der Auckland-House-Schule traf sie Pierre Fontaine in der Shimla Mall. Pierre war achtundzwanzig – zehn Jahre älter als Radha – und völlig hin und weg von ihr. Er wusste rein gar nichts über ihre Vergangenheit, das Baby, das sie als knapp Vierzehnjährige zur Adoption freigegeben hat. Er kam zu mir, um mich um meinen Segen zu bitten, was mich für ihn einnahm. Er war nachdenklich, freundlich. Und natürlich Franzose.

Radha lernte Französisch an der Auckland-House-Schule und hat sich verliebt, zuerst in die Sprache und dann in Pierre. Mir wäre es lieber gewesen, wenn sie sich im nahe gelegenen Chandigarh am College eingeschrieben hätte, statt zu heiraten, aber da wusste ich längst, wie dickköpfig sie sein kann; je mehr ich mich mit ihr wegen einer Sache streite, desto größer wird ihr Widerstand. (Ich habe oft gedacht, dass sie wie Indisches Springkraut ist, eine trügerisch zarte Blühpflanze, die sich nur schwer bändigen lässt.)

Schließlich habe ich Radha und Pierre meinen Segen erteilt. Es scheint gut zu funktionieren. Radha hat eine Ausbildung in einem Parfümhaus gemacht und ist Parfümeurin geworden. Sie war schon immer gut darin, meine Hennapaste anzurühren, und hat mit unterschiedlichen Ölen, Zitronensaft und Zucker experimentiert, um die richtige seidige Konsistenz zu erreichen. Und der Duft war göttlich.

Radha hat das, was sie immer wollte: eine Familie. Sie schickt mir hin und wieder Fotos ihrer beiden hinreißenden Töchter: Asha, jetzt zwei Jahre alt, und Shanti, vier Jahre alt.

Malik schlüpft hinter das Steuer. »Nikhil hat heute Abend ein Kricketspiel, deshalb hat Tante Kanta mich gebeten, zuerst mit dir dorthin zu fahren. *Accha*, Boss?«

Ich klopfe ihm auf den Arm, um mich zu vergewissern, dass er wirklich da ist. »*Accha.*«

Malik lenkt den Ambassador durch das Gewühl von Fahrradrikschas, Taxis und Fußgängern. »Ich kann dir gar nicht sagen, wie froh ich bin, dich zu sehen. Ich habe heute Morgen angerufen, aber es ging niemand ran.«

»Jay war wahrscheinlich schon bei der Arbeit.« Ich sehe zum Fenster hinaus und genieße das choreografierte Chaos der Stadt: eine *Hijra*, die mit schwingenden Hüften und geschminkten Lippen zum Markt geht; ein Karren voll alter Traktorreifen, der von einem knochigen Arbeiter gezogen wird; Kinder, die an einer staubigen Straßenecke Murmeln spielen, was Malik als Junge auch so gern getan hat.

Malik geht vom Gas wegen einer sechsköpfigen Familie, die gefährlich auf einem Motorroller balanciert. »Ich möchte dir dafür danken, dass du Nimmi unter deine Fittiche genommen hast.«

»*Koi baat nahee.* Sie arbeitet hart. Und es macht mir Spaß, Rekha das Lesen beizubringen.«

»Ich wette, dass sie schnell lernt, mein kleines Äffchen.« Es klingt so liebevoll, wie er das sagt, dass ich lächeln muss. »Darf ich offen sein, Tante Boss?«

Ich wende mich ihm zu und nicke.

»Ich versuche mir zusammenzureimen, was gestern Abend im Kino passiert ist und warum. Aber jedes Mal, wenn ich etwas finde, was nicht richtig zu sein scheint, stoße ich auf eine Mauer. Weder Samir, Hakeem und noch nicht einmal Manu wollen, dass ich weiterschnüffele.«

»Nun, das ist doch nicht deine Aufgabe, Malik, oder? Das zu untersuchen? Solltest du dich nicht auf das konzentrieren, was Manu dir beibringt?« Für eine halbe Sekunde frage ich mich, ob Malik etwas getan hat, was Manu in Schwierigkeiten gebracht hat. Nicht absichtlich, sondern versehentlich.

»Aber das ist doch genau das, was ich tue.« Malik hupt eine Frau an, die einen Korb voller Bohnen auf dem Kopf trägt. Sie weicht zum Straßenrand aus. »Nach dem Einsturz habe ich diese … Ziegelstücke im Schutt gefunden. Jede Menge davon.«

Ich spitze die Ohren. Er fährt fort und beschreibt mir Ziegelsteine, die denen ähneln, die ich bei Canara Enterprises gesehen habe.

»Im Bauplan ist Zementmörtel für die Säulen vorgegeben – keine Ziegelsteine. Ich habe mir die Verträge angeschaut. Ich täusche mich *nicht*. Aber niemand will mir zuhören.«

Ich höre zu. Und Maliks Worte lassen mein Herz rasen. Er beschreibt mir die Kassenbücher, in die er Zahlen einträgt; wie Ravi direkt vor seinen Augen die Quittungen für den Einkauf von Ziegelsteinen und Zement verändert hat und sie dann in den Akten ausgetauscht wurden; wie auch die Zahlen in den Kassenbüchern verändert wurden.

Als er endet, sind meine Handflächen feucht vor Schweiß, und in meinem Kopf schwirren die Gedanken wie Bienen herum. Ich versuche die Fäden miteinander zu verbinden, aber sie kommen und gehen, bevor sie für mich einen Sinn ergeben. Ich befeuchte meine Lippen, und erst jetzt wird mir bewusst, dass ich mich ausgedörrt fühle, als hätte ich seit Tagen keinen Schluck Wasser getrunken.

Der Wagen hält an, und Malik schaltet den Motor aus. Als ich mich umsehe, erkenne ich, dass wir am Kricketplatz angekommen sind. Eine Gruppe von Jungen in weißen Kricketsachen läuft auf dem Feld herum. Die Abenddämmerung hat eingesetzt, und die Lichter im Park sind eingeschaltet worden. Ein Mann mit einer Pfeife steht als Schiedsrichter an der Seitenlinie. Malik holt hinter dem Vordersitz eine Thermoskanne hervor. Er dreht den Deckel ab und füllt ihn mit dampfendem Chai; der Duft von Kardamom, Zimt und Nelken zieht durch das Auto. Er reicht mir die Tasse, und ich nippe daran. Der Chai ist köstlich und genau so gesüßt, wie ich es mag.

»Mögest du tausend Jahre lang leben«, sage ich, *»und möge jedes Jahr fünfzigtausend Tage haben.«* Ich lege ihm die Hand auf den Kopf, um ihm für diese Aufmerksamkeit zu danken.

Er grinst. »Ist es in Ordnung, wenn wir vom Wagen aus zuschauen? Ich halte es für keine gute Idee, wenn du mit fünfzig der engsten Freunde der Agarwals in aller Öffentlichkeit neben Niki stehst.« Natürlich hat er recht. Inder, deren Augen die Farbe des Ozeans haben, sind selten, und Nikis Augen sind so wie meine und die meiner Schwester. Die Klatschmäuler würden es bemerken.

Wir schauen dem Spiel ein paar Minuten lang zu, während ich meinen Tee austrinke. Ich denke darüber nach, was Malik mir gesagt hat. Ich will nicht, dass er sich über Nimmi Sorgen macht, aber ich muss ihm etwas von dem erzählen, was gerade in Shimla passiert.

»*Baat suno*«, sage ich.

Ich erzähle ihm, dass zwei Kinder ein Schaf fanden, das durch die Hügel irrte; wie Nimmi es als ein Tier aus der Herde ihres Bruders erkannte; dass wir die Herde – und ihren Bruder – gefunden haben und dass an den Schafen Gold versteckt war; wie wir Vinays Leiche auf dem Pferderücken zum Krematorium in die Stadt gebracht haben; und wie wir das Gold dann an den nächsten Kurier weitergaben.

Bei jeder neuen Information weiten sich Maliks Augen, und sein Atem beschleunigt sich.

»Aber … Nimmi geht es doch gut, oder? Und Rekha und Chullu?«

Natürlich macht er sich Sorgen um seine *Priya*. »Momentan wohnen Nimmi und die Kinder bei uns. Sie schlafen in deinem Zimmer. Jay passt auf sie auf.«

Malik stößt einen langen Atemzug aus.

»Was die Ziegelsteine angeht, die du in den Trümmern gefunden hast … Ich habe eine Frau in Shimla gesehen, die genau solche Ziegelsteine hergestellt hat«, erzähle ich ihm.

»Wo?«

»In einem kleinen Betrieb namens Canara Private Enterprises – dort musste ich auch das Gold abliefern.« Ich ziehe die Augenbrauen hoch, als wollte ich fragen: *Passt das mit dem zusammen, was du weißt?*

Malik schüttelt den Kopf. »Singh-Sharma kaufen ihre Ziegelsteine in Chandigarh.«

»In *Chandigarh*?« Mein Herzschlag beschleunigt sich.

»*Hahn.* Warum?«

»Die Frau, die die Ziegelsteine herstellt, hat mir erzählt, dass ein Lkw die Steine abholt und nach Chandigarh bringt.«

Malik trommelt mit den Fingern auf das Steuer. »Die Ziegelsteine werden in Shimla hergestellt und dann nach Chandigarh gebracht? Das ergibt keinen Sinn! Chandigarh Ironworks ist eine große Firma mit mindestens vier Brennöfen. Sie hätten keinen Bedarf an zusätzlichen Ziegelsteinen eines kleinen Zulieferers aus Shimla.«

Malik dreht sich zu mir. »Und noch etwas, was ich nicht verstehe, Boss. Warum sollte eine größere Firma, die mit Singh-Sharma zusammenarbeitet, ihnen minderwertige Materialien verkaufen? Verträge mit einer Baufirma wie Singh-Sharma sind sehr lukrativ. Jedes Unternehmen, das versuchen würde, an der Qualität zu sparen, würde sich selbst ins Knie schießen.«

Malik hat recht; die Firma zu betrügen, die meine Truhen füllt, ergibt keinen Sinn. »Ist es möglich, dass dieses Canara Enterprises eine Ziegelsorte herstellt, die in Chandigarh nicht hergestellt werden kann?«

»Du meinst, sie verwenden eine spezielle Lehmsorte oder irgendein anderes Material?«

Er zuckt die Schultern.

Ein Klopfen an meiner Fensterscheibe lässt uns beide zusammenfahren, und etwas Tee aus dem Thermoskannendeckel ergießt sich über meinen Sari.

»Entschuldige, entschuldige!«, ruft Kanta, während sie die Beifahrertür öffnet. »Du siehst aus, als hättest du gerade einen Geist gesehen!«

»Das habe ich!«, erwidere ich. »*Dich*.«

Sie lacht erfreut. Die temperamentvolle Kanta! Wie ich sie vermisst habe! Von Jay einmal abgesehen, habe ich zu niemandem in Shimla eine ähnlich enge Beziehung entwickelt. Aber selbst während sie lacht, kann ich die Anspannung sehen, die sich in die Falten auf ihrer Stirn eingegraben hat. Ihr roter Lippenstift bildet einen starken Kontrast zu ihrem blassen Teint.

Malik holt ein Handtuch aus dem Kofferraum und reicht es mir, sodass ich damit die feuchten Stellen auf meinem Sari abtupfen kann. Ich steige aus, um Kanta zu umarmen. Über ihre Schulter hinweg kann ich einen Jungen mit geröteten Wangen in weißer Kricketkleidung sehen, der schüchtern lächelt und mich mit seinen grünblauen Augen ansieht. Er ist wunderschön.

Kanta fasst ihn am Ellbogen. Er ist fast genauso groß wie sie und dabei, ihr über den Kopf zu wachsen.

»Lakshmi«, sagt Kanta, »das ist mein Sohn Nikhil. Niki, das ist die berühmte Lakshmi!« Sie strahlt mich an. »Er hat sein ganzes Leben lang so viel von dir gehört, und jetzt lernt ihr euch endlich kennen!«

Ich lache beifällig. »Reizend, dich kennenzulernen, Niki. Bisher hatte ich nur das Vergnügen, dich auf Fotos zu sehen.«

Der Junge errötet noch tiefer und bückt sich, um meine Füße zu berühren. Seine Bewegungen sind anmutig, fast wie die einer Ballerina. *Oh, Radha*, denke ich, *wie sehr es dir gefallen würde, diesen Jungen kennenzulernen*.

Ich kann nicht aufhören, ihn anzustarren. Als ich ihn das letzte Mal gesehen habe, war er ein Neugeborener, und ich konnte mir nicht vorstellen, wie er aussehen würde, wenn er älter wurde. Die Familienfotos, die Kanta mir regelmäßig schickt, werden ihm in keiner Weise gerecht. Sein tintenschwarzes Haar, das er ständig zurückstreicht, fällt über diese hypnotisierenden Augen. So wie er in seiner Kricketuniform dasteht, breitbeinig (mit Knieschützern) und den Armen hinter dem Rücken, erinnert er mich an die Athleten auf den Seiten der *Hindustani Times*. Der Polo spielende, Tiger jagende Maharadscha von Jaipur stand auch immer so da.

Und urplötzlich sitze ich wieder auf einem rohseidenen Sofa im Palast der verwitweten Maharani und unterschreibe einen Vertrag, damit die königliche Familie dieses Baby, Niki, als Kronprinzen adoptiert.

Nur dass es nie dazu kam.

Als er geboren wurde, weigerte Radha sich, ihn herzugeben. Sie hatte nie vorgehabt, sich von ihm zu trennen.

Schon sehr bald wurde ihr allerdings klar, dass sie nicht für ihn sorgen konnte, schließlich war sie selbst noch ein Kind, und sie bat Kanta und Manu, ihn zu adoptieren. Ich blinzele meine Tränen weg. Wie nahe wir doch daran gewesen waren, Radhas Sohn an den Palast zu verlieren. Stattdessen steht er jetzt hier und aalt sich in der tiefen Liebe seiner Eltern Kanta und Manu.

Kanta unterbricht meine Träumerei. »Sollen wir nach Hause fahren, damit du auspacken kannst, Lakshmi? Baju hat jede Menge Leckereien für dich gemacht. Er hofft, dass er die übertreffen kann, die du immer für mich gemacht hast, der eifersüchtige Mistkerl!«

Ich lasse Kanta auf dem Beifahrersitz neben Malik Platz nehmen, damit ich hinten auf der Rückbank mit Niki zusammensitzen und meinen Neffen kennenlernen kann.

Kantas Ehemann Manu begrüßt uns am Eingang zu ihrem schmucken, von der Regierung zur Verfügung gestellten Bungalow. Ich bin schockiert, wie sehr er sich verändert hat. Er, der immer ein friedfertiger, angenehmer Kerl war, wirkt jetzt angeschlagen und gequält. Unter seinen Augen liegen tiefe Schatten, was mich vermuten lässt, dass er seit Tagen nicht mehr geschlafen hat. Er rückt das dicke schwarze Brillengestell auf seinem Nasenrücken hoch, bevor er sich nach meiner Gesundheit erkundigt.

Ich senke das Kinn und bemühe mich um einen ernsthaften Ausdruck. »Ich hoffe, dass Malik dir nicht zu viel Ärger verursacht hat. Ich weiß, dass er ganz schön anstrengend sein kann.«

Das ruft zumindest etwas hervor, was an ein Lächeln erinnert.

»Es ist eine Freude, ihn hier zu haben. Er lernt schnell. Er ist meinen Mitarbeitern ans Herz gewachsen und mir auch.«

Als Manu hinter uns Niki erblickt, hellt sich sein Gesicht auf. Er ruft seinen Sohn zu sich und streicht ihm über den Hinterkopf. »Wie lief es heute mit dem Werfen, Niki? Hast du der Konkurrenz ordentlich einen aufgetischt?«

Niki lacht. »*Yar.* Ich habe das gemacht, was Onkel Malik mir gezeigt hat. Sonny hat heute nicht einen einzigen meiner Burner schlagen können!«

Kanta schickt Niki unter die Dusche und schlägt ihrem Ehemann vor, es sich mit Malik bequem zu machen, während sie mir mein Zimmer zeigt. In einer Stunde werden wir zu Abend essen.

Während ich im Gästezimmer auspacke, verschwindet Kantas Fröhlichkeit so schnell, als hätte sie einen Schleier abgelegt. »Oh, Lakshmi«, sagt sie, »ich bin so froh, dass du hier bist. Manu macht sich Sorgen, und ich weiß nicht, wie ich ihm helfen soll.« Auf einmal sieht sie zehn Jahre älter aus. »Seine Erfolgsbilanz ist immer makellos gewesen. Aber jetzt hat er einen Makel und auch noch einen richtig großen. Ich weiß, dass er unschuldig ist, aber selbst ich habe mich gefragt, wie er ein so wichtiges Detail hat übersehen können.«

»Was genau sagen sie Manu? Im Palast?«

Sie zieht am Saum des *Rajai*, der das Bett bedeckt. »Die Rechtsanwälte der Maharani haben ihn heute Nachmittag stundenlang wegen Unterlagen befragt, die seine Unterschrift tragen. Sie haben ihm gesagt, dass diese Unterlagen bestätigen, dass er die volle Verantwortung trägt. Dass seine Fehler zu dem Unfall geführt haben, zum Verlust von Leben. Sie scheinen ihm zu unterstellen, dass er den Palast betrogen hat, indem er hochwertige Materialien durch minderwertige ersetzt und sich die Preisdifferenz in die eigene Tasche gesteckt hat. Die Maharani hat ihn gebeten, nicht mehr zur Arbeit zu kommen, bis die Untersuchung beendet ist.« Der *Rajai* geht auf, als Kanta an einem Faden zieht. »Manu ist am Boden zerstört. Wo bekommen sie nur all diese Informationen her? Es ist so, als würde jemand ihn sabotieren.« Sie lächelt traurig. »*Saasuji* betet während ihrer *Puja* jetzt dreimal so viel, damit er von all diesem schlechten Karma erlöst wird.«

Ich setze mich neben sie auf das Bett, während sie beschreibt, wie schnell sich die Nachricht von Manus angeblichem Vergehen verbreitet. »Heute beim Kricket sind die Mütter, mit denen ich normalerweise rede, nicht aufgetaucht. Vielleicht dachten sie, dass das freundlicher wäre, als mich persönlich zu ignorieren.«

Sie wischt sich mit dem Ende ihres Saris eine Träne weg. »Ich mache mir Sorgen wegen Niki. Ein paar der Jungen auf dem Spielfeld haben vorhin etwas zu ihm gesagt. Ich konnte sie nicht verstehen, aber sein Gesichtsausdruck hat mir verraten, dass Niki wütend war. Ich fürchte, dass es nur noch schlimmer werden wird. Möglicherweise fangen sie bald an, sich offen feindselig zu verhalten. Ich mag mir gar nicht ausmalen, was an dieser Klosterschule passieren wird. Er ist mit denselben Klassenkameraden zusammen, seit er so klein war.« Sie streckt eine Hand mit der Handfläche nach unten neunzig Zentimeter über dem Fußboden aus. »Deshalb lasse ich ihn im Moment nicht zur Schule gehen. Dies ist eine kleine Stadt mit einer Menge mächtiger Menschen. Und ein Ruf kann so schnell zerstört werden.« Sie schnippt mit den Fingern.

Ich strecke die Hand nach ihr aus, um sie zu trösten. Im Zug hatte ich stundenlang Zeit, darüber nachzudenken, wie ich Manus Namen möglicherweise reinwaschen könnte, und mir war eine Idee gekommen. »Kanta, glaubst du, dass sich die Maharani immer noch an mich erinnert?«

Sie zieht die Augenbrauen hoch. »Wie könnte sie dich vergessen? Du hast ihr durch die schlimmste Depression ihres Lebens geholfen. Sie war so dankbar, dass sie Radha das volle Stipendium für die Maharani-Mädchenschule gewährt hat.«

Ich verziehe das Gesicht. »Aber wir haben uns diese Chance durch die Lappen gehen lassen. Meine Schwester ist nur ein Semester lang dortgeblieben. Als sie schwanger wurde, hat sie die Schule verlassen. Das fand ich immer schade.«

»Aber vergiss nicht: Dafür haben wir Niki bekommen.« Sie drückt meine Hand.

Ich lächele. »Und er ist so bezaubernd. Ihr habt ihn gut erzogen. *Shabash*.«

Kanta blickt auf unsere jetzt miteinander verschränkten Hände. »Ich weiß nicht, was wir ohne ihn tun sollten. Er ist das Licht unseres Lebens. Selbst für Baju. Erinnerst du dich daran, wie Baju und meine *Saas* mich Rosenmilch trinken ließen, bevor ich mein Baby verloren habe? Nun, jetzt kann er

Niki mit Rosenmilch verwöhnen! *Saasuji* schwört, dass Niki deshalb so rosige Wangen hat!« Sie lacht leise.

Jetzt dreht sie meine Hände um, sodass sie meine Handflächen betrachten kann. Ich habe vor ein paar Tagen Henna auf meine Handflächen aufgetragen; die Zimtfarbe ist immer noch sehr intensiv. Ich zeige ihr den Affen, der auf der einen Handfläche auf seinem Apfelbaum herumtollt, und das Krokodil, das auf der anderen Hand im Wasser schwimmt.

»Ich habe der Tochter einer Freundin von Malik alte Volksmärchen erzählt. Erkennst du es?«

»Der Affe und das Krokodil!«

»*Hahn.* Ich bringe dem kleinen Mädchen auch bei, Hindi zu schreiben. *Bundar* schafft sie schon fast, aber mit *Magaramaccha* ist sie noch überfordert.« Ich sehe sie vor mir, wie sie die Kreide in ihren kleinen Fingern hält und sich anstrengt, »Krokodil« zu buchstabieren.

»Ein großes Wort für ein kleines Mädchen!« Kanta grinst. »Oh, Lakshmi, ich vermisse dich und deine Hennamalereien wirklich! Die Stunden, die wir miteinander geredet und gelacht haben. Die Babys, die du auf meinen Bauch gemalt hast, als ich schwanger werden wollte.«

Am Ende hat es funktioniert. Vielleicht lag es an den süßen Yam-*Laddus*, mit denen ich sie fütterte, um ihre Eierproduktion anzuregen. Oder vielleicht war es ihre Überzeugung, dass die Bilder von Babys auf ihrem Bauch ein echtes Baby in ihr wachsen lassen würden. Traurigerweise verlor sie das Baby am Ende und konnte kein weiteres mehr bekommen.

Kanta fährt das Muster auf meinen Handflächen nach. »Maharani Latika hat sich verändert. Ihr Sohn hat es seinem Vater nie verziehen, dass er ihm den Titel des Kronprinzen weggenommen hat. Wann immer sie sich gestritten haben, hat Ihre Hoheit Partei für ihren Sohn ergriffen, und die Beziehung zwischen der Maharani und dem Maharadscha war nie wieder so wie früher. Sie haben sich immer weiter voneinander entfernt, bis sie kaum noch miteinander sprachen. Als der Maharadscha gestorben ist, hat sich ihr Sohn geweigert, zur Beerdigung nach Hause zu kommen.«

Kanta lässt meine Hände los. »Erinnerst du dich daran, wie Ihre Hoheit immer in ihrem Bentley durch die Stadt fuhr, mit dieser fabelhaften Sonnenbrille, und die Menschen angehupt hat? Nein danke, kein Fahrer für sie.« Sie lächelt in Erinnerung daran und zieht wieder an dem Faden des Quilts. »Heutzutage ist sie nicht einmal mehr annähernd so unbekümmert wie damals, Lakshmi. So ernst jetzt. Nichts mehr mit *Joie de vivre*.« Sie schüttelt den Kopf.

Eine Weile schweigen wir.

»Hat Malik dir erzählt, dass der Schauspieler Rohit Seth bei dem Einsturz gestorben ist? Radio All India hat den ganzen Tag lang über die Tragödie berichtet. Wie viele Menschen verletzt wurden. Wie sich Seths Fans fühlen. Wie Bollywood darauf reagiert. Ich habe versucht, das Radio zu konfiszieren, aber Manu war schneller und hat es in sein Büro mitgenommen. Hat den ganzen Tag lang Radio gehört. Sich selbst gequält.« Sie neigt den Kopf zur Seite und stößt einen Seufzer aus. »Ich weiß nicht, wie wir das hier überleben sollen.«

»Ich weiß, was die ältere Maharani empfehlen würde: steife Gin Tonics für alle!«

Kanta lächelt halbherzig.

»Lakshmi, hat Malik dir von … Samir erzählt?«

Ich muss wohl verdattert aussehen, denn sie fährt fort: »Ich habe Samir am Kricketplatz gesehen, wie er Nikhil beobachtet. Ich glaube, er weiß es, Lakshmi. Ich weiß nicht, wie, aber ich bin mir ziemlich sicher, dass Samir weiß, dass wir seinen Enkel aufziehen.«

Als Radha vor dreizehn Jahren merkte, dass sie von Ravi schwanger war, war sie so verliebt gewesen, dass sie der festen Überzeugung war, er würde sie heiraten. Meine Schwester glaubte, dass ihre Liebe auf Gegenseitigkeit beruhte. Sie konnte nicht wissen, dass ich bereits die Ehe von Ravi und Sheela arrangiert hatte, dass ich die Heiratsvermittlerin war, welche die Verbindung von zwei prominenten Familien Jaipurs – die Singhs und die Sharmas – auf den Weg gebracht hatte.

Samir und Parvati hatten beide klargestellt, dass sie mit dem illegitimen Kind ihres Sohnes nichts zu tun haben wollten. Nach Ravis und Sheelas Verlobung konnten sie ihren Sohn nicht schnell genug nach England abschieben, und so trug ich die alleinige Verantwortung für Radhas Baby. Ich hatte mir überlegt, dass die Singhs ja mit der königlichen Familie verwandt waren und das Baby deshalb für eine Adoption als neuer Kronprinz infrage kam, sollte es ein Junge werden. Ich hatte hart dafür gearbeitet, damit die Adoption zustande kam, und erst später wurde mir bewusst, wie fest entschlossen Radha war, ihr Baby zu behalten. Mit Jays Hilfe – damals noch Dr. Kumar für mich – änderten wir die Angaben in den Geburtspapieren; wir setzten die Herzfrequenz des Babys herunter, so wurde sie zu einem Problem und die Adoption durch den Palast null und nichtig, ein krankes Baby wollten sie nicht. Die Singhs haben nie erfahren, dass ihr Enkel jetzt nur ein paar Meilen von ihrem Zuhause entfernt lebt.

Während ich über diese unangenehme Geschichte nachdenke, bekomme ich Kopfschmerzen. Es war ein langer Tag; ich bin von der Zugfahrt erschöpft. Ich reibe mir die Schläfe. »Aber Kanta«, sage ich, »du weißt so gut wie ich, dass die Singhs jedes Anrecht auf das Baby aufgegeben haben. Warum sollte Samir sich plötzlich für ein Kind interessieren, dass er die vergangenen zwölf Jahre lang ignoriert hat?«

»Ich weiß nicht, aber … Ich mache mir Sorgen. Könnte er uns Niki wegnehmen?«

Nachdem sie jahrelang versucht hatte, ein Baby zu bekommen, nach mehreren Fehlgeburten und einem totgeborenen Kind war Kanta so glücklich gewesen, endlich Mutter zu werden. Und wenn ich gegen Shiva kämpfen müsste, damit Nikhil bei den Agarwals bleiben konnte – ich würde es tun. »*Bukwas.* Ihr habt das Baby legal adoptiert. Ihr könnt es beweisen.«

Eine Träne rollt aus Kantas Augenwinkel. »Mit Unterlagen, die auf falschen Angaben beruhen.«

Ich lege meine Hände auf Kantas knochige Schultern und drehe sie sanft zu mir. »So darfst du nicht denken. Niki hat die besten Eltern und das beste Zuhause, das ein Kind sich nur erträumen kann. Ihr gebt ihm mehr Liebe, als er von den Kindermädchen und Gouvernanten im Palast je hätte bekommen können. Ich werde nicht zulassen, dass *irgendwer* ihn euch wegnimmt.«

Ihr Gesicht verzieht sich. Sie lässt sich gegen meine Schulter sinken und schluchzt.

Wieder einmal gebe ich ein Versprechen, von dem ich nicht weiß, ob ich es halten kann.

20

Malik

Jaipur

Am nächsten Morgen ist der Bereich vor dem Royal Jewel Cinema belebt. Arbeiterinnen in leuchtenden Baumwollsaris verlassen das Gebäude, ihre nackten Füße von Staub bedeckt. Die Körbe auf ihrem Kopf sind mit Schutt gefüllt. Eine nach der anderen kippt ihre Last auf die offene Ladefläche eines Lastwagens, der am Gehweg wartet, und kehrt dann zu einer weiteren Runde in das Kinogebäude zurück. Männer in *Dhotis* vermischen in einer Schubkarre trockenen Zement und Wasser. Andere tragen beschädigte Kinosessel zur Inspektion nach draußen. Lassen sie sich reparieren, oder müssen sie durch neue ersetzt werden? Kann das Mohair neu vernäht werden? Durch die offenen Lobbytüren sehe ich eine Gruppe von Arbeitern ein Bambusgerüst errichten, sodass sie mit der Arbeit an der beschädigten Loge beginnen können. Gipser, Maler, Elektriker und Installateure laufen umher, ihre Vorarbeiter erteilen Anweisungen. Frauen benutzen *Jharus*, um den Putz und Staub in Behälter aller Größen und Formen zu fegen.

Ich sehe Ravi Singh mit Mr. Reddy zusammen. Ravis Gesicht ist verkniffen, und er zeigt auf den Kinoleiter, während Mr. Reddy seine Hände beschwichtigend zu einem *Namaste* zusammenlegt und Ravi um Geduld oder Vergebung anfleht. Ich verlasse Ravis Blicklinie und nähere mich leise einer Frau, die gerade aus dem Kino herauskommt und einen Korb voller Zementbrocken, Gips und zerbrochener Ziegelsteine auf dem Kopf balanciert.

»*Behenji*«, sage ich leise. Frauen, die ähnlich alt sind wie ich, rede ich mit »Schwester« an.

Die Frau verlangsamt den Schritt und sieht mich unsicher an.

»Darf ich einen Blick in deinen Korb werfen, bevor du den Schutt auf den Lastwagen kippst?« Ich ziehe eine Rupie aus meiner Tasche und strecke sie ihr hin.

Sie nickt. Während sie den Korb auf den Boden stellt, drücke ich ihr die Münze in die Hand; sie verschwindet sofort in ihrer Bluse.

Während ich ihren Korb durchsuche, nehme ich einen eingekerbten Ziegelstein ohne Firmenstempel heraus, der zu Dreivierteln intakt ist. Ich stecke auch einen Zementbrocken ein; er ist sehr porös, was darauf hinweist, dass das Verhältnis von Wasser und Zementpulver nicht stimmt. Manus Mitarbeiter haben mir mehr als einmal gesagt, dass sie bei unerfahrenen Arbeitern wachsam sein müssen, damit diese den Zement nicht mit zu viel Wasser anrühren, wodurch er weniger stabil wird. Ich stecke meine Beweisstücke in die Stofftasche, die ich mitgebracht habe. Bevor ich das Büro verlassen habe, habe ich Bücher über das Ingenieurswesen, ein Klemmbrett und einen Pullover aus dem Büro hineingesteckt und nutze sie jetzt, um die eingesammelten Bruchstücke darunter zu verbergen. Ich helfe der Frau, den Korb wieder auf den Kopf zu setzen, und während ich dabei bin, sehe ich, wie Ravi auf mich zukommt. Ich schenke ihm ein *Salam*.

»Lass das. Du störst sie bei der Arbeit und hältst sie auf.« Er ist eindeutig wütend. Ist er immer noch sauer, dass ich Sheela in den frühen Morgenstunden nach dem Einsturz nach Hause gebracht habe? Er sieht so aus, als wollte er mir eine reinhauen.

Ich lächele, um ihm zu zeigen, dass ich es nicht böse gemeint habe. »Tut mir leid. Ich dachte, dass *Behenji* gleich der Korb herunterrutschen würde.«

Er kneift die Augen zusammen. »Weshalb bist du hier?«

»Ich erstelle Kostenvoranschläge für die Kinosessel, die repariert oder ersetzt werden müssen.« Beiläufig hänge ich mir die Stofftasche über die rechte Schulter.

Er wirft einen Blick auf die Tasche, enthält sich aber eines Kommentars. »Haben die Palastingenieure dir keine Liste gegeben?«

»Das haben sie, aber ich dachte, es wäre besser, hierherzukommen und es mir selbst anzuschauen. Dies ist ein wichtiges Projekt. Ich will, dass alles stimmt.« Ich bemühe mich, ernsthaft zu klingen, gefällig. Sonst werde ich nicht das erreichen, was ich will.

Sein Ausdruck wird etwas weicher. Jetzt versucht er einen milderen, freundlicheren Ton anzuschlagen. »Sieh mal, alter Kumpel, warum kommst du heute Abend nicht zum Essen vorbei? Es ist so lange her. Wir können hierüber reden …« Er weist auf die Szenerie um uns herum. Versucht er, es nicht als das zu bezeichnen, was es ist? Eine Tragödie, eine Katastrophe? »Am Ende wird alles gut werden. Du wirst schon sehen. Mein Vater kennt eine Menge Menschen.«

Zweifellos hat sein Vater eifrig mit den Anwälten des Palastes, den Medien und seinen Lieferanten telefoniert und alles ihm Mögliche versucht, um den Schaden für den Ruf seiner Firma zu begrenzen. Jetzt, wo Samir die Scherben aufsammelt, kann Ravi sich etwas entspannen.

»Wie spät?« Ich habe nicht die Absicht, zum Abendessen dortzubleiben, aber zumindest werde ich dann die Möglichkeit haben, mit Samir zu sprechen.

»Um acht. Mami lässt das Abendessen jeden Tag zur gleichen Zeit auftragen.«

Ich werfe einen Blick auf die Uhr; es ist noch Zeit genug, das zu erledigen, was ich erledigen muss.

Zurück im Liegenschaftsbüro des Palastes verbringe ich meine Mittagspause mit einem von Manus Ingenieuren. Er ist unverheiratet und zehn Jahre älter als ich, und wir gehen oft zu den Straßenverkäufern, um gemeinsam zu Mittag zu essen. Nachdem wir uns über unser *Palak Paneer* und *Chole* hergemacht haben, zeige ich ihm die Materialien, die ich beim Royal Jewel Cinema aufgesammelt habe.

Er wirkt verblüfft. »Das entspricht nicht den Spezifizierungen in den Bauplänen fürs Kino.« Er beißt von seinem *Aloo Parantha* ab und zuckt die Schultern. »So viele von uns haben an dem Projekt mitgearbeitet. Vielleicht wurden die Spezifizierungen geändert, als ich nicht mehr involviert war. Einer der anderen Ingenieure kann dir vielleicht mehr darüber sagen.«

Aber ich kann nicht einen Ingenieur finden, der weiß, wie es zu den Änderungen kam.

Die letzte Stunde hält Hakeem mich im Büro auf Trab. Ich erfasse neue Rechnungen in den Kassenbüchern und gleiche Konten ab, bis mir der Kopf schwirrt. Als die Motorrikscha mich vor dem Haus von Samir absetzt, habe ich kaum noch die Energie für soziale Kontakte. Und es ist sehr wahrscheinlich, dass ich dort Sheela über den Weg laufe, was ich lieber vermeiden würde. (Auch wenn Sheela den Kampf um ein eigenes Haus nach der Hochzeit gewonnen hat, hat sie doch den gemeinsamen Abendessen im Haus ihrer Schwiegereltern zugestimmt.)

Kaum bin ich durch die Tür, als Sheela mit verärgertem Gesichtsausdruck aus dem Salon kommt. Ihre Tochter Rita, die jetzt ein gelbes Tutu trägt, folgt ihr.

»Ist Ravi nicht mit dir zusammen nach Hause gekommen?« Sheela lässt es so klingen, als wäre ich Ravis Aufpasser und hätte es geschafft, ihn zu verlieren, nur um sie zu ärgern. Es ist, als hätte es den intimen Moment zwischen uns beiden nach dem Einsturz nie gegeben. Die Sheela, die direkt vor mir steht, die Hand an einer Hüfte, ist eine Fremde. Hat sie vergessen, dass ich ihr vor zwei Tagen beim Baden geholfen habe, als sie verletzlich und allein war?

Ich schüttele den Kopf als Antwort auf ihre Frage.

Heute trägt sie einen *Shalwar Kamiz* in einem zarten Moosgrün, das den rosa Schimmer ihrer Wangen betont. Ein weißer, mit winzigen grünen Perlen bestickter *Chunni* fällt ihr anmutig über die Schultern. Die feine Baumwoll-*Kamiz* schmiegt sich an ihre Brüste und Hüften und lässt ihren flachen Bauch zur Geltung kommen. Die Erinnerung an ihren nackten Körper, wie sie aus der Badewanne steigt, lässt mich erröten. Sie bemerkt es und verzieht den Mund zu einem Lächeln oder eher zu einem selbstgefälligen Grinsen.

Ich wende meine Aufmerksamkeit Sheelas Tochter zu und hocke mich hin, sodass wir auf Augenhöhe sind. »Wer ist denn das, Rita?« Ich zeige auf die Plastikpuppe, die sie kopfunter in der Faust hält.

Das Mädchen sucht Schutz hinter seiner Mutter. Leicht ungeduldig sagt Sheela ihr, dass sie antworten soll, wenn ein

Erwachsener sie etwas fragt. Rita späht hinter ihrer Mutter hervor und streckt ihre Arme aus, sodass ich ihre Puppe genauer betrachten kann – eine Frau mit weiblichen Rundungen, ungefähr zwanzig Zentimeter groß, mit blonden Haaren. Die Puppe ist nackt.

Ich blicke Sheela an, die die Augen verdreht. »Ravis Bruder hat keine Ahnung, was man einem kleinen Mädchen schenken soll. Also hat er seiner Nichte das geschenkt, was *er* für eine amerikanische Barbiepuppe hielt. Das ist keine. Es ist eine Tessie-Puppe.«

Jetzt grinst Rita mich an. Auf ihrem Kinn erscheint ein Grübchen. Sie ähnelt ihrer Mutter sehr, aber das Kinn ist von Ravi. »Du drückst auf ihren Bauch, und ihre Haare werden lang. Siehst du?« Rita drückt mit ihrem kleinen Finger auf den Bauch der Puppe, und tatsächlich wachsen die blonden Haare um acht Zentimeter.

Als ich höre, wie sich die Vordertür öffnet, stehe ich auf und drehe mich um. Samir kommt herein und reicht seinen Mantel und seine Aktentasche dem wartenden Diener. Er lächelt seine Enkelin an.

»Rita«, sagt er, »deine Puppe braucht viel mehr als nur Haare, um sich zu bedecken.«

Das kleine Mädchen betrachtet seine Puppe, dreht sie um und bietet sie Samir an. Er kichert und hebt Rita hoch, um sie auf die Wange zu küssen.

Sheela hat die Arme vor der Brust verschränkt. »*Papaji*«, sagt sie, »du kannst Ravi nicht so lange im Büro arbeiten lassen. Seine Kinder bekommen ihn kaum zu Gesicht!«

Samir wirkt für eine Sekunde irritiert, dann lächelt er sie an. Er wirft mir einen wissenden Blick zu, als wären wir beide Mitverschwörer, und sagt: »Aber Sheela, wer soll dann für den Tennisunterricht und deine Klubmitgliedschaft und Ritas

Ballettunterricht bezahlen?« Er schüttelt Rita, was sie zum Lachen bringt. »Hah, *Bheti*?«

Sheela presst die Lippen zusammen, als würde sie eine scharfe Erwiderung zurückhalten. Sie nimmt Samir Rita ab, wirft uns beiden einen Blick zu und stapft zum Esszimmer.

Samir winkt mir, ihm zu folgen. Er führt uns zu seiner Bibliothek und schließt die Tür. Ich erinnere mich daran, dass ich als Junge mal in diesem Raum war. Die eingebauten Bücherregale, vollgestopft mit Werken auf Englisch, Hindi und Latein. Sessel mit rotem Leder. Der Kamin, in dem im Winter immer ein Feuer brennt, ist an diesem warmen Maiabend kalt.

Ich setze mich in einen der beiden Sessel. Samir nimmt seine goldenen Manschettenknöpfe ab und rollt die Hemdsärmel bis zu den Ellbogen hoch. »Ravi hat mir erzählt, dass du vorbeikommen würdest. Die Tragödie im Kino ist nicht ganz das, was Manu für dein Praktikum im Palast geplant hatte. Ein bisschen zu viel Aufregung, meinst du nicht auch?« Er geht zur Hausbar, schraubt eine Flasche Glenfiddich auf und schenkt jedem ein Glas Single Malt Scotch ein.

»Wie sie in der Bishop-Cotton-Jungenschule immer sagten: *Es gibt nichts Besseres als eine Feuertaufe.*« Ich nehme das Whiskyglas entgegen.

»Richtig«, erwidert er und hält sein Glas so, als wollten wir auf meinen Scharfsinn anstoßen, bevor er einen ordentlichen Schluck Scotch nimmt. Dann setzt er sich in den anderen Sessel und lässt sein Glas entschlossen auf der Armlehne ruhen, als hätte er eine Entscheidung getroffen.

»Bevor Singh Architects und Sharma Construction miteinander fusionierten, waren wir ein kleines Unternehmen mit fünf Bauzeichnern. Zehn Jahre später hatten wir fünfzehn Architekten und knapp hundert Angestellte. Wie du weißt, habe ich nach seinem Schlaganfall sämtliche Pflichten von

Mr. Sharma übernommen. Jetzt entwerfe ich viel weniger und übernehme viel mehr Managementaufgaben. Was bedeutet, dass ich nicht mehr so sehr in die alltäglichen Entscheidungen eingebunden werde. Natürlich überwache ich die Projekte, aber die … Einzelheiten …«

Der Whisky brennt in meiner Kehle, aber als ich schlucke, geht er runter wie Honig. Ich spüre, wie sich erst mein Kiefer entspannt und dann die Muskeln in meinem Nacken. In Shimla trinken Dr. Kumar und ich gelegentlich ein Glas Scotch zusammen – seine Marke ist Laphroaig, und ich mag sie –, aber ich habe immer ein gutes, kaltes Bier vorgezogen, und das wird auch so bleiben.

»Nach Oxford hat Ravi in Yale seinen Abschluss als Architekt gemacht«, fährt Samir fort. »Er kehrte mit einer Menge neuer und kühner Vorstellungen von Design zurück. Vom Bauwesen. Er ist ein Naturtalent, und die Menschen wissen das. Die Kunden mögen ihn, genauso wie unsere Angestellten. Und er leitet seine Projekte gut.«

Samir trinkt sein Glas aus und richtet sich in seinem Sessel auf.

Ich nehme einen weiteren Schluck Whisky.

Er lächelt und zeigt mit dem Finger auf mich. »Zuhören können ist die wichtigste Eigenschaft im Geschäft. Ich bin mir sicher, dass du gut darin bist.«

Ich bin auch im Warten gut. Als kleiner Junge folgte ich Tante Boss zuerst eine ganze Weile durch die Stadt, bis sie mich bemerkte. Schließlich fing sie an, mich fürs Tragen ihrer Sachen zu bezahlen. Dann ging ich mit ihr zu den prächtigsten Häusern in Jaipur und wartete draußen auf dem Rasen, bis sie die extravaganten Damen wie Parvati Singh mit Henna geschmückt hatte. Später dann an der prestigeträchtigen Bishop-Cotton-Jungenschule wartete ich geduldig darauf, dass meine Klassenkameraden meinen weniger angesehenen Stammbaum akzeptierten. Die Schikanen waren zuerst hart. Eine Strumpfbandnatter in den von der Schule zur Verfügung gestellten Schuhen. Schafwolle in der Zahnbürste. Eine Schulkrawatte, die sie mir im Schlaf um die Knöchel gebunden hatten. Ich habe auf Rache verzichtet. Stattdessen machte ich mich nützlich. Ich wusste, dass Nariman amerikanische Zigaretten mochte; also habe ich ihm welche besorgt. Ansari zog Fotos von nackten Frauen vor. Modi hatte es mit seltenen Briefmarken. Mir fiel es nicht schwer, diese Sachen aufzutreiben, so wie ich einst vor all diesen Jahren Jaipurs beste Pistazien gefunden hatte – die vom Palastkoch bevorzugten. So wurde ich für die größten Rüpel wertvoll, und sie hörten auf, mich zu drangsalieren.

Jetzt schlucke ich den Rest in meinem Glas hinunter und halte es Samir hin, damit er mir nachschenkt. Er wirkt erleichtert, dass er etwas zu tun hat, was ihn von seinen Gedanken ablenkt. Er kann sich nicht ganz dazu überwinden, das auszusprechen, was er mir sagen will. Ich sehe, dass es ihm schwerfällt.

Als er mir mein wieder aufgefülltes Glas zurückgibt, fragt er: »Hat Ravi dir erzählt, dass er seine letzten beiden Projekte deutlich vor dem Zeitplan fertiggestellt hat? Er hat den Festsaal und das Restaurant im Rambagh Hotel neu gestaltet und danach das alte Rajputen-Anwesen an der Civil Lines Road in ein Boutiquehotel von Weltrang verwandelt.«

Ich nicke.

Samir setzt sich hin und holt tief Luft. »All das ist nicht einfach. So viele Variablen, so viele Dinge, die man im Blick behalten muss: das Wetter, Materialien, die nicht rechtzeitig eintreffen. Tage, wenn Arbeiter nicht zur Arbeit erscheinen. Alles Mögliche eben.«

Er greift nach dem Päckchen Dunhill-Zigaretten auf dem Tisch neben ihm. Er schüttelt eine heraus und hält mir dann die Schachtel hin. Ich nehme mir eine Zigarette. Als ich damals in Jaipur gelebt habe, rauchte er immer Red and Whites, eine billigere Marke. Im Geist notiere ich mir die Verbesserung. So wie ich mir auch die schöneren Wagen in seiner Auffahrt notiere.

Er zieht ein goldenes Feuerzeug aus seiner Hemdentasche und zündet unsere Zigaretten an. Sobald er seinen ersten, tiefen Zug genommen hat, spricht er weiter.

»Unfälle können eben passieren«, sagt er. »Das ist das Gesetz der Natur. Und was im Kino passiert ist, ist verheerend, aber …« Er stößt eine Rauchwolke aus und klopft gegen das Whiskyglas auf seiner Armlehne. »Die Firma trägt meinen Namen, Malik.« Mit der freien Hand zeigt er auf seine Brust. »Ich lasse keine groben Fehler bei meinen Projekten zu. Weder bei der Beurteilung noch bei der Einhaltung von Vorschriften und schon *gar nicht* beim Material.«

Er beugt sich jetzt vor, die Ellbogen auf den Oberschenkeln. »Bei dem Kinoprojekt habe ich Ravi freie Hand gelassen, alles auf seine Art zu machen. Ich wollte nicht, dass er glaubt, ich würde ihm nicht zutrauen, die richtigen Entscheidungen zu treffen.«

Er sieht mir in die Augen. »Nach dem Unfall habe ich ihn gebeten, die Bücher durchzugehen, das Verfahren, alles, was wir gemacht haben, welche Rolle der Palast gespielt hat. Genau das hat er getan. Und ganz ehrlich, ich sehe keinen Grund, warum es seine Schuld sein sollte. Er hat alles nach Vorschrift gemacht. Bei jeder einzelnen Kleinigkeit. Und dennoch …« Er lehnt sich im Ledersessel zurück. »Nach dem, was ich so höre, zweifelst du an ihm. Und an mir. Du stellst meine Fachkompetenz infrage.« Jetzt klingt seine Stimme scharf. Er zieht an seiner Zigarette und stößt eine lang gezogene Rauchfahne aus.

Der Whisky bahnt sich seinen Weg in mein Gehirn. Ich sehe mich noch einmal im Raum um. Das Zimmer eines reichen Mannes. Die in Leder gebundenen Bücher. Die goldene Uhr. Ein reicher Mann in einem teuren Anzug, der will, dass ich seinen Sohn beschütze. Jetzt verstehe ich, warum Ravi wollte, dass ich komme. Es ging nicht darum, Frieden zu schließen. Es sollte eine Warnung an mich sein.

Ich stelle mein Whiskyglas auf seinem Schreibtisch ab. »Was genau wird mir vorgeworfen, Onkel?«

»Hakeem hat mir gesagt, dass er dich gestern in seinem Büro beim Herumschnüffeln erwischt hat. Ravi hat dich gesehen, wie du auf der Baustelle herumgeschlichen bist und Bhagwan weiß was gemacht hast. Und ...« er zeigt anklagend auf mich, »... du hast den Palastingenieuren Fragen gestellt. Oh, sieh mich nicht so überrascht an. Ich wäre ein lausiger Geschäftsmann, wenn ich nicht alles mitkriegte.«

Es kribbelt in meinem Nacken. Auf einmal bin ich wieder in der Bishop-Cotton-Schule im Swimmingpool, wo drei Oberstufenschüler meinen Kopf unter Wasser drücken. Wie hat er davon erfahren, dass ich mit den Ingenieuren im Liegenschaftsbüro des Palastes gesprochen habe? Hat Hakeem mir nachspioniert? Gehen alle, mit denen ich gesprochen habe, direkt zu Samir? Stehen sie *alle* auf seiner Gehaltsliste?

Ich wähle meine Worte sorgfältig. »Vor all den Jahren waren Sie derjenige, der Lakshmi dabei geholfen hat, eine Einladung in den Palast zu bekommen. Sie wissen besser als alle anderen, wie sie der Maharani durch eine schlimme Phase geholfen hat. Seit damals fühle ich mich den Maharanis stark verbunden. Ich fühle mich geehrt, in ihrem Namen mit Mr. Agarwal im Liegenschaftsbüro zu arbeiten. Ich will nur sichergehen, dass wir den Voranschlag für den Wiederaufbau sorgfältig und korrekt erstellen. Das ist alles.« Ich öffne die Arme weit, mit den Handflächen nach oben.

Er schnippt die Asche von seiner Zigarette in den großen Messingaschenbecher auf seinem Tisch. Seine Stimme ist wieder schmeichelnd, als er fortfährt: »Das kann ich völlig verstehen. Aber mit allen Fragen zu dem, was dir vielleicht aufgefallen ist, solltest du dich an Ravi oder mich wenden. Wir können wichtige Einzelheiten klären, bei denen du dir unsicher bist. Es ist nicht nötig, dass du deine Zeit damit verschwendest, mit den Palastingenieuren zu sprechen. Sie sind zu sehr mit ihren eigenen Bauprojekten beschäftigt, um viel Zeit mit unseren zu vergeuden.« Er schenkt mir sein charmantestes Lächeln. »Und abgesehen davon sind wir beide doch alte Freunde. Du zweifelst doch sicherlich nicht an mir, oder?«

In diesem Zimmer eines reichen Mannes bin ich mir nur einer Sache gewiss: Vater und Sohn sind durch ihr Blut miteinander verbunden. Mit mir sind Samir und Ravi nicht verwandt. Ich bin der Außenseiter. Samir möchte mich gern glauben lassen, dass er mich unterstützt, aber ich weiß es besser.

Ich erwidere sein Lächeln und blicke ihm fest ins Gesicht. »Nur dass ich das richtig verstehe: Ich bin heute Abend hier, weil Sie mich an unsere Freundschaft erinnern wollten? Genau die Freundschaft, die Lakshmi dazu gezwungen hat, Jaipur zu verlassen?«

Jetzt verwandelt sich sein Gesicht in eine Marmorplatte – grauweiß. Er stößt ein Kichern aus, als hätte ich ihm einen lustigen Witz erzählt. Und wieder verfällt er in die Pose des wohlwollenden, gut gelaunten Onkel Samir. »Unfug!«, entgegnet er. »Ich bin hier, damit du die Gastfreundschaft der Singhs genießt.«

Ich drücke meine Zigarette im Aschenbecher aus. »Vielen Dank, aber ich habe eine Verabredung, die Vorrang hat.«

Ein scharfes Klopfen an der Tür ertönt. Der Türknauf dreht sich, und die Tür wird aufgerissen. Parvati kommt herein, und ich stehe höflich auf.

»Da bist du ja, Samir!«, sagt sie. »Ich habe dich nicht kommen gehört.« Als sie mich ansieht, verhärtet sich ihre Miene. Das ist nicht das freundliche Gesicht, das sie mir präsentiert hat, als ich vor gerade einmal einem Monat zum Essen hier war. Haben Ravi und Samir ihr erzählt, dass ich Fragen gestellt habe? Sie mustert den Raum, bemerkt den Whisky, die Zigaretten. »*Vor* dem Abendessen?«

Sie starrt Samir an, bis er zögernd aus dem Sessel aufsteht. Dann geht er zu ihr und bleibt nur Zentimeter von ihr entfernt stehen. Sie weicht nicht zurück. Er lächelt, rafft den *Pallu* ihres Saris von hinten zart zusammen und drapiert ihn über ihrer Schulter, sodass er sie wie ein Schal bedeckt. Es ist die zärtliche Geste eines Liebenden, und ich sehe, wie ihr Gesichtsausdruck weicher wird.

»Geh vor, Memsahib«, sagt er.

Ihre Mundwinkel wandern nach oben, aber nur ein kleines bisschen. Sie dreht sich anmutig um und verlässt den Raum durch die offene Tür.

Als ich mich zum Gehen wende, fasst Samir mich am rechten Ellbogen. So leise, dass ich ihn kaum verstehen kann, sagt er: »Was Sheela anbetrifft, arbeitet Ravi immer bis abends spät. *Accha?*«

Ich werfe ihm einen kalten Blick zu. Wie der Vater so der Sohn.

21

Lakshmi

Jaipur

Damals, als ich mich der Depressionen Maharani Latikas annahm, machte ich meine Termine im Palast mit dem Sekretär der älteren Maharani aus. Malik und ich meldeten uns am Wachhäuschen am Eingang zum Palast der Maharanis an, bevor wir hineingelassen wurden. Es war Samir Singh, der mir zu meiner ersten Audienz bei der Königinwitwe Maharani Indira verholfen hat; sie gelangte zu der Ansicht, dass meine nachfolgenden Besuche bei der jüngeren Königin entscheidend zu deren Gesundung beitrugen.

Aber jetzt habe ich nicht mehr die Möglichkeit, Samir um Hilfe zu bitten, damit ich Zutritt zum Palast bekomme. Seit zwölf Jahren haben wir einander weder gesehen noch gesprochen. Ganz zu schweigen davon, dass das, was ich mit Maharani Latika besprechen will, seine Firma betrifft.

Heute Morgen habe ich mir einen elfenbeinfarbenen Seidensari mit einer breiten smaragdgrünen Bordüre angezogen, der mit Goldfäden durchwirkt ist. Meine Haare sind mit Jasminblüten parfümiert und in meinem Nacken zu einem Chignon zusammengefasst. Abgesehen von dunkelrotem Lippenstift, habe ich auf Make-up verzichtet. Mein Schmuck ist einfach: eine zweireihige Perlenkette. Meine Ohrläppchen sind nackt. Ich trage eine Uhr mit einem Armband aus geflochtenen schwarzen Strängen und keinen weiteren Schmuck an meinen Armen oder Fingern. Vor langer Zeit habe ich gelernt, dass es besser ist, eine schlichte Eleganz an den Tag zu legen und ihnen niemals die Schau zu stehlen, wenn du Mitglieder der königlichen Familie triffst.

Der Wachmann mit dem grauen Schnurrbart im Wachhäuschen ist möglicherweise derselbe wie damals. Es ist schwer zu sagen. Alle Palastwachen und alle Diener sehen gleich aus: Sie tragen die gleichen roten Turbane und dazu weiße Gamaschen, ihre weißen Jacketts sind um die Taille mit einem roten Kummerbund zusammengefasst, die jüngeren Wachen sind glatt rasiert. Alle älteren, bewährten Angestellten tragen Bart und Schnurrbart.

Dieser Wachmann erkennt mich wieder. »Guten Morgen, *Ji*«, sagt er. »Es ist schon eine Weile her. Wollen Sie zur älteren oder zur jüngeren Maharani?«

Ich wusste nicht, dass die ältere Königin wieder in Jaipur ist. Als ich zuletzt von ihr hörte, hatte sie sich in Paris niedergelassen, nachdem es Maharani Latika wieder gut ging und sie ihre offiziellen Aufgaben wiederaufnehmen konnte. Es geziemt sich für mich nicht, den Wachmann zu fragen, warum Maharani Indira zurückgekehrt ist, also schweige ich. Ich werde es sicherlich schon bald genug erfahren.

»Maharani Latika«, erwidere ich voller Zuversicht, als würde sie mich erwarten. Ohne einen Termin kann ich den Wachposten nur dieses eine Mal zum Narren halten; wenn ich das nächste Mal ohne Termin erscheine, wird der Wachmann mich wiedererkennen und mir den Zutritt verweigern.

Durch die hohen Eisentore sehe ich den Bentley der jüngeren Maharani. Wie üblich zu dieser Tageszeit parkt er auf der kreisförmigen Auffahrt, seine polierte Karosserie glänzt in der Sonne, zum Losfahren bereit.

Der Wachmann blickt auf meine Hände und neigt dann den Kopf, um über meine Schulter zu blicken. Vermutlich erwartet er Malik, der die *Tiffins* mit meinem Arbeitsmaterial trägt: meine Hennapaste, Leckereien für die Maharani und eine Auswahl beruhigender Lotionen. Als er niemanden sieht, blickt er mich an, als wollte er eine Frage stellen. Stattdessen winkt er dann aber, und ein junger Bediensteter tritt vor, um mich zu begleiten. Ich kenne mich von meinen regelmäßigen Besuchen vor zwölf Jahren hier im Palast aus. Dennoch schreibt das Protokoll vor, dass ein Diener mich hinein- und später wieder hinausbringt.

Dieser Diener führt mich durch die einst vertrauten Gänge, die mit Mosaikfußböden, viktorianischen Spiegeln und Gemälden von heutigen und früheren Maharadschas und Maharanis geschmückt sind, wie sie auf Tigerjagd gehen, auf ihrem Thron sitzen oder auch umgeben von ihrer Familie. Es fühlt sich an, als wäre es eine Ewigkeit her, dass ich die Maharani hier behandelt habe. Ich war damals eine andere, mehr darauf konzentriert, was ich mit meiner Hennamalerei verdienen konnte, als darauf, ob ich meine Lebensaufgabe erfüllte – andere zu heilen –, wie meine *Saas* mir das einst beigebracht hat.

Die schwarz-weißen Fotografien an den Wänden zeigen Maharanis mit Prominenten wie Jacqueline Kennedy, Queen Elizabeth und Helen Keller. Am meisten stechen melancholische Kompositionen von Maharani Latika heraus, wie sie in ihrem Salon sitzt und zum Fenster hinausschaut oder auf ihrer Terrasse, wo der Wind anmutig ihren Georgettesari kräuselt.

Ich hätte gedacht, dass jede nachfolgende Maharani der Dekoration ihren eigenen ästhetischen Stempel aufdrücken würde. Doch in den Gängen sehe ich dieselben Mahagonitische mit Einlegearbeiten aus Elfenbein. Auf jedem Tisch steht eine Vase aus geschliffenem Glas mit Bergen von rosa Rosen, blauen Hyazinthen und rotem Fingerhut, frisch aus dem Palastgarten. Ich frage mich, ob die Königinnen nur ihren persönlichen Wohnbereich selbst gestalten dürfen.

Schließlich sehe ich die riesigen Messingtüren des Salons, wo ich mich immer mit Maharani Indira getroffen habe. Der Diener bittet mich höflich, auf der Chaiselongue neben der Tür zu warten, während er hineingeht und mich ankündigt. Mir fällt auf, dass die Chaiselongue seit meinem letzten Besuch neu bezogen wurde, mit scharlachrotem Satin. Vielleicht Maharani Latikas Entscheidung? Ich muss länger warten als sonst üblich, und ich befürchte schon, dass die Maharani es abgelehnt hat, mich zu empfangen, aber schließlich erscheint der Diener wieder und bittet mich einzutreten.

Ich ziehe mir respektvoll den *Pallu* über die Haare, bevor ich eintrete, und lächele, während ich daran denke, wie oft Malik mich daran erinnern musste, wie wesentlich diese unerlässliche Höflichkeitsbezeugung zu Beginn meiner Dienste für die Maharani war; normalerweise vergaß ich es vor lauter Nervosität. Jetzt bin ich überrascht, dass mein Herz bei der Aussicht darauf, gleich auf eine königliche Hoheit zu treffen, nicht mehr vorfreudig flattert.

Ich sehe, dass auch die drei viktorianischen Sofas in diesem eleganten Raum neu bezogen worden sind. Der Seidendamast hat eine andere Farbe – ein intensiv leuchtendes Rosa –, aber abgesehen von den Sofas, sieht der Raum noch genauso aus wie damals. Die Sofas flankieren einen riesigen Beistelltisch aus Mahagoni. Das kunstvolle Deckengemälde hoch über unseren Köpfen stellt dar, wie Ram im *Ramayana*-Epos um seine Gefährtin Sita wirbt.

In einer Ecke des Zimmers sitzt Maharani Latika hinter einem Ebenholzschreibtisch mit Intarsien aus Elfenbein und Perlen. Sie blickt auf und lächelt, als ich hereinkomme. »Lakshmi!«, sagt sie. »Wie reizend, Sie zu sehen. Wie ich höre, leben Sie jetzt in Shimla. Bitte.« Sie weist auf den Sitzbereich. »Ich bin gerade bei der Korrespondenz, ich brauche also noch eine Minute.«

Abgesehen von dem Tirilieren der englischen Uhr auf dem marmornen Kaminsims ist es im Raum so leise, dass ich den Stift Ihrer Hoheit über das Papier kratzen höre. Ich erinnere mich daran, wie ich dieses Zimmer zum ersten Mal betrat und Madho Singh – der damals noch der älteren Maharani gehörte – kennenlernte. Er schrie aus der Sicherheit seines Käfigs heraus *Namaste! Bonjour! Willkommen!* Sein ständiges Murmeln und Krächzen erfüllte diesen Raum mit Leben.

»Bitte sehr.« Die Maharani streckt die Hand mit den Umschlägen aus, und wie durch Zauberhand erscheint plötzlich ein Diener. Die Diener stehen so still, dass ich ihre Anwesenheit nie bemerke, bis sie plötzlich aktiv werden. Dieser hier wird jetzt durch einen anderen ersetzt; die Maharani hat immer Bedienstete um sich.

Ich stehe auf, um ihre Füße zu berühren, während sie sich auf eine Couch setzt. »Also«, sagt sie. »Tee?«

Sie ist genauso schön, wie ich sie in Erinnerung habe. Älter natürlich. Ich glaube, sie ist jetzt Ende vierzig. Ein bisschen älter als ich. Ihre Augen haben die Farbe und Größe von Betelnüssen, mit langen Wimpern. Die Fältchen um die Augenwinkel hatte sie bei unserer letzten Begegnung noch nicht. Aus diesen braunen Augen blitzt ein Scharfsinn, der alles abzuschätzen, zu berechnen, zu bewerten scheint. Ihre Augenbrauen sind zu einem Bogen gezupft, der sie noch gebieterischer wirken lässt als ohnehin schon.

»Wie Sie wünschen, Eure Hoheit.«

»Wenn ich es mir recht überlege, wäre ein Glas *Nimbu Pani* vielleicht doch erfrischender.«

Sie blickt auf, und der zweite Diener tritt vor, verbeugt sich und verlässt den Raum.

»Erzählen Sie mir von Shimla. Es ist so reizend dort zu dieser Jahreszeit, wenn sich hier in Jaipur die Hitze wie ein Wintermantel über uns legt.« Sie trägt einen kühlen Georgettesari mit aufgedruckten blauen Hortensien. Ihre Bluse passt perfekt zum Blau der Blumen. Tropfenförmige Diamanten schmücken ihre Ohrläppchen, eine schwere Goldkette ihren Hals, und Ringe mit Diamanten und Saphiren an ihren Fingern vervollständigen das Ensemble.

»In die Hitze Jaipurs zurückzukehren, war wirklich eine Art Schock, nach all diesen Jahren in den Bergen«, erwidere ich mit einem Lachen.

»Sie sind jetzt verheiratet, wie ich gehört habe. Das scheint Ihnen zu bekommen. Sie sehen gut aus.«

»Vielen Dank, Eure Hoheit. Sie sehen aus wie das blühende Leben.«

Sie winkt mit den Fingern, als wollte sie mein Kompliment abtun. »Ich muss viel zu viel arbeiten. Ich bekomme nicht so viel Schlaf, wie ich brauche. Und ich kann weniger Zeit mit den Mädchen in der Schule verbringen.«

Sie bezieht sich auf den Unterricht in Umgangsformen, Tennis und westlichen Tänzen, den sie in der vor Jahrzehnten von ihr gegründeten Maharani-Mädchenschule erteilt. Radha hat diese Schule ein Semester lang besucht.

»Und Ihr Sohn, Eure Hoheit? Wie geht es ihm?«

Es entsteht eine Pause. Als sie spricht, klingt ihre Stimme hart. »Er lebt in Paris. Ich glaube, er ist in allen Trinkhallen wohlbekannt. Aber davon werden Sie bereits gehört haben.«

Die Neuigkeiten überraschen mich, und das muss man meinem Gesicht wohl ansehen. Von Kanta weiß ich, dass ihr Sohn in letzter Zeit nicht in Indien gewesen ist, nicht einmal zur Beerdigung seines Vaters. Aber ich dachte, er würde gelegentlich seine Mutter besuchen kommen.

Sie lächelt ironisch. »Also wissen sie in Shimla nicht über alle unsere Angelegenheiten Bescheid … noch nicht.«

Der Diener ist mit unseren Gläsern mit gezuckertem Limettenwasser zurückgekehrt. Im Gegensatz zu dem *Nimbu Pani*, das die Straßenverkäufer servieren, enthält dieses keinerlei Pulpe, sodass die gelbgrüne Flüssigkeit in den Kristallgläsern leuchtet. Ich warte, bis sie ihr Glas nimmt, bevor ich nach meinem greife. Der Geschmack ist vorzüglich. Ein bisschen sauer, ein bisschen süß, ein bisschen salzig, angenehm kühl in meiner Kehle.

Die Frau, die mir jetzt gegenübersitzt, hat etwas Formelleres an sich, als ich in Erinnerung habe, etwas Kaltes. Sie war einmal so beschwingt wie ein Windhauch, ein Wirbelwind. Ich weiß, dass die erzwungene Trennung von ihrem damals achtjährigen Sohn verheerend war, aber seine Reaktion darauf erscheint mir als eine viel größere Katastrophe. Von dem, was Kanta mir erzählt hat und was ich mir hier in ihrer Gegenwart zusammenreime, wirft ihr Sohn seiner Mutter offenbar vor, dass sie nicht härter in seinem Namen gekämpft hat. Er muss das Gefühl haben, dass er jetzt der Maharadscha von Jaipur wäre, wenn sie in ihrem Kampf nicht nachgelassen hätte. Vielleicht besucht er Jaipur deshalb nicht, weil er seinem Ersatz nicht begegnen will, dem adoptierten Kronprinzen. Wenn wir die Adoption durch den Palast nicht verhindert hätten, trüge Niki jetzt diesen Titel.

Ich räuspere mich. »Haben Sie viel mit dem aktuellen Kronprinzen zu tun, Ihre Hoheit?«

Sie nimmt einen weiteren Schluck von ihrem Getränk. »Er ist erst zwölf Jahre alt. Ein bisschen jung für alles, außer den Menschenmengen zuzuwinken. Glücklicherweise wird von mir nicht erwartet, seine Mutter zu spielen, nur seinen Vormund. Praktisch genauso wie die Königinwitwe Vormund für meinen Ehemann war, als er darauf wartete, volljährig zu werden und die Pflichten des Maharadschas von Jaipur zu übernehmen.« Sie wirft mir einen stählernen Blick zu. »Aber Sie sind nicht zum Plaudern hergekommen.«

Ich stelle mein Glas auf dem silbernen Tablett ab und falte die Hände in meinem Schoß. »Nein, Eure Hoheit. Zuerst einmal möchte ich mein Mitgefühl über den Unfall im Kino aussprechen. Wie ich höre, wurden ein paar Kinobesucher getötet und viele weitere verletzt.«

Sie blinzelt und atmet tief ein. »Es ist ein äußerst bedauerliches Ereignis. Niemand hätte das vorhersehen können. Ich fühle mit denen, die dabei Schaden genommen haben. Das Beste, was wir zu diesem Zeitpunkt tun können, ist, ihre Verletzungen zu behandeln und die Behandlung zu bezahlen.« Sie lässt den Blick auf den Beistelltisch fallen. »Worte können gar nicht ausdrücken, wie schrecklich ich mich wegen Rohit Seth fühle – einem lieben alten Freund – und der jungen Frau, die beide aus dem Leben gerissen wurden.« Sie trinkt einen weiteren Schluck. »Aber Sie sind heute auch nicht zu mir gekommen, um mir Ihr Beileid auszusprechen.«

Ich reibe meinen Handrücken mit der Handfläche der anderen Hand und mustere meine geschnittenen Fingernägel. »Ich habe erfahren, Eure Hoheit, dass Mr. Manu Agarwal möglicherweise von seiner Arbeit im Liegenschaftsbüro suspendiert werden soll.«

Sie zieht eine dünne Augenbraue hoch. *Und?*

»Mr. Agarwal und seine Frau Kanta sind gute Freunde von mir. In der Hinsicht möchte ich ehrlich mit Ihnen sein. Aber ich habe Informationen, die Mr. Agarwal entlasten. Er wurde während der Bauarbeiten nicht auf bestimmte Ungereimtheiten beim Material aufmerksam gemacht. Wenn Eure Hoheit es gestatten, möchte ich Ihnen zeigen, welcher Täuschung er zum Opfer gefallen ist.«

»Warum präsentiert Manu mir diese Informationen nicht selbst?«

»Er hat noch keine Kenntnis davon.«

Sie senkt das Kinn. »Sie hingegen schon?« Sie wirkt ungläubig.

»Vergeben Sie mir meine Unverfrorenheit, Eure Hoheit. Darf ich offen sprechen?«

»Immer, Lakshmi.«

»Ich weiß nicht, ob Sie sich aus meiner Zeit in Jaipur noch an meinen jungen Gehilfen erinnern. Sein Name ist Malik. Dank glücklicher Umstände konnte er mit mir nach Shimla ziehen, wo er zur Bishop-Cotton-Jungenschule gegangen ist. Malik ist jetzt einundzwanzig, und um mir einen Gefallen zu tun, hat Mr. Agarwal ihn als Praktikant in seiner Abteilung angenommen. Malik hat beim Royal-Jewel-Cinema-Projekt mitgeholfen, vor allem in der Buchhaltung.«

Jetzt habe ich ihre volle Aufmerksamkeit. Ihr Blick ist durchdringend.

»Bei der Ausführung seiner Arbeit ist Malik ungewollt auf Quittungen für minderwertige Materialien gestoßen, die das Kinoprojekt betrafen.«

»Darf ich diese Quittungen sehen?«

Ich schließe frustriert die Augen und schüttele den Kopf. »Das ist es ja gerade, Eure Hoheit. Ihm war zuerst nicht klar, was er da gesehen hat. Als er zurückgekehrt ist, um sich die Quittungen noch mal anzusehen, waren sie durch … andere Unterlagen ersetzt worden.«

Sie blickt mich einen langen Moment lang an. »Ich verstehe.«

Sie lässt das Getränk in ihrem Glas herumwirbeln und nimmt einen Schluck. »Aus Sicht des Palastes war Mr. Agarwal für die Entwicklung des Royal Jewel Cinema zuständig, und nur er. Wenn sich diese Quittungen nicht finden lassen, die seine Unschuld beweisen können, wie soll ich ihn dann von seiner Verantwortung freisprechen? Wenn die Untersuchung ergibt, dass er schuldig ist, wird er entlassen.«

Ich verstehe jetzt, dass es einen Sündenbock geben muss, um diese Angelegenheit zur Zufriedenheit der Öffentlichkeit zu bereinigen. Dieser Sündenbock ist Manu. Und er kann nicht das Geringste dagegen tun.

»Wenn Mr. Agarwal einer Sache beschuldigt würde, die er nicht getan hat, würde das den Ruf eines guten Menschen für immer ruinieren«, sage ich. »Er hat diesem Palast fünfzehn Jahre lang ehrenhaft gedient. Er hat sein Leben der Aufgabe gewidmet, dafür zu sorgen, dass der Name der königlichen Familie über jeden Tadel erhaben bleibt.« Ich tippe mit einem Finger gegen meine Lippen. »Wenn ich … Wenn wir Ihnen Beweise bringen könnten, wer tatsächlich schuld ist, wären Sie gewillt, sie zu berücksichtigen? Würden Sie die Entscheidung über Mr. Agarwals Zukunft bis dahin zurückstellen?«

Sie fährt sich mit einer Hand durch die Haare. »Mr. Seths Fanklub und die Filmindustrie üben jede Menge Druck auf uns aus, Lakshmi. Dieses Palastprojekt mag zwar ein privates

Projekt sein, aber für unseren Ruf sind wir immer der Öffentlichkeit verbunden. Wir müssen rasch handeln.«

»Bitte, Eure Hoheit. Ich hoffe, Sie haben mich als jemanden in Erinnerung, der sein Wort hält.« Offensichtlich vertraut sie mir, sonst wäre ich nie ohne einen Termin in ihre Privaträume gelassen worden. »Wenn ich Ihnen verspreche, so schnell wie möglich etwas Glaubwürdiges vorzulegen, wären Sie damit zufrieden?«

»Wie viel Zeit benötigen Sie?«

»Ein paar Wochen?«

»Sie haben drei Tage. Es tut mir leid. Danach werde ich seine Beurlaubung und mögliche Entlassung bekannt geben.« Es ist schlimmer, als ich gedacht habe! Und ihr Tonfall verrät mir, dass sie nicht viel Hoffnung für meinen Erfolg hegt.

Sie stellt ihr Glas auf dem Tablett ab und steht auf. Das ist die Aufforderung für mich zu gehen.

Ich berühre wieder ihre Füße. »Vielen Dank, Eure Hoheit.«

Während ich mich zur Tür wende, fragt sie: »Wie geht es Ihrer Schwester, meiner früheren Schülerin? Radha heißt sie doch, nicht wahr? Wenn ich mich richtig erinnere, war sie recht vielversprechend.«

Ich lache leise. »Dieses Versprechen hat sie aber erst spät eingelöst. Sie lebt jetzt in Paris mit ihrem französischen Ehemann, der Architekt ist. Sie haben zwei Töchter. Sie arbeitet als Parfümeurin.«

Maharani Latika wirkt angenehm überrascht. »Aber das ist großartig! Möglicherweise komme ich bei ihr vorbei, wenn ich das nächste Mal in Paris bin. Sie müssen mir sagen, wo ich sie finden kann.«

»Im Haus von Chanel. Sie hat in einem anderen Parfümhaus begonnen und merkte dann, dass sie nicht nur gerne Zutaten mischt, sondern auch eine Nase für Düfte hat.«

»Gut, gut. Grüßen Sie sie bitte vor mir.«

Ich schenke ihr ein *Namaste* und gehe.

Malik und mir bleiben nur drei Tage, um Manu Agarwal zu retten. Drei Tage, um sicherzustellen, dass weder Nikis Leben noch das seines Vaters durch dieses Unglück zerstört wird.

Zurück bei den Agarwals rufe ich Jay in Shimla an. Es ist später Vormittag. Er muss im Krankenhaus sein.

Er nimmt beim ersten Klingeln ab.

»Vermisst du mich schon?«

Er lachte leise. »*Du kannst einen Hahn vielleicht einsperren, aber die Sonne wird dennoch aufgehen*. Du bist nicht in Shimla, aber das heißt nicht, dass ich dich nicht vor mir sehe, wie du im Salon das Kreuzworträtsel löst oder nach Lavendel duftend aus dem Bad kommst oder den Krankenschwestern in der Ambulanz die Hölle heißmachst.«

Ich lache. »So etwas mache ich doch gar nicht!« Ich erzähle ihm, wie mein Tag bisher so war, was die Maharani gesagt hat, dass ich Manu noch nie so deprimiert gesehen habe und wie sich das auf seine Familie auswirkt. »Malik hat ein paar Ansätze, die er verfolgt.« Ich mache eine Pause. »Wie geht es Nimmi und den Kindern?«

»Lakshmi, dir muss bewusst sein, dass sie das nicht so gemeint hat, was sie zu dir gesagt hat. Sie ist verängstigt. Sie hat keine Ahnung, in was Vinay uns alle hineingezogen hat.«

Es fällt mir schwer, verständnisvoll zu sein, wo Nimmis Wut so offensichtlich war. Binnen weniger Minuten zerstörte sie den guten Willen, den wir einander inzwischen entgegenbrachten. Ich murmele etwas Unverbindliches.

Er kann mein Widerstreben hören und seufzt.

»Was ist mit den Schafen?«

»Nimmi hat einen hiesigen Schäfer dafür bezahlt, dass er alle paar Tage mit der Herde weiterzieht. Er macht das gern, weil er mit seiner eigenen Herde ohnehin weiterziehen muss, und er hütet sie nun beide zusammen.«

»Was ist mit der Wolle?«

»Immer noch in der Vorratskammer. Wodurch man nicht mehr an Madho Singhs Futter herankommt.«

»Deshalb habe ich doch die Frau eingestellt, die für dich kocht.«

»*Hahn.* Und jetzt ist der Vogel auf den Geschmack von *Chapatis* gekommen! Du solltest also nicht überrascht sein, wenn Madho sich jetzt weigert, Körner zu fressen.« Er kichert. »Wie lange wirst du in Jaipur bleiben?«

»Maharani Latika hat uns noch drei Tage gegeben, um Beweise vorzulegen, dass Manu unschuldig ist. Wenn wir das nicht schaffen, wird Manu hinausgeworfen, um den guten Ruf des Palastes zu schützen.«

Für einen Augenblick schweigen wir beide.

Dann sagt Jay: »*Der Dieb, der nicht erwischt wird, ist ein König.* Du wirst diese Beweise finden, Lakshmi. Lass meinen alten Freund Samir nicht damit davonkommen, hier der König zu sein.«

»Das hatte ich auch nicht vor.«

22

Malik

Jaipur

Der Angestellte am anderen Ende der Leitung bei Chandigarh Ironworks klingt, als wäre er ungefähr in meinem Alter. Als ich mich als Assistent des Buchhalters des Palastes von Jaipur vorstelle, kann ich fast schon hören, wie er sich aufrechter hinsetzt.

»*Bhai*«, sage ich, »ich hoffe, dass Sie mir helfen können.«

Ich räuspere mich, als wüsste ich nicht, wie ich anfangen soll. »Wissen Sie, dies ist mein erster wichtiger Job, und zu meiner Schande muss ich zugeben, dass ich mehrere Unterlagen verlegt habe.«

Ich schicke ein nervöses Lachen hinterher.

Er scheint ein liebenswürdiger Kerl zu sein. Er kichert. »Das ist mir auch schon passiert.« Ich stelle ihn mir als einen gewissenhaften, verständnisvollen Menschen vor, der bei seinen Freunden beliebt ist.

Ich seufze übertrieben, damit er auf jeden Fall begreift, wie dankbar ich ihm bin. »Der Palast führt so viele Projekte gleichzeitig durch, und was ich brauche, habe ich wahrscheinlich in der falschen Schublade abgelegt.« Ich spiele ihm die Kumpelnummer vor, ein Überbleibsel aus meiner Zeit an der Bishop-Cotton-Jungenschule. »Ohne Ihre Unterstützung könnte es mich Stunden kosten, diese Unterlagen zu finden. Aber, *Bhai*, könnten wir das vielleicht unter uns behalten?«

»Kein Problem.« Er senkt seine Stimme. »Welche Unterlagen genau? Ich könnte Ihnen eine Kopie davon per Post schicken.«

Post aus Chandigarh kann eine Woche dauern. Maharani Latika hat uns drei Tage gegeben. »Das ist so freundlich von Ihnen«, erwidere ich. »Nur, mein Boss … wissen Sie, er braucht sie sofort. Er wird der Maharani meinen Kopf auf dem Silbertablett servieren, wenn ich sie ihm nicht binnen einer Stunde bringe.«

»Aber Sie rufen von Jaipur aus an. Wie soll ich sie Ihnen in einer Stunde verschaffen?«

»Ich brauche nur die Zahlen. Vielleicht könnten Sie sie mir per Telegramm schicken?«

Jetzt höre ich, wie er zögert. »Ich müsste dann die Ausgaben rechtfertigen, *Bhai*. Telegramme sind teuer.«

Ich kichere. »Schicken Sie es unfrei, und der Palast wird es bezahlen! Ich finde einen Weg, die Ausgabe zu verstecken. In der Buchhaltung gibt es immer eine Möglichkeit, mit solchen Dingen umzugehen, *hahn-nah*?« Das bringt mir ein verständnisvolles Lachen von ihm ein.

Ich weise ihn an, dass Telegramm an das Postamt von Jaipur zu schicken, und diktiere ihm alle notwendigen Angaben. Dann stehe ich auf und greife mir wahllos einige Rechnungen von meinem Schreibtisch, sodass es aussieht, als wäre ich mit offizieller, notwendiger Arbeit beschäftigt, als ich an Hakeems Büro vorbeigehe.

»Abbas?«

Ich hatte nicht damit gerechnet, dass er mich aufhalten würde. Ich drehe ihm den Kopf zu, aber nicht den Körper, so als wäre ich in Eile. »Ja, Sahib?«

»Die Rekonstruktion der Kinologe? Ich habe den Kostenvoranschlag immer noch nicht vorliegen.«

Ich halte die Papiere in meiner Hand hoch. »Muss noch eine letzte Sache verifizieren. Ich habe die Kosten für die Bestuhlung noch nicht bekommen. Ich glaube, Singh-Sharma weiß noch nicht, was ersetzt werden muss und was sich reparieren lässt.«

Er starrt mich an in dem Versuch, ernst dreinzuschauen, und fährt mit seinen Fingern unter seinem Schnurrbart entlang. »Erledige das bis heute Abend.«

Ich nicke. Dann gehe ich zur Vordertür hinaus und mache mich auf den Weg zum Postamt von Jaipur. Jetzt, wo ich weiß, dass er mich bei Samir Singh verpetzt hat, mache ich einen großen Bogen um Hakeem. Offenbar ist er gar nicht so ein Langweiler, wie ich dachte, aber auch nicht der fleißige Buchhalter. Warum sollte Hakeem Anweisungen der Singhs befolgen? Bezahlt Samir ihn, damit er für ihn im Palast spioniert?

Auf dem Weg zum Postamt denke ich darüber nach, wie Tante Boss mir von den Ziegeln in Shimla erzählte, die denen ähneln, die ich hier an der eingestürzten Loge gesehen habe. In dem Moment wusste ich, dass ich herausfinden muss, ob es da eine Verbindung gibt, und wenn ja welche.

Ich denke auch über den Streit nach, dessen Zeuge ich gestern im Haus der Agarwals zwischen Tante Boss und Manu wurde.

Kanta und Niki waren zum Süßwarenladen gegangen, um uns eine Nachspeise zu holen. Manu, Lakshmi und ich saßen im Salon der Agarwals. Als Lakshmi Manu von meinen Funden erzählte und dass sie in seinem Namen Maharani Latika aufgesucht hatte, explodierte er. »Du bist hinter meinem Rücken dorthin gegangen? Ihre Hoheit wird glauben, dass ich kein Rückgrat habe. Dass ich eine … eine …«

»Eine Frau schicken muss?« Tante Boss sprach in dem ruhigen Tonfall, den sie früher immer verwendet hat, um ihre schwierigeren Hennakundinnen zu besänftigen.

»Verstehst du nicht, wie das aussieht? Das ist, als hättest du mir die Beine abgehackt! Ganz Jaipur wird erfahren, dass Manu Agarwal ein Feigling ist, ganz zu schweigen davon, dass er ein Veruntreuer höchsten Grades ist!«

Er dreht sich im Sessel zu mir um. »Und *du*, Malik! Ich habe dich gutgläubig aufgenommen, und du versuchst jetzt … schmutzige Wäsche auszugraben? Du redest ohne mein Wissen mit allen möglichen Leuten über dieses Projekt?«

Noch nie habe ich Onkel so wütend gesehen. Ich hätte gar nicht gedacht, dass er dazu fähig wäre. Aufgebracht lief er in seinem Salon auf und ab und ruderte mit den Armen; seine Haare flogen dabei, als würden sie ebenfalls gestikulieren. Einen Moment dachte ich, dass er kurz vor einem Nervenzusammenbruch stand, so wie mein Englischlehrer in der Bishop Cotton, als er herausfand, dass seine Frau ihn mit dem Mathetutor betrog.

Boss' Tonfall blieb unverändert beruhigend. »Ich würde niemals wollen, dass Niki sich anhören muss, wie sein Vater der Feigheit oder Veruntreuung bezichtigt wird«, erwiderte sie. »Deshalb bin ich zu Ihrer Hoheit gegangen.«

Als sie den Namen seines Sohnes erwähnte, blieb er ruckartig stehen und blickte sie an, das Gesicht vor Qual verzerrt.

Tante Boss klopfte auf das Sofapolster neben sich. »Setz dich hin, Manu-*ji*. Bitte. Du machst mich schwindlig.« Er schob seine Brille auf dem Nasenrücken nach oben und tat, wie ihm geheißen, plötzlich zerknirscht.

»Was Malik gefunden hat, ist etwas, was du selbst nie entdeckt hättest. Du hast die Oberaufsicht. Es ist nicht deine Aufgabe, Einzelheiten wie Quittungen und Rechnungen unter die Lupe zu nehmen. Deine Leute erstatten dir Bericht. Sie suchen dich mit Zusammenfassungen von dem auf, was sie getan haben. Du hörst zu, stellst Fragen und diskutierst und unterschreibst dann das, was sie empfohlen haben.«

»Willst du damit sagen, dass meine Leute – meine handverlesenen Mitarbeiter – mich angelogen haben könnten?«

Sie hatte ihm die Hand auf die Schulter gelegt, als würde sie mit einem jüngeren Bruder sprechen. »Deine Angestellten sind schon seit langer Zeit bei dir. Natürlich vertraust du darauf, dass sie das Richtige tun. Vielleicht beruhten ihre Empfehlungen in diesem Fall auf unrichtigen Daten. Und da du schon so lange mit Singh-Sharma zusammenarbeitest, vertraust du ihnen ebenfalls. Nichts von dem, was du wusstest, hätte dich auf den Gedanken bringen können, dass sie irgendetwas … Unangemessenes tun.«

Manu starrte auf den Perserteppich unter seinen Füßen. Er blies seine Wangen auf und stieß die Luft aus, als würde er etwas loslassen. Dann drehte er sich zu Lakshmi um.

»Diese – angebliche – Verschwörung. Sag mir, dass das nicht nur deine Art ist, dich für die Sache zwischen Radha und Ravi an Samir Singh zu rächen. Vergeltung dafür, wie er dich hängen gelassen hat.«

Ich konnte sehen, dass Tante Boss nicht mit dieser Anschuldigung gerechnet hatte, aber sie zögerte keinen Moment mit der Antwort. »Denk nicht einmal daran, *Bhai*. All das ist Vergangenheit. Ich verschwende nie auch nur eine Minute damit, darüber nachzudenken. Aber die Vergangenheit beeinflusst *natürlich* mein Bild von der Familie und den Dingen, derer sie fähig ist. Wenn du dir ansiehst, was Malik gefunden hast, kommst du vielleicht zu dem Schluss, dass sie bis zu einem gewissen Grad für das verantwortlich sind, was passiert ist.«

Manu wirkte zwiegespalten. Er blickte mich stirnrunzelnd an. »Samir hat deine Ausbildung in der Bishop-Cotton-Jungenschule bezahlt. Schuldest du ihm nicht Loyalität? Wie kannst du sein Unternehmen des Betrugs und der Fahrlässigkeit beschuldigen, wenn Samir dir Türen geöffnet hat?«

Manu sah so verloren aus, und ich wünschte, ich hätte ihm etwas Hilfreiches sagen können. Er hatte nicht länger die Kontrolle über das, was um ihn herum passierte. Er war dazu erzogen worden, seine Vorgesetzten niemals infrage zu stellen. Da er selbst immer absolut korrekt war, konnte er sich nicht vorstellen, dass andere vielleicht anders waren. Seit fünfzehn Jahren stand er in Diensten der königlichen Familie. Er würde sich eher den Arm abhacken, als ihre Entscheidungen infrage zu stellen oder ihnen einen Fehler vorzuwerfen.

»Solch eine Anschuldigung würde ich niemals leichtfertig erheben, Onkel«, sagte ich so sanft, wie ich konnte. »Aber ich weiß, was ich gesehen habe, und es ist falsch, wenn der Palast dich für etwas entlässt, was du nicht getan hast. Die Singhs können sich zwar viel Wohlwollen erkaufen, aber mich haben sie nicht in der Hand. Samir Singh hat meine Ausbildung finanziert, um den Kummer wiedergutzumachen, den seine Familie Tante Boss bereitet hat. Was vor zwölf Jahren passiert ist, hat sie dazu gezwungen, Jaipur zu verlassen und ihr erfolgreiches Hennageschäft aufzugeben. Ich habe Samir nie darum gebeten, irgendetwas zu bezahlen. Und ich schulde ihm nichts dafür, dass er es aus eigenem Antrieb getan hat. Meine Loyalität gilt nur dir, Tante Kanta, Tante Boss und Nikhil.«

Manu wirkte resigniert. Ich konnte sehen, dass wir allmählich zu ihm durchdrangen. Er stand auf und fing an, wieder im

Raum hin und her zu laufen, diesmal langsamer. In Gedanken versunken zupfte er an seiner Lippe.

Tante Boss warf mir einen Blick zu. *Warte einfach ab.*

Schließlich sagte Manu: »Ich kann nicht billigen, was ihr beide tut. Ich habe immer noch einen Verhaltenskodex, der für mich gilt. Aber solange ich nicht weiß, wie ihr eure Beweise sammelt, verspreche ich euch, euch nicht in die Quere zu kommen. *Theek hai?*«

Vom Postamt gehe ich direkt zu den Agarwals, um Tante Boss das Telegramm zu zeigen.

Lakshmi liest es sich durch, bevor sie sagt: »Chandigarh Ironworks hat also viertklassige Ziegelsteine geliefert, obwohl sie erstklassige liefern sollten. Was bedeutet dieser Unterschied für die Qualität?«

»Viertklassige Ziegel sind nur zur Dekoration gedacht. Nicht als tragendes Element. Sie hätten niemals zum Bau der Loge verwendet werden dürfen.«

Sie liest sich das Telegramm noch einmal durch. »Und die hier aufgeführten Mengen – für Ziegelsteine und Zement –, sie wurden im Kassenbuch vertauscht?«

»Und auch auf den manipulierten Quittungen.«

Sie legt das Telegramm auf dem Couchtisch der Agarwals ab. »Je länger ich darüber nachdenke, Malik, desto weniger glaube ich, dass Samir hinter dem Betrug steckt. Er ist darin verwickelt, aber ich glaube, dass die Sache von jemand anderem ausging. Du musstest dich nicht sonderlich anstrengen, um die Abweichungen zu bemerken. Samir ist schon seit langer Zeit im Geschäft, und er hat eine Menge zu verlieren. Er ist kein Amateur. Der Palast ist nicht sein einziger Kunde. Seine Firma hat Verträge über mehrere Projekte außerhalb von Rajasthan. Warum sollte er es riskieren, seinen Ruf zu ruinieren?«

Ich stimme ihr zu und denke an Ravis Äußerung zurück, wie altmodisch sein Vater doch sei. Ravi hat größere Pläne für seine Zukunft. Er hat mir erzählt, dass er nicht mehr alles auf die gleiche Art machen will, wie sein Vater es schon immer getan hat. Was ist seiner Ansicht nach eine innovative Art, Geschäfte zu machen? Minderwertige Materialien einsetzen, aber den vollen Preis für hochwertige Materialien berechnen und die Differenz in die eigene Tasche stecken? Der Palast bezahlt gut, und das reicht Ravi nicht? Er lebt doch schon in einem Herrenhaus. Hat eine schöne, intelligente Frau, die ihn vergöttert. Was könnte er sich noch mehr wünschen?

Lakshmi seufzt. »Lass mich ab hier übernehmen.« Ich höre die Resignation in ihrer Stimme, als sie fortfährt: »Kannst du Samir sagen, dass ich ihn sprechen muss? Und zwar so bald wie möglich.«

23

Lakshmi

Jaipur

Ich stehe vor meinem früheren Haus in Jaipur – ich habe es mir damit erarbeitet, unzählige Frauen mit Henna zu bemalen und ihnen meine Kräuterlotionen und heilkräftigen Öle zu verkaufen. Parvati Singh kaufte mir mein Haus ab, als ich Jaipur verließ – eine Art Entschuldigung dafür, dass sie mir meine Lebensgrundlage zerstört hatte.

Die Hibiskusbüsche, die das Grundstück säumen, sind sauber beschnitten, der Rasen auf dem winzigen Vorhof frisch gemäht und taufeucht. Die Fenster funkeln im Abendlicht, als wären sie vor Kurzem geputzt worden. Möglicherweise hat Parvati das Haus vermietet, aber irgendwie glaube ich das nicht. Es macht einen gepflegten Eindruck, wie ein Museumsstück, bereit, den bewundernden Blicken präsentiert zu werden.

Vorhin hat Samir einen Boten zu den Agarwals geschickt und mich hergebeten, um mich hier mit ihm zu treffen. Die Zeit war zu kurz, das Haus vorher noch repräsentabel zu machen oder herauszuputzen, und so frage ich mich, wer sich darum kümmert. Von außen ist das kleine einstöckige Gebäude nichts Besonderes. Worauf es ankommt, ist die Gestaltung des Inneren; sie hat Parvati dazu gebracht, mir das Haus abzukaufen.

»Ich freue mich so, dass du gekommen bist.«

Ich drehe mich um, als ich die Stimme einer Frau höre.

»Ich weiß, dass du dich mit Samir treffen wolltest, aber in Wirklichkeit willst du mit mir sprechen«, sagt Parvati und schiebt sich an mir vorbei zu dem seitlichen Korridor, der zur Türschwelle führt.

Ich bin über ihren Anblick so verblüfft, dass ich wie erstarrt stehen bleibe.

Parvati hat die Vordertür jetzt aufgeschlossen und dreht sich zu mir um. »Komm«, sagt sie.

Stumm folge ich Samirs Frau nach drinnen. Sie geht durch den Raum, schaltet die Decken- und Tischlampen ein. Als das Haus mir gehörte, hatte ich nicht das Geld für einen Stromanschluss. Links von der Vordertür sehe ich den Eingang zu einer Toilette – zu dem westlichen Badezimmer, das ich gern gehabt hätte, mir aber nicht leisten konnte.

Jetzt, wo die Lichter eingeschaltet sind, erstrahlt mein Werk, meine Glanzleistung: Das Terrazzomandala auf dem Fußboden, eine Fusion von indischen, marokkanischen, persischen, afghanischen und ägyptischen Hennamustern, die mir noch immer so viel bedeuten wie damals. Der Ashoka-Löwe, Symbol meines Ehrgeizes – ein Ehrgeiz, der mich aus dem Dorf meiner Geburt bis in die oberen Schichten der Gesellschaft Jaipurs führte, wo ich mit meiner Kunst reichen Frauen dabei half, ihre Sehnsüchte zu stillen. Und dort! Körbe voller Safranblüten – die Pflanze bildet keinen Samen und ist das Symbol meiner Entscheidung, kinderlos zu bleiben. Jay und ich hatten darüber gesprochen, schon lange bevor wir geheiratet haben. Wir beide lieben unsere Arbeit, und in Anbetracht unserer langen Arbeitszeiten im Krankenhaus, in der Ambulanz und dem Heilkräutergarten haben wir wenig Zeit für eigene Kinder. Doch wir kümmern uns auf andere Weise um sie: versorgen ihre Schnittwunden, lindern ihre Schmerzen, helfen ihnen auf die Welt oder machen sie wieder gesund.

In den Wirbeln, Schlaufen und Windungen des Mandalas versteckt sich auch mein Name. Ich blicke jetzt darauf. Weiß Parvati davon?

»Ich habe mich gut um dein Meisterwerk gekümmert«, sagt sie und zeigt auf den Fußboden. »Ich hoffe, dass du das anerkennst.«

Ich reagiere mit keiner Miene und wappne mich für das, was kommt. Bei Parvati bin ich mir nie sicher, was sie für mich in petto hat. Seit ich sie vor zwölf Jahren zum letzten Mal gesehen habe, hat sie zugenommen; die Ärmel ihrer korallenroten Bluse spannen sich um ihre Arme und den oberen Rücken und quetschen das Fleisch heraus, wie Zahnpasta aus einer Tube. Die Säume müssen ausgelassen werden. Wieder einmal.

Aber der kunstvolle goldene *Pallu* ihres Saris fällt elegant von ihrer Schulter herunter über ihren Rücken. Sie ist immer noch eine stattliche Frau mit aparten Gesichtszügen, mit ihren vollen Lippen, die mit einem hellen Pink geschminkt sind, das mit ihrem königsblauen Sari kontrastiert. Der Kajal um ihre schwarzen Augen lässt diese größer erscheinen, anziehender, wachsamer. Ihre Wangen sind voller geworden, und ich sehe den Ansatz eines Doppelkinns, aber all dies ist ihr Geburtsrecht; Symbole einer gepflegten Inderin eines gewissen Alters.

»Ich habe gehört, dass du Jay Kumar geheiratet hast. Ein guter Fang.« Sie lächelt, klingt aber verärgert. »Aber wie es aussieht, kannst du dich immer noch nicht von Samir fernhalten, oder?«

Sie spielt auf eine einzige gemeinsame Nacht von Samir und mir an – vor dreizehn Jahren. Kurz genug, aber mit langem Vorlauf. Samir und ich waren zehn Jahre lang umeinander herumgetänzelt. Ich wusste, dass es meinen Ruf zerstören würde, wenn ich seiner Anziehungskraft je nachgeben würde, aber Samir war geduldig. Schließlich gaben wir unserer Leidenschaft nach – ich hatte gerade erst von Radhas Schwangerschaft erfahren und eine schreckliche Auseinandersetzung mit meiner Schwester gehabt. Mein Bedürfnis nach Trost, Liebe und dem Gefühl, begehrt zu werden, hatte mich übermannt.

Parvati fand es schnell heraus, und dann brach mein Leben in Jaipur, die finanzielle Unabhängigkeit, die ich mir aufgebaut hatte, zusammen.

Seltsamerweise finde ich meine Stimme wieder, während ich an all das denke. »Es wird dir nicht gefallen, was ich dir jetzt erzähle, Parvati.«

Es entgeht ihr nicht, dass ich nun auf das respektvolle *Ji* verzichte.

Sie blinzelt. »Versuche es.«

»Es geht um das Royal Jewel Cinema.«

Sie winkt ab. »Ein Unfall. Bedauerlich, aber nicht vorhersehbar.«

Genauso nennen es auch die Zeitungen und das Radio. Es stimmt nicht, und ich habe es satt. »Es hätte sich vermeiden lassen.«

Jetzt rollt sie mit den Augen. »*Jeder* Unfall ließe sich vermeiden, Lakshmi. Deshalb bezeichnen wir sie als Unfälle. Wenn alles so laufen würde wie geplant, gäbe es keine Unglücke.«

»Nur dass dieses Unglück die Folge von etwas ist, was Samirs Firma anscheinend in Gang gesetzt hat.«

Sie kneift den Mund zu einer festen Linie zusammen. »Was hat irgendetwas davon mit dir zu tun? Soweit ich weiß, bist du jetzt Gärtnerin irgendwo oben im Himalaja. Ich kann nur vermuten, dass du unsere Familie zu Fall bringen willst. Genau wie deine Schwester.«

Die Erwähnung meiner Schwester lässt mich zornig werden, aber ich behalte mich im Griff. »Es ist nichts Persönliches, Parvati. Ein ehrlicher Mann wird fälschlicherweise wegen etwas beschuldigt, was Singh-Sharma hätte wissen müssen und verhindern können. Das lasse ich nicht zu. Manu Agarwal sollte seine Arbeit und seinen Ruf nicht wegen etwas verlieren, das er nicht getan hat.«

In der Mitte des Raumes befinden sich vier bequeme Stühle, die mit cremefarbener Rohseide gepolstert sind. In der Mitte der Sitzgruppe steht ein Tisch, der für vier gedeckt ist. Auf dem Tisch liegt ein Satz Spielkarten.

Parvati zieht einen Stuhl heraus und setzt sich. »Meine Bridgegruppe trifft sich hier. Samir betritt dieses Haus nie.« Sie wirft mir einen pointierten Blick zu, als wäre das meine Schuld.

Sie winkt zum gegenüberliegenden Stuhl, eine Einladung oder ein Befehl. Ich gehe zum Stuhl hinüber und setze mich, wobei ich mich frage, ob Samir meine Bitte um ein Treffen gesehen hat, oder ob er weiß, dass Parvati an seiner Stelle gekommen ist.

Jetzt beugt sie sich vor und nimmt den Kartenstapel hoch. »Du hast Manu Agarwal erwähnt. Er ist der Leiter aller Bauprojekte des Palastes, und somit ist er für alles verantwortlich, was mit den königlichen Immobilien geschieht.« Sie sieht mir in die Augen. »Genau das habe ich auch Latika gesagt. Wenn Manu nicht zur Verantwortung gezogen wird, wird es nie ein Ende nehmen. Die Presse, die Richter, die Rechtsanwälte – sie alle brauchen jemanden, den sie zur Rechenschaft ziehen können. Sie muss jemanden entlassen, oder sie wird es sein, die ins Visier genommen wird.«

Ich hätte wissen müssen, dass Parvati sogar noch vor mir zu Maharani Latika geht! Sie ist eine entfernte Verwandte des Jaipurer Königshauses, wodurch sie Zugang zum Palast hat und als enge Freundin und Beraterin mit Ihren Hoheiten sprechen kann, sie sogar mit Vornamen anreden darf.

»Parvati, ich habe Beweise. Singh-Sharma hat Materialien für das Kinoprojekt gekauft und angenommen, die nicht den technischen Spezifizierungen entsprachen. Wie kann Mr. Agarwal dafür verantwortlich gemacht werden? Er hätte nichts zu gewinnen, wenn er das Palastprojekt sabotiert.«

»Woher willst du das wissen?«

»Verträge und Quittungen, die verändert wurden.«

»Und ich nehme an, du weißt, wer dabei was getan hat? Hast du Beweise?«

»Überzeugend genug, um damit zur Maharani zu gehen.«

Sie teilt den Kartenstapel in zwei Hälften auf und mischt sie, was sie schon tausendmal getan haben muss. »Aber du hast keinen Beweis dafür, dass Samir irgendetwas davon autorisiert hat, oder?«

Ich zögere. »Die manipulierten Quittungen wurden von Singh-Sharma eingereicht. Samir ist letztlich für die Handlungen seiner Firma verantwortlich.«

Sie teilt den Kartenstapel wieder in zwei Hälften und legt sie auf den Tisch. Mit einem manikürten Fingernagel tippt sie auf einen Stapel. »Einerseits«, sagt sie, »ist der Leiter des Liegenschaftsbüros des Palastes für die vom Palast initiierten Projekte verantwortlich.« Jetzt tippt sie auf den anderen Stapel. »Andererseits trägt der Leiter der Baufirma die volle Verantwortung.«

Sie starrt mich an. »Wer sagt denn, dass Samir nicht beweisen kann, dass Mr. Agarwal schlechte Entscheidungen getroffen hat? Entscheidungen, die dazu geführt haben, dass all diese Menschen verletzt wurden? Warum kommst du auf die Idee, dass *du* diese Sache entscheiden kannst?«

»Warum lassen wir das nicht die Gerichte entscheiden? Wir sollten die Maharani darum bitten, die Sache Recht und Gesetz zu überlassen.«

Ihr gequälter Gesichtsausdruck verrät mir, dass sie mich für einfältig hält. Zu dumm, um ihrer Logik zu folgen.

»So läuft das aber nicht. Es hat bereits eine Einigung gegeben. Samirs Firma wird den Wiederaufbau plus Material bezahlen. Der Palast hat sich einverstanden erklärt, die Arztkosten für die Verletzten zu übernehmen.« Sie schiebt beide Kartenstapel zusammen, mischt sie und vereint sie zu einem einzigen Stapel. »Wenn Manu es auf ein gutes Arbeitszeugnis abgesehen hat, spreche ich mit Latika. Ich bin mir sicher, dass sie keine Einwände hätte. Es liegt nicht mehr in unseren Händen.« Sie sieht mich mit ihren dunklen Augen an. »Deine Einmischung ist weder erforderlich noch erwünscht.«

Ich entscheide mich für einen anderen Ansatz. »Ist Ravi glücklich damit, für seinen Vater zu arbeiten?«

Der Themenwechsel irritiert sie gerade genug, dass sie in der Bewegung innehält.

»Was geht dich das an?« Sie legt den Kartenstapel vorsichtig auf den Tisch zurück.

»Genau das hätte ich Samir gefragt, wenn er zu diesem Treffen gekommen wäre.« Dann begreife ich plötzlich: *Hat Samir seine Frau etwa geschickt, um mich zu konfrontieren? Ist er solch ein Feigling?*

»Ravi führt ein großartiges Leben und hat eine großartige Zukunft vor sich«, erwidert sie. »Sobald Samir in den Ruhestand tritt, wird er die Firma übernehmen.«

»Samir ist gesund. Was, wenn er sich dazu entscheidet, nicht in den Ruhestand zu gehen? Zumindest noch nicht so bald? Würde es Ravi gefallen, noch ein paar weitere Jahre *unter* seinem Vater zu arbeiten? Oder gar Jahrzehnte?«

Parvati verschränkt die Arme vor der Brust.

»Ravi hat im Ausland gelebt«, fahre ich fort. »Er hat eine Menge Freiheit genossen. Jetzt ist er zurück, lebt praktisch wieder mit seiner Familie zusammen und arbeitet an den Projekten, die sein Vater ihm zuweist. Hast du ihn je gefragt, ob er sich sein Leben so vorstellt?«

Sie verzieht das Gesicht, während sie mich ansieht. »Wir sind keine Nomaden. Wir wandern nicht herum und suchen nach einer Möglichkeit, uns den Lebensunterhalt zu verdienen, und wir betteln andere Menschen nicht um Hilfe an. Wir sind nicht der Gnade von irgendeinem *Ara-Garra-Nathu-Kara* ausgeliefert. Nicht wie deine Leute.« Letzteres spuckt sie geradezu aus; sie hätte uns genauso gut auch Taugenichtse nennen können.

Als ich sie das letzte Mal sah, kam sie zu diesem Haus – meinem Haus –, um mich zu bestechen. Ich sollte schwören, nie wieder mit Samir zu schlafen. Auch wenn ich ohnehin nicht die Absicht hatte, diesen Fehler zu wiederholen, lehnte ich das Geld ab – Geld, das ich gut hätte gebrauchen können, um mein ruiniertes Geschäft zu retten. *Wer hat damals wen angebettelt, Parvati?*

Aber ich sage nichts. Ich kenne diese Frau gut. Solange sie sich hinter einem Vorhang aus Reichtum und Privilegien versteckt, hat Parvati das Recht, selbstherrlich zu sein. Ich habe sie in Situationen erlebt, in denen nur wenige andere sie gesehen haben – als sie machtlos war, konfrontiert mit der traurigen Realität, mit einem notorischen Fremdgänger verheiratet zu sein, und mit der Rücksichtslosigkeit des Sohnes, den sie geboren hatte. Damals hatte sie nicht den Willen gehabt, mich zu kritisieren.

Aber ich bin nicht hier, um alte Wunden aufzureißen. Ich will nur, dass Manu und Kanta diesen Skandal unversehrt überstehen.

Jetzt lehnt Parvati sich über den Tisch, nah genug, dass ich die Betelnüsse riechen kann, die sie so gerne kaut. Ihre Augen lodern. »*Wir* haben wichtige Schicksale. *Wir* sind diejenigen, die dieses Land gestalten oder zerstören. Meine Familie trägt dafür die Verantwortung, dass Menschen wie du etwas zu essen haben und ein Dach über dem Kopf. Und jetzt lässt du meine Familie in Ruhe, oder du wirst größere Probleme bekommen – bedeutender als die Frage, ob Manu Agarwal seine Arbeit verliert. Und du wirst keine Lügen über meinen Sohn verbreiten.«

Sie schiebt ihren Stuhl vom Tisch zurück und steht auf. »Schließ die Tür hinter dir.«

Mit einem letzten, finsteren Blick zu mir geht sie. Durch das vordere Fenster des Zimmers sehe ich, wie ihr Fahrer ihr die Hintertür des Bentleys aufhält, sich dann ans Steuer setzt und den Wagen auf die Straße hinauslenkt.

Während ich mit einer *Tonga* zu den Agarwals fahre, denke ich über Parvatis Bestimmtheit nach; die Macht und das Recht, gebieterisch zu sein, liegen bei ihr und nur bei ihr. Ich hätte nicht gedacht, dass mich das nach all den Jahren noch so treffen würde.

Sobald ich im Haus der Agarwals bin, reicht Kanta mir eine Tasse Tee und einen Briefumschlag, der nach Lavendel duftet. »Persönlich vom Palast überbracht«, bemerkt sie.

Ich erkenne die kunstvolle Handschrift wieder und schlitze den Umschlag auf.

Liebe Mrs. Shastri (oder sollte ich Mrs. Kumar sagen?),

es hat mich so gefreut, von Ihrer Heirat mit Shimlas angesehenem Arzt Dr. Jay Kumar zu hören. Wie angenehm muss es sein, die kühle Brise zu genießen, während wir hier in Jaipur vor Hitze vergehen.
Latika hat mir erzählt, dass Sie sie aufgesucht haben. Bin ich nicht auch einen Besuch wert, meine Liebe? Ich bin alt und nicht mehr so beweglich wie einst. Ehrlich gesagt haben die Pariser Ärzte mir mitgeteilt, dass ich Gebärmutterkrebs habe. (Welch eine Ironie, nicht wahr? Wenn man bedenkt, dass mein Ehemann es mir nicht ein einziges Mal erlaubt hat, meinen Uterus einzusetzen!)
Ich möchte meine verbleibenden Jahre lieber im Land meiner Geburt verbringen als in einem Land, wo der Kaffee göttlich ist, aber der Käse meine empfindliche Nase beleidigt.
Lassen Sie mich wissen, wenn Sie vielleicht einen Moment Zeit haben, eine alte Frau zu besuchen und sie mit einer Plauderei und Neuigkeiten von Malik und dem alten Schlingel Madho Singh zu erfreuen.

Herzlichst,
Ihre Hoheit Maharani Indira von Jaipur

24

Malik

Jaipur

In der Mittagspause schlüpfe ich aus dem Büro, um zu den Agarwals zu gehen. Ich will wissen, was Samir Singh Tante Boss gesagt hat. Aber als Lakshmi kommt, berichtet sie uns, dass Parvati zum Treffen erschien.

Baju trägt das Teetablett in den Salon. Kanta bittet ihn, Manu eine Tasse zu bringen, der sich in seinem Arbeitszimmer abgesondert hat; er hat deutlich gemacht, dass er unsere Unterhaltung nicht mit anhören will. Niki sitzt in seinem Zimmer an den Hausaufgaben; Kanta lässt ihn immer noch nicht zur Schule gehen. *Saasuji* hält ein Nickerchen.

Lakshmi sagt: »Parvati ist sich sicher, dass Samir nichts damit zu tun hat.«

Kanta gibt Zucker in ihren Chai. »Nun, natürlich ist sie das. Sie muss den Ruf einer Familie schützen, der schon generationenweit zurückreicht.« Sie rührt den Tee um. »Ich glaube, sie ist davon überzeugt, dass die Singhs für Jaipur unverzichtbar sind. Dass es einzig ihre Familie ist, die die Wirtschaft am Laufen hält. Aber wie könnte irgendetwas gebaut werden ohne die Männer und Frauen, die auf ihren Baustellen arbeiten?« Sie schüttelt den Kopf. »Es gehören immer zwei dazu oder tatsächlich Hunderte.«

»Weißt du, ich glaube ihr, wenn sie von Samir spricht«, beharrt Tante Boss. »Wenn es um seine Arbeit geht, ist er ehrlich. Samir würde weder seinen geschäftlichen Ruf noch seine Integrität kompromittieren.« Sie tauscht einen Blick mit mir aus. »Sein Privatleben ist eine ganz andere Sache.«

Ich mag nicht darüber nachdenken, wie viele Geliebte Samir sich im Laufe der Jahre genommen hat. Als Junge bin ich kreuz und quer durch diese Stadt gelaufen, um die Beutel mit Verhütungsmitteln auszuliefern, die Tante Boss ihm und seinen Freunden für ihre Mätressen verkauft hat.

Lakshmi fährt fort: »Bei Ravi hingegen sieht es anders aus. Ihr hättet Parvatis Gesicht sehen sollen, als ich seinen Namen erwähnte. *Bilkul* erschüttert. Was, wenn Ravi hinter diesem Fiasko steckt? Was, wenn er derjenige ist, der aus persönlichen Gründen Kosten gespart hat? Malik sind ein paar interessante Unstimmigkeiten aufgefallen.«

Ich schüttele den Kopf. »Ich kann immer noch nicht verstehen, warum Ravi das riskieren sollte. Er hat doch alles: eine komfortable Gegenwart *und* eine noch bessere Zukunft.« Ich muss immerzu an Sheela denken, versuche vergeblich, mir die Bilder aus dem Kopf zu schlagen: ihr figurbetontes grünes Kleid; die dunklen Haare, nass vom Bad; ihr verführerisches Lächeln; der Goldstaub, der in ihrem Dekolleté glitzert.

Und auf einmal, wie ein Kricketball mit neunzig Meilen pro Stunde, schießt mir eine Idee durch den Kopf.

In den Privaträumen von Moti-Lal Jewellers breite ich die zerbrochenen Ziegelsteine vor dem großen Mann aus. Er sitzt mit überkreuzten Beinen auf seinem gepolsterten Kissen und raucht seine Wasserpfeife. Tante Boss sitzt neben mir.

Lal-*ji* war bei unserer Ankunft so erfreut, sie zu sehen, dass er beinahe gestolpert wäre, als er hinter seinem Schreibtisch hervoreilte, um sie zu begrüßen. Sie brachte ihm ein Geschenk mit – das Haaröl, das seine Frau damals immer von ihr kaufte. (Lakshmi hat immer mehrere Flaschen bei sich, nur für den Fall.)

Jetzt nimmt der Juwelier ein Stück Ziegelstein in die Hand und untersucht es, bevor er es wieder hinlegt und dann mit allen anderen Stücken genauso verfährt. Als er das letzte Stück zurückgelegt hat, trommelt er mit den Fingern auf seinem Oberschenkel. Heute hat er einen teuren *Kurta Pyjama* aus Leinen angezogen. In dem großen Smaragdring an seinem kleinen Finger fängt sich das Licht der Deckenlampen und bringt ihn zum Funkeln. Er hält inne und sieht mich an, richtet seinen Blick mindestens eine Minute lang auf mich. Und dann greift er zum Hörer des Telefons neben sich und murmelt ein paar Worte – er spricht leise, und die einzigen Wörter, die ich hören kann, sind *Sona* und *Dibba*. Dann legt er den Hörer wieder auf die Gabel. Boss und ich tauschen einen Blick.

Sein Schwiegersohn Mohan kommt mit zwei glänzenden Rosenholzkästchen herein. Er nickt und lächelt mich an, setzt sich dann neben Moti-Lal, der die lange goldene Kette herausholt, die er um den Hals trägt. Am Ende der Kette sind mehrere kleine Schlüssel befestigt. Mit einem Schlüssel schließt er das erste Kästchen auf. Darin befinden sich mehrere makellose Goldbarren. Ungefähr zehn Stück davon. Sie sehen alle gleich aus, die gleiche Größe, die gleiche Form, die gleichen Markierungen: das Gewicht (eine Unze), der Stempel des Herstellers und in der Mitte die Zahl 999,9.

Er weist Mohan an, das zweite Kästchen aufzuschließen. Die Goldbarren in diesem Kästchen sind ungleichmäßig, nicht gestempelt und unterscheiden sich alle im Gewicht etwas voneinander.

In diesem hell erleuchteten Zimmer, in dem Lal-*ji* die Juwelen und Steine untersucht, ist der Glanz der Goldbarren geradezu blendend.

Moti-Lal zeigt auf das erste Kästchen. »Legal.« Dann auf das zweite. »Nicht legal.«

Er nimmt einen Barren aus dem ersten Kästchen und legt ihn in die Aussparung eines zerbrochenen Ziegelsteins. Er ist für die Aussparung etwas zu groß. Das Gleiche macht er mit dem illegalen Gold, und diesmal passt der Barren in die Aussparung, nicht perfekt, aber gut genug. Als Nächstes legt er ein anderes Ziegelbruchstück obendrauf und lässt es dort liegen. Das Gold ist jetzt versteckt. Er sieht uns an und grinst.

»Und so, mein junger Malik, wird so manches Gold transportiert.« Er bricht in schallendes Gelächter aus, sein ballonförmiger Bauch wackelt.

»Aber warum wird es versteckt?«, frage ich ihn. »Warum wird es nicht einfach über die offiziellen Kanäle hergebracht?«

Der Juwelier und sein Schwiegersohn tauschen einen Blick. »Jeder Juwelier wird dir erzählen, dass er nur sehr wenig Gold aus legitimen Quellen kauft. Der Grund? Das Goldgesetz vom vergangenen Jahr. Es begrenzt die Goldmenge, die ein Juwelier wie ich im Besitz haben darf. Aber Mrs. Patel und Mrs. Chandralal und Mrs. Zameer wollen für die Aussteuer ihrer Töchter viel mehr Gold haben, als mir zugestanden wird.« Lal-*ji* wendet sich an Boss und zieht die Augenbrauen hoch. »Stimmt es nicht, Mrs. Kumar?«

Lakshmi schließt für eine halbe Sekunde die Augen. *Ja.*

Er fährt fort. »Also, der Grenzkrieg mit China hat

die Goldreserven unseres Landes erschöpft. Mrs. Patel, Mrs. Chandralal und Mrs. Zameer haben ihren Teil dazu beigetragen, indem sie ihr Gold für die Kriegsanstrengungen gespendet haben. Nun, der Krieg ist vorbei, und die Damen wollen ihr Gold zurückhaben. Nur … Es ist fort. Es wurde dazu verwendet, Munition aus anderen Ländern einzukaufen. Wo können die Lieferanten also das Gold beschaffen, das die Kunden haben wollen? Afrika. Brasilien. Von wo auch immer sie es in unser Land schmuggeln können, machen sie es auch.«

Moti-Lal reibt sich mit seiner fleischigen Handfläche den Nacken. »Ich mache das Gleiche, was auch alle anderen Juweliere machen. Wenn ich Gold kaufen kann, das nach Indien geschmuggelt wurde – Gold, das ich den Behörden gegenüber nicht angebe –, warum sollte ich darauf verzichten? Sonst wären meine Regale völlig leer! *Samaj-jao?*«

Ich nicke zum Zeichen, dass ich verstanden habe. Aber es ist dennoch verblüffend. Hier leben wir in einem Land, wo die Nachfrage nach Gold überwältigend ist. Trotzdem wird hier fast keines gefördert. Kein Wunder, dass das illegale Importgeschäft blüht.

»Der Regierung muss doch bewusst gewesen sein, was passieren würde, wenn das Goldgesetz verabschiedet wird.«

Der Juwelier lacht und reibt sich die Hände. »Ich bin mir sicher, dass ihnen das bewusst war. Sie verstehen das menschliche Wesen. Quetsche die Mango am unteren Ende, und die Pulpe kommt durch das Loch heraus, das du in die Spitze geschnitten hast! Egal welche Hindernisse du einem Inder in den Weg legst, er wird einen Weg finden, sie zu umgehen. Die Menschen müssen etwas zu essen haben. Die Welt dreht sich weiter. Aber die Regierung muss Grenzen setzen. Wer weiß, wie weit die Geschäftemacherei mit dem Gold sonst außer Kontrolle geraten würde?«

Moti-Lal greift wieder nach seiner Wasserpfeife. Er beobachtet uns durch den Rauch. Der köstliche Duft von Kirschen und Nelken erfüllt den kleinen Raum. Er sieht meinen Blick und reicht mir die andere Wasserpfeife, aber zuerst fragt er Lakshmi: »Stört das Memsahib nicht?«

Sie schüttelt den Kopf.

Ich ziehe am *Chillum* und fühle mich leicht im Kopf. Allmählich frage ich mich, ob ich noch einmal über Moti-Lals Angebot nachdenken sollte, für ihn zu arbeiten und das Schmuckgeschäft zu erlernen. Wie wäre es wohl, hier mit ihm zusammenzusitzen, Goldbarren wie die vor uns genau zu prüfen, die *Kundan*-Ketten, ungeschliffenen Rubine und Smaragde und mit Perlen besetzten Armbänder draußen im Hauptausstellungsraum – und die ganze Zeit dabei diesen vorzüglichen Tabak zu rauchen? Wunderschöne angehende Bräute bezüglich ihrer Aussteuer zu beschwatzen? Wie verführerisch, verlockend … gefährlich!

Lal-*ji* zeigt auf die Ziegel und fragt: »Möchtest du mir sagen, wo du sie gefunden hast?«

Ich blinzele und bin mir nicht sicher, wie viel ich enthüllen soll. Ich werfe Tante Boss einen raschen Blick zu. Sie neigt den Kopf ganz minimal.

Schließlich antworte ich: »Auf einer Baustelle.«

Lal-*ji* fährt sich mit der Zunge über seine großen, wolfsartigen Zähne und blickt Mohan an. Der junge Mann versteht das Zeichen sofort. Er nimmt den Goldbarren aus dem Ziegel heraus, den Moti-Lal dort hineingelegt hatte, legt ihn in das zweite Rosenholzkästchen und verschließt beide Kästchen mit seinen eigenen Schlüsseln. Mir wird klar, dass Lal-*ji* es nicht wirklich ernst gemeint hat, als er mir vorschlug, mich einzustellen und Mohan gehen zu lassen. Die beiden Männer sind ein Team. Sie arbeiten gut zusammen, scheinen in einer eigenen, stummen Sprache miteinander zu kommunizieren.

Mohan nimmt die Kästchen und steht auf, aber bevor er den Raum verlässt, ruft Lal-*ji* ihm hinterher: »Sorge dafür, dass Mrs. Gupta das *Kundan*-Set mit den Rubinen und Diamanten kauft und nicht das minderwertige, das ihr knauseriger Ehemann nehmen will.«

Sein Schwiegersohn wackelt zustimmend mit dem Kopf, nickt uns zum Abschied respektvoll zu und geht hinaus.

Jetzt, wo Mohan gegangen ist, sagt Lal-*ji*: »Du hast mir erzählt, dass du im Liegenschaftsbüro des Palastes arbeitest. Was bedeutet, dass höchstwahrscheinlich Singh-Sharma der Bauunternehmer bei dieser Baustelle ist.«

Ich blicke ihm weiter in die Augen, antworte aber nicht.

»Das Projekt, über das in den Nachrichten berichtet wurde, ist das Royal Jewel Cinema.« Er hält inne und inspiziert die Ziegelsteine erneut. »Also ... du fandest diese Steine nach dem ...« Lal zieht die Augenbrauen zusammen. »Du weißt, dass meine Frau, meine Tochter und Mohan bei der Eröffnung des Kinos dabei gewesen sind? Sie hätten umkommen können.« Der Blutdruck des Juweliers steigt; seine Wangen nehmen einen gereizten Rotton an. »*Hai Bhagwan!* Wenn die Singhs etwas getan haben, was die Loge zum Einstürzen gebracht hat, werde ich Parvati Singh nie wieder einen Schatten auf meine Tür werfen lassen. Sie wird nie wieder etwas bei Moti-Lal Jewellers kaufen!«

Es ist heiß im Zimmer, und das liegt nicht daran, dass die Klimaanlage ausgeschaltet wurde. Lal-*jis* Wut ist es, die die Hitze erzeugt. Er reibt sich das Gesicht mit dem Handrücken. »Es hat Gerüchte gegeben. Eines habe ich vor etwa einem Jahr gehört. Über eine neue Goldroute. Neuer Zulieferer. Natürlich Schmuggelware. Der Lieferant war finanziell gut ausgestattet. Sie konnten Gold beschaffen, jede Menge davon, garantiert. Ich habe allerdings nicht angebissen. Ich habe meinen eigenen Lieferanten und bin mit ihm zufrieden. Aber ich war neugierig und habe mir die Sache angeschaut.«

Er bläst ein paar duftende Wolken in den Raum. »Ihr dürft niemals sagen, dass ihr diese Informationen von mir habt. Vielleicht sind sie unzutreffend.« Er mustert Tante Boss wieder, als ob er darüber nachdenkt, ob er fortfahren soll.

Sie versteht sein Zögern offenbar, denn als sie spricht, verwendet sie ihren überzeugenden Tonfall. »Lal-*ji*, ich würde Sie nie in diese Sache hineinziehen wollen. Aber wenn wir nicht mehr darüber herausfinden, wird ein lieber Freund einer Sache beschuldigt, die er nicht getan hat. Und diese Verbindung zwischen dem Gold und diesen Ziegelsteinen könnte der Grund dafür sein, warum man ihm etwas anhängen will.«

Lal-*ji* wirkt gequält. »Sie kennen die Beteiligten bereits. Menschen, die mit dem Palast zu tun haben.«

Spricht er von Manu? Ist Manu doch schuldig, Gelder veruntreut zu haben, damit er Gold durch Indien schmuggeln kann? Fast schon will ich den Rest nicht mehr wissen. Mir ist schwindlig, und mein Mund fühlt sich trocken an. Ist das der Tabak oder der Gedanke, dass ich jemanden, dem ich vertraue, falsch eingeschätzt haben könnte?

Ich stelle die Wasserpfeife beiseite. »Sage es uns einfach, Onkel. Bitte.«

»Es heißt, dass es sich um Ravi Singh handelt. Dass er sein eigenes Geschäft aufgebaut hat, seine eigene Route. Aber das muss *Bukwas* sein. Warum sollte ein Mann aus einer der reichsten Familien Jaipurs sich auf diese Art von betrügerischen Geschäften einlassen wollen? Ich bin mehrere Stufen von den Schmugglern entfernt, sodass mir trotz meiner Beteiligung deutlich weniger passieren kann. Ich mache mich nicht auf den Weg durch Berge und Wüsten, muss nicht die Dienste von *Goondas* in Anspruch nehmen. Wenn ich mit mehr Gold erwischt werde, als ich haben dürfte, zahle ich ein bisschen *Bakschisch* und ein paar mehr Steuern ins Stadtsäckel, und schon ist die Sache erledigt. Aber ein Transporteur …«, er schüttelt den Kopf, »muss alle möglichen Risiken auf sich nehmen.«

Ich greife nach meiner Pfeife, ziehe daran und denke nach. Ist es möglich, dass die Singhs gar nicht so reich sind, wie alle annehmen? Mir wird bewusst, dass ich im Liegenschaftsbüro noch von niemandem ein böses Wort über den Lieblingsbauunternehmer der Maharani, Singh-Sharma, gehört habe. Und ich bin erst seit ein paar Monaten dort, nicht lang genug, um das volle Ausmaß des Projektes und seines Ablaufs in den vergangenen drei Jahren zu kennen. Manu ist zu sehr Profi, um Klatsch und Tratsch darüber zu verbreiten, was beim Projekt nicht in Ordnung gewesen ist, falls es überhaupt etwas gegeben hat.

»Was haben Sie sonst noch gehört?«, fragt Tante Boss Lal-*ji* ruhig.

Der Juwelier runzelt voller Konzentration die Stirn. »Ich erinnere mich, dass mir jemand erzählt hat, dass das Projekt sein Budget beträchtlich überzogen hätte. Dass viel mehr ausgegeben wurde, als die Maharani beabsichtigt hatte. Laut dieser Person war der Grund dafür, dass sie versucht hätten, das Design eines extravaganten Kinos in *Amreeka* nachzuahmen. Der Bau des Projektes hat viel mehr Zeit in Anspruch genommen, als sie veranschlagt hatten.« Er schüttelt den Kopf. »Aber das sind, wie gesagt, nur Gerüchte. Und ich weiß auch nicht mehr als das.« Lal-*ji* zieht noch ein paarmal an seiner Wasserpfeife. »Was wird mit dem Kino passieren?«

»Sie haben vor, es wieder zu öffnen, sobald der Schaden repariert ist. Mit jedem Tag, den es geschlossen bleibt, verliert die Maharani Geld, und sie will, dass Singh-Sharma den Wiederaufbau vorantreibt«, erwidere ich.

Der große Mann nickt, denn er kennt die Gepflogenheiten des Handels und die Menschen, die die schwierigen Entscheidungen treffen müssen.

Boss nimmt eine Autorikscha, um Maharani Indira im Palast zu besuchen, während ich an meinen Schreibtisch im Liegenschaftsbüro des Palastes zurückkehre. Als Hakeem Feierabend macht, folge ich ihm zu seinem Zuhause. Ich bin davon überzeugt, dass er mehr weiß, als er sagt.

Ich hatte erwartet, dass ein Mann mit vier Töchtern ein Haus mietet, aber anscheinend hat Hakeem sich ein Apartment in einem heruntergekommenen Teil von Jaipur in der Nähe des Vergnügungsviertels Gulabnagar genommen. Das überrascht mich. Verdient er nach all diesen Jahren im Dienst so wenig? Ich sehe zu, wie er die Stufen zum Absatz des ersten Stocks eines Apartmentgebäudes hochsteigt, und merke mir, durch welche Tür er eintritt.

Ich lasse ihm genug Zeit, seine Arbeitskleidung auszuziehen, denn ich möchte, dass er entspannt ist, wenn ich bei ihm auftauche. Fünfzehn Minuten später klopfe ich an seine Tür. Sie öffnet sich einen Spalt. Hakeem späht hinaus und kontrolliert in einem Unterhemd mit halben Ärmeln und einem weißen *Dhoti* den Zutritt. Aber sein entspannter Ausdruck verwandelt sich in Erstaunen, als er mich erblickt. Er reibt sich die Unterseite seines Schnurrbarts.

»Aber … warum bist du hier, Malik? Ist irgendetwas passiert?«

Ich lächele und schenke ihm ein *Salam*. »Nein, Onkel. Ich

wollte mit Ihnen außerhalb des Büros reden. Darf ich?« Ohne die Antwort abzuwarten, stoße ich die Tür auf und betrete den schmalen Raum.

Auf der einen Seite des Zimmers steht eine Liege, und in der Ecke befindet sich ein winziges Waschbecken. Jemand hat in der Zeitung die Seite mit dem Kreuzworträtsel aufgeschlagen und sie auf der Schlafstätte liegen gelassen. Auf der anderen Seite des Zimmers stehen ein Tisch mit zwei Stühlen und ein hohes Bücherregal. Daneben befinden sich auf einem kleinen Schrank ein Kocher mit zwei Flammen, zwei Metallteller, zwei Gläser und zwei Schalen. Auf den Flammen stehen eine Bratpfanne und ein Edelstahltopf. Den unteren Teil des Schranks verdeckt ein rot gestreifter Vorhang, hinter dem sich zweifellos Reis, Linsen, Tee und andere Lebensmittel befinden.

Alles im Raum ist ordentlich, wenn auch ein bisschen schäbig. Die zwei eingefallenen Kissen auf der Liege wirken wie besiegt, ebenso wie die Steppdecke aus Baumwolle, deren Fäden sich lösen. Es sind weder Fotos noch weibliche Kleidung, Schmuck oder Haarprodukte zu sehen.

Der Duft von Kardamom, Pfefferkörnern und Ingwer wabert mir aus dem Topf entgegen. Tee, nehme ich an. Neben einem Schneidebrett auf dem Tisch liegen ein Blumenkohl, zwei Kartoffeln, eine Tomate und ein Messer. In dem Moment höre ich eine Toilettenspülung. Eine Tür am anderen Ende des Zimmers öffnet sich, und ein dünner Mann in einem ärmellosen Bush-Shirt und einem *Dhoti* verlässt das Badezimmer.

Ich weiß nicht, wer von uns mehr überrascht ist: ich oder der Kinoleiter des Royal Jewel Cinema, dessen eine Hand immer noch auf dem Knauf der Badezimmertür ruht. Er ist in der Bewegung erstarrt. Er blickt Hakeem an, dessen Augen hinter seinem großen schwarzen Brillengestell so groß wie Untertassen geworden sind. In dem Blick, den die beiden austauschen, erkenne ich Angst – und so etwas Ähnliches wie Schuld? Verlegenheit?

Ich erhole mich schneller. »Mr. Reddy, nicht wahr? Ich glaube, wir haben uns noch nicht kennengelernt. Ich bin Abbas Malik. Ich arbeite mit Hakeem Sahib zusammen.«

Hakeem räuspert sich. »Mr. Reddy wohnt bei mir, ja? Bis … bis er eine Unterkunft findet. Er ist neu in Jaipur.«

»Aber, Sahib, Ihre Frau und Ihre Töchter. Wo sind sie?« Ich bin ernsthaft verwirrt.

Der Buchhalter blickt nach links und nach rechts und dann auf Mr. Reddy, der immer noch den Türknauf festhält. »Meine Familie ist in Bombay. Mein Arbeitsplatz ist hier, ja? Ich schicke ihnen jeden Monat Geld.«

»Hatten Sie nicht gesagt, dass sie bei der Eröffnung des Kinos bei Ihnen waren? Sie hatten erzählt, dass Sie alle sich an den Händen halten mussten, um nach Hause zu kommen.«

»Zur Eröffnung waren sie hier. Dann sind sie wieder gefahren.«

Ich sehe mich im Zimmer um. Es klingt plausibel. Allerdings wirkt dieses Apartment, als hätte es noch nie das Innere des Koffers einer Frau gesehen.

Mr. Reddy beobachtet unseren Wortwechsel, als würde er einem spannenden Kricketspiel zuschauen. Er wirkt müde und ein bisschen traurig.

Ich ziehe einen Stuhl unter dem Tisch hervor und setze mich. »Bombay? Sind Sie nicht auch von dort, Mr. Reddy?«

»Ja.« Es kommt als Krächzen heraus, also versucht er es noch einmal. »Ja.«

»Ist das Zufall oder …?«

»Nein«, erwidert der Kinoleiter und lässt den Türknauf los. Er hat die Hände vor dem Körper gefaltet, wie ein unartiges Kind.

»Ich habe Mr. Reddy in Bombay im Kino getroffen, ja?«, sagt Hakeem. »Ich dachte, er könnte sich vielleicht auf den Job als Kinoleiter bewerben, wenn das neue Kino öffnet. Ich habe mit Ravi Sahib darüber gesprochen. Und er hat ein gutes Wort bei Mr. Agarwal eingelegt …«

Der Tee kocht über, und Hakeem nimmt eilig den Topf von der Flamme. Aber der Metallgriff ist zu heiß, und er schreit auf. Er lässt den Topf auf die Bratpfanne fallen. Mr. Reddy eilt sofort zu ihm, um seine Hand zu untersuchen. Er legt seinen Arm um Hakeem und führt ihn sanft zu dem kleinen Waschbecken in der Ecke des Zimmers. Dort dreht er das Wasser auf und bewegt Hakeems Hand kreisförmig unter dem Strahl, damit das kalte Wasser die gerötete Haut beruhigt. Dann nimmt er das fadenscheinige Handtuch vom Halter und wickelte es um Hakeems Hand. Danach greift er in den winzigen Schrank über dem Waschbecken und holt ein Glas mit Salbe und eine Rolle Verbandmull heraus. Mr. Reddy reibt vorsichtig ein bisschen Salbe auf die verbrannte Stelle und wickelt dann den Mull um Hakeems Hand.

Der Kinoleiter legt einen Arm um Hakeems unteren Rücken. »Ich sage es dir immer, Hakeem. Überlass das Kochen mir. Du bist zu zerstreut.«

Das ist kein Tadel. Es klingt wie der Vorschlag eines Liebenden.

Es ist mir peinlich, Zeuge der Intimität zwischen den beiden zu werden.

Als würde Hakeem mein Unbehagen bemerken, wendet er sich abrupt von dem anderen Mann ab und mir zu. »Warum bist du in die Privatsphäre meines Zuhauses eingedrungen?

Warum kannst du die Dinge nicht einfach auf sich beruhen lassen? Was geht dich das hier an? Was geht es irgendjemanden an? Ich kümmere mich um meine Familie in Bombay. Reicht das nicht?«

Er klingt eher gebrochen als wütend, eher besiegt als empört. Nur ein Schritt, und er lässt seinen stämmigen Körper auf die Liege sinken. Er hält den Kopf gesenkt und spielt mit der Gaze um seine Hand. Dass sein ausladendes Gesäß jetzt auf dem Kreuzworträtsel in der *Times of India* ruht, bemerkt er nicht.

Mr. Reddy, der immer noch am Waschbecken steht, blickt Hakeem an und seufzt. Einen Moment später geht er zum Tisch und beginnt mit langsamen, gemessenen Bewegungen das Gemüse zu zerschneiden. »Wir haben uns in Bombay getroffen, als Hakeem das eine Jahr seine Familie besucht hat und mit ihnen ins Kino ging. Wir haben einander gesehen und wussten es einfach. Und als dann die Stelle als Kinoleiter ausgeschrieben wurde, fanden wir einen Weg, in Jaipur zusammen zu sein.« Seine Augen sind feucht, als er vom Schneidebrett aufsieht. »Dies war die beste Möglichkeit, seiner Familie die Peinlichkeit zu ersparen und dennoch ihre Versorgung sicherzustellen. Hakeems Job im Palast ist so gut. In Bombay würde er nie etwas Ähnliches finden. Und wir können hier allein sein. Wir stören niemanden.« Er hält inne, um ein Taschentuch aus seinem *Dhoti* zu ziehen und sich die Nase zu putzen.

Ich setze die Puzzleteile zusammen. Dann zeige ich auf Mr. Reddy. »Wann haben Sie angefangen, für das Kino zu arbeiten?«

»Vor drei Monaten. Sie mussten die Eintrittspreise festlegen, das Auslegen der Flyer organisieren und das Filmprogramm abstimmen. Oh, und die Schauspieler.«

Ich weise auf Hakeem, der seine nackten Füße studiert. »Die Singhs haben das mit Ihnen beiden herausgefunden?«

»Es war Mr. Ravi«, erwidert Mr. Reddy. »Er hat uns eines Tages zusammen im Central Park gesehen. Beim Mittagessen. An dem Tag warst du erkältet, Hakeem, erinnerst du dich? Ich hatte dir extra Chilis für dein *Dal* mitgebracht.«

Die beiden Männer tauschen einen Blick. Hakeem sieht als Erster weg. Vor mein geistiges Auge schiebt sich eine Erinnerung. Omi fleht ihren Ehemann an, der zwischendurch wieder zu Hause ist. Er arbeitete als Betreuer für die Mahouts, die Männer, die die Elefanten in einem Wanderzirkus trainierten. Sie hatte sich ihm zu Füßen geworfen und ihn um die Scheidung angebettelt. »Lass mich jemand anderen heiraten! Lass mich mit einem Mann zusammenliegen, so wie andere Frauen das tun.«

Ich verstand nicht, was ich an dem Tag hörte; ich war noch ein Junge. Seitdem habe ich viele weitere Jahre auf dieser Welt verbracht und das eine oder andere gelernt. Es gibt Leidenschaften, die wir nicht kontrollieren können, die über das hinausgehen, was uns als »normal« beigebracht wurde.

Ich reibe mir mit den Handrücken die Augen. »Sehen Sie, ich interessiere mich nicht für Ihr Privatleben. Was ich will, ist, Manu Agarwals Namen reinzuwaschen. Ich weiß, dass diese Materialquittungen manipuliert wurden, Hakeem Sahib. Und es gibt nur eine einzige Person, die das getan haben kann.«

Hakeem zupft an der Bandage an seiner Hand. Er nickt. »Ich habe die originalen Quittungen weggeworfen. Wenn du genau hinsiehst, wirst du bemerken, dass das Papier anders ist. Ich hatte keine Wahl.«

Er blickt seinen Geliebten an, der sich neben ihn auf die Liege setzt.

Mr. Reddy sieht mich flehend an. »Am Ende hat es nichts geholfen. Sie brachten mich dazu zu behaupten, dass ich zu viele Menschen in die Loge gelassen hätte. Der Palast entlässt mich.«

Er legt seine Hand über Hakeems. »Wir werden eine andere Möglichkeit finden zusammenzubleiben.«

»Aber Ihr Job ist sicher, Onkel?«

Der Buchhalter nickt. »Das war der Deal.«

»Sind Sie dazu bereit, der Maharani Ihre Geschichte zu erzählen?«

Er schüttelt den Kopf. »Nein, junger Abbas, das werde ich nicht. Das kann ich nicht. Meine Familie muss geschützt werden. Ich kann nicht zulassen, dass das Leben meiner Töchter durch meine Fehler ruiniert wird. Wenn sich herumspricht, was ich bin, werden sie niemals heiraten können. Niemand wird sie haben wollen. Ich werde niemals etwas von dem hier Ihrer Hoheit oder Manu Sahib gestehen, oder ich werde meine Arbeit verlieren. Unehrenhaft. Das kann ich mir nicht leisten.« Er blickt mir direkt in die Augen. »Dafür müsstest du mich zuerst umbringen.«

Sein Gefährte keucht auf und dreht sich abrupt zu ihm um.

Hakeem blickt ihn mit feuchten Augen an. »Es tut mir leid, aber das könnte ich nicht einmal für dich tun.Meine Töchter sind jung. Sie haben noch ihr ganzes Leben vor sich. Leben, die den Skandal unserer Beziehung nicht überstehen würden.« Er drückt Mr. Reddys Hand.

»Was, wenn ich Diskretion garantieren könnte?« Ich habe keine Ahnung, ob ich das kann, aber ich muss es versuchen.

Hakeem schnauft. »Das kannst du nicht. Das kann keiner.« Er schüttelt den Kopf. »Nein, Abbas Malik. Hier gibt es keine Lösung. Die Familien der Verletzten tun mir leid, aber ich kann nichts tun, um die Konsequenzen zu ändern.«

Sein Blick ist hart. Ich sehe, dass er sich entschieden hat. Mr. Reddy blickt mich hoffnungsvoll an, als hätte ich vielleicht eine Antwort vorbereitet, die alles besser machen würde. Das habe ich nicht.

Von den drei Tagen, die Maharani Latika uns gewährt hat, um Beweise für rechtswidriges Verhalten zu finden, haben wir schon fast zwei aufgebraucht. Uns bleibt nur noch ein Tag, um genug Beweise zu finden, die Manu entlasten. Ich blicke auf meine Uhr. Es ist neun Uhr abends. Inzwischen wird Familie Singh mit dem Abendessen fertig sein. Der *Chowkidar* kennt mich (ich rauche immer eine Zigarette mit ihm zusammen, wenn ich zu Besuch komme), und er lässt mich ein, ohne mich der Familie anzukündigen.

Die Hausdienerin begrüßt mich an der Vordertür. Ich sage ihr, dass ich Samir sprechen möchte. Sie bringt mich zur Bibliothek und klopft an die Tür.

»Herein«, höre ich Samir sagen. Die Dienerin öffnet mir die Tür und geht.

Samir sitzt hinter seinem Schreibtisch. Er markiert Blaupausen. Als er aufsieht und mich bemerkt, zeichnet sich Überraschung auf seinem Gesicht ab. »Wieder das Kino?«

Ich nicke.

»Du bist wie eine falsche *Anna*. Ich dachte, das Thema wäre jetzt erledigt.« Er weist auf die Zeichnungen vor sich. »Wir haben ein anderes Projekt in Aussicht. Alle sind weitergezogen.«

»Manu Agarwal nicht. Er kann nicht.«

Samir wirft seinen Druckbleistift über den Schreibtisch. Er prallt an den Blaupausen ab und landet zu meinen Füßen. Ich hebe ihn auf und gehe zu Samirs Schreibtisch, wo ich den Stift sachte auf seine Blaupausen lege. Samir ist wütend, und ich kann auch verstehen, warum, aber davon lasse ich mich nicht abhalten.

»Wenn Angestellte tragische Fehler machen, verlieren sie ihre Arbeit. Das passiert jeden Tag, Malik.«

»Sie haben mit ihm zusammengearbeitet. Er hat Sie für einige der größten Projekte des Palastes engagiert. Sie wissen, dass er über jeden Vorwurf erhaben ist. Wie können Sie es zulassen, dass er hierfür den Kopf hinhalten muss?«

»Das hat nichts mit dir zu tun. Malik, wenn du mich weiterhin belästigst, muss ich dich vielleicht aus diesem Haus verbannen.« Er sieht mich mit einem charmanten Lächeln an, klingt aber verärgert.

Ich ziehe einen zerbrochenen Ziegelstein und einen Brocken Zement aus meinen Jacketttaschen und lege sie auf die Blaupausen. Dann hole ich das Telegramm aus Chandigarh heraus und lege es daneben.

Samir sieht sich an, was ich ihm darbiete. Ohne den Kopf zu heben, blickt er mir in die Augen. »Was soll ich damit machen?«

Ich stecke meine Hände in die Taschen. »Das sind Teile eines Puzzles, das ich zusammenzusetzen versuche, aber mir fehlt ein Teil.« Ich beginne, vor seinem Schreibtisch auf und ab zu gehen.

»Beim Royal-Jewel-Cinema-Projekt wurden die Ziegelsteine, wie sie im Originalvertrag spezifiziert wurden, durch dekorative Ziegel wie diese ersetzt. Die Rechnungen geben an, dass der Palast für erstklassige Ziegel bezahlt hat, und nicht für diese billigeren. Wenn dem Palast der volle Preis berechnet wurde, hat Singh-Sharma sich die Differenz in die eigene Tasche gesteckt?

Und was diesen Zement betrifft – er ist zu porös, als dass man ihn für die Loge des Kinos hätte verwenden können. Das falsche Verhältnis zwischen Sand und Wasser. Das kann passieren, wenn man ungelernte Arbeitskräfte einsetzt. Aber ich dachte, Singh-Sharma stünde in dem Ruf, nur die am besten qualifizierten Arbeitskräfte einzusetzen. Der Palast bezahlt auf jeden Fall Spitzenpreise für die Arbeitskosten. Also noch einmal, wenn dem Palast der volle Preis berechnet wurde, hat Singh-Sharma sich die Differenz in die eigene Tasche gesteckt?«

»Setz dich hin, Malik. Du machst mich schwindlig.«

»Du schon wieder?«

Ich drehe mich um. Es ist Ravi.

Er kommt ins Zimmer herein, blickt seinen Vater an und rollt die Augen, als wollte er sagen: Malik ist *pagal*. Ravi schüttelt den Kopf. »Abbas, ist das eine weitere billige Ausrede, um einen Blick auf Sheela zu erhaschen?«

Was? Die Verwirrung muss mir ins Gesicht geschrieben stehen.

»In ihrem Sari oder ohne?« Er weist mit dem Kinn zu seinem Vater. »*Papaji* weiß alles darüber.«

Ich drehe mich zu Samir um, der eine Hand über den Mund gelegt hat, als wollte er ein Lächeln verstecken.

»Meine Frau ist die Wucht, *hahn-nah*?« Ravi lächelt. »Sie hat mir erzählt, wie du versucht hast, sie in der Nacht nach dem Einsturz des Kinos auszuziehen.«

Das Bild von Sheela frisch aus der Badewanne schiebt sich ungewollt vor mein inneres Auge. Ich merke, wie ich erröte. Was hat Sheela Ravi erzählt? Warum sollte sie so etwas erzählen?

Jetzt kichert Samir. »Dir steht die Schuld ins Gesicht geschrieben, weißt du das?«

»So war es nicht!«, erwidere ich.

»Sollen wir sie fragen?« Er geht zur Tür und ruft nach ihr. Sie erscheint mit Baby an der Schulter und einer Stoffwindel.

»Wo ist Asha, wenn ich sie brauche?« Sheela klingt genervt. Bei meinem Anblick hält sie mitten in der Bewegung inne. Ravi legt ihr die Hände auf die Schultern und führt sie, bis sie vor mir stehen bleibt.

»Nun, *Priya*, hat dieser Mann nicht deinen nackten Körper in der Nacht des Einsturzes begafft?«

Ihr Mund verzieht sich zu einem O, und ihre Augen weiten sich überrascht. »Nein, nicht so. Er hat mir beim Baden geholfen. Aber … nicht auf die Art. Ich … Ich war betrunken … und müde.« Sie dreht sich zu Ravi herum. »Ich habe nicht behauptet, dass er irgendetwas versucht hätte.« Sie wirbelt zu Samir herum, der hinter seinem Schreibtisch wartet. »*Papaji*, das würde ich nicht. Ich liebe Ravi! Ich habe niemals …«

Samir hebt die Hand und nickt. »Es reicht, *Bheti. Theek hai.* Geh. Geh und kümmere dich um Baby.«

Sheela wirft mir einen fassungslosen Blick zu und schüttelt den Kopf. *Du musst mir glauben, Abbas! Das habe ich nie behauptet!* Ravi begleitet sie aus der Bibliothek hinaus und kehrt mit einem Grinsen im Gesicht zurück. Ich kenne diesen Blick. Wenn du glaubst, dass du gerade dabei bist, die Partie zu gewinnen.

Aber das Spiel ist noch nicht vorbei.

Wortlos ziehe ich das letzte Stück aus meiner Hosentasche, einen der unmarkierten Goldbarren, den ich mir von Moti-Lal geliehen habe. Ich lege ihn auf den Schreibtisch neben die anderen Gegenstände.

Samir rutscht auf seinem Stuhl vor und starrt den Barren an. Das Licht seiner Bankierslampe leuchtet direkt auf das Gold und bringt es zum Glänzen. Ich nehme den Goldbarren und lege ihn ordentlich in die Aussparung des Ziegelsteins. Er passt hinein.

Einen Moment lang spricht niemand ein Wort.

Ravi tritt vor. »Partytricks, Abbas? *Papaji*, er würde alles behaupten …«

Samir bringt ihn mit einem warnenden Blick zum Schweigen.

Zu mir gewandt sagt er: »Was willst du damit sagen?«

»Ich glaube, diese Ziegelsteine werden dafür verwendet, um Gold nach Jaipur zu schmuggeln. Der Goldbarren wird entnommen und die Ziegelsteine dann unter all die anderen erstklassigen Steine gemischt, die Sing-Sharma für Bauarbeiten verwendet.« Ich zeige auf den Ziegel auf Samirs Schreibtisch. »Diese lassen sich nicht zu Ihrem Zulieferer Chandigarh Ironworks zurückverfolgen, weil sie keinen Herstellerstempel tragen. Sie haben aber eine Einbuchtung, die tief genug ist für einen Goldbarren.«

Jetzt wende ich mich Ravi zu, der mich mit verdutztem Gesichtsausdruck anschaut. Aber mir fällt der Schweiß über seiner Augenbraue auf. »Was gibt es Leichteres, als diese zwei Sorten von Ziegelsteinen während der Bauarbeiten zu vermischen und sie mit Mörtelzement oder Gips zu kaschieren? Ich glaube, dass mit dem Geld, das Singh-Sharma durch diese billigeren, minderwertigen Materialien einspart, der Kauf von geschmuggeltem Gold finanziert wird. Welches dann auf dem Schwarzmarkt verkauft wird, wo es eine große Nachfrage danach gibt.«

Samir lächelt vorsichtig und lehnt sich auf seinem Stuhl zurück. »Aber diese Ziegelstücke und den Zement hättest du sonst wo aufsammeln können. Woher soll ich wissen, dass sie vom Royal Jewel Cinema stammen?«

Er hat nicht ganz unrecht. Ich zucke die Schultern. »Weil ich gesehen habe, wie Sie sie sich in der Nacht des Einsturzes ebenfalls angesehen haben. Und ich habe keinen Grund, Sie anzulügen.«

Ravi verzieht das Gesicht. »Doch, hast du. Wenn Agarwal seine Arbeit verliert, verlierst du deine auch.«

»Ich brauche diesen Job nicht, Ravi. Ich habe ihn nie benötigt. Ich bin nur hergekommen, weil …«

Ich unterbreche mich und blicke Samir an. Gerade wollte ich sagen, dass ich wegen Lakshmi hier bin. Mir kommt ein Gedanke: Ich habe Samir auf all das aufmerksam gemacht, weil ich glaube, dass ich ihm das schulde; er hat schließlich meine Ausbildung finanziert. Es gibt so viele Geheimnisse in unserer Welt, nicht wahr? Die, die wir hüten, und die, die wir enthüllen, wenn der richtige Augenblick gekommen ist. Und ich weiß jetzt, dass ich niemals Ja zu Jaipur, Ja zu Tante Boss' Bitte hätte sagen sollen. In Shimla war ich glücklich. Die Luft ist kühler, der Wind sauberer. In den Bergen kann ich denken. Und Nimmi ist dort. Wie konnte ich sie nur dort zurücklassen, hatte sie mich nicht angebettelt, nicht zu gehen? Wo ich gerade dabei war, Chullu und Rekha richtig kennenzulernen?

»Weil was?« Ravi fordert mich heraus.

Ich antworte nicht.

Ravi dreht sich zu seinem Vater um. »*Papaji*, in welcher Beziehung stehst du zu diesem Jungen?«

Der Raum ist so ruhig, dass ich den Sekundenzeiger der englischen Uhr auf dem Kaminsims hören kann. *Ticktack. Ticktack.*

Ravi beobachtet seinen Vater, der ihn ignoriert.

Samir nimmt den Druckbleistift in die Hand. Er schraubt ihn auf und zu, sodass das Blei aus der Hülle heraus- und wieder zurückgleitet. »Du hast gesagt, dass ein Teil dieses Puzzles fehlen würde, Abbas. Um welches Teil handelt es sich?«

Ich sehe zuerst den Vater an, dann den Sohn.

»Was ich nicht weiß, ist, ob Sie etwas davon wussten, Samir Sahib, oder ob es eine Ein-Mann-Sache ist. *Du brauchst keinen Spiegel, um die Wunde an deiner Handfläche zu sehen.«* Eines von Samirs Lieblingssprichwörtern, wie ich mich erinnere.

Es ist offensichtlich, wer hier die Strippen zieht. Ich blicke Ravi offen an. Er steht nur wenige Zentimeter vom Schreibtisch seines Vaters entfernt, hochgewachsen, aufrecht, mit breiter Brust.

Samir sieht ihn ebenfalls an. Seine Stimme ist ruhig; ich kann mir nur schwer vorstellen, was er denkt.

»Ravi, hast du irgendetwas dazu zu sagen?«, wendet Samir sich an seinen Sohn.

»Nur, dass es eine gute Geschichte ist, wie Geschichten so sind. Ein bisschen wie Scheherazade, unser Abbas. Spinnt das Märchen immer weiter, sodass er den König wachhalten kann. Sieh mal, es ist peinlich, zugeben zu müssen, dass ich versehentlich eine Lieferung minderwertiger Steine angenommen habe, aber mehr war das nicht. Und ich ... wir ... unsere Firma, Singh-Sharma ... bezahlt den Wiederaufbau. Es kostet uns eine Menge, das kann ich dir sagen.«

Ravi macht einen Schritt auf mich zu. »Aber warum muss ich überhaupt dir gegenüber irgendetwas rechtfertigen? Wer bist du, Abbas? Warum glaubst du, jederzeit hereinkommen und Anschuldigungen erheben zu können?«

Er dreht sich zu seinem Vater um. »*Papaji*, du und ich haben darüber gesprochen, wie besessen er von Sheela ist. Es ist eine Beleidigung! Wir sollten ihn für immer aus unserem Haus verbannen.«

»Ich dachte, wir wollten nach dem Abendessen alle zusammen Parcheesi spielen«, sagt Parvati. Wie lange hat sie schon an der Türschwelle gestanden? Sie betrachtet die Szenerie. Ich, wie ich vor Samirs Schreibtisch stehe und Ravi finster anblicke. Der Goldbarren, der in der Aushöhlung des Ziegelsteins glänzt. Ihr Sohn, der die Kiefer zusammenpresst und aussieht, als wollte er mir die Kehle durchschneiden. Samir, der das Blei in seinem Druckbleistift auf- und abgleiten lässt, sein Mund eine grimmige Linie.

Man sollte Parvati niemals unterschätzen. Sie ist so scharf wie das *Patal*, mit dem Nimmi ihre Blumen und Stängel schneidet. Sie betritt das Zimmer.

Als sie neben Samir steht, blickt sie auf den Schreibtisch hinunter, sieht das Gold, überfliegt das Telegramm. Samir sieht sie an, und ich erkenne eine Art von Verstehen zwischen den beiden. Die Uhr auf dem Kaminsims schlägt: Es ist halb zehn.

Schließlich dreht sie sich zu mir um. Ihr Lächeln ist eher eine Grimasse. »Ich bin endlich darauf gekommen, warum du mir so bekannt vorkommst, Abbas Malik. Du bist der Wicht, der immer hinter Lakshmi hergelaufen ist und ihre Sachen getragen hast, wie der gute kleine Diener, der du bist.«

Sie mustert meine Kleidung, meine Schuhe, meine Armbanduhr. Ich sehe ihr in die Augen. »Und seht euch jetzt den *Pukkah Sahib* an. Hat Lakshmi dir diese Sachen gekauft? Ist sie immer noch deine Aufpasserin? Kümmert sie sich immer noch um ihre Lakaien?« Würde ich mehr Respekt für sie empfinden, hätten ihre Worte vielleicht die Macht, mich zu verletzen.

Sie wirft einen seitlichen Blick zu Samir. »Eine Sache steht fest. Sie weiß wirklich, wie man Ärger macht.«

Parvati lächelt mich an, diesmal lieblich, und ich glaube fast, dass es echt ist, bis sie weiterspricht: »Sag Lakshmi, dass Eifersucht kein bewundernswerter Charakterzug ist. Sie sollte nicht ihren Burschen herschicken, um das zu bekommen, was sie will. Und jetzt nimm dein Spielzeug und geh. Du bist hier nicht mehr willkommen. Nie wieder.«

Sollte ich Parvati meine Theorie des Puzzles und des fehlenden Teils erklären? Ich werfe Samir, der in seinen Stift versunken zu sein scheint, einen Blick zu. Er wirkt … gedemütigt? Beschämt? Schwer zu sagen, aber er vermeidet den Augenkontakt.

Ich sammele meine Funde ein, stecke sie in meine Taschen und wende mich zur Tür.

Im Gehen höre ich Ravis Stimme. »Mami, das ist reine Spekulation! Er will nur …«

Ich spüre die Gewalt der Ohrfeige, als wäre sie auf meiner Wange gelandet statt auf Ravis.

25

Nimmi

Shimla

Gestern und heute hat Dr. Kumar darauf bestanden, dass wir mit dem Auto zur Gemeindeambulanz fahren. Ich bin daran gewöhnt, mit Chullu auf meinem Rücken und Rekha an meiner Seite zu Fuß hinzugehen, aber der Arzt hatte Angst, dass die Schmuggler von der Stammesfrau gehört haben könnten, die vor ein paar Tagen mit vierzig Schafen in die Stadt kam. Das ist kein gewöhnlicher Anblick. Normalerweise werden die Herden von Männern gehütet, und deshalb muss das einfach das Interesse der Klatschmäuler geweckt haben, egal wie sorgfältig Lakshmi und ich die Route zum Krankenhausgelände ausgewählt haben. Heute befinden sich die Schafe in der Obhut des alten Schäfers, den ich dafür engagiert habe, dass er die Herde westlich von hier grasen lässt. Und die geschorene Wolle ist sicher in der Vorratskammer der Kumars verstaut.

Sobald wir vom Personal umgeben im Krankenhaus sind, atmet Dr. Kumar auf. Er gibt den Krankenschwestern und Nonnen strikte Anweisung, niemanden hereinzulassen, der kein Patient der Ambulanz ist. Dann geht er zum Krankenhaus hinüber, um seine Runde zu drehen, während Rekha, Chullu und ich durch die Hintertür der Ambulanz in den Heilkräutergärten gehen.

Als ich gestern Morgen mit den Kindern aufgewacht bin, war Lakshmi zu meiner Erleichterung fort. Dr. Kumar hatte sie bereits zum Bahnhof von Shimla gebracht. Ich hätte nicht gewusst, was ich ihr nach meinem Ausbruch in der Nacht zuvor hätte sagen sollen. Ich weiß, dass ich ihr nicht die Schuld an der Tragödie in Jaipur hätte geben dürfen; sie hatte unmöglich wissen können, was passieren würde. Ich habe nur so große Angst, dass ich Malik genauso verlieren werde wie Dev. Das versteht sie doch sicher, oder?

Als ich die Kinder dann nach unten zum Frühstück brachte, sah ich, dass Lakshmi Saris und Blusen für mich herausgelegt hatte, die ich auf dem Krankenhausgelände und in der Stadt tragen konnte, um keine Aufmerksamkeit zu erregen. Diese simple Freundlichkeit, ihre Besorgnis um meine Sicherheit erschütterten mich. Empfand ich Scham dafür, dass ich die vielen Dinge nicht anerkannte, die sie seit Maliks Abreise für uns getan hatte? Dafür, dass ich meiner Ältesten gegenüber respektlos war, wie ich es einer Frau meines Stammes gegenüber nie gewesen wäre? Dafür, dass sie uns vor der Gefahr schützte, in die Vinay uns gebracht hat?

Wie kann ich nur wütend auf sie sein und gleichzeitig dankbar?

Jetzt bedecke ich meinen Kopf mit Lakshmis Sari und verstecke mein Gesicht und meine Tätowierung. Ich behalte die Kinder genau im Auge, weil Rekha gerne herumstreift und Chullu hinter ihr herwackelt. Er hat erst letzten Monat zu laufen begonnen, aber sobald er einmal loslegt, ist er manchmal schon ziemlich weit weg, bevor ich es bemerke.

Ich werfe dem Heilkräutergarten einen prüfenden Blick zu. Malik wäre beeindruckt. An den bisher unbebauten Stellen des Gartens habe ich Gewächse und Blumen angepflanzt, auf die Lakshmi und ich uns verständigt haben. Der Garten wirkt jetzt voller. Ich muss düngen und bewässern und abgestorbene Blätter sowie Insekten entfernen, die an den Pflanzen fressen. Lakshmis Kräutersammlung ist beeindruckend; ein paar von ihnen kenne ich, aber die meisten sind mir neu. Sie versucht Varietäten aus Rajasthan anzubauen, aber in dieser Höhe gedeihen sie nicht. Wenn sie mich um meine Meinung bitten würde, würde ich ihr sagen, dass sie damit nicht ihre Zeit verschwenden sollte.

Am Ende seines Arbeitstages kehren Dr. Kumar und die Kinder und ich zu seinem Haus zurück, wo wir das Abendessen zu uns nehmen, das eine Einheimische für uns gekocht hat. (Wie es aussieht, hat Lakshmi für alles gesorgt.) Vergangene Nacht half Dr. Kumar Rekha und mir nach dem Abendessen beim Lesen und Schreiben. Lakshmi hat einen Stapel Bücher für uns hinterlassen, und er befolgt gewissenhaft ihre Anweisungen.

Gelegentlich berühren sich unsere Hände, wenn er mir ein Buch reicht, und wir zucken beide zurück, als hätten wir in eine Flamme gegriffen. Den Geschmack seines Mundes in jener Nacht in den Feldern habe ich nicht vergessen. Manchmal fasse ich mir an meine Lippen und erinnere mich daran, wo seine Lippen meine berührt haben. Ich denke an Malik, und wie sehr ich seine Berührung vermisse.

Auch seine Briefe fehlen mir. Aber mit all dem Aufruhr rund um den Einsturz erwarte ich nicht, dass er mir schreibt.

Lakshmi ist jetzt seit zwei Tagen fort, und ich weiß, dass der Arzt sie vermisst. Heute Morgen hat er mir gesagt, dass er sie anrufen will, wenn er heute Abend von der Arbeit zurückkehrt.

Madho Singh vermisst sie ebenfalls. Er schimpft, wenn er in seinem Käfig sitzt, was einen Großteil des Tages der Fall ist. Wenn ich die Tür zum Käfig öffne, bleibt er oft drinnen hocken, statt sich auf die Rückenlehne des Sofas zu setzen, wie er das macht, wenn Lakshmi zu Hause ist. Hin und wieder ruft er Sprichwörter, die die Maharani ihm beigebracht hat. *Ein ertrinkender Mann greift nach einem Strohhalm. Krächz! Zwei Schwerter passen nicht in eine Scheide. Krächz!* Lakshmi und der Arzt zitieren ihn gerne.

Wenn der Doktor nach Hause kommt, verlässt Madho Singh seinen Käfig, um ihn zu begrüßen, oder auch wenn er Rekha bemerkt. Sie spricht mit ihm, als wäre er einfach nur ein Kind in ihrem Alter. Er antwortet ihr immer. Seine Antworten ergeben keinen Sinn, aber Rekha denkt sich interessante Unterhaltungen aus, die in *meinen* Augen keinen Sinn ergeben. Sie tut so, als würde sie ihm aus verschiedenen Kinderbüchern vorlesen. (Inzwischen kennt sie die Geschichten auswendig, und sie macht Madho Singh gerne auf die Zeichnungen aufmerksam.) Es scheint ihn zu beruhigen, und üblicherweise ist er auf seiner Sitzstange eingeschlafen, bevor die Geschichte zu Ende ist.

Heute muss der Arzt spätabends noch arbeiten. Er hat uns im Haus abgesetzt und ist dann ins Krankenhaus zurückgekehrt. Ich liege im ersten Stock in Maliks Zimmer mit den Kindern im Bett. Allerdings gibt es hier nicht viel von Malik. Es ist ein komfortables Zimmer mit einer warmen Wolldecke auf dem Bett, einem Fenster, durch das ich auf die Pferdewiese schauen kann, und einem Poster mit vier *Gore*, die Beatles genannt werden. Malik hat mir erzählt, dass sie Musiker sind und fantastisch. Dass sie vor einem Jahr nach Indien gekommen sind, um ihren Guru zu treffen, was ich seltsam finde. Unsere Stammesältesten sind Gurus gegenüber skeptisch, sie betrachten sie als falsche Propheten.

Rekha und ich sehen uns ein Bilderbuch an, das die verschiedenen Blumen des Himalaja zeigt. Chullu ist, an meine Seite geschmiegt, auf dem Bauch eingeschlafen.

Krächz! »Namaste, bonjour, willkommen!« Krächz! Ich höre Madho Singhs Flügelschlag im Haus, wie er irgendwo landet, kreischt und dann wieder losfliegt. Das ist nicht die Art, wie der Sittich Besucher begrüßt, irgendetwas hat ihn also aufgeschreckt. Aber was? Ein Tier? Ein Wiesel oder ein Affe?

Ich versuche mich daran zu erinnern, ob ich die Fenster und Türen geschlossen habe, wie der Arzt mir das immer sagt. (Bei den Aroras gab es kein Schloss an der Tür zu unserem kleinen Zimmer.) Hier im ersten Stock können wir das Fenster wegen der Frischluft offen lassen, aber im Erdgeschoss müssen wir alle Fenster und Türen fest verschließen. Nachbarhäuser gibt es nur wenige, und die sind weiter entfernt und zwischen den Kiefern versteckt, was bedeutet, dass Banditen vor Blicken geschützt sind. Um Hilfe zu rufen, wäre nutzlos.

Dr. Kumar hat mir gezeigt, wie ich mit dem Telefon bei der Polizei oder im Krankenhaus anrufen kann. Es war mir zu peinlich, ihm zu sagen, dass ich noch nie ein Telefon benutzt habe. Und natürlich habe ich ihm auch nicht gesagt, dass die Polizei die letzte Stelle ist, die ich anrufen würde. Unsere Stammesältesten haben den Behörden nie vertraut, die sehr schnell damit sind, uns von unserem Weideland zu vertreiben, sobald es irgendwelche Beschwerden gibt. Und jetzt, wo die Polizei den Eindruck hat, dass eine intime Beziehung zwischen dem Arzt und mir besteht, betrachten sie mich vielleicht als ein Flittchen, das sie ohne große Anstrengung ins Bett bekommen können.

Ich frage mich, was ich mit dem Krächzen des Sittichs anfangen soll, als Rekha vom Bett hinunterspringt und, nach Madho Singh rufend, zur Tür hinausrennt.

»Rekha!«, schreie ich. Ich stopfe rund um Chullu mehrere Kissen, damit er nicht im Schlaf aus dem Bett fällt. Dann laufe ich Rekha hinterher.

Als ich den unteren Treppenabsatz erreiche, läuft Rekha im Salon herum und folgt Madho Singh auf seinem Flug vom Sessel zur Lampe zum Kaminsims. Das einzige Licht im Raum kommt vom Mond draußen. Ich ziehe den Vorhang zurück, ob irgendjemand dort draußen ist.

Tatsächlich. Eine Gestalt steht auf der Veranda im Schatten.

Mein Herz beginnt zu hämmern. Ich versuche in der Dunkelheit etwas zu erkennen.

Es ist der Schäfer, der sich um meine Herde kümmert!

Ich atme tief ein und stoße einen Seufzer der Erleichterung aus. Ich rufe ihn durch das Fenster an. »Was ist los, *Bhai*?«

Er dreht sich dem Fenster zu. Ich kann seine Gesichtszüge nicht erkennen, er die meinen ebenso wenig.

»Was soll ich mit der Herde machen? Sie haben den Bereich abgegrast, für den du mich bezahlt hast. Sie waren sehr hungrig!« Sein Lachen klingt hoch und zittrig.

»Ich bezahle dich für noch ein paar weitere Tage. Gibt es andere Stellen, wo sie grasen können?«

»*Theek hai*«, erwidert er. »Ich werde sie weiter nach Norden treiben.« Als er sich zum Gehen wendet, erinnere ich mich daran, dass ich immer noch seine Scheren habe.

»Warte!«, rufe ich ihm hinterher

Ich eile nach oben, um sie zu holen, wobei ich mir noch einen Moment Zeit nehme, um ein paar Münzen von meinem wöchentlichen Lohn einzustecken. Als ich zum Salon zurückkehre, ist es dort ruhig. Madho Singh sitzt wieder in seinem Käfig und murmelt vor sich hin. Aber wo ist Rekha?

Dann sehe ich die offene Haustür, und ich haste auf die Veranda hinaus. Dort steht Rekha und spricht mit dem Schäfer.

»Warum haben Schafe Schwänze?«, fragt sie ihn.

Ich ziehe sie hinter meinen Rücken. »Dummes Mädchen!« Ich gebe dem Schäfer die Scheren zurück und drücke ihm die Münzen in die Hand.

Die offensichtliche Panik in meiner Stimme und meinem Gesichtsausdruck verwirren ihn. Er lässt die Münzen in seine Westentasche fallen und wendet sich zum Gehen, hält dann aber inne und dreht sich um.

»*Behenji*«, sagt er, »als ich heute die Schafe weitergeführt habe, kam ein Mann zu mir und hat mich gefragt, ob sie mir gehörten.«

Wieder fängt mein Herz zu rasen an. Als Rekha sich windet, wird mir klar, dass ich meine Finger in ihre Schultern gegraben habe. Ich entspanne sie.

»Was hast du ihm gesagt?«

Der alte Mann hebt sein Kinn an und richtet sich zu seiner vollen Größe auf. »Was geht Sie das an?«, erwidert er. »Genau *das* habe ich ihm gesagt!«

Er grinst, und im Mondlicht glänzen die wenigen Zähne, die ihm noch geblieben sind.

Ich nicke. »Woher wusstest du, wo du mich findest?«

Er kratzt sich im Nacken. »Es spricht sich herum«, erwidert er.

Dann verlässt er die Veranda und verschwindet in der Dunkelheit.

Ich mache die Tür zu und schließe sie ab. Dann nehme ich Rekha hoch und umarme sie fest. »Was habe ich dir gesagt? Du darfst niemandem die Tür öffnen. Nicht einmal alten Männern.«

»Ich weiß, *Maa*, aber Madho Singh mag ihn.«

»Madho Singh kennt ihn nicht einmal!«

Ich spüre Rekhas gleichmäßigen Herzschlag und sie mit

Sicherheit auch meinen. Solange ich bei meinem Stamm war, habe ich mich nie unsicher gefühlt, so wie ich mich jetzt fühle. Wenn ein Schäfer mich so leicht finden kann, wie lange wird es dann dauern, bis auch die Schmuggler mich finden?

Eine Stunde später kuschele ich mit den Kindern auf dem Sofa im Salon. Sie sind beide eingeschlafen, als ich Dr. Kumars Wagen in der Auffahrt höre. Ich öffne die Vordertür und gehe auf die Veranda, um dort auf ihn zu warten. Als er mich sieht, eilt er zu mir.

»*Kya ho gya?*«, fragt er mich, geleitet mich ins Haus hinein und verschließt die Tür.

»Es ist nur … Ich glaube, hier sind wir auch nicht sicher.« Ich erzähle ihm, was der Schäfer mir gesagt hat, wie er mich gefunden hat. »Wenn *er* mich hier gefunden hat, dann können uns andere auch finden.«

»Hat er dich bedroht?«

»Nein. Das ist es nicht. Ich möchte die Kinder von hier wegbringen, aber solange wir nicht bei meinem Stamm sind, werden wir nicht in Sicherheit sein. Nicht einmal in den Bergen. Jetzt, wo die Leute wissen, dass ich hier bei Ihnen wohne …« Mir wird bewusst, dass ich meine schweißigen Handflächen an meinem Rock abwische, und ich versuche die Hände still zu halten.

Er setzt sich in seinen Sessel, öffnet seine Aktentasche und zieht ein Notizbuch heraus. Nachdem er ein paar Seiten umgeblättert hat, greift er zum Telefon und wählt. Es ist zehn Uhr abends. Wen könnte er um diese Zeit noch anrufen?

Eine Minute später legt er auf.

»Nimm deine Sachen«, sagt er. »Morgen früh bringen wir dich an einen Ort, wo es schwer wird, dich oder die Kinder zu finden. Außerhalb der Stadt.«

»Aber was ist mit dem Garten? Wer wird sich darum kümmern? Ich muss die jungen Pflanzen bewässern …«

Dr. Kumar schüttelt den Kopf. »Momentan hat deine Sicherheit Priorität. Mrs. Kumar wird sich um alles kümmern, wenn sie zurückkehrt. *Chinta mat karo.*«

Mach dir keine Sorgen? Seit Malik fort ist, mache ich nichts anderes mehr.

26

Lakshmi

Jaipur

Dieser Morgen markiert den dritten Tag, den ich von Jay getrennt bin. Malik kommt früh zu den Agarwals, um mir von seinem Besuch bei den Singhs zu berichten. Kanta und Niki sind bereits zu einem Spaziergang mit *Saasuji* aufgebrochen. Manu hat sich in seinem Arbeitszimmer verbarrikadiert, fern des Salons, in dem wir gerade sitzen.

Malik sagt, dass Samir ehrlich schockiert wirkte, als er ihm gezeigt hat, wie gut der Goldbarren in den Ziegelstein passt. Wir halten es beide für unwahrscheinlich, dass Samir wegen der Aussicht auf mehr Geld seine Firma aufs Spiel setzen würde. Was er unserer Ansicht nach wirklich will, ist zu glauben, dass sein Sohn tatsächlich nur den Fehler gemacht hat, beschädigtes Material anzunehmen. Aber weder Malik noch ich sind davon überzeugt, dass Ravis Fehler ein Versehen war. So aalglatt, wie er vor dreizehn Jahren meine Schwester verführt und die Konsequenzen ignoriert hat, wissen wir, wie hinterhältig Ravi sein kann.

Malik fasst auch seinen Besuch bei Hakeem zusammen, dem Buchhalter aus dem Liegenschaftsbüro.

Das verblüfft mich. »Und Hakeem will nicht öffentlich zugeben, dass er die Quittungen ausgetauscht hat? Warum? Wen schützt er?«

Malik zögert. Er lügt mich nie an, aber ich weiß, dass er mir keine Dinge mitteilen wird, die vielleicht mich oder andere verletzen könnten. Ich warte.

»Hakeem … lebt mit Mr. Reddy zusammen.«

»Dem Kinoleiter?«

Malik nickt. »Sie teilen sich hier in Jaipur eine Unterkunft. Und Hakeem hat eine Frau und vier Töchter in Bombay. Er will nicht, dass sie von Mr. Reddy erfahren. Es würde ihr Leben zerstören.«

Ich versuche die Puzzleteile zusammenzusetzen, als es mir dämmert. »*Accha.*« Wer bin ich, den Buchhalter zu verurteilen? Ich bin eine Frau, die ihren Ehemann verlassen und mit dem Ehemann einer anderen Frau geschlafen hat. Die Menschen finden Liebe, wo sie sie eben finden. »Und die Singhs wissen … von der Beziehung?«

»Ravi Singh hat es herausgefunden. Mr. Reddy wird seinen Job opfern. Hakeem wird seinen behalten. Er muss eine große Familie ernähren.«

»Reddy hat sich also einverstanden erklärt zu behaupten, dass er mehr Leute in die Loge gelassen hat, als er durfte. Auch wenn das eine Lüge ist?«

»Richtig.«

Samir wird natürlich nicht seinen eigenen Sohn wegen Betrugs und Unterschlagung anzeigen. Parvati wird weiterhin Druck auf Maharani Latika ausüben, Manu zu entlassen. Und so schrecklich ich das auch finde, Maharani Latika ist nicht an einer Untersuchung interessiert; sie will, dass sich das Problem erledigt und das Kino sobald wie möglich wieder öffnet. Ich verstehe das. Mit jedem Tag, an dem die Situation noch in der Schwebe hängt, vergrößert sich der Makel auf dem Ruf der königlichen Familie.

Ich hatte Kanta versprochen, dass die Maharanis fair seien, aber jetzt wird mir bewusst, wie vermessen das von mir war. Wir haben nur noch einen Tag, um Ihre Hoheit davon zu überzeugen, Manu nicht zu entlassen.

Dass er als Dieb betrachtet wird, belastet Manu und macht ihm schwer zu schaffen. Statt zur Arbeit zurückzukehren, schließt er sich in seinem Arbeitszimmer ein und hört Radio oder liest Gedichte. Zu den Mahlzeiten bringt Kanta ihm auf einem Tablett sein Essen, statt es ihm von Baju servieren zu lassen, damit sie sich zu ihrem Ehemann setzen kann, während Niki, *Saasuji* und ich gemeinsam im Speisezimmer essen. Kanta sagt, dass er nur ein paar Bissen zu sich nimmt, dann behauptet, satt zu sein, und sie bittet zu gehen. Er hat sich tagelang nicht rasiert, sodass er mehr und mehr wie einer der heiligen Männer am Ganges aussieht, wenn er einen seiner seltenen Gänge vom Arbeitszimmer zum Badezimmer unternimmt. Seine ungewaschenen Haare hängen ihm ins Gesicht. Seine Kleider hat er seit drei Tagen nicht gewechselt.

Niki reagiert ebenfalls auf diese Veränderung seines Vaters. Selbst wenn Kanta ihm die Rückkehr zur Schule erlauben würde, würde ihr Sohn nicht hingehen. Wie es aussieht, verbreiten sich schlechte Nachrichten sogar noch schneller als gute. Nikis Freunde haben ihn angerufen, um ihm mitzuteilen, dass einige seiner Mitschüler seinen Vater als Betrüger und Veruntreuer bezeichnen. Niki weiß, dass sein Vater eines solchen Schwindels nicht fähig ist, aber ebenso wenig ist er dazu in der Lage, einen Vater zu verteidigen, der nicht einmal den Versuch macht, sich selbst zu verteidigen.

Kanta geht mit Niki zusammen die Lektionen durch, die sein Lehrer ihm vorbeibringt. Außerdem lesen sie beide gerne Romane und tun das jetzt auch, um sich zu beschäftigen. Manchmal halte ich vor Nikis Tür inne und höre zu, wie sie über *Schlachthof fünf oder Der Kinderkreuzzug* und *Reisen mit meiner Tante* diskutieren. Es erinnert mich daran, wie Radha immer in *Jane Eyre* und *Sturmhöhe* versunken ist.

Manus Verzweiflung wirkt sich auch auf *Saasuji* und Baju aus. Manus Mutter hat an allem etwas auszusetzen, was der alte Diener macht (er hat das *Dal* nicht gesalzen, oder er hat das *Parantha* anbrennen lassen, oder er hat den Kreuzkümmel nicht lang genug geröstet), und Baju ist infolgedessen mürrisch und klappert in der Küche mit Töpfen und Pfannen herum und schimpft mit sich selbst. Fast schon wünsche ich mir, dass Madho Singh hier wäre.

Was für eine Erleichterung ist es doch, das Agarwal-Haus zu meiner nächsten Verabredung zu verlassen.

Als ich diesmal am Palast der Maharanis ankomme, begrüßt der Wachmann mich mit einem herzlichen Lächeln. »Die ältere oder die jüngere?«, erkundigt er sich.

»Die ältere«, erwidere ich.

Er legt als Zeichen seiner Überraschung den Kopf leicht schief. Aber er nickt und winkt einen Bediensteten heran. Der Diener in seiner makellosen Uniform führt mich eine Marmortreppe hinauf, die in der Mitte von Tausenden Füßen im Laufe von zwei Jahrhunderten ausgetreten wurde. Die Treppe führt zu einer Terrasse, die auf den üppigen Garten in der Mitte des Palastes hinausgeht. Ich bin noch nie zuvor auf der oberen Terrasse des Palastes gewesen. Ich halte inne, um die Szenerie unter mir zu bewundern; es ist wie im Märchen der *Drei Prinzen*, das ich letztens zusammen mit Rekha gelesen habe. Die Büsche wurden gestutzt, sodass sie die Form von

Giraffen oder Nilpferden oder Elefanten haben (Rekha würde sie lieben!). Wasserfälle und Fontänen. Affen mit rosa Gesichtern, wie man sie häufig in der Pink City und um die königlichen Gebäude herum sieht, hüpfen von einem Guavenbaum zu einem Granatapfelbaum zu einem Bananenbaum und holen sich ihre Mahlzeit, wo sie sie finden. Pfauen schreien und schlagen ihr Rad in voller Pracht auf. Nektarvögel flitzen von einer Blüte zur nächsten und schlagen sich die Bäuche voll.

Schließlich werde ich in ein großes Schlafzimmer neben der Terrasse geführt. Über die bleiverglasten Fenster wurden weiße Gazevorhänge gezogen, sodass der Raum im Schatten liegt. Zwei Diener stehen am Eingang, hinter dem sich ein großes Bett mit vier Bettpfosten befindet. Ich nehme an, dass die Türen offen gelassen werden, damit die Maharani von ihrem Bett aus zuschauen kann, wie die Makaken über die hohen Wände des Palastes huschen.

Mehrere Hofdamen sitzen auf Sitzbänken oder Sesseln. Eine stickt, eine fächelt der Maharani mit einem großen Sandelholzfächer Luft zu, und die dritte liest.

Maharani Indira hat sich sehr verändert. Ohne mein berühmtes *Bawchi*-Öl ist ihr Haar dünn geworden. Jetzt ist es eher Salz als Pfeffer. Früher traf ich sie üblicherweise in ihrem Salon – demselben Raum, in dem ich vor zwei Tagen mit Maharani Latika gesprochen habe. Jetzt liegt die ältere Maharani inmitten von mit Gänsefedern gefüllten Satinkissen auf dem Mahagonibett. Auf dem Tisch neben dem Bett stehen zahlreiche Gefäße mit Salben und Tablettenflaschen. Vasen voller Linden-Roseneibisch, purpurnen Rosen und *Champaca* in der Farbe des Sonnenuntergangs schaffen es kaum, den medizinischen Geruch zu überdecken.

Die alte Königin ist kleiner, zusammengesunken, ihre Wangen sind hohl. Früher füllte sie den Raum mit ihren anzüglichen Witzen und ihrem von Gin getränkten Lachen aus. Jetzt liegt sie dort ruhig mit geschlossenen Augen.

»Warten Sie ein bisschen, und sie wird aufwachen«, sagt die mir am nächsten stehende Hofdame. Ich mustere das Gesicht der Maharani. Die Haut um ihren Mund und ihre Wangen herum, die so daran gewöhnt ist, zu einem Lächeln oder Lachen gedehnt zu werden, ist faltig geworden und lässt sie älter erscheinen als vierundsiebzig.

Das, was gleich geblieben ist, ist ihre Vorliebe für Juwelen. Ihr Ausschnitt ist mit einem eng anliegenden *Kundan*-Halsreif geschmückt, dessen tränenförmige Diamanten und Rubine mit Cabochonschliff das Licht von der offenen Tür reflektieren. Die dazu passenden Ohrringe sind ebenfalls mit tränenförmigen Diamanten besetzt, die einen Rubin in der Mitte umgeben. Mit Perlen und Rubinen besetzte Armreife, die jetzt zu groß für ihre dünnen Arme sind, drohen ihr über die Handgelenke zu rutschen.

Eine andere Edeldame weist auf einen Sessel neben dem Bett der Maharani, und so setze ich mich hin und stelle meine Tasche neben mir auf dem Boden ab. Ich denke zurück an den Tag, an dem Ihre Hoheit mich zum ersten Mal empfing und mein Leben für immer veränderte.

Vor dreizehn Jahren – nachdem die Königinwitwe mich engagiert hatte, um Maharani Latika von ihren Depressionen zu heilen – verbreiteten sich die Geschichten über meine unglaublichen Fähigkeiten, Mitglieder der Königsfamilie zu heilen, so schnell, wie die Makaken von einem Baum zum nächsten springen. Jeder wollte damals ein Stück von mir haben. Mein Geschäft wuchs und wuchs, bis Malik und ich von Sonnenaufgang bis Sonnenuntergang arbeiteten, um die Bestellungen von Hennaanwendungen, individuell zusammengestellten Ölen und heilenden Lotionen auszuführen.

Ohne die Großzügigkeit dieser Frau wäre all das wohl nicht passiert.

Die Maharani öffnet die Augen, die immer noch scharf und voller Übermut sind wie früher. »Lakshmi, Sie denken so laut, meine Liebe. Sie habe mich aufgeweckt.«

Ihr Gesicht ist hager, aber ihr Lächeln strahlend.

Sie reicht mir ihre Hände, und ich ergreife sie. Die vielen Rubin-, Smaragd- und Perlenringe sitzen locker an ihren Fingern.

»Ihre Hoheit, ich bin erstaunt, dass Sie nach Jaipur zurückgekehrt sind. Reichen Ihnen die Reize von Paris nicht aus?«, necke ich sie.

»Die Männer sicherlich schon.« Sie lacht herzhaft. »Und das Essen ist göttlich. Aber nach einer Weile habe ich unseren Gelbwurz, Koriander und Kreuzkümmel vermisst. Ich sehnte mich nach dem Duft reifer Mangos. Nach diesen weißesten aller weißen *Raat Ki Rani.*«

Sie reibt mit dem Daumen über das Hennamuster auf meinen Händen. »Und nach dem hier.« Sie zieht meine Hände näher an ihre Nase heran und inhaliert das anhaltende Aroma der Pflanze ebenso wie den Geruch des Geranienöls, mit dem ich meine Haut immer befeuchte.

»Die Düfte meines Indiens.« Sie schließt die Augen.

Ist sie eingeduselt? Langsam entziehe ich ihr meine Hände. Dann schlägt sie die Augen auf. »Sagen Sie mir, meine Liebe, was haben Sie so gemacht, seit wir uns zum letzten Mal gesehen haben? Und bringen Sie mich auf den neuesten Stand, was mein junger Freund Malik so treibt.«

Ich öffne den Mund, um etwas zu sagen, aber sie hebt die Hand, um mich zu unterbrechen. Mit ihrem gichtigen Zeigefinger zeichnet sie einen Kreis in der Luft. »Lassen Sie mich sehen.«

Ihre Exzentrik bringt mich zum Lächeln. Ich hebe den *Pallu* an, mit dem ich meine Haare respektvoll verdeckt hatte, und lasse ihn mir über die Schulter fallen. Dann drehe ich den Kopf zuerst in eine Richtung und dann in die andere.

»Ausgezeichnet, meine Liebe. Immer noch ein wohlgeformter Kopf. Das Zeichen eines guten Eintritts in die Welt. Ausgezeichnet.«

Von meinem früheren Umgang mit ihr weiß ich, dass nach Ansicht von Maharani Indira Personen, deren Geburt leicht war und die den Geburtskanal unversehrt verlassen haben, ein gutes Karma haben und dieses Karma ihnen in ihr gegenwärtiges Leben folgt. Ob das der Wahrheit entspricht oder nicht, spielt keine Rolle. Sie ist eigensinnig in ihren Überzeugungen und ihr zu widersprechen nutzlos.

»Vielen Dank, Eure Hoheit. Ich habe meine Hennasachen mitgebracht. Wenn Sie mir erlauben, würde ich gerne Ihre Hände schmücken, während wir uns unterhalten.«

Sie zieht überrascht ihre herrlichen Augenbrauen hoch. »Nun, ja.« Sie wirft einen Blick zur nächsten Hofdame. »Ich denke, das lässt sich machen.« Die andere Frau gibt einem Diener ein Zeichen, der daraufhin einen Tisch bringt, auf dem ich meine Sachen abstellen kann.

Ich ziehe ihr die Ringe ab und reiche sie der nächsten Edeldame. Dann öffne ich eine Flasche mit Nelkenöl aus meiner Tasche, um ihre Hände zu erwärmen und sie zu massieren. Ich selbst trage natürlich keine Ringe. Ich versenke meine Finger zu oft in der Erde oder lege Umschläge auf Wunden, um Schmuck zu tragen.

Ihre Haut ist wie das Skelett eines *Peepal*-Blattes: trocken, aber biegsam. Sie sieht zu, wie ich an einem Finger nach dem anderen ziehe und die Haut zwischen ihnen glatt streiche. Ich rolle mit dem Daumen über den fleischigen Teil ihrer Handfläche. Wann wurde sie das letzte Mal auf diese Art von jemandem berührt?, frage ich mich. Als Mitglied der königlichen Familie hat sie die Macht, Intimitäten zuzulassen; aber niemand darf sich diese Freiheit ohne Erlaubnis nehmen.

»Haben Sie irgendwelche besonderen Wünsche?«, frage ich.

»Ich vertraue darauf, dass Sie das nehmen, was Sie für das Beste halten, meine Liebe.«

Sie schließt die Augen, während ich beginne, mit der Hennapaste zu malen, die ich aus Shimla mitgebracht habe. Ich erzähle ihr von meiner Arbeit im Heilkräutergarten in Shimla, meiner Ehe mit Jay …

»Ja, ich sehe das reizende rote *Bindi* auf Ihrer Stirn. Sie haben also den Arzt geheiratet, den wir zum königlichen Arzt in Shimla ernannten wegen der Adoption, die nie stattgefunden hat? Meine Liebe, Sie erstaunen mich!«

Das Herz in meiner Brust flattert. Die Maharani ist eine clevere Frau. Ist sie je auf die Idee gekommen, dass wir Nikis Adoption absichtlich sabotiert haben? All diese Jahre haben wir sie glauben lassen, dass er bei der Geburt nicht ganz gesund war und somit für eine Adoption als Kronprinz von Jaipur nicht geeignet. Wenn sie nur sehen könnte, welch robuster, vom Kricket besessener Junge Niki jetzt ist.

Manche Lügen sehen am besten niemals das Tageslicht.

Ich erzähle ihr, wie Jay mir angeboten hat, in der von ihm gegründeten Gemeindeambulanz zu arbeiten; wie sehr er sich dafür engagiert hat, die einheimischen Menschen auf die ganzheitliche Art zu behandeln, die ihnen am meisten behagt.

»Er scheint ein ehrenwerter Mann zu sein«, bemerkt sie. Ihre Stimme ist jetzt schwächer. Allmählich klingt sie schläfrig.

Mit der Handfläche der einen Hand bin ich jetzt fertig, und ich nicke der Hofdame zu, sie offen zu halten, damit die feuchte Hennapaste nicht verschmiert, bis sie getrocknet ist.

Ich rede weiter. Ich glaube, dass es der Rhythmus meiner Stimme zusammen mit meiner stetigen, beständigen Berührung ist, die sie in den Schlaf wiegt. Ich erzähle ihr von Malik und seiner Schule. Es ist sinnlos, ihr weismachen zu wollen, dass er ein guter Schüler war, weil es einfach nicht stimmt. Aber dank seiner natürlichen Intelligenz hat er die Schulzeit mit einem Abschluss beendet. Sie hat eine Schwäche für Malik, den sie als Jungen unglaublich charmant fand. Ich glaube, den Hauch eines Lächelns auf ihren Lippen zu erkennen, aber vielleicht bilde ich mir das nur ein.

»Wie alt ist er jetzt? Einundzwanzig?«

Wieder einmal überrascht sie mich mit ihrem Erinnerungsvermögen. »*Hahn-ji.*«

»Und was macht sein Liebesleben? Er hat doch sicherlich eines?«

Sie öffnet die Lider und blickt mich aus den Augenwinkeln verschmitzt an.

Ich male gerade ein Muster auf ihre Handfläche, als sie diese Frage stellt, und halte in der Bewegung inne.

Sie dreht den Kopf leicht, sodass sie mich direkt anschauen kann. »Sie sind nicht damit einverstanden?«

Trotz ihrer Krankheit ist ihre Intuition so scharf wie je. Nimmi hat mir ebenfalls vorgeworfen, dass ich nicht mit ihr einverstanden sei.

Ich fahre damit fort, die Hennapaste auf ihre pergamentene Haut aufzutragen.

»Das ist es nicht. Ich will, dass Malik mehr von der Welt sieht, bevor er sich niederlässt. Die junge Frau, auf die er ein Auge geworfen hat, hat zwei Kinder aus ihrer ersten Ehe. Sie ist verwitwet. Das ist eine Menge für einen Einundzwanzigjährigen, wenn er keine richtige Möglichkeit hat, sich den Lebensunterhalt zu verdienen.«

Sie ist nachdenklich. »Ja ... Das kann ich mir vorstellen. Aber er ist ein einfallsreicher junger Mann.« Sie grinst. »Ich habe das Gefühl, dass er es selbst als Achtjähriger mit der gesamten indischen Armee hätte aufnehmen können.« Sie kichert.

Dann hält sie ihre Handflächen hoch, um sie zu inspizieren. Die Haut ihrer Unterarme hängt lose an ihren Knochen. »Safranblüten? Löwen? Was haben Sie da nur gemalt, Lakshmi?«

»Ich bitte um Vergebung, wenn ich zu kühn gewesen sein sollte. Allerdings kenne ich Sie als Frau, die viel mehr Ehrgeiz hatte, als es sich zu zeigen geziemte. Der Löwe ist ein Symbol dieses Ehrgeizes. Vor langer Zeit haben Sie mir erzählt, dass Ihr verstorbener Ehemann Sie daran gehindert hat, die Mutterschaft zu erleben. Ich habe die Safranpflanze gemalt, weil sie keine Samen produzieren kann.«

Tatsächlich habe ich eine Kopie des Terrazzomandalas, das ich seinerzeit für mein Haus in Jaipur entworfen habe, auf Maharani Indiras Handflächen gemalt. Bis ich anfing, ihre Hände zu bemalen, war mir gar nicht bewusst gewesen, wie viel wir beide tatsächlich gemein hatten. »Und hier, Ihre Hoheit ...« Ich zeige mit meinem Hennaschilfrohr auf eine Stelle auf dem oberen Teil ihrer Handfläche »... habe ich Ihren Namen im Muster versteckt.«

»Zu clever.« Ihre Stimme ist voller Bewunderung. »Vielen Dank, Lakshmi. Jetzt müssen die mir eine Spritze geben und wer weiß was noch alles, damit ich mich besser fühle. Würden Sie sich bitte in einer halben Stunde in meinem Gewächshaus mit mir treffen?«

Ich gehe um das Treibhaus herum, wo Ihre Hoheit ihre Orchideen züchtet. Es liegt neben der Terrasse, ein paar Türen von ihrem Schlafzimmer entfernt. Glücklicherweise hat der Diener, der mich zu diesem Gewächshaus mit seinem Glasdach und seinen Glaswänden gebracht hat, mich auch mit einem großen *Aam Panna* versorgt, um mich abzukühlen. Dennoch sammeln sich winzige Schweißperlen auf meiner Stirn und in meinen Achselhöhlen.

Der Raum ist fröhlich. Lichterfüllt und voller gut umhegter Pflanzen. Einige Namen habe ich vergessen, da ich keine Expertin für diese Varietäten bin, aber ich erkenne ein paar ihrer Lieblinge wieder: den Frauenschuh mit einer ungewöhnlichen gelben Blüte, die an einen Schmetterling erinnert, und Bündel von Vanda coerulea, die in meinen Augen eher purpurfarben als himmelblau sind. Ich kenne dieses Treibhaus als den Zufluchtsort von Maharani Indira, den Ort, wo sie ungehindert liebt und wachsen lässt. Es riecht nach Leben und reichhaltiger Erde und Feuchtigkeit und Hitze.

Ich habe mein kühles Mangogetränk fast ausgetrunken, als einer ihrer Diener die ältere Maharani in ihrem Rollstuhl ins Gewächshaus schiebt und in der Mitte des Raumes hält, wo eine metallene Sitzbank steht. Ihre Hoheit hält ihre Hände empor, sorgfältig darauf bedacht, die Hennapaste nicht zu verschmieren. Ich setze mich auf die Sitzbank und prüfe die Hennapaste; sie ist größtenteils trocken. Ich wärme meine Hände mit Geranienöl aus meiner Tasche auf, bevor ich ihre Hände abreibe, bis die getrocknete Paste komplett auf das Handtuch in meinem Schoß abgeblättert ist.

Sie lobt das fertige Muster und staunt, wie geschmeidig ihre Haut jetzt wieder ist.

Mit einer winzigen Bewegung des Handgelenks weist Maharani Indira den Diener an, uns allein zu lassen. Er geht und bleibt gleich hinter der geschlossenen Gewächshaustür stehen, wo er auf ihren nächsten Befehl wartet.

Sie krümmt ihren Zeigefinger, der jetzt leuchtend rot vom

Henna ist, und schnippt hinter sich. Ich nehme an, dass es das Zeichen für mich ist, sie herumzufahren. Ich stelle mich hinter ihren Rollstuhl, und wir setzen uns in Bewegung. Sie inspiziert ein paar Pflanzen und äußert ihre Zufriedenheit oder Enttäuschung über deren Gesundheitszustand.

»Nun, was höre ich denn da über das Royal Jewel Cinema, hm?«

Ich hatte hin und her überlegt, wie ich das Thema am besten ansprechen sollte, deshalb bin ich etwas erstaunt über ihre Offenheit.

»Irgendwelche Gaunereien mit Baumaterialien und so etwas?« Sie lässt es so klingen, als wüsste sie nur wenig über das Kinounglück, aber ich habe das Gefühl, dass sie sehr gut informiert ist.

»Eure Hoheit, ich bin sicher, dass Sie sich an Mr. Agarwal erinnern, der sich als leitender Direktor um die Liegenschaften des Palastes kümmert. Er wird beschuldigt, minderwertige Baumaterialien gutgeheißen zu haben, die möglicherweise den Einsturz im Kino verursacht haben.«

»Aber Sie sind offenbar anderer Meinung?«

»Maharani Latika hat mit Ihnen gesprochen?«

»Wir besprechen uns miteinander.«

Wir erreichen jetzt das Ende einer Reihe von Pflanzen. Vor uns steht ein kleiner Schrank.

»Öffnen Sie bitte diesen Schrank«, weist sie mich an.

Das tue ich. Es handelt sich um einen Kühlschrank. Darin stehen ein abgedeckter gläserner Krug mit einer klaren Flüssigkeit und zwei Gläser.

»Schenken Sie uns beiden ein Glas ein, meine Liebe.«

Jetzt fällt es mir wieder ein. Der Gin Tonic, den die Maharani so liebt; außerdem ist sie der festen Überzeugung, dass er das Geheimnis der Orchideengesundheit ist. Nachdem ich ihr ein Glas gereicht habe, stößt sie mit mir an. »Auf die ewige Gesundheit.« Sie lacht über ihren eigenen Witz und nimmt einen Schluck. »Ah. So kühl und frisch. Aber lassen Sie uns doch weitergehen.«

Ich schiebe sie eine weitere Reihe entlang.

»Ich glaube, dass der Grund für die billigen Materialien nicht bei Mr. Agarwal liegt«, bemerke ich.

»Wie ich höre, lebt Manu Agarwal über seine Verhältnisse«, erwidert sie. »Der Palast zahlt ihm nicht genug für diese teure Limousine und die Seidenstoffe seiner Frau.«

Ich versuche meine Überraschung darüber zu verbergen, wie viel sie weiß. »Seine Frau kommt aus einer wohlhabenden Familie, Eure Hoheit. Kanta Agarwal ist mit dem Autor und Dichter Rabindranath Tagore verwandt. Ursprünglich stammt sie aus Kalkutta.«

»Ah, nun, das erklärt so einiges.« Sie lässt ein bisschen von ihrem Drink auf den Ansatz einer schlaffen Orchidee tropfen. Dann blickt sie auf mein Glas, das ich noch kaum angerührt habe. »Trinken Sie aus, meine Liebe.«

Ich nehme einen Schluck. Es ist erfrischend. Leichter und lieblicher als der Laphroaig, den Jay und ich abends trinken.

Ihr Lächeln ist ironisch. »Sie haben das Zeug früher nie angerührt.«

»Die Zeiten ändern sich, Eure Hoheit. Mein Ehemann bevorzugt Scotch, und ich habe festgestellt, dass mir der rauchige Geschmack gefällt.«

»Das nächste Mal werden wir Ihnen entgegenkommen.«

Sie redet, als würde sie für immer leben, und was würde es nützen, ihr abzusagen? Ich erwidere ihr Lächeln.

»Eure Hoheit, Mr. Agarwals Integrität hat nie infrage gestanden.«

»Dann lassen Sie doch Ihre Theorie hören.«

Ich zögere und blicke in mein Glas. »Sie wird Ihnen nicht gefallen.«

Damit habe ich sie verärgert. »Bilden Sie sich nicht ein, zu wissen, was ich denke, meine Liebe.«

»In den Baumaterialien wird Gold versteckt und zu Baustellen hier in Jaipur gebracht, in Ziegelsteinen, die extra zu diesem Zweck hergestellt werden. Das Gold wird dann an Juweliere verkauft und die Ziegelsteine auf dem Bau verwendet. Das einzige Problem ist, dass diese Ziegelsteine für die Lasteinwirkung nicht stabil genug sind – entschuldigen Sie diese technische Erklärung. Malik hat mir in den vergangenen paar Tagen eine Menge bautechnischer Begriffe beigebracht.«

Als sie Maliks Namen hört, beginnt Maharani Indira zu lächeln. »Malik ist jetzt Ingenieur?«

»Er hat vor Kurzem die Privatschule in Shimla abgeschlossen und verbringt jetzt einige Zeit hier in Jaipur, um von Mr. Agarwal und den Palastingenieuren etwas zu lernen. Auf meine Bitte hin.«

»Ja, es fällt schwer, Sie abzuweisen, Lakshmi. Das ist mir schon aufgefallen.« Sie zieht eine Augenbraue hoch. »Fahren Sie fort.«

»Diese Ziegelsteine sind minderwertig. Sie entsprechen nicht den aktuellen Bauvorschriften. Nehmen Sie dazu noch unerfahrene Arbeitskräfte, die den Zementmörtel für die Ziegelsteine anrühren, und Sie haben die Voraussetzungen für eine Katastrophe.«

Sie hält eine Hand hoch, dass ich stehen bleiben soll. Dann krümmt sie ihren Zeigefinger und bedeutet mir, dass ich um sie herumgehen soll. Ich sehe mich nach einem weiteren Stuhl um, damit ich nicht auf sie hinabschaue. Am Ende der Reihe steht einer aus Bambus. Ich hole ihn her und stelle ihn gegenüber von ihrem Rollstuhl auf.

Ihre Hoheit bewegt ihre knorrige Hand, als würde sie ein Fenster putzen. »Wer macht jetzt was in Ihrem Szenario?«

Ich schlucke. Das wird knifflig, weil Samir Singh zu ihren Lieblingen gehört. Sie vergöttert ihn. »Ich glaube, dass Samir Singhs Sohn Ravi in den Goldschmuggel aus dem Himalaja verwickelt ist.«

Wie ich erwartet habe, wirkt sie schockiert und erschüttert. »Was, um alles in der Welt, hat Samirs Sohn mit dem Goldschmuggel zu gewinnen? Er kommt bereits aus einer der reichsten Familien Jaipurs und wahrscheinlich ganz Rajasthans.«

»Ich habe mir genau die gleiche Frage gestellt, Eure Hoheit. Aber die Beweise deuten ganz klar auf Singh-Sharma hin. Ich kann mir nicht vorstellen, dass Samir wegen Geld seinen Ruf und den seiner Firma riskieren würde. Ich kann nur vermuten, dass Ravi seinen eigenen Weg gehen will. Wie Sie gesagt haben, kommt er aus einer reichen Familie, aber nichts von dem Reichtum gehört ihm. Vielleicht will er etwas haben, was nur ihm gehört. Ein separates Einkommen? Etwas, worüber nur er die Kontrolle hat.«

Ich mustere sie, ob irgendetwas davon bei ihr angekommen ist oder ob ich sie vor den Kopf gestoßen habe. Ich an ihrer Stelle würde wohl denken, dass ich den Verstand verloren hätte, solch prominente Mitglieder der Gesellschaft zu beschuldigen. Das Gewächshaus fühlt sich plötzlich sehr heiß an. Ich spüre, wie mir der Schweiß die Schläfe hinunterläuft.

Sie denkt nach und nimmt einen weiteren Schluck von ihrem Drink. »Was von alldem können Sie beweisen?«

»Wir haben Proben vom Unglücksort mitgenommen. Und wir können belegen, dass Quittungen gefälscht wurden.«

»Wer ist *wir*, meine Liebe?«

»Malik und ich.«

»Ach, wieder einmal Malik. Der freche kleine Teufel.«

»Malik arbeitet auf Geheiß von Mr. Agarwal mit dem Buchhalter des Liegenschaftsbüros zusammen. Malik war es auch, dem die Unstimmigkeiten als Erstem aufgefallen sind.«

»Natürlich. Dieser Junge hat die Augen einer Ziege!« Sie gackert. »Gibt es irgendjemanden, der seine Beteiligung an diesem ... Komplott bezeugen würde?«

Ich stoße langsam die Luft aus. »Nein, Eure Hoheit. Sie haben zu große Angst vor den Konsequenzen.«

Schließlich wackelt sie mit ihrem Zeigefinger. Ich schiebe den Stuhl zur Seite, und wir setzen unseren Weg fort. Sie verspritzt ein bisschen mehr Gin Tonic auf die Pflanzen.

»Sagen Sie mir, Lakshmi: Warum sind Sie sich so sicher, dass Mr. Agarwal nicht für diese Sache verantwortlich ist? Könnte es nicht sein, dass er sich das zusätzliche Geld in die Tasche steckt?«

»Das glaube ich nicht. Ich kenne Mr. Agarwal gut. Er ist von der Anschuldigung völlig am Boden zerstört. Er kommt aus bescheidenen Verhältnissen, und er ist seiner Frau und seinem Sohn in Liebe ergeben. Er nimmt seine Arbeit für den Palast sehr ernst und fühlt sich sehr geehrt, dass er diese Stelle hat. Er würde nie etwas tun, was seinen bisherigen Erfolg gefährdet. Das wäre so, als würde er sich den eigenen Arm abhacken.«

Dies ist möglicherweise das letzte Mal, dass mir eine Audienz mit Ihrer Hoheit gewährt wird. Ich gehe um den Rollstuhl herum und knie mich vor sie hin.

»Er hat einen Sohn, Nikhil, der gerade zwölf Jahre alt ist. Ein bezaubernder Junge. Solch eine Schande für seinen Vater würde das Leben des Jungen ruinieren. Das wissen Sie genauso gut wie ich. Andererseits, wenn Ravi Singh in dieser Angelegenheit für schuldig befunden wird – und ich bin mir sicher, das wird er –, kann er den Skandal unbeschadet überleben. Sein Leben wird so weitergehen wie bisher, nur eben anderswo – England, Australien oder in den Vereinigten Staaten. Samir und Parvati können und werden schon dafür sorgen.«

Ich sehe ihr noch ein bisschen länger in die Augen – habe ich nun jegliche Glaubwürdigkeit, die ich im Laufe der Jahre bei ihr aufgebaut habe, zerstört?

Dann erhebe ich mich und beginne den Rollstuhl weiterzuschieben.

»Lakshmi, wie wollen Sie das Problem lösen? Wie beweisen wir die Schuld oder Unschuld der involvierten Parteien?«

Malik und ich hatten über unseren nächsten Schritt gesprochen. »Wir gehen zum Unglücksort. Dem Royal Jewel Cinema«, erwidere ich. »Wir sehen uns an, welche Materialien wo verwendet wurden. Viel von dem Schutt ist bereits entfernt worden, aber wir können andere Bereiche überprüfen, die bei dem Einsturz nicht zerstört wurden. Wir können alle Anwesenden befragen.«

Sie seufzt. Sie wirkt erschöpft. Ich habe ein schlechtes Gewissen, weil ich der Grund dafür bin.

»Lassen Sie mich allein, Lakshmi. Ich will darüber nachdenken.« Sie trinkt ihren Gin Tonic aus. »Ich kann besser allein in der Hitze nachdenken.« Zum Abschied hebt sie ihr Glas.

Ich nehme mein Glas und stelle es auf dem Kühlschrank ab, bevor ich nach meiner Tasche greife.

Was für eine Erleichterung, das Orchideengewächshaus zu verlassen! Meine Bluse ist durchgeschwitzt. Unter meinem Sari läuft mir der Schweiß die Beine hinunter. Gierig sauge ich die Luft ein. Unterdrücke den Drang wegzurennen. Es fühlt sich an, als wäre ich um ein Haar lebendig begraben worden.

Wieder zurück bei den Agarwals, sitze ich zur Teezeit mit Kanta zusammen, als Jay anruft.

»Nun, ich will Malik oder dich nicht beunruhigen, aber ich habe Nimmi und die Kinder fortgebracht.«

Ich höre, wie sehr Jay sich bemüht, mir die Nachrichten ruhig am Telefon zu überbringen. Ich atme tief ein. »Was ist passiert?«

Am anderen Ende des Salontisches sieht Kanta mich scharf an.

»Unser Haus ist zu leicht zu finden, Lakshmi, und insbesondere wo du jetzt weg bist, sind sie und die Kinder angreifbar, wenn ich nicht da bin. Gestern Abend wurde ich ins Krankenhaus zurückgerufen …«

Er ist abgelenkt. Ich sehe ihn vor mir, wie er sich im Zimmer umsieht, sein vorsichtiger Blick auf den Fenstern verweilt, dann auf der Tür, wieder auf den Fenstern, die Ohren gespitzt, ob fremde Geräusche zu hören sind. *Hat er daran gedacht abzuschließen?*

»Geht es dir gut, Jay?«

»Alles in Ordnung. Ich höre immer Geräusche. Der alte Schäfer, den Nimmi gebeten hat, sich um die Herde zu kümmern, ist an die Tür gekommen. Sie hatte ihm gar nicht gesagt, wo wir wohnen. Wenn *er* uns so leicht finden kann …«

»Natürlich. Wo hast du sie hingebracht?«

»Meine Tante, die mich aufgezogen hat, hat jedes Jahr einen Monat in einem Kloster in der Nähe verbracht. Sie war nicht religiös, sie fand nur die Stille dort tröstlich. Sie half ihnen beim Gärtnern und Kochen und Flicken. Kam immer erholt zurück. Ich habe mit der Mutter Oberin gesprochen, und sie hat sich bereit erklärt, Nimmi und die Kinder für eine Woche aufzunehmen, bis sich alles beruhigt hat.«

Er hält inne.

»Und die Polizei?«

»Bisher nichts. Aber ich kann mir vorstellen, dass Canara seinen Betrieb für eine Weile einstellt.«

Ich denke an die Ziegelmacherin in ihrem Sari, wie sie die Tonmischung in die Holzformen hineinklatscht. Wie wird sie sich jetzt den Lebensunterhalt verdienen?

»Kannst du Malik die Telefonnummer des Klosters geben, Lakshmi? Ich glaube, Nimmi würde sich freuen, von ihm zu hören.«

27

Malik

Jaipur

Wenn es jemanden gab, der den Palast davon überzeugen konnte, einen zweiten Blick auf die Ereignisse im Royal Jewel Cinema zu werfen, dann war das Tante Boss. Sie hat diese Fähigkeit. Sie spricht auf eine Art mit den Menschen, die sie dazu ermuntert, ihr zuzuhören.

Was ich aber nicht ahnen konnte, war, dass Maharani Indira nach ihrem Besuch zu unserer Rettung kommen würde.

Wir stehen jetzt draußen vor dem Kino: Samir, Ravi, Mr. Reddy, Manu, zwei Vorarbeiter von Singh-Sharma, ein paar Palastingenieure, Tante Boss und ich.

Zu meiner Überraschung ist Sheela ebenfalls anwesend und steht nicht weit von Ravi entfernt. Sie trägt kein Kleid, sondern einen richtigen Sari aus rot-violetter Seide, vielleicht aus Respekt vor dem Anlass. Mit ihrer dunklen Sonnenbrille wirkt Sheela auf eine altbekannte Art kühl und etwas hochmütig. Sie hat das Kinn gehoben, als würde sie irgendetwas trotzen. Sie sagt nichts, spricht mit niemandem.

Ich habe keine Ahnung, was sie Ravi über uns erzählt hat oder ob Ravi die Unterstellungen erfunden hat. Ich würde gerne glauben, dass die wenigen Momente zwischen Sheela und mir, die sich echt, intim anfühlten, genau das waren, aber ich weiß es nicht mehr. Hat sie mir nur geschmeichelt, um Ravi Munition zu verschaffen?

Für die Ankunft von Maharani Latika wurde ein schmaler Streifen roten Teppichs vom befestigten Hof bis ins Foyer und direkt in den Kinosaal hinein ausgelegt. Der Wiederaufbau scheint unterbrochen worden zu sein. Die Frauen und Männer, die den Schutt wegbringen oder Zement mischen, sind nirgendwo zu sehen. Der Bereich ist sauber gefegt worden. Die Überbleibsel des Unfalls – Ziegel, Geröll, Staub, Zementbrocken – sind alle fort. Es ist nur schwer vorstellbar, dass an diesem Ort vor erst vier Tagen die schlimmste Katastrophe stattgefunden hat, die Jaipur seit Jahren erlebt hat.

Ist drinnen auch alles aufgeräumt worden? Wenn uns keine der ursprünglichen Materialien mehr zur Untersuchung zur Verfügung stehen, wie wollen wir den Palast dann davon überzeugen, dass es einen Betrug gegeben hat?

Samir wirkt ruhig. Ravi verlegen. Sie sprechen leise miteinander.

Während er Samir zuhört, gräbt Ravi seine Ferse in die Mosaikkacheln des Hofes. Manu steht näher bei Mr. Reddy, Lakshmi und mir. Es sieht so aus, als hätten wir uns alle für eine Seite entschieden.

Ich sehe, wie Samir Lakshmi gelegentlich einen Blick zuwirft, aber Tante Boss scheint fest entschlossen zu sein, den Augenkontakt mit ihm zu vermeiden.

Kanta muss Manu dazu gebracht haben, sich für dieses Treffen zu rasieren, zu baden und die Haare zu schneiden. Er wirkt dünner, aber deutlich repräsentabler als sonst seit dem

Einsturz. Er hat sogar etwas Hoffnungsvolles an sich, wie ein Kind, das darauf wartet, ob es zu Diwali ein Geschenk bekommt.

Maharani Latikas Bentley kommt an. Ihre Hoheit sitzt selbst am Steuer. Zu meiner Überraschung entdecke ich Maharani Indira auf dem Beifahrersitz. Auf der Rückbank sitzt eine Hofdame. Dem Bentley folgt eine weitere Limousine, aus der zwei Bedienstete aussteigen. Einer klappt einen Rollstuhl auf; der andere hebt die ältere Maharani vom Sitz und setzt sie vorsichtig in den Rollstuhl. Maharani Latika geht langsam neben dem Rollstuhl her, während einer der Diener schiebt.

Das Gesicht der älteren Königinwitwe leuchtet auf, als sie mich erblickt. »Malik! Mein Junge. Komm her, junger Mann.«

Die alte Königin ist die Einzige, die nicht angewiesen wurde, mich Abbas zu nennen. Automatisch werfe ich Sheela einen Blick zu. Sie nimmt die Sonnenbrille ab und starrt mich an, als würde sie Tante Boss hören, wie sie vor all den Jahren meinen Namen rief. Erkennt sie mich endlich als den Jungen wieder, den sie mit Füßen getreten hat? Ich wende mich ab.

Ich bemerke Ravis finsteren Gesichtsausdruck. Er sieht seinen Vater an, als wollte er ihn fragen, wie es nur möglich ist, dass ich die Königinnen von Jaipur so gut kenne. Es ist eine kleine Genugtuung, und es bereitet mir großes Vergnügen, während ich auf Ihre Hoheit zugehe.

Tante Boss hat mich auf den geschwächten Zustand der krebskranken Maharani vorbereitet, aber es ist dennoch ein Schock, ihre immer noch kräftige Stimme aus diesem derart geschrumpften Körper herauskommen zu hören. Ich beeile mich, ihre Füße zu berühren. Während ich mich aufrichte, nimmt sie meinen Kopf in die Hände und sieht mir in die Augen. Ihr Lächeln ist breit und fröhlich. Sie sieht Tante Boss an und sagt: »*Shabash!*« Ich sehe, dass Boss über das Urteil der Königin erfreut ist, wenn auch ein bisschen verlegen. Ich für meinen Teil bin gerührt und beeindruckt, dass sie mich wiedererkennt, obwohl ich ihrem sprechenden Sittich damals mehr Aufmerksamkeit geschenkt habe als Ihrer Hoheit selbst. Ich war acht Jahre alt, und Madho Singh faszinierte mich viel mehr als der Adel. Jetzt, mit einundzwanzig, fühle ich mich geehrt, vor ihr zu stehen.

Alle aus unserer Gruppe berühren nacheinander die Füße beider Maharanis. Die jüngere begrüßt Sheela herzlich – sie war eine erstklassige Schülerin in ihrer Privatschule. Maharani Indira hofiert Samir und Ravi und schmeichelt dem Vater, wie sehr sein gut aussehender Sohn doch nach ihm kommt, wobei sie mit beiden schimpft, dass sie sie nicht besuchen kommen. Die ganze Zeit lächelt sie gütig.

Die jüngere Maharani wirft jetzt einen kritischen Blick auf die Versammlung. »Um es noch einmal deutlich zu machen, weswegen wir heute hier sind. Wir haben Gerüchte gehört, dass beim Bau des eingestürzten Logenpfeilers minderwertiges Material verwendet wurde. Wir müssen nachprüfen, ob das stimmt. Wenn sich das bestätigt, werden wir ermitteln, wie oder warum es eingekauft oder verwendet wurde. Das Vertrauen der Öffentlichkeit ist das, was dem Palast am wichtigsten ist. Wir haben dieses Gebäude errichtet, damit sich die Öffentlichkeit daran erfreuen kann. Für uns ist es wesentlich, dass ihr Vertrauen in uns berechtigt ist und wir in Zukunft ihre Sicherheit garantieren können. Ich gehe davon aus, dass alle Parteien ihre Kooperation zugesichert haben?«

Ein paar Menschen nicken. Ravi konzentriert seinen Blick auf den Teppich unter seinen Füßen.

»Malik«, sagt die ältere Maharani. Sie krümmt einen Finger in meine Richtung und zeigt dann hinter sich. Offensichtlich soll ich sie schieben.

Als ich eine Hand auf die Rückseite ihres Rollstuhls lege, greift sie mit ihrer krallenartigen Hand hinter sich und tätschelt sie. Jetzt fällt mir auf, dass Tante Boss sie wunderschön mit Henna dekoriert hat.

»Was für ein Spaß!«, höre ich sie sagen, als würde sie dieses Treffen als einen Sonntagsausflug betrachten. Wahrscheinlich hat sie in letzter Zeit nicht sehr viele davon erlebt.

Die Maharanis und ich führen die Prozession auf dem roten Teppich an. Alle anderen folgen uns in die Lobby und dann in den Kinosaal hinein. Ich höre Tante Boss ehrfürchtig vor der Pracht der Lobby aufschreien, die intakt geblieben ist; Zerstörungen gab es nur im Saal.

Ich möchte mich zu Boss umdrehen und ihr sagen: »Sieht das nicht genau so aus, wie ich es dir in meinen Briefen beschrieben habe?«

Und wie oft schon bei anderen Anlässen denke ich daran, was für große Augen Nimmi machen würde, wenn sie all diese Pracht sähe. Aber zum ersten Mal denke ich auch: Würde sie sich in all dieser Pracht wohlfühlen?

Die Ingenieure und Facharbeiter bilden ein Spalier, durch das sich die Maharanis bewegen. Sie führen uns zu den hinteren Eingangstüren, wo keine Zeichen der Zerstörung zu sehen sind. Alle verbeugen sich, während die Maharanis sie passieren.

»Meine Güte!«, ruft die ältere Maharani aus, als sie sieht, wie riesig die Kinoleinwand ist, wie anmutig die Vorhänge fallen und wie die Orchestersitze zur Bühne hin stufenweise abgesenkt sind, sodass jeder den Film gut sehen kann. Wegen ihrer Krankheit bezweifle ich, dass sie bisher eine Möglichkeit hatte, das Kino zu sehen.

Sie wirft Ravi einen Blick zu. »Eine Anspielung auf das Pantages, nicht wahr?«

Er errötet, erfreut, dass sie die architektonische Referenz erkennt.

Ich schiebe den Rollstuhl weiter den Gang hinunter bis zur Bühne und drehe ihn dann um, sodass wir die ruinierte Loge untersuchen können. Alle folgen uns außer Samir, Ravi und Sheela, die im Eingang stehen bleiben.

Etwas stimmt nicht. Alles ist repariert worden. Die Loge sieht wieder aus wie vor dem Unglück. Die Pfeiler sind neu verputzt. Die Mohairsessel in der Loge und darunter sind neuwertig. Ebenso der Teppich. Es sieht so aus, als wäre das Unglück nie passiert.

Samir fährt sich mit dem Daumen über die Lippen, den Blick niedergeschlagen, als wollte er sich entschuldigen. »Wir waren uns nicht bewusst, dass Sie sich den Pfeiler in seinem Originalzustand ansehen wollten. Wir haben einen offensiven Zeitplan verfolgt. Die letzte Gipsschicht ist gestern aufgetragen worden.« Er blickt die jüngere Maharani an. »Eure Hoheit hatten uns angewiesen, das Kino so schnell wie möglich wieder betriebsbereit zu machen.«

Er breitet die Arme aus. »Es tut mir leid, wenn es hier nichts zu sehen gibt.«

Ich verlasse meinen Posten am Rollstuhl und gehe zu dem Pfeiler hinüber, der eingestürzt war. Mit der Handfläche reibe ich über den kühlen Putz. Als ich mich zur Gruppe umdrehe, blicke ich Tante Boss an, die genauso überrascht zu sein scheint wie ich. Auf den Gesichtern von Manu und Mr. Reddy liegt der gleiche verblüffte Ausdruck. Während wir im Liegenschaftsbüro immer noch damit beschäftigt waren, die Kostenvoranschläge für die Schäden zusammenzustellen, muss Singh-Sharma schon damit begonnen haben, den Schaden zu reparieren. Oder haben sie von dem Moment an fieberhaft daran gearbeitet, als sie davon erfuhren, dass die Maharanis die Örtlichkeiten inspizieren wollten?

Es ist Maharani Indira, die spricht, als wäre alles in Ordnung. »Was für großartige Arbeit Sie geleistet haben, Samir. Jede Einzelheit. So elegant. So angemessen. Glaubst du nicht auch, Latika?« Ihre Stimme hallt im leeren Kinosaal wider.

Maharani Latika nickt zustimmend. Sie öffnet den Mund, um etwas zu sagen, aber die ältere Frau unterbricht sie und richtet ihren Blick auf Samir.

»Glauben Sie, mein Lieber, dass Sie einen der anderen Pfeiler abreißen könnten?«

Tante Boss und ich tauschen einen Blick: *Was hat sie vor?*

»Die anderen Pfeiler?« Samir runzelt die Stirn.

»Ja. Nur damit wir sehen können, wie sie gebaut wurden. Ich würde doch annehmen, dass sie ursprünglich alle auf dieselbe Art gebaut wurden.«

Ich habe die ältere Maharani nie als einen gefälligen Menschen gekannt (tatsächlich war sie immer stolz auf ihren Widerspruchsgeist), aber sie spricht in so einem sanften, lieblichen Tonfall mit Samir.

Maharani Latika sieht sie an, als hätte sie den Verstand verloren.

Samirs Gesichtsausdruck ist halb Lächeln, halb Stirnrunzeln; sein Blick huscht zwischen den beiden Maharanis hin und her. »Sie wollen, dass wir einen der anderen Pfeiler abreißen? Von denen, die in Ordnung sind?«

»Oh, ich weiß, dass das Mühe macht. Aber so können wir all diesem Theater ein Ende setzen.«

»Ich möchte ja nicht kleinlich sein, Eure Hoheiten, aber wer bezahlt für die Zeit, die wir zur Zerstörung und zum Wiederaufbau des Pfeilers brauchen, an dem es nichts auszusetzen gibt?«

Er klingt ungläubig und sucht bei der jüngeren Königin nach Unterstützung. Aber deren Gesicht ist unergründlich. Privat mögen die beiden Königinnen nicht immer einer Meinung sein, aber in der Öffentlichkeit ziehen sie an einem Strang.

Maharani Indira lächelt anmutig. »Das werden wir bezahlen, nicht wahr, Latika? Sehen Sie, das ist die einzige Möglichkeit, diese Streitigkeit zu beseitigen. Und ich mag keine Streitigkeiten, Sie etwa?«

Ravi tritt vor. Er räuspert sich. »Aber, Eure Hoheiten, das würde bedeuten, dass das Kino noch ein oder zwei Wochen länger geschlossen bleiben muss. Dadurch entgehen Ihnen eine Menge Einnahmen durch die Eintrittskarten. Und der Film ist nur für einen Monat gemietet. Die Leihgebühr wird dann ebenfalls verloren sein.«

»Leider.« Das ist alles, was die ältere Maharani dazu sagt.

Zwischen den Königinnen herrscht eine Übereinkunft. Solange die ältere Maharani im Palast residiert, kontrolliert sie die Finanzen. Maharani Latika nickt Samir zum Zeichen ihrer Einwilligung zu. Er und Ravi schauen sich an. Sie sind nicht erfreut.

»Hoffen wir doch, dass alles in Butter ist«, bemerkt die ältere Königin. »Und wenn nicht, müssen wir vielleicht das ganze Gebäude abreißen. Und das wollen wir doch wirklich nicht tun müssen, nicht wahr?«

Als ob die Angelegenheit jetzt endgültig geklärt wäre, zitiert Maharani Indira mich mit ihrem kommandierenden Finger herbei. Und schon schiebe ich ihren Rollstuhl aus dem Kino hinaus. Wir sind fast am Lobbyausgang, als sie mit jetzt viel schwächerer Stimme sagt: »Sagst du bitte meinem Diener, dass er herkommen soll, mein lieber Junge?«

Ich beuge mich zu einer Seite, um sie anzusehen. Sie ist im Rollstuhl zusammengesunken und kämpft darum, die Augen offen zu halten. Sie ist nicht so rüstig, wie sie es die Versammlung glauben machen wollte; sie hat sich nur mächtig zusammengerissen.

Tante Boss ist zu uns gestoßen. Sie hat eine Hand der Maharani in die ihre genommen und massiert jetzt die Pulspunkte, wie sie sie nennt.

Ich pfeife ihren Dienern, die genau hier beim Wagen warten. Sie kommen gerannt. Der erste hebt sie mühelos aus dem Rollstuhl, als wäre sie federleicht; der andere klappt den Rollstuhl zusammen, und los geht es. Sie setzen sie auf die Rückbank der zweiten Limousine, die den Bentley begleitet hat. Die Hofdame steigt aus dem Bentley aus und setzt sich zur Maharani auf die Rückbank der Limousine. Ich sehe zu, wie sie aus einer Arzttasche eine Spritze herausholt und die alte Königin damit in den Arm pikst. Sie mummelt die alte Frau in Decken ein, und die Limousine rast davon.

Die ganze Szene, die sich so schnell abgespielt hat, erfüllt mich mit Sorge. Ich drehe mich zur dunklen Lobby um. Die jüngere Maharani steht mit Samir, Manu und Ravi zusammen und diskutiert vermutlich den Zeitplan für den Abriss einer der unbeschädigten Pfeiler. Während der Pfeiler entfernt und neu gebaut wird, muss die Loge abgestützt werden. Mr. Reddy und Sheela stehen auf der Seite, so wie die Ingenieure und Vorarbeiter.

Wir haben heute eine Art Sieg errungen. Wenn die anderen Pfeiler mit minderwertigem Material gebaut wurden, bekommen wir, was wir haben wollten. Vielleicht können wir Manus Ruf und seinen Job doch noch retten.

Aber die Königinwitwe, die mir einst ihren kostbaren Madho Singh geschenkt hat und immer erfreut schien, mich zu sehen, als ich noch ein Junge war, wird offensichtlich das Ende dieses Jahres nicht mehr erleben. Und das bedrückt mich, wie mich schon lange nichts mehr bedrückt hat. Es lässt mich sehnsüchtig an Nimmi denken und wie sie mich anschaut, wenn sie weiß, dass ich den Trost ihrer Arme brauche.

Gestern Abend, als ich die Agarwals besucht habe, gab Boss mir die Telefonnummer des Klosters. Als ich darum bat, mit Nimmi sprechen zu können, sagte die Novizin, sie würde die Mutter Oberin fragen. Es dauerte schier eine Ewigkeit, doch dann hörte ich, wie der Hörer wieder aufgenommen wurde.

»Bitte identifizieren Sie sich«, befahl eine resolute Stimme. Die Mutter Oberin. Ich sagte ihr, wer ich war, dass ich das ehemalige Mündel von Dr. Jay und Lakshmi Kumar war. Ich nannte ihr unsere Adresse in Shimla.

»Wie heißen die Kinder?«, fragte sie.

»Chullu und Rekha.«

Sie bat mich, einen Moment zu warten. Ich hörte ein Schlurfen im Hintergrund, das Murmeln von Stimmen und dann einen langen Atemzug.

»Nimmi?« Keine Antwort. Ich versuchte es noch mal. »Hallo?«

»*Hahn?*«

Sie war es! Mein Herzschlag beschleunigte sich. »*Theek hai?*«

»*Hahn.*« Dann Stille.

»Stimmt irgendetwas nicht?«

Sie senkte ihre Stimme zu einem Flüstern. »Ich habe noch nie zuvor ein Telefon benutzt! Mache ich das richtig?«

Ich lächelte entzückt. »*Zaroor!* Lakshmi hat mir erzählt, dass du ein ganz schönes Abenteuer erlebt hast.«

»Der Doktor ist so gut zu uns gewesen, Malik. Jetzt sind wir bei den Nonnen. Es ist schön hier. Friedlich. Ich arbeite in ihrem Garten. Rekha und Chullu gefällt es hier ebenfalls.«

Ich hörte Rekha etwas murmeln, als ihr Name fiel. »Sie will mit dir reden. Sie sieht zu, wie die Nonnen das Telefon benutzen, und sie will es unbedingt einmal ausprobieren«, sagte Nimmi.

Als Rekha am Apparat war, fragte sie: »Bringst du mir einen Regenbogen mit? Wann? Wird es bald sein? Tante Lakshmi hat mir gesagt, dass wir nicht sehen können, wie schön er ist, wenn wir im Regenbogen leben. Stimmt das?«

Bevor ich entscheiden konnte, welche Frage ich zuerst beantworten sollte, nahm Nimmi ihr den Hörer ab. »Kommst du bald nach Hause?«

»Ich muss mit Boss darüber sprechen.«

»Ich verstehe.« Sie klang resigniert. Wir hatten uns bereits darüber unterhalten. Nimmi hat das Gefühl, dass Lakshmi zu viel von mir bekommt, sie hingegen zu wenig. Ich habe versucht, ihre Eifersucht zu zerstreuen, aber das scheint sie nur wütend zu machen. »Ich habe darüber nachgedacht, Malik, wie viel sicherer ich doch bei meinem Stamm war. Vielleicht war es falsch von mir, ihn zu verlassen und zu glauben, dass das Leben in der Stadt besser wäre. Es ist für uns nur schlimmer geworden.«

Das klang nach einer anderen Nimmi, nicht nach der, die Lakshmi mir beschrieben hat. Jene Nimmi war der Spur der Schafe ihres Bruders in die Berge gefolgt; sie hatte die Leiche ihres Bruders zurückgebracht; sie hatte seine Herde geschoren. Diese Nimmi hatte sich ein eigenes Leben in Shimla aufgebaut, ihr Wissen über die Pflanzen des Himalaja genutzt, ihre Intelligenz und ihren schieren Willen. Sie ließ alles, was sie kannte, hinter sich – ihre traditionelle Lebensweise mit dem Stamm, ihre Muttersprache, Menschen, die sie liebte. Sie sorgte dafür, dass ihre Kinder gesund und gut ernährt waren. Und doch, wie völlig allein sie war – *akelee*.

»Ich liebe dich«, platzte ich heraus. Mir war bis dahin gar nicht klar gewesen, welch starke Gefühle ich für sie hegte. Aber in dem Moment, wo ich es sagte, wusste ich, dass ich ihr das mitteilen musste; sie musste es hören.

Einen Moment lang sprach keiner von uns ein Wort.

»Wir werden zusammen sein, Nimmi. Du musst mir vertrauen.«

28

Lakshmi

Jaipur

Ich sehe vom Vordersitz des Agarwal'schen Autos Nikis Kricketspiel zu. Am Seitenrand des Kricketfeldes steht Malik neben Kanta und feuert Niki an. Ich sehe meinem Neffen zu, wie er den zweiten Spin Bowl geschickt umgeht und das Spielfeld überquert. Er ist gut in diesem Spiel. Jay ist der Kricketfan in unserem Haus, aber ich glaube, ich könnte ebenfalls lernen, dieses Spiel zu lieben.

Nachdem die Maharanis gestern das Royal Jewel Cinema besucht hatten, erzählte Manu uns, dass Maharani Latika Singh-Sharma Construction drei Tage Zeit gegeben hat, um die Loge abzustützen und *alle* Pfeiler zur Inspektion zu öffnen, selbst diejenigen, die vor Kurzem neu aufgebaut und verputzt worden waren. Fast sofort verschwand die Niedergeschlagenheit aus seiner Haltung, und seine Hoffnung wuchs, dass er rehabilitiert werden würde. Er ist wieder zu seiner Arbeit zurückgekehrt. Die Spannung im Haushalt der Agarwals hat sich aufgelöst. Morgen wird Niki wieder zur Schule gehen.

Es ist früh am Abend, und die unbarmherzigen Anschläge der Sonne haben allmählich nachgelassen und einer angenehmen Brise Platz gemacht. Wieder einmal hat Malik mich mit einer Thermoskanne voll sahnigem Chai ins Auto gesetzt.

Vorhin habe ich Jay angerufen, um ihn auf den neuesten Stand zu bringen. Er hatte selbst auch Neuigkeiten zu verkünden. Gestern rief er in seiner Alma Mater, der Bishop-Cotton-Jungenschule, an und fragte, ob es unter den Absolventen irgendeinen hochrangigen Polizeichef gebe. Wie sich herausstellte, gibt es einen in Chandigarh. Jay rief ihn an, um ihm von dem Gold zu erzählen, das wir an den Schafen gefunden hatten. Der stellvertretende Polizeichef sagte, sie hätten auf einen Durchbruch wie diesen gehofft, denn sie waren auf der Suche nach einer Verbindung zu Chandigarh Ironworks, die sie schon seit einer Weile unter Beobachtung hielten. Innerhalb eines Tages setzte der Polizeichef eine Razzia in den Büros von Canara an. Sie konnten eine Ladung Gold beschlagnahmen, aber sie schafften es nicht, an die Namen der Händler heranzukommen.

»Schließt das auch Ravi Singh mit ein?«, wollte ich wissen.

»Ja, aber die Papierspur ist nicht astrein. Sie werden es ihm nicht nachweisen können.«

»Zumindest ist Nimmi jetzt sicher, *hahn-nah*?«

Er sagte Ja. Nimmi arbeitet jetzt wieder im Heilkräutergarten, aber ihre Kinder bleiben tagsüber immer noch im Kloster, und nachts schlafen sie alle drei dort, zumindest bis ich wieder zu Hause bin.

Was für eine Erleichterung! Als ich Malik davon erzählte, beugte er sich nieder, um meine Füße zu berühren, was mich zum Lachen brachte. Denn der echte Held ist doch Jay. Ich denke an diese eine widerspenstige Haarlocke, die sich nie benimmt und die ich so gerne wieder zurückstreiche.

Ich bin so in Gedanken versunken, dass ich nicht mitbekomme, wie sich die Hintertür des Wagens öffnet und wieder schließt.

»Wie der Vater, so der Sohn.«

Als ich Samirs Stimme höre, kippe ich fast die Tasse Chai in meinen Händen aus. Mein Herz hämmert in meiner Brust, meine Finger zittern. Ich recke den Hals, um ihn auf der Rückbank hocken zu sehen, seine Ellbogen ruhen jetzt oben auf dem Vordersitz. Sein Gesicht ist nur Zentimeter von meinem entfernt.

Er lächelt mich mit diesen braunen Marmoraugen an, meine Verwirrung amüsiert ihn. Der Geruch seiner Zigaretten, der Kardamomsamen, die er kaut, und seines lieblichen Aftershaves ziehen durch den Wagen. Ich bin Samir seit zwölf Jahren nicht mehr so nah gewesen. Ich habe seinen Blick auf mir ruhen gespürt, als wir mit den Maharanis im Royal Jewel Cinema waren, aber ich hatte mich geweigert, ihn anzusehen. Seine Familie versuchte wieder einmal, denen zu schaden, die ich liebe.

Aber Samir verströmt eine Energie, die beinahe mit Händen zu greifen ist, die sich nur schwer ignorieren lässt, wenn er so nah ist. Klopft mein Herz jetzt aus Angst oder vor Aufregung so wild? Ich hatte mich immer gefragt, wie es sein würde, diese braunen Lippen zu küssen, deren untere innen einen rosa Halbmond entblößt. Und eines Tages fand ich es heraus.

»Warum bist du hier?«, frage ich ihn schließlich, nachdem ich meine Stimme wiedergefunden habe.

»Aus demselben Grund wie du.« Er hebt einen Finger, um auf das Spiel zu zeigen. »Wusstest du, dass ich nie eines von Ravis Spielen im Mayo College verpasst habe? Ich habe meine beiden Jungs im Hinterhof unterrichtet. Ravi verfügt über das gleiche natürliche Selbstvertrauen wie Niki. Im Bruchteil einer Sekunde wusste er, ob es sich lohnte, den Ball zu schlagen oder nicht. Und manchmal schlug er sogar zu, wenn er wusste, dass er ihn lieber sausen lassen sollte. Und ob du es glaubst oder nicht, Lakshmi, er traf ihn punktgenau. Und hat einen Zähler oder zwei erzielt.«

Treffer! Die Zuschauer am Spielfeldrand schreien auf. Ich drehe mich um, um einen Blick auf das Spielfeld zu werfen. Niki hat gepunktet. Ich sehe, wie Malik zum Pfeifen zwei Finger in den Mund steckt. Kanta applaudiert mit hoch erhobenen Armen.

Samir spricht wieder. »*Der Apfel fällt nicht weit vom Stamm.* Ralph Waldo Emerson hat das 1839 gesagt. Aber ich glaube, dass das schon seit Menschengedenken zutrifft, nicht wahr? Niki Agarwal hat Ravis Körperbau. Er ist genauso groß wie Ravi in dem Alter war. Und die Art, wie er läuft! Es ist praktisch so, als würde ich Ravi zuschauen, wie er über das Feld läuft.«

Kanta hat es sich also nicht eingebildet, dass Samir Niki beim Spielen auf dem Kricketplatz beobachtet. Er hat es herausgefunden. Er weiß, dass Niki Ravis Sohn ist. Dass er Radhas Sohn ist.

Hätten wir den Palast und Samir nicht angelogen, wäre Nikhil jetzt Kronprinz und der nächste Maharadscha von Jaipur. Aber ihnen zu sagen, dass sein Herz zu langsam schlug, war die einzige Möglichkeit, wie wir den Adoptionsvertrag mit dem Palast auflösen konnten und Radha ihr Baby behalten konnte.

Wie war Samir meiner Lüge auf die Spur gekommen?

»Wann hast du es erfahren?«, frage ich langsam, um meine Nervosität nicht zu verraten.

Mein Blick ist immer noch auf das Spiel konzentriert, aber aus dem Augenwinkel sehe ich, wie sein Kinn auf seiner geschlossenen Faust ruht. Seine Haltung ist so entspannt, dass wir genauso gut über das Wetter reden könnten.

»Ich bin letzten Sommer einmal vorbeigekommen. Habe ihn zufällig spielen sehen. Ich hatte Sehnsucht nach meinem früheren Leben. Nach der Zeit, bevor meine Jungs erwachsen wurden. Als Ravi hier immer Kricket gespielt hat. Als ich noch ein einfacher Architekt war, der die Gebäude entwarf, die ich bauen wollte. Bevor ich in das große Baugeschäft eingestiegen bin. Bevor du uns vorgeschlagen hast, dass die Singhs in die Sharma-Familie einheiraten sollten.« Er dreht den Kopf ein bisschen, sodass ich jetzt seinen Atem auf meiner Wange spüren kann.

Ich rutsche auf meinem Sitz herum und lehne mich gegen die Tür der Beifahrerseite, damit ich ihn besser sehen kann. Vielleicht will ich auch einfach nur mehr Abstand zu ihm bekommen. »Wenn ich mich richtig erinnere, warst du alles andere als unglücklich über die geschäftliche und persönliche Verbindung.« Ich bin erleichtert, dass wir jetzt nicht mehr von Niki sprechen.

»Oh, das war ich. Ich wusste damals nur nicht, wozu das letztlich führen würde.«

»Soll heißen?«

»Ich dachte, was für eine großartige Gelegenheit zur Expansion das wäre«, sagt Samir jetzt. »Ich hoffte, dass meine Söhne als Architekten, Bauunternehmer, Ingenieure oder was auch immer sie wollten irgendwann in mein Geschäft einsteigen würden. Govind sollte sich uns anschließen, wenn er mit seiner Ausbildung in den Vereinigten Staaten fertig ist. Ich wollte den Jungen mein Geschäft als Vermächtnis hinterlassen.« Er klingt wehmütig.

»Und so ist es doch auch gekommen, oder? Ravi arbeitet mit dir zusammen. Und Govind – wann kehrt er aus Amerika zurück?« Ich kann das Spiel nicht länger hören. Es ist so, als hätte sich jede Zelle meines Körpers allein auf Samirs Stimme eingestellt.

Statt zu antworten, greift er in seine Hosentasche. Ich denke, dass er mir Fotos von seinem jüngeren Sohn zeigen will, stattdessen zeigt er mir ein ramponiertes Bild von Ganesh-*ji*, dem Elefantengott. Es ist aus schwerem Karton, ungefähr in der Größe einer Spielkarte. Offensichtlich ist es häufig in die Hand genommen worden. »Als ich das letzte Mal mein Horoskop habe erstellen lassen, war ich zwölf. Ich wollte dem Diagramm nicht glauben, das meine Eltern zu meiner Geburt hatten erstellen lassen, also ging ich zu einem Brahmanen-*Pandit* hier in der Pink City.«

Er dreht die Karte um. In der Mitte ist ein Kreis, der mit einer Art Gitter ausgefüllt ist, und Dreiecke in allen Ecken. In jedem Feld steht eine Zahl. »Natürlich weiß nur der *Pandit*, was all diese Zahlen bedeuten, aber ich kann mich immer noch an das erinnern, was er gesagt hat.«

Er hält inne.

»Was?«

»Er sagte, dass ich ins Ausland reisen würde. Ich würde große Dinge vollbringen. Ich würde eine Menge Geld verdienen. Aber ich würde nicht in der Lage sein, es zu behalten.« Er blickt mir in die Augen. »Es war die gleiche Vorhersage wie in meinem Babyhoroskop.«

»Du warst enttäuscht?«

»Nun, ich bin ins Ausland gegangen – nach Oxford. Das stimmt. Ich habe meine eigene Firma gegründet und sie dann mit Sharma zusammen erweitert. Das stimmt. Ich habe einen Haufen Geld verdient. Das stimmt. Und jetzt werde ich alles verlieren.«

Samir steckt die Karte wieder in die Hosentasche.

»Gestern Abend habe ich Ravi gefragt, was wir finden werden, wenn wir die anderen Pfeiler unter der Loge öffnen. Er sagte mir, dass wir billige Ziegelsteine und schlecht gemischten Zementmörtel finden würden. Ich sagte: Du hast mich angelogen? Er erwiderte, dass ich nicht wie mein Vater zur indischen Armee gegangen sei, warum sollte er also ins selbe Geschäft einsteigen wie ich? Er sagte mir, dass er beweisen wollte, dass er etwas aus eigener Kraft schaffen könnte.«

Er seufzt. »Ich glaube, den Rest kennst du, nicht wahr?« Er legt seine Wange auf seine Hand und dreht seinen Kopf zu mir.

Ich sollte ein Triumphgefühl verspüren, doch stattdessen fühle ich nur Traurigkeit. »Er hat billigeres Material für das Royal Jewel Cinema gekauft und die Rechnungen gefälscht, damit sie höhere Beträge ausweisen, nicht wahr? Dann hat er das gesparte Geld verwendet, um eine Goldschmuggelroute nach Jaipur zu finanzieren. Und er hat diese billigen Ziegelsteine verwendet, um das Gold zu transportieren.«

Samir nickt leicht.

»Aber wie hat er die Inspektoren zum Narren gehalten?«

Samir reibt Daumen und zwei Finger seiner freien Hand aneinander. *Bakschisch.*

Durch das offene Fenster fliegt eine Biene in den Wagen. Sie landet auf Samirs Hemdsärmel. Zum ersten Mal bemerke ich, dass Samirs Hemd zwar sauber ist, aber zerknittert – für ihn unüblich. Seine Krawatte, ohne die er niemals geht, hat er achtlos in seine Hemdtasche gestopft. Und mir steigt ein Geruch in die Nase: Scotch. Ich erinnere mich daran, wie gerne er in den Vergnügungshäusern Karten gespielt und ein oder zwei Drinks genommen hat. Ist er dort gewesen?

Samir sieht zu, wie die Biene auf seinem Arm im Kreis herumläuft und schnippt sie vorsichtig auf das Fenster zu. Sie fliegt hinaus.

»Sind die Pfeiler der Loge der einzige Teil des Kinos, die betroffen sind?«

Er schüttelt den Kopf und stößt sich vom Vordersitz ab. Auf der Rückbank sinkt er in sich zusammen und mustert den Wagenhimmel. »Wir werden das Gebäude auseinandernehmen müssen. Das retten, was sich retten lässt. Aber wir müssen es praktisch von Grund auf neu aufbauen.« Jetzt sieht er wieder mich an. »Es wird das Geschäft ruinieren, aber ich will Jaipur mit unbeschädigtem Ruf verlassen. Den wird Ravi nicht zerstören. Tatsächlich fließt das, was er mit dem Verkauf des Goldes eingenommen hat, in den Wiederaufbau des Royal Jewel Cinema.«

»Du wirst Singh-Sharma aufgeben?«

»Ich habe keine andere Wahl. Memsahib hat gesprochen. Parvati – natürlich war sie bei Ravis Geständnis mit dabei – sagt, dass wir den Betrieb einstellen, sobald wir das Kino wiederaufgebaut haben, und dann nach Amerika ziehen. Sie hat von Freunden gehört, dass es eine großartige Gemeinschaft für Ruheständler in Los Angeles gibt.«

»Ruhestand? Aber du bist doch erst …«

»Zweiundfünfzig. Erinnere mich nicht daran. Sie hat alles durchdacht.«

»Warum überrascht mich das nicht?«

»Wir werden in die Immobilienbranche gehen.« Er kratzt sich den Stoppelbart am Kinn. »Ohne eine Lizenz kann ich in Amerika nicht als Architekt arbeiten, und ich bin zu alt, um wieder zur Schule zu gehen. Also wird es die Immobilienbranche.«

»Und was ist mit Ravi? Und Govind?«

Er rutscht zentimeterweise vor und legt seine Arme wieder oben auf dem Vordersitz ab. »Govind hat uns bereits mitgeteilt, dass er in New York in die Finanzbranche geht, nicht ins Ingenieurswesen. Er hat eine amerikanische Freundin. Will nicht wegen einer arrangierten Ehe zurückkehren. Und Ravi … Nun, wahrscheinlich wird er mit mir zusammen in Los Angeles im Immobilienbereich arbeiten.« Er schenkt mir ein schiefes Lächeln. »Wie es aussieht, wird Sheela mit ihrer Schwiegerfamilie zusammenleben müssen, ob ihr das gefällt oder nicht.«

Ich hole tief Atem und drehe mich um, sodass ich wieder nach vorne schaue. Das Spiel scheint bald zu Ende zu sein. Wir sehen noch eine Weile zu.

»Du schuldest Manu Agarwal eine Entschuldigung«, bemerke ich.

Samir schweigt.

»Ich habe Maharani Latika berichtet, was Ravi mir gesagt hat. Sie ist natürlich enttäuscht und aufgebracht, denn die Katastrophe wird als Fehler des Palastes in Erinnerung bleiben. Aber Manus Arbeitsplatz ist sicher«, sagt er dann.

Samir wird sich nicht persönlich bei Manu entschuldigen. Hatte ich das wirklich von ihm erwartet? Entschuldigen sich die Singhs jemals bei irgendjemandem? Zumindest wissen die Maharanis jetzt, dass es nicht Manus Schuld war.

Ich spüre, wie Samir über meine Wange streicht, und neige meinen Kopf von ihm weg.

»Die Ehe mit Jay bekommt dir. Ich vermisse seine Freundschaft, aber du kannst nicht befreundet sein, wenn du in dieselbe Frau verliebt bist.«

Mir klappt die Kinnlade herunter. In meinen Ohren pocht das Blut. Aber ich wage es nicht, mich umzudrehen.

Vor dreizehn Jahren hätte ich diese Worte begrüßt. Zu wissen, dass ihm so viel an mir liegt. Heute nicht.

Ich kann diese Unterhaltung nicht führen. Ich liebe meinen Ehemann. Ich hätte Samir lieben können, aber Parvati machte ihren Anspruch auf ihn schon vor langer Zeit klar. Sie trifft die wesentlichen Entscheidungen in ihrer beider Leben. Und er lässt sie machen. Ist er deshalb ein schwacher Mann? War er immer der weniger mächtige Singh, und mir fiel es nur nicht auf? Oder ist er einfühlsamer, als ich es ihm zugestehen will? Ist schließlich nicht Parvati diejenige, die sich immer um die Katastrophen in der Familie kümmert?

Ich räuspere mich. »Versuche nicht, Nikhil zu kontaktieren. Niemals.«

Von der Rückbank höre ich ein Geraschel. Er öffnet ein neues Päckchen Zigaretten. »Der Umzug nach Amerika wird dabei helfen.«

Ich höre das Klicken des goldenen Feuerzeugs. Zigarettenrauch zieht durch den vorderen Teil des Autos, als er ausatmet.

Draußen auf dem Kricketfeld ist das Spiel vorbei. Die Spieler geben einander die Hand. Privatschuletikette. In der Entfernung lächeln Malik und Kanta strahlend und warten darauf, dass Niki zu ihnen kommt.

Ich höre, wie die hintere Tür geöffnet wird. Im Seitenspiegel sehe ich, wie Samir aussteigt und neben meinem Fenster stehen bleibt.

»Samir?«

»Ja?«

»Wenn Manu irgendein Anhaltspunkt dafür ist, was Niki einmal werden wird, hat Ralph Waldo Emerson recht. *Der Apfel fällt nicht weit vom Stamm.*«

Ich sehe zu ihm hoch. Er lächelt mich an. Dann salutiert er militärisch und schlendert davon.

29

Malik

Jaipur

Als wir alle erfahren, dass Singh-Sharma das Royal Jewel Cinema wieder instand setzen wird und dass Manu auf seinen Posten als Direktor des Liegenschaftsbüro zurückkehrt, entschließen wir uns, das mit einem Festessen zu feiern. *Saasuji* hat ihr spezielles *Chole Subji* und Nikis Lieblingskuchen gemacht. Baju bereitet *Dal*, Reis, ein Okra-*Subji* und Kartoffel-*Pakoras* zu. Manu bringt *Besan Laddus*, Cashew-*Burfis* und *Kheer* mit Pistazien aus dem Süßigkeitenladen mit. Weder Tante Boss noch ich hatten in der ganzen Zeit eine Chance, Briefe nach Hause zu schreiben, also rufen wir Jay an.

Ich höre, wie Jay Boss mitteilt, dass Nimmi und die Kinder wieder zu Hause sind, weil sich die Lage beruhigt hat; sein Polizeikumpel hat die Gefahr gebannt.

Ich bitte darum, mit Nimmi sprechen zu können.

»Rekha hat heute Geburtstag.« Nimmi klingt glücklich. Im Hintergrund höre ich Rekha für sich selbst »Happy Birthday«

singen. »Dr. Jay und ich haben einen Kuchen gebacken. Und weißt du was?«

Schlagartig wird mir bewusst, wie sehr ich es vermisse, in Shimla zu sein. »Was?«

»Ich habe Rekhas Namen draufgeschrieben. In Hindi!« Sie lässt ihr reizendes tiefes Lachen erklingen.

»Du solltest ihn sehen! Er ist so schön!« Rekha hat sich den Telefonhörer von ihrer Mutter geschnappt. Ich lache und sage ihr, dass ich ein Geburtstagsgeschenk für sie habe. »Ein Geschenk?«, fragt sie, bevor Nimmi das Telefon wieder übernimmt.

»Bitte, Malik, keine weiteren Grillen! Wir können die, die Rekha aus dem Käfig gelassen hat, nicht wiederfinden!«

Ich höre das Lächeln in ihrer Stimme und ertappe mich beim Grinsen. Ich stelle mir ihr Gesicht vor, wenn ich ihr die Goldkette um den Hals lege. Durch das Telefon höre ich Madho Singh *»Namaste! Bonjour!* Willkommen!« rufen. Er muss ahnen, dass sie mit mir reden.

Ich reiche Tante Boss wieder das Telefon, damit sie sich von ihrem Ehemann verabschieden kann. »Wir kommen morgen wieder nach Hause«, sagt sie zu ihm.

Als sie auflegt, bemerke ich: »Du hast *wir* gesagt.«

»Das habe ich.«

»Ich dachte, du wolltest, dass ich hierbleibe und von Onkel Manu lerne?«

Sie lacht und nimmt meinen Arm, um mich von der Familie weg zur vorderen Veranda der Agarwals zu führen. »Malik, warum wollte ich, dass du nach Jaipur fährst?«

»Um das Baugewerbe zu erlernen.«

Sie lässt sich auf die Verandaschaukel sinken und klopft auf die Sitzfläche neben sich. Ich setze mich. »Ist dir das gelungen?«

»Ja.«

Sie nickt. »In deiner Zeit hier hast du genug über das Geschäft gelernt, um zu erkennen, wenn etwas nicht stimmt. Warum sonst wollte ich, dass du herkommst?«

»Damit ich mich nicht mit … bestimmten Arten von Menschen einlasse.«

»Ist dir das gelungen?«

Ich kneife die Augen zusammen, nicht sicher, was sie von mir hören will. »Nun, ich weiß, dass ich mich nicht mit Menschen wie Ravi Singh einlassen will. Aber das wusste ich schon damals, als er sich mit Radha eingelassen hat.«

Sie lächelt mich schwach an. »Es gibt also keinen Grund mehr, warum du hierbleiben solltest. Ich glaube, den hat es auch nie gegeben. Nimmi hat mich gebeten, dich gehen zu lassen. Sie sagte mir, dass du vieles nur tust, weil du dich mir gegenüber verpflichtet fühlst.«

Ich will ihr widersprechen, aber sie legt mir die Hand auf den Arm, um mich davon abzuhalten. »Ich habe eine Menge darüber nachgedacht, und sie hat recht, Malik. Du bist jetzt dein eigener Herr. Schon seit einer ganzen Weile. Ich glaube, ich habe die Grenzen überschritten. *Maaf kar dijiye.*«

»Warum bittest du mich um Vergebung, Tante Boss? Wenn wir nicht hier in Jaipur gewesen wären, stell dir nur vor, was mit Manu hätte passieren können. Und Niki. Ich bin froh, dass wir hergekommen sind.«

Sie wirkt skeptisch, als würde sie mir gern glauben, könnte es aber nicht.

»Aber jetzt ist es Zeit, wieder nach Hause zu gehen. Da stimme ich dir zu.«

Jetzt beginnt sie zu lächeln.

»Abgesehen davon habe ich Niki dabei geholfen, ein Kricketstar zu werden. Ich zähle darauf, dass er uns dabei hilft, unsere Millionen zu verdienen.« Wir lachen gemeinsam.

Vögel zwitschern im Hof der Agarwals. In der Abenddämmerung blitzen die Scheinwerfer von Rollern und Autos zwischen den Stäben das Eisenzauns auf. Wir hören dem Hupen der *Tongas*, dem Klirren der Fahrradklingeln und den Rufen der Rikschafahrer zu, die nach Passagieren suchen.

»Was willst du *wirklich* tun, wenn wir wieder in Shimla sind, Malik?«

»Ich habe schon darüber nachgedacht. Etwas, was Nimmi und ich gemeinsam machen können.« Ich beuge mich vor, die Ellbogen auf den Knien, die Hände gefaltet. »Boss, ich möchte sie heiraten. Sie ist genau die, die sie zu sein vorgibt. Sie spielt mir nichts vor.« Natürlich denke ich bei diesen Worten an Sheela. So verführerisch sie auch war, wusste ich doch, dass es falsch gewesen wäre, mich mit ihr einzulassen. Ich hätte mich erbärmlich gefühlt.

Ich drehe den Kopf zur Seite, um meine Mentorin anzuschauen. »Ich bin ein nicht praktizierender Moslem ohne Kaste. Ich habe keine Ahnung, wohin meine Mutter ging, nachdem sie mich bei Omi gelassen hat. Und meinen Vater habe ich nie gekannt. Omi und ihre Kinder kamen für mich einer Familie am nächsten, aber ihr Ehemann hat es mir schon seit Jahren nicht mehr erlaubt, einen von ihnen zu treffen.« Ich blicke auf meine Hände hinunter. »Nimmi und ich sind uns ähnlich. Sie ist Hindu, hat aber ebenfalls keine Kaste. Sie ist nicht mehr bei ihren eigenen Leuten, ihrem Stamm. Wir beide – wir verstehen, was es heißt, entwurzelt sein.«

»Entwurzelt? Aber Malik, du bist Mitglied unserer Familie. Jay und Radha und ich. Und jetzt Radhas Ehemann Pierre und ihre Töchter …«

Ich lege meine Hand auf ihre, um sie zu beruhigen. »Nimmi und ich gehören nicht dazu. Nicht richtig. Zu keinem bestimmten Glauben, keinen bestimmten Traditionen. Aber wir können uns unsere eigenen Traditionen gestalten. Die einhalten, die uns gefallen, und die aufgeben, die wir nicht mögen.«

Ihr Gesicht kann ihre Anspannung nicht verbergen. Sie ist erschüttert. Sie ist immer noch so attraktiv wie damals, als ich ihr durch Jaipur zu folgen begann. Da war sie nur wenige Jahre älter als Nimmi heute. Aber jetzt sind ihre Schläfen silbern, und feine Linien ziehen sich um Augen und Mund.

»Ich meine damit nicht, dass ich mich von dir oder Dr. Jay oder Radha lossagen will – ganz und gar nicht! Ich weiß gar nicht, was ich ohne dich tun würde. Aber ich bin jetzt bereit für meine eigene Familie, Tante Boss. Ich bin bereit.«

Sie blinzelt. Blickt hinaus in die dunkle Nacht.

»Ich weiß, dass es dir lieber wäre, wenn ich eine gebildete Frau heirate. Jemand Vornehmes. Bedeutendes. Aber das bin ich nicht. Nimmi und ich, wir passen gut zusammen. Wir verstehen einander. Und ich liebe ihre Kinder. Und jetzt, wo sie dank dir begonnen hat, Hindi zu lesen und zu schreiben, wer weiß, wie weit sie noch kommen wird?«

Eine Weile bleiben wir schweigend sitzen, denken beide über Dinge nach, die wir nicht aussprechen.

»Es gibt noch etwas, worüber ich mit dir reden möchte.«

Sie braucht einen Moment, aber sie erwidert meinen Blick. Ich drehe mich um, sodass ich ihr ins Gesicht schaue.

»Was, wenn wir deinen Heilkräutergarten in ein Ausbildungszentrum für andere Kräuterkundige verwandeln würden? Was, wenn wir ein Gewächshaus bauen würden, um die Pflanzen zu verbreiten, die du bereits angebaut hast, und sie an andere Kräuterheilkundige in Indien zu verkaufen? Ich verstehe etwas vom Geschäft, und den Rest kann ich mir erarbeiten. Und …« Ich stehe auf und beginne auf der Veranda auf und ab zu gehen. »Ich habe genug vom Baugewerbe gelernt, um den Bau eines Gewächshauses zu leiten. Radhas Ehemann könnte uns beim Entwurf helfen. Das Krankenhaus hat Land, auf dem wir bauen könnten. Nimmi könnte dir weiterhin im Garten und im Gewächshaus helfen.«

Ich laufe jetzt schneller und versuche mit meinen Gedanken Schritt zu halten. »Dein Name ist unter Kräuterheilkundigen bereits wohlbekannt. Sobald wir einmal beginnen, unsere Heilkundigen zu unterrichten und unsere eigenen Produkte zu verkaufen, können wir das verdiente Geld nutzen, um die Gemeindeambulanz zu erweitern.«

Lakshmi sieht mich mit weit aufgerissenen Augen an. »Du hast große Pläne, Malik. Woher sollen wir das Geld für den Bau des Gewächshauses bekommen?«

»Das ist der leichte Teil.«

Ich denke an Moti-Lal. Ich denke an Maharani Indira und Maharani Latika. Ich denke an Tante Kanta. Wie schwer wäre es wohl, das Startkapital zusammenzubekommen? Das Krankenhaus muss über einen Kapitalfonds verfügen, aus dem wir vielleicht den Rest erhalten könnten – ich muss mit Dr. Jay darüber reden. Ich weiß, woher man die besten Materialien bezieht. Wo ich die Ingenieure finde. Und Pierre ist ein versierter Architekt. Es ist möglich.

Ich halte inne und bleibe vor ihr stehen. Dann beuge ich mich vor, um ihr direkt in die blaugrünen Augen zu schauen. »Erinnerst du dich daran, wie sehr du ein Geschäft eröffnen und deine Lavendelcremes und das *Bawchi*-Haaröl und das kühlende Vetivergraswasser verkaufen wolltest, als wir noch in Jaipur lebten? Nun, das kann jetzt Realität werden. Ich will, dass es für dich Realität wird. Für mich. Für Nimmi. Und Jay wird seine Ambulanz erweitern können.«

Ihr Gesicht, das ich so gut kenne, leuchtet in Anbetracht der Möglichkeiten auf. Ihre Augen strahlen, während ihr ganz offensichtlich tausend Gedanken auf einmal durch den

Kopf schießen. Sie braucht eine Weile, aber dann verzieht sie die Lippen zu dem Lächeln, das mir sagt, dass ich sie glücklich gemacht habe.

»Lass uns mit Jay reden, sobald wir zu Hause in Shimla sind«, sagt sie.

Wir mieten uns eine *Tonga*, die uns zum Palast der Maharanis fährt, so wie wir das früher gemacht haben, damit die Wachen uns nicht für irgendwelche *Ara-Garra-Nathu-Karas* hielten, die sich keine Pferdekutsche leisten konnten. Die Agarwals wollten uns in ihrem Wagen hinbringen, aber Tante Boss und ich sind der Ansicht, dass wir das hier allein tun müssen. Wir halten hier auf unserem Weg zum Bahnhof von Jaipur an, von wo aus wir den Zug nach Hause nehmen wollen. Aber eine Sache steht fest: Wir werden nicht wieder zwölf Jahre warten, um Manu, Kanta und Niki wiederzusehen.

Als das Gefährt am Eingang zum Palast der Maharanis ankommt, bitten wir den Fahrer, mit unserem Gepäck auf uns zu warten. Ich helfe Tante Boss beim Aussteigen aus der *Tonga*, und dann nehmen wir unser Paket mit zum Wachhäuschen. Die Wache begrüßt Tante Boss herzlich, schließlich ist sie in den vergangenen Tagen schon öfter hier gewesen. Aber so wie früher wirft er mir einen bösen Blick zu – wohl mehr aus Gewohnheit als deshalb, weil ich nicht repräsentabel genug wirken würde (denn das tue ich). Ich nicke ihm zu.

»Nun ja. Ich habe das Vergnügen, Sie drei Tage hintereinander zu sehen. Das ist schon etwas!«, sagt die ältere Maharani, als wir ihre Räume erreicht haben. Auch wenn sie sich ins Bett gekuschelt hat, wirkt sie in ihrem zinnoberroten Seidensari und den Perlenketten am Hals wach und bereit, Besucher zu empfangen.

»Wir sind gekommen, um uns zu verabschieden, Eure Hoheit«, sagt Tante Boss, während sie nach den Füßen der Königin greift und die Energie nach oben lenkt. Ich mache es ihr nach.

»Hat Jaipur nicht genug Reize, um Sie beide noch für ein oder zwei Tage hier zu halten? Und wer wird mich jetzt mit Henna bemalen?« Sie hält ihre geschmückten Hände hoch, damit wir sie bewundern können.

»Shimla wartet auf uns. Wir müssen wieder an die Arbeit zurück.«

Die alte Königin fokussiert ihren scharfsinnigen Blick auf uns. »Lassen Sie mich sehen. Lakshmi wird sich um die Kranken und um ihre Pflanzen kümmern. Und du, Malik, wirst zu deiner Geliebten zurückkehren. Sie muss schon auf dich warten.«

Ich frage mich, woher sie das weiß. Ich werfe Tante Boss einen Blick zu, aber sie verzieht das Gesicht, um mir zu bedeuten, dass sie keine Ahnung hat. Die Maharani mag zwar durch ihre Krankheit eingesperrt sein, aber sie hält sich über alles auf dem Laufenden.

»Wir haben Ihrer Hoheit etwas mitgebracht, damit Sie sich an uns erinnern.« Ich reiche der Hofdame, die mir am nächsten steht, das wunderschön verpackte Päckchen, damit sie es der Maharani gibt.

Ein Diener tritt vor, zweifellos, um den Inhalt zu überprüfen, aber die Königin schickt ihn mit einer leichten Handbewegung weg. Sie reißt begeistert die Verpackung auf und reicht die duftende Gardenie obendrauf einer ihrer Damen.

Als sie die elegante Holzschachtel sieht, ruft sie vor Entzücken aus. Ihre arthritischen Finger können den Deckel der Schachtel nicht so leicht öffnen, also macht die Hofdame das für sie.

»Beefeater-Gin! Meine Lieben, das ist wundervoll! Auch wenn meine Ärzte dem nicht zustimmen würden.« Sie weist ihren Diener an, drei Gläser, indisches Tonic und Eis zu bringen.

Während ihre Hofdame die Cocktails mixt, sagt Maharani Indira: »Wussten Sie schon, dass sie früher Patienten kopfüber in Wacholderbüsche geworfen haben, weil sie glaubten, dass die Malaria verschwinden würde, sobald ihre Körper an den Zweigen entlangstreichen? Diese Engländer! So exzentrisch! Es ist viel besser, das Zeug zu trinken!«

Tante Boss und ich tauschen ein Lächeln nur für uns, während wir mit unseren Gläsern anstoßen.

Ihre Hoheit schließt die Augen, um ihren ersten Schluck zu würdigen. »Aah. Samir Singh – wie ich diesen Mann vergöttere! Er ist zu Latika und mir gekommen. Es tut mir leid, dass das Ergebnis nicht zu seinen Gunsten ausfiel.« Sie nimmt einen weiteren Schluck. »Und Sie, meine Liebe, haben Sie das erreicht, was Sie sich bezüglich des Royal Jewel Cinema erhofft haben?«

Tante Boss blickt zur Seite, als würde sie ihre Gedanken sammeln. Dann erwidert sie: »Die ideale Lösung ist immer die Erhaltung der Integrität. Es ist schmerzhaft, wenn die Folgen des Ergebnisses so schwerwiegend sind. Wie ich gehört habe, muss das Royal Jewel Cinema komplett neu aufgebaut werden. Aber für die Tausenden von Menschen, die seine Schwelle übertreten, wird es eine Erinnerung daran sein, dass es sich lohnt, das Richtige zu tun.«

Die alte Maharani grinst, und hundert Falten bilden sich um die Winkel ihres mit Lippenstift geschminkten Mundes, während sich ihre hohlen Wangen heben, wodurch sie fast schon schön erscheint.

»Eine geborene Politikerin. Genau das sind Sie, Mrs. Kumar. Wenn Sie in unsere Familie hineingeboren worden wären, säßen Sie jetzt im Parlament, meine Liebe!«

Heute ist das Lachen der Königinwitwe intensiv und laut. Es erfüllt den Raum, treibt durch die Tür auf die Terrasse nach draußen und in den Garten der Maharanis darunter, bringt die winzigen Affen dazu, von ihren halb gefressenen Guaven aufzuschauen, und die Nektarvögel, sich im wolkenlosen Himmel darüber zu zerstreuen.

EPILOG

Lakshmi

Juli 1969
Shimla

Ich stehe an meinem Küchenfenster und bewundere das bezaubernde Tableau auf dem Rasen hinterm Haus. Die Abenddämmerung hat eingesetzt. Vorhin hat Radha Jay und mir dabei geholfen, Hunderte von *Diyas* rund um unseren Hintergarten für die Hochzeitszeremonie zu entzünden. Die winzigen Flammen flackern und lassen Pailletten und Goldfäden an der eleganten Kleidung der Hochzeitsgäste funkeln.

Es passiert nicht jeden Tag, dass Hindus und Moslems untereinander heiraten; Malik und Nimmi haben sich für eine zivilrechtliche Trauung entschieden, so wie Jay und ich vor sechs Jahren. Der Beamte, der die Trauung durchgeführt hat, ist bereits wieder gegangen, und jetzt feiern die Verwandten und die Gäste und warten auf das Festessen.

Nimmi trägt ihren Stammesschmuck, um ihre Herkunft zu ehren. Die goldene Kette, die Malik bei Moti-Lal in Jaipur gekauft hat, schmückt ihren Hals. Als ich mich gestern darauf vorbereitete, ihre Hände mit Henna zu bemalen, hat Nimmi mir gezeigt, dass sie das Amulett von Shiva an die Kette gehängt hat. »Es gehörte Dev«, erzählte sie mir mit einem Lächeln, als würde die Erinnerung ihr jetzt Freude statt Kummer bereiten. In dem Moment wusste ich, dass ich das Bild des blauen Gottes, der sowohl Schöpfer als auch Zerstörer ist, auf ihre linke Handfläche malen würde und auf die andere das Wort *Om*, ähnlich wie das auf Shivas rechter Hand.

Sobald sie sah, was ich gemalt hatte, sagte Nimmi: »Ich werde mich gut um Malik kümmern.« Ich richtete mich dann auf und blickte ihr in die Augen. Es gab eine Zeit, wo ich vielleicht Zweifel an dieser Verbindung hatte, aber diese Zeit ist vorbei. Ich nahm ihre Wange in meine freie Handfläche, und sie lehnte sich dagegen.

Zwei Novizinnen aus dem Kloster sind zur Feier hergekommen. Nimmi zeigt ihnen das Sandelholzbäumchen, das ich hier im kühleren Himalajaklima zu kultivieren versuche. Zweifellos erklärt sie ihnen, wie sie es im Heilkräutergarten ausgegraben und an diese sonnigere Stelle am Rande meines Hintergartens verpflanzt hat. Dem Bäumchen geht es hier besser; der leichte Temperaturanstieg scheint ihm neues Leben eingehaucht zu haben. Wenn es alt genug ist, um seine roten Samen zu produzieren, werden Nimmi und ich sie mahlen, mit Nelkenöl vermischen und damit Furunkel und Entzündungen bei den Patienten in der Gemeindeambulanz behandeln.

Diese jungen Nonnen haben Nimmi in ihr Herz geschlossen und besuchen den Heilkräutergarten jetzt einmal pro Woche, um zu lernen, wie sie die gleichen Pflanzen in ihrem Kloster kultivieren können. Sie sind die ersten Kräuterheilkundigen, die wir in unserem neuen Unternehmen unterrichten!

Genau in dem Moment blickt Nimmi zu meinem Küchenfenster hoch, als wüsste sie, dass ich sie beobachte. Sie schenkt mir ein strahlendes Lächeln, das ich erwidere.

Malik, der in dem extra zu diesem Anlass geschneiderten anthrazitfarbenen Anzug stattlich aussieht, hält Baby Chullu und lacht über irgendetwas, was mein Schwager Pierre ihm erzählt. Radha ist bei ihnen unter dem Himalajabirnbaum; sie geben ein ansehnliches Trio ab. Meine Schwester, die immer verrückt nach Babys ist, streckt ihre Hände nach Chullu aus, und Malik reicht ihn ihr. Der Junge versucht sich das Sträußchen roter Schlüsselblumen aus Radhas Haarknoten zu schnappen, aber sie nimmt schnell seine Hand und tut so, als würde sie daran knabbern. Chullu gackert vor Freude.

Heute Morgen, als Radha und ich mit ihren Töchtern Asha und Shanti einen Spaziergang unternahmen, habe ich Kantas neuesten Brief aus der Tasche gezogen und ihr den Umschlag gezeigt. Ich zog meine Augenbrauen hoch, um ihr die stille Frage zu stellen, die ich Radha bei jeder unser Begegnungen stelle. Die Falte zwischen ihren Augenbrauen zeigte mir, dass sie noch nicht dazu bereit ist.

Ich tätschelte ihren Arm und steckte den Brief wieder ein. Eines Tages, wenn der richtige Zeitpunkt gekommen ist, wird sie mich wissen lassen, dass sie die Fotos von Niki sehen will, die Kanta mir regelmäßig schickt und die ich alle aufbewahre. Radha hat vor einiger Zeit eine Entscheidung getroffen, die für sie und für Niki richtig war, die einzige, die sie zu der Zeit treffen *konnte*. Aber um mit dem immensen Verlustgefühl fertigzuwerden, nachdem sie ihr Baby abgegeben hatte, musste sie alle Verbindungen kappen. Sie hat Niki nicht mehr gesehen, seit er wenige Wochen alt war, seit der Nacht, in der sie mit gebrochenem Herzen zu mir kam. Nachdem ihr endlich klar geworden war, dass sie sich nicht selbst um ihn kümmern konnte, egal wie sehr sie ihn liebte, und sich entschieden hatte, ihn wirklich Kanta und Manu zu überlassen und auch nicht mehr seine *Ayah* zu sein.

Meine *Saas* sagte immer: *Wenn es sich als Sämling nicht biegt, wird es sich dann als Baum biegen?* Aber ich gebe die Hoffnung nicht auf. Ich weiß, dass der Tag kommen wird, an dem Radha merkt, dass ihr Herz den Schmerz jetzt überleben kann. Sie ist erst sechsundzwanzig; es ist noch Zeit.

Ich bringe ein Tablett voller Gläser mit *Aam Panna* aus der Küche hinaus auf den Rasen und stelle es zu den anderen von uns zubereiteten Gerichten auf den Tisch. Hühnchen *Tikka Masala. Lauki Ki Subji, Palak Paneer. Baingan Bharta. Aloo Gobi Subji.* Es gibt Cashewpilaw, *Puri* und *Aloo Parantha.* Als Nachspeise haben wir *Semai Ki Kheer* und *Gulab Jamun.*

Rekha und Shanti laufen auf mich zu. Rekha trägt die kleinen goldenen Ohrstecker, die Malik ihr geschenkt hat. Die Mädchen sind beide vier Jahre alt und unzertrennlich, seit sie sich gestern kennengelernt haben, als Radhas Familie zur Hochzeit aus Frankreich eintraf. Die Mädchen erzählen mir, dass sie versucht haben, Madho Singh, der in seinem Käfig vor sich hin murmelt, dazu zu bewegen, sich uns bei der Feier anzuschließen.

»*Tante*, kannst du uns helfen, *s'il te plaît*?«, fragt Shanti. Radhas Töchter wechseln fließend zwischen Englisch, Französisch und Hindi hin und her. Meine Schwester hat schon vor ihrer Geburt mit ihnen Hindi gesprochen.

Shanti hat gelbbraune Augen wie Pierre, aber was ihren Dickschädel anbetrifft, kommt sie ganz nach Radha. Alle paar Monate ruft meine Schwester mich an, um mir zu erzählen, wie sie mit Shanti kämpft. Ich kann nur lächeln, wenn ich an all die Probleme zurückdenke, die Radha mir als Dreizehnjährige bereitet hat. Shanti ist erst vier, was bedeutet, dass Radha noch viele Kämpfe vor sich hat!

Ich sollte die Gäste zu Tisch rufen, aber ich entscheide mich, die Mädchen zu verwöhnen. »Warum fragst du nicht deinen Vater, ob er euch beide Helikopter fliegen lässt?«, sage ich jetzt zu Shanti.

Die Mädchen drehen sich voller Vorfreude zueinander um. Sie kreischen vergnügt und hüpfen wie Kaninchen auf ihr Ziel am anderen Ende des Gartens zu. Shanti rennt von hinten in Pierre hinein und bringt ihn fast zu Fall. Ich sehe zu, wie die beiden ihre Forderungen stellen und Pierre ihnen zuhört. Dann stellt er ihnen eine Frage. Zögernd zeigt Shanti auf Rekha. Pierre nimmt Rekha hoch und geht zur Rasenmitte. Er hält ihre Hände und dreht sich mit ihr im Kreis, lässt sie schneller und schneller herumwirbeln. Ihre Haare fliegen und fallen wieder, fliegen und fallen wieder. Gelächter erfüllt die Luft.

»Jetzt bin ich dran!«, schreit Shanti und hebt die Arme. Pierre setzt Rekha ab, ergreift Shantis Hände und hebt sie dann in die Luft.

Und ich erwische Malik, wie er Nimmi liebevoll anschaut. Als wenn er ihr ein stummes Signal geschickt hätte, dreht sie sich zu ihm um und lächelt, nur für ihn.

Ich gehe zu Jay, der Radhas jüngere Tochter Asha hält. Mit ihren zwei Jahren ist sie in ihn vernarrt und er in sie. Wann immer er sieht, wie sie auf ihren stämmigen Beinen auf ihn zugewackelt kommt, kräuseln sich die Linien um seine Augen vor Freude.

Mein Ehemann küsst mich auf die Stirn. Ich lege meine Arme um ihn und die kleine Asha. Sie versucht meine Umarmung abzuwehren und will Jays Aufmerksamkeit ganz für sich allein haben. Ich stupse sie in ihren kleinen Bauch, was sie wie immer zum Kichern bringt.

Ich blicke mich im Garten um, der üppig und zauberhaft ist, und sehe die beiden, die für mich fast wie meine Kinder sind: Malik und Radha – mir so teuer wie mein eigenes Leben. Ihre Ehepartner und ihre Kinder. Zwei Generationen von Möglichkeiten, von Hoffnung, an diesem blauen Abend, mit uns zusammen.

DANKSAGUNGEN

Ohne Leser gäbe es keine Schriftsteller. Nach der Veröffentlichung von *Die Hennakünstlerin* hat es mich unglaublich gerührt, wie leidenschaftliche Leser rund um die Welt mir schrieben und mir mitteilten, wie und warum das Buch bei ihnen Anklang fand, oder dass es sie dazu angeregt hat, etwas in ihrem Leben zu ändern. Sie haben sich in Lakshmi verliebt, die durch meine fabelhafte Mutter Sudha Latika Joshi inspiriert wurde, und in Malik, über den sie mehr wissen wollten. Diese Geschichte ist jetzt für sie.

Meine Agentin, Margaret Sutherland Brown bei Folio Literary Management, die immer für mich da ist: Selbst während der Pandemie hat sie immer Möglichkeiten gefunden, zuversichtlich zu bleiben und unsere Unterhaltungen mit Licht und Hoffnung zu erfüllen. Es ist solch eine Freude, mit Kathy Sagan, meiner Lektorin bei MIRA Books zu arbeiten, die gute Manuskripte in bessere verwandelt; ihre Vorschläge sind immer auf den Punkt! Und wo wäre ich ohne die Unterstützung des restlichen Teams von HarperCollins, das sicherstellt, dass sich alle in meine Geschichten verlieben: Loriana Sacilotto, Margaret Marbury, Nicole Brebner, Heather Foy, Leo MacDonald, Amy Jones, Randy Chan, Ashley MacDonald, Linette Kim, Erin Craig, Karen Ma, Kaitlyn Vincent und Lindsey Reeder.

Eine große, strahlende Botschaft der Dankbarkeit geht auch an Reese Witherspoon, deren Buchklub *Hello Sunshine Book Club* Autorinnen fördert, die Geschichten über starke weibliche Charaktere schreiben. Vielen Dank, Heather

Connor, Laura Gianino, Roxanne Jones und Cindy Ma vom Marketingteam von HarperCollins, die mir dabei geholfen haben, diese unglaubliche Verbindung zu knüpfen.

Mein Vater, Dr. Ramesh Chandra Joshi, dessen enzyklopädisches Wissen über Indien (und fast alles andere!) sehr praktisch ist, wenn ich über Indien und seine Menschen schreibe, hat zu den technischen Einzelheiten des Royal Jewel Cinema beigetragen. Jegliche unrichtigen Angaben gehen auf meine Kappe.

Meine Brüder Madhup und Piyush Joshi, die mich immer unterstützt und ermutigt haben, die die Entwürfe dieser Geschichte gelesen und hilfreiche Kommentare dazu abgegeben haben, ebenso wie meine Freunde Gratia Plante Trout, Lanny Udell, Christopher Ridenour, Ritika Kumar und David Armagnac.

Für dieses Buch habe ich über die indische Goldindustrie und die diversen Arten recherchiert, wie das Metall ins Land geschmuggelt wird. Für Nimmis Figur habe ich über verschiedene Nomadenstämme im Himalaja nachgelesen. Einige von ihnen hüten Büffel, andere Ziegen und Schafe, und alle führen ein hartes Leben. Ihr Wissen über Naturheilmittel ist wesentlich für ihr Überleben in den Bergen. Der nomadische Lebensstil erschwert ihren Kindern den Zugang zu einer formellen Bildung, sofern sie nicht in eine Stadt ziehen, wozu aber viele gezwungen waren, weil es wegen lokaler Gesetze schwer für sie ist, eine Weideerlaubnis zu bekommen.

Das Beste hebe ich mir immer bis zum Schluss auf. Vor Jahren hat mein Ehemann Bradley Jay Owens etwas in mir gesehen, das ihn zu der Überzeugung brachte, dass ich eine Autorin sein könnte. Und hier bin ich jetzt. Wie konnte ich sowohl mit meinem Beruf als auch meinem Lebenspartner nur so viel Glück haben?!

GLOSSAR

Aam Panna: ein erfrischendes Mangogetränk
Accha: in Ordnung, sehr wohl
Ake, dho, theen: eins, zwei, drei
Akelee: alleine
Aloo Gobi Subji: Currygemüsegericht mit Kartoffeln und Blumenkohl
Aloo Parantha: mit Kartoffeln gefülltes Fladenbrot
Aloo Tikki: frittierter Kartoffelpfannkuchen
Amreeka: Amerika in indisch-englischer Aussprache
Angrezi: das Englische, Engländer
Anna: kleine Münze, wie ein Pfennig
Ara-Garra-Nathu-Kara: ein Niemand
Arré: Hey! Komm schon!
Atta: Vollkornweizenmehlteig
Ayah: Kindermädchen
Baap re Baap: Um Himmels willen!
Baat suno: Hör zu!
Bahut accha: Sehr gut!
Baingan Bharta: Gemüsegericht aus Aubergine und Zwiebeln
Bakschisch: Schmiergeld
Basmati: eine Reissorte
Beedis: billige indische Zigaretten
Behenji: Schwester, respektvolle Anrede für eine ältere Frau
Besan Laddus: Süßigkeiten aus Kichererbsenmehl
Bevakoopf: Narr, Idiot
Bhagwan: Gott

Bhai: Bruder, freundlicher Ausdruck für einen männlichen Freund
Bheta: Sohn
Bheti: Tochter
Bibi: Ehefrau
Bilkul: extrem oder absolut
Bonjour: Französisch für »Guten Tag«
Brahmi: eine Pflanze, die in der ayurvedischen Medizin verwendet wird
Bau-*Walla*: eine Person, die baut
Bukwas: Unsinn
Burfi: gekochte Süßigkeit aus Milch
Burra Sahib: großer Meister
Bush-Shirt: T-Shirt
Chaat: Sammelbegriff für frittierte Snacks
Chai: indischer Gewürztee
Chai-Walla: jemand, der Chai verkauft
Champaca: süß duftende Blume
Chapati: Fladenbrot aus Vollkornweizen
Chappals: Sandalen
Chemali: tropische Blume
Chillum: eine Wasserpfeife zum Tabakrauchen
Chinta mat karo: Mach dir keine Sorgen.
Chole Subji: Currygemüsegericht mit Kichererbsen
Chowkidar: Pförtner, Wachmann
Chunni: die Kopfbedeckung einer Frau
Cousinschwester oder *Cousinbruder*: jemand, der dir nahesteht, aber nicht mit dir verwandt ist
Dal: würziges Linsengericht
Dhobi: Mann, der sich den Lebensunterhalt durch Wäschewaschen verdient
Dhoti: ein viereinhalb bis sechseinhalb Meter langes Stück

Baumwollstoff, das zu einer lockeren Hose für Männer gewickelt wird
Dibba: Schachtel, Kiste
Diya: eine Öllampe aus Ton
Doctrini: Ärztin
Ghee: geklärte Butter
Goondas: böse Männer, Ganoven
Gore: weiße Menschen
Gulab Jamun: Nachspeise aus frittiertem *Paneer* in Zuckersirup
Gupshup: Klatsch
Hahn-nah: Richtig? Nicht wahr?
Hai Ram: Oh Gott!
Hijras: Transgender oder intersexuelle Menschen
Jharus: Besen mit langen Borsten
Jhumka: glockenähnliche Ohrringe
Ji: respektvolle Anrede für Frauen und Männer
Joie de vivre: Lebensfreude (auf Französisch)
Kachori: frittiertes Brot
Kheer: eine Nachspeise, bei dem Reis in Milch/Sahne gekocht wird
Khol: das Gleiche wie Kajal, ein schwarzer Eyeliner
Khus-Khus: Fächer aus Vetivergras
Koi baat nahee: Das ist keine große Sache.
Kundan: Schmuckart mit ungeschliffenen Edelsteinen
Kurta: lockere, langärmlige Baumwolltunika
Kya: Was? Was ist?
Kya ho gya: Was ist passiert?
Laddus: gekochte Bällchen aus gesüßten Linsen, gemahlenen Kichererbsen oder Vollkornweizenmehl
Lakin: aber, außer
Lassi: kühles Buttermilchgetränk, manchmal mit Mangopulpe gesüßt

Lauki: Kürbisart
Maa: »Mutter« auf Hindi
Maaf kar dijiye: Vergib mir bitte.
Mahout: Elefantentrainer
Mandala: eine runde Form, die zu feierlichen Anlässen gezeichnet wird
Masala Lauki: pikantes Currygericht aus Flaschenkürbis
Mat karo: Mach das nicht!
Matar Paneer: Currygericht mit Paneer und Erbsen
Meena: Schmuckart mit Emaille
Meenakaris: Künstler, die Emailleschmuck kreieren
Memsahib: respektvolle Anrede für Frauen, etwa »gnädige Frau«
Moong Dal: Linsenart
Nag Kesar: eine Baumart aus dem Himalaja
Nahee-nahee: nein
Namaste: »Hallo« und »Auf Wiedersehen«
Nazar: der böse Blick, Unglücksbringer
Nimbu Pani: gesüßtes Limetten- oder Zitronenwasser
Om: die universelle Schwingung, ein Symbol für Frieden und Harmonie
Paan: ein Snack für Erwachsene mit süßem Masala und Tabak
Padha-likha: gebildet (wörtlich: »lesen-schreiben«)
Pagal: verrückt
Paise: Münzen
Pakora: ein frittierter Snack aus Gemüse, das in Kichererbsenteig getaucht wird
Palak Paneer: Gemüsegericht aus Spinat und Frischkäse
Pallu: das dekorative Ende eines Saris, das über der Schulter getragen wird
Panchatantra: altindische Dichtung, Sammlung von Fabeln und anderen moralischen Geschichten

Pandit: Lehrer, Priester
Paneer: indischer Frischkäse
Panipuri: ein pikanter Snack
Papaji: Papa
Parantha: gefülltes Fladenbrot aus Vollkornweizenmehl
Patal: scharfes Messer, das von Schäfern verwendet wird
Peepal: eine Baumart mit großen, flachen Blättern
Pritam: Geliebter
Priya: Geliebte
Puja: Verehrung Gottes, Gebet
Pukkah Sahib: ein Herr, Gentleman
Puri: ein rundes, frittiertes Brot aus Vollkornweizenmehl
Pyjama: die untere Hälfte (Hose) einer *Kurta-Pyjama*-Garnitur für Männer
Rajai: Steppdecke
Rasmalai: eine süße Nachspeise aus Milch und Sahne
Raat Ki Rani: Königin der Nacht, eine Blume, die nur nachts duftet
Rikscha-*Walla*: Person, die eine Fahrradrikscha betreibt
Rogan Josh: Lammcurry
Roti: rundes Fladenbrot aus Vollkornweizen
Saas: Schwiegermutter (auch *Saasuji*)
Sahib: respektvolle Anrede für Männer, etwa »mein Herr«
Shalwar Kamiz: Set aus Tunika und Hose für Frauen
Samaj-jao: Verstehst du?
Samosa: ein frittierter Snack mit einer würzigen Füllung aus Kartoffeln und Erbsen
Sangeet: gemeinsames Liedersingen
Sari: Kleidungsstück für Frauen aus einer viereinhalb Meter langen Stoffbahn
Semai Ki Kheer: süßes Milchdessert mit Vermicellinudeln
Sev Puri: ein frittierter Imbiss

Shabash: Bravo! Gut gemacht!
Sik: Stammesgericht, das schwangeren Frauen serviert wird
S'il te plaît: bitte (informell, auf Französisch)
Sona: Gold
Suno: Hör mir zu!
Tante: Tante (auf Französisch)
Theek hai: Das ist in Ordnung.
Tiffin: Edelstahlhenkelmann mit mehreren Behältern übereinander
Tikka: Stirnschmuck
Tonga: eine Pferdekutsche
Topa: eng anliegende Kopfbedeckung
Trousseau: Aussteuer (auf Französisch)
Tumara naam batao: Sag ihnen, wie du heißt.
Waa: Wow!
Yar: ja
Zaroor: absolut, mit Sicherheit

INDISCHES GOLD: DIE RENTENVERSICHERUNG EINER FRAU

Die Menschen fragen sich, warum den Indern Gold so wichtig ist. In einem Land, in dem aktuell weniger als zehn Prozent des Goldes, das dort verkauft wird, auch vor Ort gefördert wird, macht Knappheit es wertvoller. Vielleicht liegt es auch daran, dass sich das Metall nicht zerstören lässt. Sicher, man kann es einschmelzen, aber zerstören? Niemals. Was bedeutet, dass es das Siegel der Ewigkeit trägt. Für Künstler ist es einfach, mit dem weichen Metall zu arbeiten. Und natürlich bildet zweiundzwanzig- oder vierundzwanzigkarätiges Gold einen wunderschönen Kontrast zu olivfarbener Haut.

In der indischen Kultur ist es üblich, dass die Familie des Bräutigams der Braut irgendwann Goldschmuck schenkt. (Ihre Familie gibt der Familie des Bräutigams eine Mitgift in Form von Land oder Geld, um für ihren Unterhalt während der Ehe zu bezahlen.) Ihr Gold soll nur in Notlagen verkauft werden, zum Beispiel, wenn der Ehemann stirbt oder wenn die Familie in großen finanziellen Schwierigkeiten steckt.

Indische Schmuckstile sind so unterschiedlich wie die Edelsteine, die dafür verwendet werden. Der Einfluss von sechs Jahrhunderten Mogulnherrschaft auf die Verfeinerung der Kunst der Schmuckherstellung und die Steigerung der Komplexität der Muster kann nicht zu hoch eingeschätzt werden. Der beliebteste Stil für Hochzeiten und besondere Anlässe ist der *Kundan*-Stil. Alltagsschmuck umfasst eine Kette aus reinem Gold und goldene Ohrringe oder andere kleine goldene Ohrstecker.

Kundan-Stil
Kundan ist der älteste Schmuckstil, der in Indien zu finden ist. Im Gegensatz zu den klauenähnlichen Einfassungen von Juwelen im Westen setzen indische Juweliere ungeschliffene Diamanten, Saphire, Rubine und andere Edelsteine bündig in Hohlräume auf einer soliden Goldbasis ein.

Meenakari-Stil
Meena bedeutet Emaille auf Hindi. Meenakari ist nicht wie die Emaillearbeiten aus Frankreich, England und der Türkei. Indische Künstler haben unter dem Einfluss der Moguln Goldschmuck mit detaillierten Emaillemustern in den von ihnen geschaffenen Vertiefungen im Metall versehen. Meine Mutter bekam von der Familie meines Vaters ein komplettes Set *Meenakari*-Schmuck zu ihrer Hochzeit geschenkt, einschließlich Armreifen. Auf jedem Schmuckstück findet sich ihr Name im Emaille.

Keshi-Perlen
Meine Mutter mochte diesen filigranen Stil besonders gerne. Filmstars in den späten Fünfziger- und Sechzigerjahren fingen an, Perlen zu tragen und auf Goldschmuck zu verzichten, den sie als altmodisch betrachteten. Und meine Mutter entschied sich für Sets, wo jede Menge ganz winziger *Keshi*-Perlen zu filigranen Ohrringen, Ketten und Armbändern zusammengenäht wurden. Auch ich liebe sie!

Kalkuttaschmuck (Kalkutta wurde in Kolkata umbenannt)
Künstler nehmen ein Stück Gelbgold, glätten es und hämmern und bearbeiten es dann, um sehr aufwendigen, aber leichten und filigranen Schmuck herzustellen. Für diesen Stil werden niemals Perlen, Steine oder Emaille verwendet.

Silber

So wie viele Frauen ihrer Generation war meine Mutter kein großer Fan von Silber. Silber ist das Metall der Dorffrauen Rajasthans, die oft diverse silberne Armreife, silberne Gürtel und dicke silberne Fußketten tragen. Je mehr Silber eine Frau trug, desto höher war der Status ihrer Familie im Dorf.

Meine Mutter bekam eine große Menge Silberschmuck von ihren Schwiegereltern geschenkt, die aus einem Dorf in Rajasthan stammten.

VON INDISCHEM ESSEN INSPIRIERT

Aloo Gobi. Parantha. Dal Chawal. Gulab Jamun. Palak Paneer. Lassi. Das waren die Gerichte meiner Kindheit in Rajasthan. Noch lange nachdem meine Familie Indien verlassen und sich in Amerika niedergelassen hatte, baten meine Brüder und ich meine Mutter weiterhin wieder und wieder um genau diese Gerichte. Selbst jetzt noch gehören *Chapatis*, *Subji* und *Raita* zu unseren Mahlzeiten, wenn sich unsere Familie trifft. Als ich begann, diese Trilogie zu schreiben, wusste ich, dass die komplizierte Beziehung der Inder zu ihrem Essen ein wichtiger Teil der Geschichte würde.

In den Jahrhunderten bevor Marco Polo auf der Suche nach Gewürzen nach Indien kam, ernteten Inder schwarzen und grünen Pfeffer, pressten Öl aus Nelken und mahlten Senfsamen, um Essen zu würzen, die Sinne zu reizen und den Körper zu heilen. Die Aromen von Koriander, Kurkuma, Garam Masala und Cumin sind genauso Teil meiner Herkunft und meiner Identität wie die blaugrünen Augen, die ich von meiner Mutter Sudha geerbt habe.

Selbst während ich dies schreibe, trinke ich von meinem Chai mit Kardamomsamen, einer Zimtstange und ganzen Pfefferkörnern. Diese sich überlagernden Aromen lassen das Indien meiner Kindheit vor meinem inneren Auge wieder lebendig werden, mit all seiner chaotischen, phantasmagorischen Pracht.

Indisch zu kochen, erfordert Zeit: Diverse Zutaten müssen klein geschnitten, geschält oder gewürfelt werden; das Gericht muss in mehreren Stufen zubereitet werden; das Aroma wird nur dann verbessert, wenn man die Gewürze (bis zu acht Stück) zu genau dem richtigen Zeitpunkt hinzufügt. Indisches Essen ist kühn, farbenfroh und voller Aromen und Geschmacksrichtungen. Gibt es eine bessere Möglichkeit, einen Plot zu bereichern und eine Charakterentwicklung zu zeigen, als eine der kühnsten und beliebtesten Küchen der Welt in die Geschichte mit einfließen zu lassen?

ALOO GOBI MATAR SUBJI

(Gemüsecurry mit Kartoffeln, Blumenkohl und Erbsen)

Meine Mutter hat dieses Gemüsecurry häufig gekocht. Es lässt sich leicht und schnell zubereiten und ist gleichzeitig gesund und köstlich. Indische Köche haben reichlich Kartoffeln, Zwiebeln, Knoblauch, Chilischoten und Koriander vorrätig, weil dies Standardzutaten fast aller Gemüsegerichte sind.

In Nordindien wird *Aloo Gobi Matar Subji* üblicherweise mit *Chapatis*, *Naan* oder *Roti* gegessen. Manche Menschen bevorzugen Basmatireis zu ihrem Gemüse. Möglicherweise wird auch ein weiteres Gemüsecurry als Beilage serviert, das zum Beispiel aus Okraschoten, Auberginen oder Kichererbsen besteht. Eine Schüssel Joghurt, der mit gemahlenem Kreuzkümmel und Salz gewürzt ist, wäre auch nicht verkehrt. Und ein pikantes Mango- oder Lemonchutney wäre natürlich eine ausgezeichnete Ergänzung für diejenigen, die ihre Mahlzeit gerne etwas schärfer haben wollen.

Zutaten:

2 mehlig kochende Kartoffeln (*Aloo*), geschält und gewürfelt
1 kleiner Blumenkohl (*Gobi*), in Röschen zerteilt
1 Tasse frische oder gefrorene grüne Erbsen (*Matar*)
1 gelbe oder weiße Zwiebel, fein gehackt
4 Knoblauchzehen (oder mehr, falls gewünscht), fein gehackt
½ Tasse Raps-, Sonnenblumen- oder Distelöl

2 TL Kreuzkümmelsamen
2 TL Gelbwurz
2 TL gemahlener Kreuzkümmel
1 TL Garam Masala
1 TL Ingwer, fein gehackt
2 TL gemahlener Koriander (falls nicht erhältlich, nehmen Sie mehr Korianderblätter)
2 TL rotes Chilipulver oder 1 scharfe Chilischote, fein gehackt
2-3 TL Salz (oder nach Geschmack)
¼ Tasse Wasser
1 Tasse Korianderblätter

Zubereitung:

1. Das Öl in einer tiefen Bratpfanne oder einem Stieltopf mit schwerem Boden erhitzen. Kreuzkümmelsamen hinzufügen, bis sie zu brutzeln beginnen.
2. Zwiebelwürfel hinzugeben und auf hoher Flamme kurz anbraten, bis sie glasig sind.
3. Die Hitze auf mittlere Stufe zurückschalten. Gelbwurz, gemahlenen Kreuzkümmel, Garam Masala, gemahlenen Koriander, Chilipulver und Salz hinzufügen und 3 bis 4 Minuten lang rühren.
4. Knoblauch und Ingwer hinzufügen. Umrühren. Erbsen hinzufügen und umrühren.
5. Kartoffeln und Blumenkohl hinzufügen. Umrühren, bis alle Zutaten ordentlich mit Gewürzen bedeckt sind.
6. Wenn die Mischung zu brutzeln beginnt, Wasser hinzufügen, damit das Gemüse nicht anbrennt. Wenn Sie ein sämigeres Curry haben wollen, können Sie mehr Wasser hinzufügen. Aber so wie viele Nordinder

bevorzugte mein Vater eine trockenere Variante, weshalb meine Mutter ihrem Gericht nur wenig Wasser hinzufügte.

7. Die Hitze herunterschalten und einen Deckel auf den Topf setzen. Weiter 10 bis 12 Minuten köcheln lassen. Dabei darauf achten, dass der Blumenkohl nicht verkocht und noch etwas Biss hat.
8. Mit Korianderblättern garnieren.
9. Essen!

DER MAHARANI-COCKTAIL

In den Winterferien freuten meine Brüder und ich uns immer darauf, aus unseren verschiedenen Colleges nach Hause zurückzukehren. Meine Mutter rief dann meinen älteren Bruder Madhup vorher an, um ihn zu fragen, welchen Cocktail er für die Familie mixen wolle – er wählte jedes Jahr einen anderen –, damit sie die benötigten Zutaten bei unserer Ankunft parat hatte. Sie trank selten Alkohol, aber wenn wir alle zusammen waren, machte sie eine Ausnahme und genoss die kostbare Zeit mit ihren drei Kindern. Madhup mixte die Getränke, und wir blieben lange auf und tranken Cocktails, erzählten uns Geschichten, lachten und neckten einander.

Weil die ältere Maharani Gin Tonics liebt, habe ich Madhup gebeten, einen Cocktail nur für sie zu kreieren. Genießen Sie ihn mit *Samosas*, *Pakoras* oder irgendeiner anderen Leckerei von Lakshmi.

Zutaten:
45 ml Gin
eine Prise frisch gemahlener Kardamom
4 Safranfäden

Anleitung:
1. Mixen und 5 Minuten lang stehen lassen, bis die Aromen in den Gin eingezogen sind.
2. Abgießen.
3. Fügen Sie dann hinzu:
   90 ml Tonic

3 Tropfen Patrón Citrónge Orange Liqueur
Eis.

Prost! Sláinte! Cheers! Na zdraví! Cincin! Salud!

PROLOG

Ajar, Uttar Pradesh, Indien

September 1955

Sie läuft leichten Schrittes über die harte Erde, die schwieligen Fußsohlen unempfindlich gegen die kleinen Steinchen und den verkrusteten Schlamm am Flussufer. Auf dem Kopf balanciert sie einen *Mutki*, denselben Tonkrug, mit dem sie jeden Tag Wasser vom Brunnen holt. Heute trägt das Mädchen statt Wasser alles, was es besitzt: einen zweiten Unterrock und eine Bluse, den Hochzeitssari seiner Mutter, *Die Erzählungen von Krishna*, aus denen sein Vater ihm immer vorgelesen hatte – die Seiten waren weich wie Stoff vom jahrelangen Gebrauch –, und den Brief, der heute Morgen aus Jaipur gekommen war.

Als es die Stimmen der Dorffrauen in der Entfernung hört, zögert das Mädchen. Die Klatschmäuler schwatzen, erzählen sich Geschichten, lachen, während sie Saris, Westen, Unterröcke und *Dhotis* waschen. Aber sie weiß, wenn sie sie sehen, werden sie in Schweigen verfallen und sie anstarren oder auf den Boden spucken und Gott anflehen, sie vor dem Pechmädchen zu schützen. Sie erinnert sich an den Brief, der sicher im

Mutki steckt, und denkt: Sollen sie doch. Es wird das letzte Mal sein.

Am Vortag hatten die Frauen den Vorsteher bedrängt: *Warum lebt das Pechmädchen immer noch in der Hütte des Lehrers, wenn wir sie doch für den neuen Schulmeister brauchen?* Das Mädchen war innerhalb der vier Lehmwände mucksmäuschenstill gewesen, aus Angst, dass sie hereinkommen und sie an den Haaren hinauszerren würden, wenn sie ein Geräusch machte. Jetzt gab es niemanden mehr, der sie beschützte. In der vergangenen Woche war der Körper ihrer Mutter zusammen mit den Knochen von toten Tieren verbrannt worden, dem Scheiterhaufen der Armen. Ihr Vater, der frühere Schullehrer, hatte sie vor sechs Monaten verlassen. Kurz darauf war er in einer flachen Wasserlache am Flussufer ertrunken, so besoffen, dass er den Stich des Todes wahrscheinlich nicht einmal gespürt hatte.

In der vergangenen Woche hatte das Mädchen jeden Tag am Rande des Dorfes auf den Postboten gewartet, der sporadisch mit dem Fahrrad aus dem Nachbardorf kam. Heute Morgen war sie aus ihrem Versteck hinausgesprintet, sobald sie ihn sah, wobei sie ihn erschreckt hatte, und hatte ihn gefragt, ob er irgendwelche Briefe für ihre Familie hätte. Er hatte die Stirn gerunzelt und sich in die Wange gebissen, während er sie mit seinen feuchten Augen durch seine dicken Brillengläser betrachtete. Sie konnte sehen, dass sie ihm leidtat, aber er war auch verärgert – sie fragte nach etwas, das nur der Vorsteher erhalten sollte. Aber sie hielt seinem Blick stand, ohne zu blinzeln. Als er ihr schließlich den dicken Umschlag aus Florpostpapier überreichte, der an ihre Eltern adressiert war, machte er das hastig, mied dabei ihren Blick und radelte so schnell er konnte davon.

Jetzt schlendert sie aufrecht, die Schultern zurückgenommen, an den Frauen am Flussufer vorbei. Sie starren sie an. Sie spürt, wie ihr Herz unregelmäßig schlägt, aber sie geht vorbei, aufrecht wie ein Zuckerrohr, den *Mutki* auf dem Kopf, als würde sie zum Bauernbrunnen zwei Meilen vom Dorf entfernt gehen, dem einzigen Brunnen, den sie benutzen darf.

Die Klatschmäuler flüstern nicht länger miteinander, sondern rufen einander zu: *Da geht das Pechmädchen! In dem Jahr, in dem sie geboren wurde, haben Heuschrecken den Weizen aufgefressen! Ihre ältere Schwester hat ihren Ehemann verlassen und wurde nie wieder gesehen! Schamlos! Im selben Jahr ist ihre Mutter erblindet! Und ihr Vater fing zu trinken an! Wie schändlich! Selbst die Gesichtsfarbe des Mädchens ist suspekt. Und nur* Angreji-Walli *haben blaue Augen. Gehört sie überhaupt zu uns? Zu diesem Dorf?*

Das Mädchen hat sich öfter Gedanken über diese ältere Schwester gemacht, von der sie alle reden. Diejenige, deren Gesicht sie nur als Schatten in ihren Träumen sieht, deren Existenz ihre Eltern nie bestätigt haben. Die Klatschmäuler sagen, dass sie das Dorf vor dreizehn Jahren verlassen hat. Warum? Wohin ist sie gegangen? Wie konnte sie einem Ort entkommen, wo die Klatschmäuler jede deiner Bewegungen überwachen? Ist sie mitten in der Nacht gegangen, als die Kühe und Ziegen alle schliefen? Es hieß, dass sie Geld gestohlen hatte, aber niemand im Dorf besitzt Geld. Wie hatte sie sich ernährt? Manche sagen, dass sie sich als Mann verkleidet hatte, damit sie auf der Straße nicht angehalten wurde. Andere sagen, dass sie mit einem Zirkusjungen davongelaufen sei und als *Nautch*-Mädchen lebte und meilenweit entfernt in Agra im Vergnügungsviertel tanzte.

Vor drei Tagen hatte der alte Munchi mit dem lahmen Bein – ihr einziger Freund im Dorf – sie gewarnt, dass der Vorsteher darauf bestehen würde, dass sie einen verwitweten Bauern heiratete oder das Dorf verließ, wenn sie die Hütte nicht räumte.

»Für dich gibt es hier nichts mehr«, hatte Munchi-*ji* gesagt. Aber wie konnte sie weggehen – ein dreizehnjähriges Waisenmädchen, das weder eine Familie noch Geld hatte?

»Habe Mut, *Bheti*«, hatte Munchi-*ji* gesagt und ihr erzählt, wo sie in einem Nachbardorf ihren Schwager finden würde, den Ehemann, den ihre Schwester vor all diesen Jahren verlassen hatte. Vielleicht konnte er ihr dabei helfen, ihre Schwester zu finden.

»Warum kann ich nicht bei dir bleiben?«, hatte sie gefragt.

»Das gehört sich nicht«, hatte der alte Mann sanft erwidert. Er verdiente sich den Lebensunterhalt, indem er Bilder auf die Gerippe von *Peepal*-Blättern malte. Um sie zu trösten, hatte er ihr ein Bild geschenkt. Voller Wut hätte sie es beinahe zurückgeworfen, bis sie sah, dass es ein Bild von Krishna war, der seine Gattin Radha, ihre Namensschwester, mit einer Mango fütterte. Es war das schönste Geschenk, das sie je bekommen hatte.

Radha verlangsamt ihren Schritt, als sie sich dem Dreschplatz des Dorfes nähert. Vier angespannte Bullen laufen im Kreis um einen großen, flachen Stein herum und malen Weizen. Prem, der sich um die Bullen kümmert, sitzt an die Hütte angelehnt und schläft. Leise eilt sie an ihm vorbei auf den engen Pfad zu, der zum Tempel von Ganesha-*ji* führt. Der Schrein hat eine schmale Öffnung, und innen drin steht eine Statue von Ganesha. Um die Füße des Elefantengottes herum sind Geschenke aufgebaut: eine frische Kokosnuss, Ringelblumen, ein kleiner Topf mit *Ghee*, Mangoscheiben. Aus einem Sandelholzräucherkegel kräuselt sich eine dünne Rauchfahne.

Das Mädchen legt Munchi-*jis* Bild von Krishna vor Ganesha-*ji* ab, dem Entferner aller Hindernisse, und fleht ihn an, den Fluch des Pechmädchens von ihr zu nehmen.

Als sie das Dorf ihres Schwagers zehn Meilen westlich erreicht, ist es später Nachmittag und die Sonne hat sich dem Horizont genähert. Sie schwitzt durch ihre Baumwollbluse. Ihre Füße und Knöchel sind schmutzig, ihr Mund trocken.

Sie betritt vorsichtig das Dorf. Sie duckt sich hinter Sträuchern und versteckt sich hinter Bäumen. Sie weiß, dass ein Mädchen allein nicht freundlich behandelt wird. Sie sucht nach einem Mann, der so aussieht, wie ihn Munchi-*ji* beschrieben hat.

Sie sieht ihn. Dort. Er hockt mit dem Gesicht zu ihr unter dem Banyanbaum. Ihr Schwager.

Er hat dicke, ölige, pechschwarze Haare. Eine lange, zerfurchte Narbe schlängelt sich von seiner Unterlippe zu seinem Kinn. Er ist nicht jung, aber auch nicht alt. Sein Bush-Shirt ist mit Curry gesprenkelt und sein *Dhoti* staubig.

Dann bemerkt sie die Frau, die vor dem Mann auf der Erde hockt. Sie stützt ihren Ellbogen mit der anderen Hand, ihr Unterarm hängt in einem unnatürlichen Winkel herunter. Ihr Kopf ist vollständig von ihrem *Pallu* bedeckt, und sie flüstert leise mit dem Mann. Radha sieht zu und fragt sich, ob ihr Schwager sich eine neue Frau genommen hat.

Sie hebt einen kleinen Stein auf und wirft ihn nach ihm. Sie verfehlt ihn. Beim zweiten Mal trifft sie ihn am Oberschenkel, aber er klatscht nur mit der Hand darauf, als wolle er ein Insekt erschlagen. Er hört der Frau intensiv zu. Radha wirft weitere Kieselsteine und schafft es, ihn mehrere Male zu treffen. Schließlich hebt er den Kopf und sieht sich um.

Radha betritt die Lichtung, sodass er sie sehen kann.

Seine Augen werden groß, als würde er einen Geist sehen. »Lakshmi?«, fragt er.